The Investigation

Lee Jung-Myung

编号 645

[韩]李正明 著

游芯歆 译

CNS PUBLISHING & MEDIA 中南出版传媒

湖南文艺出版社 HUNAN LITERATURE AND ART PUBLISHING HOUSE

博集天卷 CS-BOOKY

目录
Contents

Contents

第二部

联军最高司令部法务局检察科之美空军飞行员失踪事件调查

一九四五年八月十五日，日本宣告投降，太平洋战争结束。进驻日本的联军最高司令部，针对非人道的日军在战争中的犯罪行为开始调查真相，并搜集相关资料。因日军彻底且有组织地大规模销毁、隐匿和伪造诸多证据，致使调查工作陷入困境。日军在宣告投降的同时，包括大本营在内的日本全境陆、海、空三军部队，以及宪兵队、秘密警察、监狱等重要机构的命令文书与会议记录数据等公文，全都被一一销毁，连重要人物的信件与日记也付之一炬。甚至为了干扰联军检察官的调查，还进行了资料造假和文书伪造工作。

联军最高司令部法务局检察科正着手调查，一九四五年五月五日迫降在福冈地区的美空军 B29 战斗机，包括飞行员和机组成员在内的机上十一名美军俘虏的生死行踪。由于所有相关文书均被销毁，而日军的报告称连一名美军俘虏都没有。所有的证据都消失了，调查因而触礁。但审讯工作还在继续进行，真相也开始一点点地浮出水面。调查人员得到了被监禁的下级战犯的日记或便条，更因为他们的证言和执笔的文书，为日军战犯的暴行提供了决定性的证据。历时数月的艰苦追踪之后，调查小组终于发现了日军对 B29 飞行员与机组成员犯下的令人发指的罪行。

联军最高司令部决定，把大部分记录及与之相关的资料全部列为极机密文件。

前言

逝者如萤飞舞

活着可以毫无理由，但死亡必须有个明确的依据。这不是为了证明死亡本身，而是为了幸存者的生活。十九岁那年的冬天，我发现了事件的真相，也成就了现在的我。

战争的那段时间，如掀起沙尘的风一般从我身旁掠过。在精神的耗损与衰竭中，我逐渐成长。成长，应该是一件理当受到祝福的事情，代表了肉体的发育、知识的扩展、经验的积累……但对我来说，成长只是一种“不可逆转”的事实而已。如今的我，再也回不去往日的我——从不知人间险恶的我，从不知人性卑劣的我，从不知一行文字所持有之力量的我。

一九四五年八月十五日，战争结束了。被监禁的人全都被释放出来，但我仍在监狱里。如果说哪里不同了，那就是，原本在铁窗外的我走进了铁窗里，原本穿着的褐色看守服换成了红色囚衣。在囚衣胸口处，印着一个显眼的黑色号码——D29745。

我身陷囚笼，自己却不知道为什么被关在铁窗里，我只能猜测。在我未知的时间里，一件我所不知的大事横扫过我的命运。曾经在战争期间担任过福冈监狱看守部看守兵的我，在战争结束后，被进驻的美军归类为下级战犯，关在我看守过的牢房里。这个由高高的砖墙、尖锐的铁丝网、牢固的铁窗和一间间砖房组成的巨大怪物，不知吞噬过多少人的灵魂。我的灵魂，也将被这个怪物所吞噬。

明亮的阳光射入，落在黝黑的地板上，这是一片有无数的鲜血、脓汁、叹息与呻吟渗入的木地板。我张开手，试图在形如一张四方形纸的光影里写下些什么。我才十九岁的灵魂，是否还新鲜呢？一定是的。我的肌肉还很结实，我的皮肤还很光滑，我的鲜血如刚酿的葡萄酒一般红艳。但我的眼睛看到了太多残酷的现实，仿佛一个结着肮脏眼屎的七旬老人的眼睛。

根据美军法起诉的罪名，我涉嫌虐待俘虏。对一个在战争期间任职于监狱的看守兵来说，这是理所当然的罪名。我不敢说自己无罪，或许有时候我是故意虐待囚犯，有时候则是不自觉的。或许我也曾经大吼着对囚犯拳打脚踢，棍棒相加。因此，这是我必须承担的罪名。然而，在我身上，还有一项美军检察官不曾起诉的罪名：无所作为。

我没能阻止恶魔挑起战争，也没能终止这场龌龊的战争，没能阻挡无辜者或者只犯了轻微罪行的人莫名其妙地死去。我在群魔乱舞中保持沉默，在无辜者的嘶喊中装聋作哑。你一定会问，“无所作为”怎称得上是罪，犯罪难道不是将某种行为付诸实施才成立的吗？为了回答这个问题，容我慢慢写下来。

我现在要说的故事，不是我自己的故事，而是一个关于战争破坏人类灵魂、杀害无辜者的残忍故事，一个我所见过的人与非人的故事，一个最纯洁者和最堕落者的故事，也是万年前的璀璨穿越黑暗时代黑暗宇宙而来的故事。

如今我终于明白，世间是多么残忍，人类又是多么容易被摧毁。即使如此，人类的灵魂又是多么光彩耀眼。

我希望你不要问我，世间是否存在恶魔，因为我能很明确地回答你，有的！我看过恶魔，甚至还能让你看到恶魔。但我不会那么做。我也希望你能问我，世间是否存在着希望。我也一样能回答你，有的！我看过充满希望的脸孔，也能让你看到那样的脸孔。

我不知道故事该从何说起，也不知道该如何结束。连是否能好好画下最后的句点，也不确定。我只能不停地写下去，但目的绝不在于想为自己的罪名辩解，或想借此苟且偷生，因为我的灵魂已经得到救赎。这篇文章不是请愿书，更不是辩护词。那些东西不能算文章，只能算是文书罢了。我清楚地知道，文书也能成为置人于死地的凶器。几行字句，就能把一个人送上战场，或关进监狱里。寥寥几个字，就能让某个人的脖子套上绞绳。我不希望这个故事伤害任何人，只希望它能救赎我们的灵魂。不然，这些文字就该被丢入火中销毁。就如很久以前，我曾经如此杀害过无数文字一般。

我写的故事，是关于在福冈监狱相遇的两个人。其中一个人关在铁窗里，另外一个人站在铁窗外守护着他。一名囚犯和一名看守，一位诗人和一位审查官。我就在这狭窄又冷硬的牢房里，回忆他们生前的每一天。又高又坚固的砖墙，阳光灿烂的操场，高大的白杨树的树荫，还有必须得到救赎的赤裸灵魂……

第一部

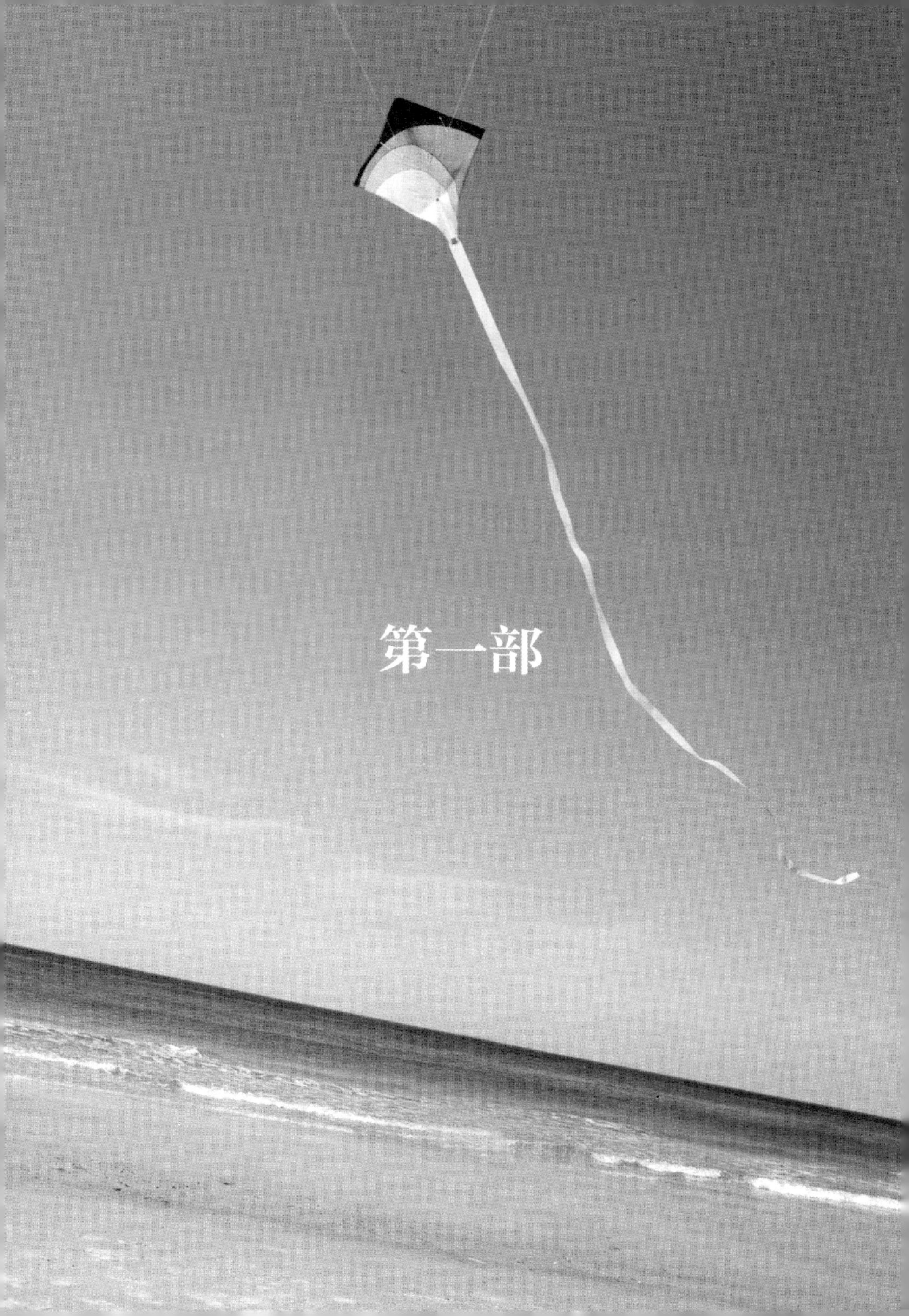

01

我以旅人而来，又以旅人而去

铃声大作，尖锐的金属噪音撕裂了清晨的空气。我条件反射般地从看守室硬邦邦的床上跳了起来。发生了什么事？难道是囚犯越狱吗？窗外还是一片漆黑，在我系紧军靴带子之际，长长的走道上所有的日光灯都亮了起来。在刺耳的铃声和吱吱的播放器杂音里，一个焦急的声音响起："所有看守马上清点牢房内的犯人数目，若有任何异常，即刻报告。三号监舍巡查看守，马上到中央走道入口待命！"

夜班两人一组交替轮值的夜间巡查，从晚上十点准时开始。一一确认走道两旁的牢房，检查上锁装置，整个过程约需要一小时五十分钟，并于十二点，凌晨两点、四点交班轮换。和我一组的杉山都灿是位年过四十的高级看守，也是个仿佛刀刻斧凿的木雕人物。当我结束凌晨两点的巡查工作回到值班室的时候，他已经坐在床沿上，系好绑腿、鞋带，把巡查木棍塞进腰里。他沉默地走出值班室，消失在黑暗中的背影，如同幽灵一般模糊不清。困倦不堪的眼皮将我带入黑暗梦乡，一个破碎四散的睡梦里。

我拼命睁大困倦的双眼，飞快地朝着通往看守部的中央走道跑去。

红砖高墙的另一头，黑暗中传来犬吠声。监视塔上的探照灯像发着蓝光的刀刃一般，在黑暗里扫射，不时响起警卫急促的喊叫声。狭窄的走道两旁，穿着囚衣的男人个个睡眼惺忪地瞧着铁窗外，眼神里充满了厌烦与愠怒。看守一一打开牢门，清点着囚犯人数。闹哄哄的声音，呼叫囚犯代号的声音，混杂在警铃声里。我仿佛被自己的军靴踏地声所驱赶似的，快步跑了起来，上气不接下气地赶到了三号监舍中央走道。那里有一个人，以我从未见过的最吓人的姿态呈现在那里。

仿佛做了一个噩梦，但那不是梦，是让我想逃到梦中、令人毛骨悚然的现实。

一楼的中央走道里，黑红色的血迹十分显眼。尚未凝结的血滴呈放射状四溅开来。血是沿着二楼的走道栏杆落下来的。他被吊死在从房顶横梁垂下的粗绳上，被绑在两侧栏杆上的双臂大大地张开。血从他的左胸不断涌出，流过腹部、大腿，沾湿了脚背，在大脚趾尖凝聚后，滴落下来。

脖颈垂落下来的他，正向下俯瞰着我。是杉山都灿！三号监舍的看守，两小时前才和我交班的巡查人员。

我全身的寒毛都竖了起来。我从没想过死亡是怎么一回事，每天光想着怎么活下去已经很辛苦了。死亡，并不适合仅仅十七岁的年纪。虽然穿着军服，但包裹在军服里面的我，其实只不过是个少年而已。然而，我知道，或许我已经被卷进了死亡所形成的旋涡中，正如大船沉没时所产生的巨大旋涡会把一切东西都吸进去一般。因此，我必须好好地看清他的死，就算是出于保护自己也好。

他赤裸的躯体显得很苍白，正逐渐地冷却。惨白的额头、浓密的眉毛、突出的颧骨以及深深陷进去的双颊，使他的鼻梁和锐利的下巴线条突显出来。带着深深阴影的嘴，呈现出不自然的形状。

我掩着口跑向走道的角落，数度干呕后，才擦干潮湿的眼角。几个看守犹豫着，难以决定究竟该尽快收拾这具被吊死在中央走道上的裸尸，还是先放着不动。他们不是毫不在意，而是因为太害怕了。

我把灯光打在他的脸上，他的嘴唇紧紧闭着，不，应该说是被密密地缝合起来。从下嘴唇往上嘴唇，再从上嘴唇往下嘴唇，有着连续整齐的七个针脚，非常精巧的缝合技术。这是在两小时前，连句“辛苦了”也没跟我说的那张木讷的嘴。这两片嘴唇，每天清早，用一句话就能震慑凶猛如狗的囚犯。现在，这嘴唇已无法发出果断的命令，也不能再肆无忌惮地辱骂囚犯了。我强制给不停打战的身体注入力气，不然，整个身体似乎会像螺丝松了的挂钟一样解体。

看守长的一张脸白得像张纸似的，他结结巴巴地惊慌下令：“快把尸体弄下来，盖上白布，送到医务大楼去。”看守一个个跳了起来，奔上二楼解开绳结。尸体慢慢地降落到地板上，两名看守抬着担架，无声地消失了。“同组交班的巡查人员是谁？”

看守长看着四周，简短地询问。

我靠紧双膝，大声地回复：“渡边由一！今晚的巡查勤务人员。”

看守长眼神锐利地看着我，大声地说着什么，但我耳中听不到任何声音，只有潜入昏沉梦境中的警铃声、外围监视塔的警报声、警犬的吠叫声、酸臭的呕吐味道，以及穿梭在黑暗里的探照灯，纵横交织在一起。在建筑物入口搜寻，想找出犯人侵入和逃走路线的看守，突然跑进来大声报告。

“下了一整夜的雪已积到脚踝上，连一个脚印都没留下，本馆周围也没有发现任何人出入的痕迹。”

就算他不说，也知如此。如果是从外部入侵，必定会在室内留下雪融化的水痕或鞋印，但室内完全看不到这类痕迹。那么凶手究竟来自何处，又消失到哪里去了？一切都很混乱，一切也令人难以置信，仿佛是一场恐怖的噩梦。一位上级看守拍拍我的肩膀，我一下子回过神来。他转达了看守长的命令：“收拾好杉山的遗物，整理一份事件报告上来。”我赶紧跑上了通往二楼的楼梯。

二楼走道栏杆旁边扔着一件黑色的看守服。生前，他连一粒扣子都不曾解开，领圈也不曾松开过，他就是个适合穿制服的人；或许不该说他是个适合穿制服的人，而该说是制服很适合他穿。看守服就是他的皮肤，脱掉看守服的他，什么也不是。

被粗暴脱下的衣服的裤脚和袖管翻了过来，扣子也被扯落。我看了一下看守服上衣左胸处，却没发现钉洞痕迹。凶手先杀害了他，之后脱掉他的衣服，吊起他的脖子，最后才在左胸上刺入铁钉。膝盖处磨损了的裤子被胡乱地散放着，但两侧齐整的缝褶如刀刃般显眼——为了不养成双手不自觉地插进口袋里的习惯，他特地缝合了袋口，细密的针脚也反映出他一丝不苟的性格。

我把手伸进老旧的看守服口袋里，这是他心脏的位置，两小时前心脏还在不停地跳动着。仿佛将手伸入温暖鸟巢的少年一般，我颤抖着。指尖触摸到如雏鸟绒毛似的东西，是张横折后又竖折的四方形白纸，这就是他身上唯一的物品。如果这是他生前所珍视之物，那必然也和他的死亡有关。摊开白纸，端正的字体出现在眼前。挤成一团像个小村庄似的文字，私密地低语着：

晚安

我以旅人而来，又以旅人而去，

你如五月美丽的春花向我迎来。
如今世间沉浸在悲伤里，
我所踏足之路，也为白雪所覆盖。

我不知道，离别何时到来，
黝黝的黑暗里，我得找到路离开。
我孤独的同伴，只有冰冷的月影，
跟随着印在覆雪草原上的野兽足迹，离去。

即使无所事事在此留恋，也只会被人推上一把，
迷路的狗群，在你的家门前吠叫。
爱，就是漂泊，
如果说，那是神的旨意，我也只能再度离去。
睡吧，我的爱！

不想扰你的梦，也不愿惊了你的眠，
放轻脚步，悄悄地，悄悄地，关上门。
在你的门楣上留下一句问候，“晚安！”
你会看到我对你的爱。

潦草的笔迹，从第一行到最后一行，都渗出深深的爱意，以及……悲伤和绝望，字里行间仿佛看见一个悲伤的男人独行在皑皑白雪夜路上的背影。我仔细观察每个字，笔端停留处，带点犹豫似的晕开墨痕，潦草的笔画和快慢不一的笔触，用力或无力的小小线条的变化……我血管

里的血，停止了流动。

这首谜一样的诗，是他自己作的吗？还是单纯地抄写某个人的诗？如果说这笔迹不是他的，难道会是某个人故意将字条放在他的口袋里吗？那么，这个人是谁？为什么要在他的暗袋里放入这样的诗？

*

在言及杉山都灿的死之前，似乎应该先说说他这个人才对。我在三个月前来到这座监狱，和他一样成为监狱看守。他是三号监舍看守，我则属于四号监舍。我是在四天前才调到三号监舍的。才调来不过四天，就碰上了杀人事件，倒霉！对于他生前的事情，我知道的不多。或许该说，一无所知。他不是死后才成为幽灵，而是还活着就如同幽灵一般。

即使如此，他这个人也不是毫无可言的。相处的四天时间，我眼中所看到的他，如破碎的马赛克瓷砖一般浮现在我脑海里。一想到他，就会联想起监狱的中央走道。日光灯下一个穿着土黄色看守服的男子，手里拿着囚犯的名单，踏着规律的步伐，在走道上来来回回走动。囚犯全都压低了声音，从狭窄的铁窗内侧看着他的背影。他的脸庞如石膏像般没有温度；他的双唇如忘了密语的阿里巴巴洞穴再也不会开启，偶尔才有缺乏抑扬顿挫的沙哑嗓音从干燥的双唇间流泻出来。即使无须用力或大声说话，他也知道如何以低沉的声音来震慑对方。

刮理干净的下巴，仿佛闪着钝钝的青铜色，中间断裂错开的鼻骨，使他的鼻梁向右侧歪斜。看守曾经热烈地讨论过，究竟是什么人打断了他的鼻梁骨。是传说中使左手的黑道分子？还是在诺门坎战役中身高两米的苏联军人……还有人猜测，不是人为的，而是被落在旁边爆炸开来的炮弹碎片或苏军步枪的枪托击打造成的。然而，没有一个人能为他断裂的鼻子找出正确的答案。

他的眼睛，我不知道该怎么形容才好。我没看过他眨眼，也没看过他的眉毛上扬，更没见过他流眼泪。他的眼睛如同一个空荡荡的洞穴，压低的看守帽帽檐阴影将他的眼睛藏进了黑暗里。如果说眼睛是灵魂之窗，那么，他紧紧闩上了自己的窗。从眼睛下方一直延伸到嘴唇的泛红疤痕，在阳光下闪闪发亮。没有多少人知道疤痕从哪里开始，或许向上穿过了他的眼睛，延伸到额头也说不定。他的皮肤如海蜇皮一样透明，使得他的眼睛黑沉沉的有如一窟洞穴。

他是守卫福冈三号监舍的幽灵，来去于中央走道和牢房之间，出现在他该出现的地方，做着他该做的事情。他的得当和纯熟使得这里从没发生过什么大事。有关他的传闻，由三号监舍向外传遍了整座监狱。不只是看守，连囚犯也一样；不只是朝鲜人，连日本人也耳闻他的大名。所有人都害怕他的名号，但也同样轻视这个名字。我无意将传闻夸张成事实，只是觉得，如果有必要说说这个人，那就提一提相关传闻也好。

杉山都灿被分配到福冈监狱是在一九三九年的夏天。典狱长曾经期望，这名满洲战场上的英雄能在脏乱的监狱里唤起大家真正的军人精神。所有看守动用起所有的情报网，暗地里调查这个不明人物，然而大家能打听到的消息并不多。毫无根据的传闻和无谓的猜测，一一附着在他独特的行为举止上，便成了真真假假的故事。有关他的第一个传闻，便是诺门坎战役。

听说，他曾经是驻屯于满洲的关东军二十三师团六十四连队的伍长。他看到了很多不知为何而战、为何而死，却不断死去的同胞。面对蒙古与苏联的联合部队动用的高射炮、装甲车、骑兵等武力，他带领的中队被苏联第九机动旅包围。师团司令部下令，所有部队独力冲破包围圈，向东边撤退。于是他带领三十余名部下，白天潜伏，晚上趁着炮击攻势稍停，出兵袭击苏联装甲兵。经历了两个星期的孤立无援，他终于冲出包围，成功撤退。在这场损失了三十辆战车、一百八十架飞机，死伤两万多人的战役中，他几乎算是唯一的幸存者。

谁也不知道故事是真是假，但可以确定的是，关东军二十三师团确实在诺门坎与蒙古和苏联的联军发生过激烈战斗。虽然无法判断哪些是真实的、哪些是虚构的，但至少他还活着，这就是不折不扣的事实。

每个看守仿佛亲眼所见似的，口沫横飞说着他的英勇故事。还有个看守说，曾经看过他身上有七个枪眼；另一个看守说，因为炮弹就在他身旁炸开的关系，他的左耳已经完全听不见了；还有人说，他的腰际还嵌着一块巴掌大的炮弹碎片。因为他一直保持沉默，种种故事变得听起来更像有那么一回事。

第二个传闻是监狱的几名看守亲眼目睹的。在福冈监狱的他，因为枪伤未能完全愈合而显得有点跛，没刮干净的胡子拉拉碴碴，眼睛像野兽般闪闪发亮。他把这孤立的空间当作自己的新战场。虽然没有看得见的敌人，但他视所有人为敌。囚犯的一个小动作、说的一句话，他全都不放过，棒子一下子就挥了过去。不知有多少肩胛骨和锁骨被打得粉碎，头颅被打破。他如毒蛇般邪恶、豺狼般狡猾。囚犯看到他个个两腿发抖，看守也全都躲着他。

他的存在，因为一次朝鲜囚犯暴动事件，一下子就在福冈监狱里突显出来。那次暴动起因于三名朝鲜囚犯煽动年幼的拒绝参军者，把劳役场的大门从里面反锁，他们抓了三名日本役夫当人质，要求得到战俘待遇。

这件事情应该上报到特高课[①]，但典狱长并没有这么做。他视红砖高墙内为自己的领土，墙内发生的一切事情都应该按照他的意思处理。该发生的事情，才能发生；不该发生的事情，就不能发生。把警察叫到高墙里来，这对于他是极大的耻辱。因此武器库大门大开，看守全都拿到了一把手枪。就在这时，他出列站到典狱长面前。他直直地盯着典狱长，要求进入劳役场里镇压暴动的囚犯。他脱下看守服上衣说，十分钟后，如果大门没打开，再使用枪械镇压。他仿佛被吞噬了似的进入劳役场内，门又若无其事地关上了。典狱长看着墙上的挂钟，细长的秒针如同生鱼片刀一般划过他的胸口。五分钟过去了，掌心都是汗的看守个个坐立不安。典狱长开始准备进攻，也做好了人员伤亡的打算。突然，劳役场内传来哐当什么东西破碎的声音，还听得到微微的哀号声。听到进攻命令的看守用力推开大门，向前拥去。典狱长看到眼前的光景，简直不敢相信。他站在高高的作业台上，腰间插着一根棒子。一地头破血流或嘴角撕裂或眼角瘀血的囚犯，如虫子般蠕动着。

我不知道这个传闻掺了多少水分，但他只身进入暴动者抓了人质的劳役场里，是不争的事实；毫发无损地活着出来，也是无可争议的。事件结束后，他又成了监狱里仿若不存在的人物。我第一次看到他的时候，还有那个事件之后，他都像个幽灵，像个死去的人，像个只存在于传说中的人物；反而是在他死了之后，才让人明确感觉到他的存在。也是在这时，我才发现，原来我一点也不了解他。

福冈监狱的正门是由三米高的厚重铁门和七米高的砖墙与外界隔绝。

① 特高课，日本于1911年在警视厅设立的特别高等课，1928年三一五事件后，全国府县也设立特高课。特高课的警察控制人民的思想言论，镇压社会主义运动和工农运动。特高课的警察叫“特别高等警察”，亦称“特高警察”，通称“特高”。1945年日本投降后解散。

红砖盖的本馆建筑，形状就像个头朝北、张开两臂躺在地上的人。我不知道，这栋建筑究竟吞噬了多少人。

福冈监狱原本是九州岛的地方监狱，三年前才升格为国家级规模的监狱。太平洋战争爆发后，日本成了一个超级混乱的熔炉。反对战争的知识分子以及在治安死角里窜行的犯罪分子，弄得到处一片乱糟糟的。虽然不断增建监狱，但无法容纳不断增加的囚犯。尤其迫切需要的，是能隔离为一点小事就张牙舞爪的反日朝鲜人的监禁设施。于是，拥有适合的设施、又远离本岛的九州岛福冈监狱就摆上了台面，在上级机关的指示下，监狱扩充，增建监舍。

本馆为包括典狱长室在内的行政区域，拥有特殊待遇的日本囚犯被关在一号监舍。从行政大楼尾端向两侧分出去的是第二监舍和第三监舍。第二监舍监禁着朝鲜籍杂犯，以及杀人、抢劫等日本凶犯，还有长期徒刑的犯人。第三监舍监禁日本国内逮捕的反日朝鲜籍思想犯和死刑犯。日本杂犯则关在于第三监舍西侧加盖的第四、第五监舍。

监舍不断增建，监狱却因为从全国不断送来的罪犯而手忙脚乱。尤其是第三监舍，突发事件、事故和斗殴情况从未停止过。不时会出现绝食抗议者，各种暴行频繁地发生，死刑也接二连三地执行。朝鲜人被归类为最恶劣的危险人物，并遭到了与之相应的对待。最健康、力气最大的年轻看守被分配到这里，所有的命令都是与棍棒一同下达。被殴打致死送出去的人，多得不计其数。

典狱长室里，浓浓的烟味和红木办公桌的味道十分刺鼻，清晨干净的空气从开着的窗户里飘了进来。墙上挂着盖有天皇玉玺的奖状，下面则整齐排列着印着战国时代徽章的旗帜和旭日东升旗，原木装饰柜放着长长的军刀和闪闪发亮的手枪。头顶半秃的典狱长，手上拿着一根约三十厘米长的指挥棒，如身体的一部分似的自然挥舞着。笔挺的栗色制服裤管上，烫着一条笔直的裤线，胸口上的徽章闪闪发亮。

我进去的时候，他微微地闭着眼睛，脸上带着微笑，房间里流淌着一个男人的歌声。在这强而有力、万分优雅但充满悲伤的声音里，监狱里的一切似乎都得到了谅解。铺着红色丝绒布的桌子上，留声机里的黑胶唱片不停地转动着。延伸到天花板上格调高尚的窗框，声乐家优雅的歌声，清晨刺眼的阳光，还有面带微笑的中年男人，典狱长的房间简直就是超越了时间与空间的圣地。如此雅致的空间竟然藏身在黑黝黝的砖墙建筑物角落，真是令人难以相信。典狱长放下唱针，留声机的杂音也顿时消失。典狱长摸摸修整完好的小胡子，似乎仍在回味着耳中残存的吱吱杂音的余韵。

“第三监舍看守部看守兵渡边由一，有事向典狱长报告！”

典狱长将手里的指挥棒换只手握着，双脚用力，直身站了起来。取代聆听优雅声乐曲的稳重中年男子形象的，是冷漠如石膏像的典狱长。沉醉在音乐里的笑容凝固了，刚才还微微闭上的眼睛里一片冰冷。

“如果是有关被害看守的报告，那就不用了，我已经从看守长那里得知了。”

说话的语气似乎根本不把我当一回事。我保持立正姿势，心里想着，既然知道内情了，何必把我叫来呢？理由很简单，因为我是和他最后交班的勤务人员。也就是说，我是他生前最后的目击者。我咬紧牙关，想稳住颤抖的嘴唇。

“你是学兵出身？”

典狱长尖锐如鹰爪的声音，如抓住一只田鼠般地攫住了我。典狱长是把我当成最后的目击者呢，还是当成嫌疑最大的嫌犯？在我僵硬的立正姿势里，内心不停地颤抖着。

“是的，属下曾是京都第三高校的文科生。”

“运气不错嘛，和你同期被征召的人大概全都被派往南方战场去了，你竟然还能派任在国内，而且不是军队，是监狱。”

典狱长的目光里带着意味深长的怀疑，是不是有军方高阶人士或政府高官的家人或亲戚，在背后替我出了力？据我所知，我根本没有任何能在征召学兵调派上发挥影响力的亲戚。

典狱长眼里充满算计地说：“你得负责这件案子。”

这是什么意思？是叫我安排葬礼吗？还是把杀人的罪名套在我头上，好宣告案子终结？那么，我不如到南方战场算了。在那里，杀敌无数的士兵还能得到英雄待遇；在这里，杀了人就成了杀人犯。我费尽了全力，总算挤出几句话来：“此为杀人事件，属下会向特高课报告。”

典狱长点点头，又用犀利的眼神看着我。

“是啊，按照一般程序来说，该那么做。但这里是福冈监狱，一般程序不适用于这里，因为这里聚集了日本列岛最危险的病菌，也就是社会上不该存在的人，从一开始就不应该活着的人。在南方战场或满洲战场上，战斗的对象是敌人。但在这里，我们得和病菌战斗。一般的常识是无法适用在病菌身上的。那些恶劣的人渣，不要说警察，就算动用军队也拿他们无可奈何。在这里所发生的一切都算战斗行为，能驾驭和控制的人只有我们。因此，不要再说什么向警察报告这样的话了。”

轻柔起始的话语，到最后成了激昂的演说。我无话可回，典狱长以冷静的指令做了总结。

“很好，你就负责这件案子，查出哪个家伙究竟为了什么杀死杉山都灿。”

他像个提出私下交易的商人一样，又接着说："你现在马上到看守长室去，需要什么就说！看守长会采取适当措施，让你能顺利调查。除了必要的数据外，如果你还需要什么证言、和受刑人会面、审讯等，尽管提出。有任何新发现，即刻上报！"

我用力并拢军靴鞋跟，保持立正姿势。但在心里，我不知道该从哪里着手，我能做的事情只有举手敬礼，转身走出办公室。

看守室位于第二、第三监舍叉开的行政大楼尾端。长长的走道尾端，木门的另一侧，连接着看守室和囚犯会面室。这里是被囚者和监视者、囚犯和看守的中立地带。看守室的一个角落，用三合板围起一块破旧的空间，就是看守长室。我打开没法儿好好合拢的看守长室门，走了进去。锈迹斑斑的暖炉上放着一个水壶，壶里传来水烧开的声音。喜欢虚张声势的看守长，在这个私人空间里，像入画一般显得十分和谐。年近五十的看守长，外表比实际年龄看起来老多了。眉距狭窄，表情冷漠，声音干涩。半秃的脑袋上，长着一张让人厌烦的马脸。下垂的眉毛和扁平的鼻梁，苍白的脸色……他一辈子都被禁锢在褐色制服里，被生命即将走到终点的囚犯所折磨。对于自己没有因此沦为犯罪者，他也深感意外。他仿佛被什么追赶似的，显得很焦躁，又好像为了不失去些什么而费尽心力。他究竟担心会失去什么呢？

"最终竟然变成这样！"

这句话不知道是他在自言自语，还是对我说的话。我必须解读他这句话，从表情、语调、所用单字、音调、声音、语气……这句话包含了三种意思。使用"最终"：表示除此之外，没有其他的结果；"竟然"则表示这样的情况不在预期，也不希望变成如此。这两个词语彼此矛盾，既不希望有此结局，但又明知会是如此结局，而不去阻止。"这样"则代表“杉山都灿的死亡”之意。

“您知道杉山都灿先生被杀害的事情吗？”

看守长脸上似乎有一层透明的薄膜掉了下来。他从文件堆里抽出一份文件扔在桌上，厚厚的封面上写着“第三监舍看守工作报告”。他用手指蘸蘸口水，快速地翻着活页夹。

“不是只有我一个人认为那家伙迟早会出事，但没想到是这么可怕的情况……”

他的话暗指杉山会死是有原因的；反过来说，也表示没道理死得这么惨。但一个人会死，难道就一定是犯了什么大罪吗？南洋战场上死去的军人，应该也没犯下什么该死的罪吧？很多人不是因为自己的罪行，而是因为他人所犯下的罪行而丢了命。战争就是最骇人听闻的罪行。监狱其实和满洲或南洋群岛战场没什么不同，因为这里就是个必须和眼中布满血丝的共产主义者，以及杀人犯、纵火犯推推搡搡的战场。

于是我问：“杉山看守做了什么勾当吗？”

我没有使用“杉山先生”或“他”这个第三人称代词，而用了“杉山看守”。这个称呼排除一切私人情绪，带有十分生硬的语感，连一点眼屎大小的好感或同情心都没有。再加上“勾当”的表达方式，就显露出适当的同仇敌忾之心。这让看守长的态度软了下来。

“他虽然从诺门坎活着回来，但没有抛弃战场上的习惯。把囚犯当成敌人一般对待，管理犯人像在打仗似的。这的确是该做的事情，说起来，他算是很认真地做自己的工作。但这里的囚犯看似温顺，其实都是些背地里满脑子想撕咬他的野兽。杉山也跟那些家伙一样，成了野兽，他只要瞪一眼，吼一声，就能让那些野兽垂下尾巴来。”

窗外吹过凋零槐树树梢的风发出呼呼的声音。暖炉上的水壶里，水烧开的声音也停了下来。看来是煤炭逐渐熄了的样子。看守长仍旧一副傲慢又自以为是的表情，尖声说道：“这可不是一个看守死了的问题，而是一场战争的爆发，是那些家伙的宣战！”

该死的战争！战争让我失去了父亲，失去了母亲。战争抢走了我的书、书架、诗和文章，还有奥地利诗人里尔克、法国诗人瓦莱里、法国作家纪德和俄国小说家托尔斯泰。

看守长接着又说：“凶手就藏身在我们四周的囚犯中，第三监舍内部和外表看到的全然不同。罪犯中的罪犯，恶人中的恶人，全都聚集在那里。朝鲜人、叛国者……这里是时常散发出血腥味的阴沟。那些人总是露着獠牙，互相撕咬，连自己的肉都会咬下来吃。一不小心，鼻子就会被他们咬下来，就像不幸的杉山那样。”

憎恶与轻蔑，在看守长充血的眼里随着血丝升起。暖炉里的煤炭发出“啵”的一声，彻底熄灭了。我就像个迫降在敌营的飞行员一般，摸不着头绪，也找不到方向，但也不能就停滞不动。不管是哪里，总得试试看才知道。我拿起看守长扔过来的工作报告夹，这是确认受害者近来工作行踪的最宝贵数据，说不定也是唯一可查的数据。

我翻开磨得发亮的破旧工作报告封面，醺然的纸张味道、刺鼻的墨水味道，还有清香的树木味道散发出来。那是长久以来让我感到饥渴的书和文章的味道。十二月一日、二日、三日……工作报告上的日期停在十二月二十二日。后面的空白，明白昭示着他的死亡。

书写工作报告是一件令人感到厌烦的事情。看守通常以“无异常”几个字来代替具体的报告。如果连这三个字都懒得写，有时就以“同”一个字来取代。但杉山的工作报告书不一样，即使和前一天同样的内容，也以稍微不同的方式记录。他在死前一天的夜间巡查报告上写着：

共四十八间牢房，三百四十九名囚犯熟睡中。巡查时间凌晨两点至六点，走了三百四十八步，往来巡查第三监舍。多数感冒患者和一名全身外伤加骨折患者复原缓慢。

前一天的报告则写着：

凌晨两点至六点，透过监视窗口清点四十八间牢房，三百四十六名囚犯。感冒患者爆发，还有一名全身外伤加骨折患者。

内容没什么变化的报告书里，有一点奇怪的是，每天都会言及一名外伤加骨折的患者，不禁让我对这个人是谁、又因何受伤感到好奇。我向前一页页地翻看报告书，终于在十二月十三日的报告里发现了线索。

第二十八牢房三三一号犯人，因不服从指示和偷懒行为，遭棍棒镇压。昏厥后，送往医务室急救。包括头部在内，全身外伤，肩骨、肋骨疑似骨折。

也就是说，他一直对伤在自己棍棒之下的人的状态进行记录。我翻查了三三一号犯人的关押记录簿。姓名：崔致洙；罪名：学习共产主义、意图颠覆国家、企图暗杀要员、参与内乱阴谋。刑期则无特别记载，也就是无期徒刑。

掸了掸磨得发亮的看守服臀部，我想，说不定那个人能回答有关杉山死亡的疑问。那个时间，囚犯全都关在铁窗里，还醒着动着的，除了老鼠以外就只有几名看守了。全身瘀血、骨折，被关在牢房里的犯人，如何能出来杀人呢？就杉山死亡事件而言，三三一号犯人是我唯一能询问的人了。

有些话，只不过是单纯的声音而已；但有些话，则是能流传数千年的灵魂，隐藏着我们所不知的神秘意义。生命的神秘，通过语言的显现成为一种具象。我却了解，从口中说出的破裂辅音或摩擦辅音的神秘；我也明白，毫无滞碍便能吐出的元音之优雅。辅音和元音混杂在一起，彼此摩擦，互相冲突，就制造出音调、意义以及气氛。我站在高高的砖墙昏暗的阴影下，想起了不久前曾读过的小说人物。一想到托尔斯泰的《复活》，监狱萧索的操场就成了冰雪覆盖的西伯利亚。如果说有一天我会爱上一个人，我想我会爱上的，应该是如同卡秋莎[①]那样的女人。文章，可以让我接受命运；语言，则是让我看到生命秘密和灵魂内在的窗口。如果语言能解释生命，那么又有什么理由无法说明死亡？

看守服暗袋里的纸片仿佛还带着杉山的体温。磨损的角落起了毛边，背面透出黑色墨水写的字迹。是第三监舍信件收发簿，一九四二年三月二十七日，收件十四封，发信五封。下方字段则记载了发信人的名字、地址与收信的囚犯号码。整理思绪写下的第一笔墨水印迹，看得出写的人个性很慎重，虽然潦草，但流畅的笔画显现出强悍的行动力。

人们总是以笔迹来宣告自我的存在，字的轮廓和位置，不仅可看出写字者的性情和欲望，还能看出写字时的心情和气氛——笔画的一撇、一捺所掩饰的个性，问号、引号、句号以及所有标点符号隐藏的性情，字与字、行与行的距离和密度所透露的情绪，用力按压书写的字体所蕴含的执着，省略句号和引号的单纯，慢条斯理一笔一画写下的谨慎，行云流水书写

① 卡秋莎（Katyusha），《复活》的女主角。

文句的爆发力，从左上角一字一句写下的精打细算，甚至还显示出，这是个不在全白空纸上写字的人。

我在笔画和标点符号之间寻找隐藏其中的杉山踪影，结果很耐人寻味，三种文件竟然有两种全然不同的笔迹。工作报告书和信件收发簿的笔迹完全一样，笔画流畅，充满自信。但写在再生纸背面的诗就带着点害羞，又有点迟疑的感觉。正面是排除任何情感、僵硬的公务记录，背面写的却是掩藏自我的谜一样的诗。两种笔迹仿佛在同一个母体内孕育的孪生子似的，自相矛盾。

这两个人会是同一个人吗？还是说，有另一个人故意模仿杉山的笔迹？那么，那张纸为何会在他的口袋里呢？

福冈监狱的组成元素

卷放了数十公里铁丝网的高墙，
数千公斤的钢筋铁窗，
数十万块砖头隔出的数百间牢房，
三十六名看守和两百余名看守兵，还有典狱长，
千名左右的囚犯——杀人犯、强盗、诈骗犯、小偷、朝鲜人……
刑场、乱葬岗，以及太平间。
一名诗人，
一架钢琴，
还有，一个秘密。

——杉山笔记

02

那些事纠结于心，又哗哗流泻而出

夜幕笼罩在监狱的高墙上，不知从何处传来似有若无的钢琴声。每天的此刻，总能听见这纯粹、充满诱惑的旋律。虽然不知道是谁弹的，但我总会跟着哼唱。不远处的医疗大楼中，灯光流泻而出。我不自觉地跟随着光线，更准确地说，是跟随着琴声，开始向前走。琴声是从空荡荡的医疗大楼礼堂传出来的。我停下了脚步，透过干净的玻璃窗，眼前看到的仿佛是发生在梦幻世界里。夕阳斜晖中，高高竖起的直立式大钢琴就像一艘帆船正扬起船帆，趾高气扬地航向金红色的晚霞。看起来不像一件乐器，而像是一座巨大的音乐圣殿——一整排支柱，沿着柱子细致而精巧的装饰和曲线美……

钢琴前面坐着一个身穿白衣的女人。犹如大河源于深谷小溪一般，每当她的手指按在琴键上，又大又黑的乐器就会喷洒出清澈、细致的声音。白皙的手指如水滴在琴键上跳跃，如小鼠在琴键上奔跑，如好奇的鸟儿在琴键上飞舞。我失魂落魄地注视着那个无法接触到的透明玻璃窗里的奇幻世界。时间缓缓流逝，她就像只不知名的鸟儿，一只向着彩霞、向着黑暗、向着沉默飞去的鸟儿。

不知过了多久，琴声消失在黑暗里。结束演奏的她，伸直了腰，凝视着窗外。我沉醉地盯着她，确认她不是一抹幽魂，而是实际存在的人。从一身整洁的护士服来看，她应该是在医疗大楼工作的护士。一张瓜子脸，皮肤如陶瓷般细腻，发丝反射出金黄色的光泽，饱满的额头和细细的黛眉，单眼皮的狭长眼角，带着神秘的味道。两颊染着红晕，微微张大的嘴，引人无限遐思。

我很想走到她的身边，但因自己寒酸如鼠的模样而自惭形秽。我努力地欺骗自己，我不是被她，而是被琴声所吸引。她用嘴里含着的发卡，在头上固定好护士帽。然后在钢琴盖上照了照自己的脸，便抱着护士日志快步穿过礼堂。每当她迈步之际，白色的裙摆便会在小腿处轻轻摆动。当她走出去后，礼堂再度陷入黑暗中。

我不自觉地走进医疗大楼，穿过白色的走道，来到礼堂门前。大门仿佛正在等待我的到来一般无声地开启。在微微的黑暗中保持沉默的乐器，如巨人般稳重，如女人般纤细。一步又一步，我慢慢地走向闪闪发亮的黑色野兽。黑白相间的琴键，木纹清晰的骨架，如坚韧筋腱般的琴弦……我垂下眼睛，看着自己僵硬的手指。粗糙皲裂的手背，沾着黑色污垢的指甲。这么脏的手指也能弹出声音来吗？轻轻按下一个键，清脆的声音随即传出，同时也拨动了我心底紧绷的一根弦，我闭上了眼睛。

“那是sol。”

这声音，如逆水而上的银鱼鱼鳞一般闪闪发亮。我的耳朵里仿佛有数百个钟同时响起。我不知道该把眼睛放在琴键上，还是该转向声音的来源处。那时，我转头看了那女人，还是没看呢？透明玻璃灯泡的光线下，她站着不动。紧抿着的嘴唇，像在闹别扭似的，但不像责备我的样子。抱在胸口的黑色诊疗记录夹和白色的护士服形成了鲜明对比。她的手指白皙修长，十分纤细，指甲泛着红色的光泽。她究竟站在那里看了我多久呢？

“也就是G音，用数字来说，就是第五音，右手第五根手指头，也就是小指头弹的音，是协调所有声音的声音中介，也是将厚重、暗沉的低音与纤细、易碎的高音连接起来的桥梁。”

她上下打量着我的外表。沾满尘土的军服、暴露在风尘里的皮肤和皲裂的嘴唇、长时间没能好好梳洗的邋遢模样……真丢人。她微微地笑了起来，是在嘲笑我吗？还是在同情我？如壁砖般刻薄、冷硬又沉重的话语，好不容易才从我的嘴里挤了出来。

“很抱歉，擅自进入主人不在的礼堂，而且在没有得到许可的情况下，乱动东西……”

我在心里不停寻找着适当的言辞，来为这句未尽的话语画下句点，同时也想狠狠地咬掉愚蠢的舌头，竟然将既庞大又神秘、充满魅力的乐器说成是“东西”。女人说，自己也不是钢琴的主人，只是过来拿回忘在谱架上的乐谱而已。我鼓起勇气，吞吞吐吐地问：

“刚才你演奏的曲子……名称是什么？我好像在哪里听过，一时想不起来。”

她没有直接回答，而是翻开乐谱集摊在我面前，最上方位置标示着曲名：Die Winterreise。

“这是德文，‘冬之旅’的意思。”

“冬之旅……”

我重复着，在嘴里咀嚼她的话。

她又继续说：“《冬之旅》是舒伯特为德国诗人穆勒的诗谱写的恋曲集。全部有二十四首，作品编号为第八十九号。由男中音用低音唱出人生的苦涩与爱情的痛苦，即使没有歌曲，仅以钢琴伴奏，也能让人充分感受歌曲之美。《冬之旅》的钢琴伴奏并不单纯是声乐家高歌时的装饰品，也是牵引整体气氛的独立乐器演奏。因此，舒伯特的歌曲也可以说是钢琴与歌手的二重唱。”

“我很好奇，要与如此卓越的伴奏相得益彰，谁能担纲演唱呢？”

“是丸井安二郎老师。他不仅是东京帝国音大的教授，也是出过好几张唱片的日本最优秀的声乐家。尤其是他演唱舒伯特的歌曲举世闻名。虽然丸井老师是日本最好的男高音，但为了唱出《冬之旅》特有的萧瑟情绪与阴郁气氛，特地转用男中音的音域降调演唱。天生的男高音音色配上沉甸甸的男中音音域，算得上是演唱舒伯特歌曲的最佳者。”

我的表情一定很尴尬。

“丸井老师将于明年二月在这座福冈监狱举办一场为亚洲和平祈祷的演唱会。为了配合音乐会实现和解与和平的旨趣，老师将不使用专属伴奏，而是从监狱工作者中选择伴奏者。”

笑容灿烂的她，一口整齐的白牙让人联想到钢琴的白色琴键。那像是一件小小的、充满魅力的乐器，发出比钢琴更美的声音。

“我是岩波绿。”

她像个女高音一样，高声说完名字就往门口走去。她的话像水滴般在我心口凝结。

“我是渡边……由一……”

我真想重重地敲敲脑袋，怎么连自己的名字都说得结结巴巴。她点点头，穿过空旷的地板走了。黑色的漆皮鞋踩在地板上，发出一声声轻快的声响，仿佛有小小的鹅卵石一颗、两颗在我心里慢慢堆积起来。我注视着她站过的地方，嘴里喃喃念着：“岩波绿……”当名字化为实质的声音，听起来就像首歌。如水滴般凝结在我心中的她，也跟着哗啦啦地流淌而出。

医疗大楼外面，雪花四处飞舞。雪花如冰碴儿般唰啦啦地没入了黑暗中。夜晚的空气中饱含着许多物质。水气、冰雪、寒冷，以及无情、阴谋、秘密，还有除此之外所有不为人知的东西。

看守兵宿舍，就是本馆西面的那栋建筑物。当我回去的时候，宿舍已经熄灯，看守兵也都打着呼噜在睡觉。走道中央，只有从炭火犹存的煤炭暖炉里闪出的微微光亮。我蹑手蹑脚地钻进沾染陌生人体味的睡袋里。真是漫长的一天，杉山死了，我却一无所获地东奔西跑了一整天。谜一样的诗、疑问的笔迹……这是个悠长的梦吗？如果是的话，我只想快快醒过来。我不是福尔摩斯，更不是特高课刑警，也没有解决这起残忍杀人事件的能力，更没有捉住犯人的本领。

风钻过铁皮屋顶的孔隙，发出尖锐的声音。黑暗中，我又想起了那金黄色的火光、幽雅的室内空气、庞大的钢琴、穿着白衣的少女……我轻轻把手放在胸口上，随即感受到老旧看守服暗袋里那张折叠整齐的纸片，我不禁联想起写在纸片上的诗句。

我以旅人而来，又以旅人而去，
你如五月美丽的春花向我迎来。
如今世间沉浸在悲伤里，
我所踏足之路，也为白雪所覆盖。

这是杉山亲手写的诗吗，还是他抄录的诗呢？老用棍棒殴打囚犯的暴力看守和诗，怎么看都不相称。难道是凶手留下的暗示吗？那个家伙又为何在受害者口袋里塞入一首谜一样的诗呢？不管哪个问题，我都得不到答案，但很明显的是，那首诗中一定隐藏着秘密。

突然，脑中响起熟悉的旋律，整天都盘旋在我耳边，不肯离去的一首歌，诉说着一个男人的绝望和悲情世界，以及在痛苦中爆发的爱情。诗与旋律，就如一母所出的孪生子一般相似，旋律温柔地拥抱着诗，诗则被旋律包拢着。诗、旋律、钢琴声，不分先后地糅合在一起。种种的声音如同一首歌的歌词和伴奏般十分协调，闪烁在壁炉金黄色的火光里。三个人的脸同时浮现在我脑中，死去的杉山、典狱长，还有弹钢琴的小绿。诗、歌与钢琴，或许就是连接这三个人的关键，也未可知。

旋律使我想起过去，在战争还没有撕碎生活之时，在世间还未露出狰狞的尖牙，还不懂得啃啮我的人生之际。原以为忘却的名字再度浮现脑中，那些人的面孔鲜明得如同刚洗出的照片一般。陀思妥耶夫斯基、纪德、拜伦、里尔克……他们的灵魂，仿佛从我背后直勾勾地凝视着我。

那时，我的一天是从京都郊区一间有着小阁楼的平房里开始的。母亲开了一家小小的旧书店，刺鼻的书尘和纸张的味道充斥在老旧的木头书架之间。厚厚的书本堆积起来的高墙，将我和母亲隔绝在不吉利的战争消息之外。结实的书架不仅能隔音，还能隔热。商人的谩骂、军人行进时的军靴声、冬夜里的寒意，都无法从十几万页的书本之间渗透进来。在狭窄的书架迷宫里，我守护着自己，不受不稳定的时代和不安的未来所影响。

这家书店，大概是在我上中学的那年开的。担任下级军官的父亲三年前申请进入士官学校就读，但因年纪太大遭到拒绝，于是一怒之下便申请进了满洲士官学校。召集日当天凌晨，母亲和我把父亲送到京都火车站。漫天飞舞的雪花里，一身戎装的父亲的背影仿佛一尊用木头雕刻的兵偶。这个全身冰冻的男人用腿关节断裂似的步伐渐渐走远。冒着长长白烟的黑色列车车轮上，挂着厚重的冰柱子。父亲杂乱的胡须上也结了白色的霜花。父亲的睫毛很长，和我的睫毛一样。

“由一，要好好帮母亲的忙！”

父亲嘴里吐出白白的气息，有棱有角的话语随之而出，混杂在黑色火车长长的汽笛声、哨子声和军人的军靴声里。女人的哭泣声被军歌声掩盖，逐渐远去，父亲也走进了钢铁打造的黑色怪物肚子里。

不管是租下了小小的店面安装书架的时候，还是挂上白色洋铁招牌的时候，母亲的额头上都飘散着几缕头发。于是我买了一只蝴蝶发卡送给母亲，这不是一件礼物，而是因为父亲临走前最后的交代，要好好帮母亲的忙。

书店前台上放着浓浓的糨糊、韧性十足的纸，还有摊开的棉布，这里就是书籍的综合医院。母亲先在撕破的封面抹上糨糊，再把硬邦邦的马粪纸垫在撕破的封面下，把散落开来的精装书缝合，崩裂的书背则用棉布包住。碰到损毁情形严重、完全无法修补或书页撕毁的书，则就地送终。母亲为筋疲力尽的书唤起一线生机，也为难以复苏的书好好送终。死去的书会成为某个家庭的引柴，或冬夜里装着热乎乎烤红薯的纸袋，或成为给不懂事的小孩擦鼻涕的卫生纸。然而，即使书本死了，文字仍旧活着，会呼吸。烤红薯纸袋上写着的柏拉图的字句，能吸引贫穷的苦读生的目光。为幼子擦拭鼻涕的父亲，会被大仲马的文章吸引，忍不住摊开沾着鼻涕的纸张。

我和母亲的一天，由小小的书店开始，也从这家小书店结束。每天清晨，我们踏着寒冷的空气走到书店，一打开上锁的玻璃门，马上就会闻到在黑夜里闷了一晚的刺鼻旧书味。学校放学以后，我就回到由书籍所筑起的摇篮中。迎接客人的前方柜台，是母亲的领域。我则缩在后面狭窄的书架之间，翻开新进书籍的最后一页，盖上书店的店章，就像个在自家牧场的小牛屁股上烙印戳记的牛仔一般。这是让书成为我们的财产，也成为我们家人的一个必经过程。虽然书本的尘埃会让我打喷嚏，锋利的纸张边缘会划伤我的手指，坚硬的精装书棱角也会刺到眉端，但我乐在其中。

我把所有的书籍分门别类地整理好，再将畅销书排列在柜台前端。这时，一本本的书就是一个又一个的世界。由文字构筑成的五花八门的世界，便按照我掌管的秩序一本本地排列在书架上。当托尔斯泰的散文和陀思妥耶夫斯基的《罪与罚》被放在同一个书架，发黄的《奥赛罗》被移到《李尔王》旁边时，我就像个独裁者一样，掌管着一个只能按照我的秩序、我的法则运行的宇宙。不知从何时起，光凭味道，我就能知道书的年纪；随便浏览一下目录，我就能掌握书的内容，如同一个从外皮的颜色和触感就能察知果肉的成熟度和甜度的农夫一般。当顾客推开玻璃门走进来，从他们的表情，我就可以看出灵魂的样式，于是，我便会递过去他们所梦想的书。有时，我也不会把他们想要的书拿给他们，因为那些是我不想交给任何人、只想永远据为己有的书。里尔克的《马尔泰手记》、彩色版的《凡·高画作》《钟楼怪人》……看着带着失望眼神离开的客人的背影，内疚的同时，高高提起的心也放了下来，我终于保住了心爱的书籍。

书店后方是由书本堆砌成的迷宫，难以计数的书页之间，有着无数的羊肠小道在诱惑我。有时，我躲藏在革命前夜的巴黎下水道里；有时，我也会在连血都冻住的西伯利亚雪花中遇见一个女人。时而，我会进入英雄与神的土地，也会去到监禁废太子的孤岛上。书，如同未曾去过的都市一样，充满诱惑。巨大的思想支柱和文章街道，费解的字句迷宫和复杂的音节巷道，词语就像一家家摆满商品的商店，标点符号则如同古老门阀的家徽一般闪闪发亮。文句静静地在呼吸，词语似有若无地在呢喃。

当远方金阁寺的屋顶闪着金光，西方的天空也染上了晚霞的颜色，我才如午夜前返家的灰姑娘一般回到现实。在黑暗透过四角玻璃窗一举涌入之际，母亲就会关上玻璃门。文章的世界再度隐没到黑暗里，英雄与国王，还有失去爱情的女人，又在书页中沉沉睡去。

回到家的母亲看起来很寂寞。不想让母亲感到寂寞的我，便不停地引着母亲说话。当天卖了哪些种类的书？是什么人买走的？那些书的内容是什么？我不停地问。令人惊讶地，母亲竟然也能一一详细回答。很久前读过，却没什么兴趣的书；想读，至今却一直没能读到的书；还有读过却忘了的书。母亲是否也想借由书本中无穷尽的故事来逃避现实呢，从无止境的寂寞、难以忍受的疲倦里逃脱出来？母亲有时笑，有时点头，但那笑容显得很空虚。我知道，我无法安慰母亲的寂寞，也无法分担母亲的疲劳。这时，我心中便会升起一股离别的味道，那是父亲留下的香烟和汗味，带着淡淡的悲伤气味。

大雪纷飞的京都车站前，父亲留下的，只有戴着褐色军帽、背着行囊的背影。如同在沙上画下的沙画一般，父亲的面孔也随着时间的流逝逐渐风化，慢慢消失。父亲走了以后，连一封信也不曾寄回来。我也不再等待父亲的信，甚至不再等待父亲的归来。我遗忘了父亲；不想被父亲遗忘，我只好先遗忘父亲。我不想因为那百分之一的奇迹，而抵押自己百分之九十九的生活。

虽然母亲很寂寞，我很悲伤，但我们一点也不觉得不幸。书本筑起的城堡，保护我们免受任何伤害，成了一处绝对安全的地带，也是一处避难所。这里也是远赴满洲战场的父亲为我们留下的卖命钱。一直到很久之后，我才知道这个事实。如果我永远都不知道，或许会少点悲伤，少点心痛。有时，我们总会因为太早认识一个人，太迟察觉一件真相，以及太久没能见到的人，而感到心痛。

03

孤独走在陨星下的伤心背影

次日清晨，看守长室。看守长把帽子压低到眉毛，迎面对着我。就算是凭借制服的力量，也想展现出自身威严的他，只要不是独处，必然会紧紧地戴着帽子。因为帽子能使他的个子看起来比较高，遮掩光秃秃的额头，还能在他混浊的眼睛和扁平的鼻梁上拉出蛮像一回事的权威阴影。

“查到了什么？”

看守长带着笑容，递过来一杯从暖炉上水壶里倒出来的茶。我用僵硬如干柴般的声音回答：“没什么特别的报告事项。”他调整了一下帽檐说：“对你这个年轻的学兵来说，这不是件容易的事。但你要把这件案子视为己任，坚持查下去，就算再难也一样。”

体贴的话语最后隐藏着尖锐的挂钩。“就算再难也一样。”他根本不相信我，或者说，不想相信我。我从口袋里掏出纸片，摊开放在桌子上。

“从死去看守的衣服暗袋发现的便条，上面写着一首谜一样的诗。”

看守长来来回回看着我和桌子上的纸片，哄然笑了起来。

“果然，狗改不了吃屎啊……”

如果我是只小哈巴狗，耳朵一定笔直竖了起来。看守长看出了我心中的好奇，若无其事地接着说："杉山都灿是个书蠹虫，就像只在文句之间迷了路的狗一样。"

他的话里包含了两种意思，杉山喜欢文句，但书对他来说一点意义也没有。看守长似乎很享受我的好奇，贱兮兮地笑了起来。

"他也担任第三监舍的审查官。"

审查官的职责是什么，我很清楚。说得好听是审查官，其实只不过是后房里的老头儿罢了，这事根本不需要什么特别的能力。我在第四监舍的时候，那里的审查官就是个五十多岁的老看守，算是给予已无力掌控凶暴囚犯的他一个礼遇性质的工作。他一整天都呆坐在小小的审查室里，头一点一顿地打着盹，每天的工作就是阅读下午两点左右由收发兵送来的信件。然而，一级看守杉山竟然会是在后房翻查信件的审查官？

看守长又解释："第三监舍在福冈监狱算是个很特别的地方。关的犯人都是罪犯中最恶毒的罪犯、坏人中最残忍的坏人。和这些禽兽不如的朝鲜人比起来，你待过的第四监舍的罪犯简直就是天使。想要检查那些家伙的信件和书籍，审查官就得像那些家伙一样狠辣恶毒、六亲不认才行。杉山不仅是高人一等的看守，也是优秀的审查官。"

"大字不认得几个的他，会是个优秀的审查官？"

我的声音听起来像在反驳。

"就因为他不识字啊！因为是文盲，才能成为优秀的审查官。"

"一个不识字的人，怎么可能成为优秀的审查官呢？"

暖炉上水壶里的水烧开了，咕嘟咕嘟的声音混杂着我的话语，撩得人心里难受。看守长清了清嗓子，开始解释。

"自从第三监舍关满了朝鲜人，就必须有一些比较特殊的审查方式，因为朝鲜人的思考模式和日本人不同。首先，凡不是用日文写的信件，一律不准送进监狱。从这里寄出去的信件也好，寄进来的信件也罢，只能使用日文。要检查朝鲜人写的日文，比起日文娴熟的看守，不识字的人更合适。因为能和不熟悉日文的朝鲜人保持同样的阅读、书写方式，更能检查出暧昧的措辞或句型。”

“像杉山这种目不识丁的人，原来更合适啊！”

“虽然他连小学的门槛都没踏进去，但他的理解力和学习能力十分了不起。只要和文字有关，他简直到了明察秋毫的地步。他以惊人的热情和速度学习日文，在衡量文章时，尺度犀利又精准。他不像一般人在阅读时会产生情感上的共鸣，而是基于本能，剜削出禁用的单字和措辞。即使是难以理解的表达方式，或带有两种以上双关语意的复杂句型，同样也无法逃过他的眼睛。”

看守长摇摇头，又接着说下去。

珍珠港空袭后，战况愈来愈激烈，社会也更加动荡不安。身藏利器和汽油的暴徒和反动分子在街上逗留徘徊。治安局不时出面逮捕反日朝鲜人，他们形同会移动的火药桶，不仅是散发着恶臭的垃圾，也是戕害善良老百姓的凶器。日本全境的反日朝鲜人纷纷遭到逮捕，连带有反动思想的留学生也全被捉拿。然而，反抗还是毫不停息。难以计数的思想犯被关进了铁窗，但所谓独立的妄想仍旧如幽灵般在东京街头和大学城里飘荡，沾染上其他的朝鲜人。治安局一旦逮捕朝鲜思想犯，便会连同他们所写的信件、文字、发表作品、书籍、文件、私人借据也一并没收，以便一举歼灭恶毒的思想和腐臭的精神。一俟判刑，没收品的箱子和目录便会随同犯人一起送进监狱。不仅是他们的身体，他们的灵魂也一并被关押起来。

审查，已经不是需要而是必要的事项。成立审查部的典狱长既已选择杉山担任审查官，便特别指示他学习日文。杉山反问，会读书识字的看守这么多，为何要他做审查官？他不仅不识字，而且还憎恨文字。把无数人送上战场的命令，在弱者心上点燃一把火的 ×× 主义之类的东西，对他来说只是让世间堕落的工具而已。然而，他是军人，不需要理解命令，只需要服从。于是他摊开纸张背面，好好地学写他所不认识的文字。

审查室是在第三监舍末端加盖的一栋建筑，这里曾经是拷问室和死刑执行室。在具备绞首台和枪毙场的大规模死刑场增建之后，这里就空了下来，也只适用于同样令人厌恶的部门。曾经担任拷问官的杉山，会成为审查官或许是命中注定的吧。他在审查室里，从早到晚埋头于黑色的字丛中，就像条不停啮食绿色桑叶的蚕一样。审查室就是他一个人的寂寞战场，他的敌人就是朝鲜囚犯——从事破坏的共产主义者、试图暗杀高层官员的恐怖分子、企图颠覆政府的无政府主义者、小偷、强盗、诈骗犯……他在信件、文书、便条和日记里翻检，在单字和单字之间检查出反动意味，从行间段落里找到禁止的单字。就如同一名跋山涉水、搜索丛林与沟渠的侦察兵一般，他以钢铁般的心脏、坚冰似的冷酷，不只是文字的意义和功能，连其内含的情绪和感情都一并搜查出来。排除一切情感的文字，他从中抽取其骨架，筛检出反动思想。一个反动单字、一句暧昧的话，都无法从他眼皮底下逃脱。

信件审查后便将没收品箱子按照编号分类整理，放到书架上。囚犯执行死刑后或因故身亡，箱子也会随之一并销毁。杉山虽然只是稍微脱离文盲之列，但是名优秀的审查官。他学字的理由，是为了摘除脆弱的文字，消灭阴险的词语，焚烧反动的字句。在他的红笔下，文章被切割，句子被斩断。不管是单字的用法、句子的长度，还是表达的强弱，在严格的衡量下，只要有一分超过，马上就被盖上红章——“销毁”！这便是对文章的死刑宣判。然而，他对自己的行为一点也不了解，也不想多了解。

他对于能在敌人的包围圈中如田鼠般艰难活着回来，感到非常骄傲。七年三个月的不断战斗中，在大雨中藏身壕沟四天，大风雪中的枪战，伸手不见五指的暗夜里不分敌我的生死肉搏近身战，踩着同胞鲜血和内脏不断奔跑的突击战，从敌人三个星期的包围中活下来的游击战……比起所有的战斗，他认为，这个密室的安静战争更有价值。这是一场没有硝烟炮火、没有嘶声惨叫的沉默之战。书本和记录簿如敌军般无休止地拥进来，在难以计数的句子和词性、单字和标点符号中，他找出了蠹蚀健康帝国、扰乱单纯百姓的敌人。抬起头，西侧巴掌大的窗户已经被晚霞染红，他再度逃往纸张和墨水的世界中去。再次抬头，窗外一片星光灿烂。在书页与书页、活页与活页之间驻留良久，猛一睁眼，曙光已现。这时，他才会揉揉布满血丝的眼睛，在问号和句号中间停下来，在形容词和动词之间短暂地合上眼睛。

等到天光大亮，他就会将夜里单兵作战所举发出来的反动书籍和信件，送到审查室旁边空地上新盖的焚化炉里。寄生在帝国土地上，蚀害国家的违禁文书便会在那里接受最终审判。看着火苗静静地吞噬违禁文书，他感到心安。如同烧毁反抗军的村庄，如同处决顽固的叛逆分子，一切终将烧成灰烬；反动思想和肮脏妄想全都灰飞烟灭，蜷缩的文字和破碎的纸张把人从颓废的深渊里解救出来。

这就是他以独特方式所开展的寂静战争。在这里所要面对的敌人不是只有一名，而是数万、数百万看不见的敌人，一场连叛逆者种子都得清除干净的无形战争。

看守长在裤子口袋里掏了掏，突然递给我一样东西，厚实的手掌上躺着一只亮晶晶的打火机。

“这是杉山留下来的东西，你可能也用得上，拿去。”

看守长抽出一根烟，叼在嘴里说。会用得上打火机的事情，是什么呢？他深深地吸了一口烟后才接着说：

“杉山不在了，审查业务整个瘫痪。信件没人审查，堆得山一样高的反动书籍也没人分类整理，你就暂时负责信件和书籍的审查和销毁吧！”

看守长弹了弹烧成白色的烟灰，我才明白看守长说打火机“以后用得上”的意思。这是个销毁反动信件和书籍的命令，意味着要我将求之不得的书籍亲手送进火焰里。我不知道该高兴还是该难过，有种身为亚伯拉罕必须手刃亲子的感觉。

“看守部里比我经验丰富、更能胜任的人很多。再说，我一点也不了解审查工作。”

“就我所知，最能胜任这个工作的人就是你！因为你具有他们欠缺的能力。”

“什么能力？”

“解读句子、诠释文字的眼光！从兵籍记录来看，你在入伍前是个文学院的学生，还曾经在天皇杯全国即席创作赛上获奖。你有能力辨识隐藏在字里行间的秘密。放眼看守部，还有谁拥有如此熟悉文章的能力吗？”

对所有看守来说，他们自有其独特的生存世界，就如鱼必须生活在水里、狮子无法离开草原一样。他们生活在其中，通过交流与牵制、监视与猜忌、阴谋与结党，获得晋升攀登高位。没有看守愿意一整天像个老头儿似的钉在破旧的小房间里，翻看囚犯的信件、书籍。看守长只是想把大家都讨厌的工作推给我罢了。但我也不愿意到那间审查室，惨死不久的审查官的灵魂说不定还徘徊不去！我握紧了打火机。

“审查官死亡事件，我还有很多整理与调查的工作。”

看守长不以为意地说：“我没让你一定要找出凶手，你也找不出来吧！只不过，赶在有人把事件传出监狱围墙之前，结束整件事情。总不能让特高课天天在我们这里晃来晃去。回过头来说，审查工作就不同了，非你不可。”

看守长似乎觉得杀人案一点也不重要，相比于我查出些什么，似乎更希望我不要查出些什么。或许不是我这个即席创作赛获奖的文科生适合审查工作，而是要使我被大量的审查工作缠身，不再有余力去想杀人案。典狱长把这件案子交给我的原因也是如此吗？除了不让杀人案越过监狱的高墙之外，就算在监狱里，也不要这个案件受人瞩目。他们想让这件案子成为一桩既不重要也不必要的事情。结果就是，把案子抹掉，当作从未发生过。这就是典狱长把案件交由我负责的原因吗？难道我只是个草草结案、随便善后的无足轻重的役丁吗？

看守长接着说：“审查规则很简单！不是用日文写的信件，禁止进出监狱，这就不用我说了。只要有任何不确定的内容，就无条件销毁，烧到一页不存，知道吗？知道了就马上到审查室去！”

我从一开始就没有选择的权利，服从命令就是我唯一的选择。我不由得开始埋怨死去的杉山，要不是他死了，重担也不会落到我身上。

通往审查室的门就在行政大楼走道的角落。要弯着腰才进得去的边门，就是进入杉山孤立世界的入口。推开沉甸甸的木门，后面连着一条狭窄的走道。往阴湿的黑暗里走三四步，就能看到左边有扇破旧的小门。打开锁头，推开门扉，一个陌生的房间进入视野。这是审讯室，有一张老旧的木头桌子和两把椅子。杉山必然曾经在这里挥舞着木棒，审讯反动文书的制作者和反动书籍的持有者。另一边有一把套着皮革的铁椅。说是椅子，其实就是一件拷问的刑具。我赶紧关门、上锁。审讯室隔壁有另一扇门，就是数据室，里面有战时国民行动纲领、动员物资增产指导书，以及一些强调皇民义务的教育书籍等。藏书不到百册，但也担当着监狱图书馆的角色。

审查室是位于走道尽头的里屋。解下又大又重的铁锁，一打开门，纸张和干墨水的味道扑鼻而来。这是知性的味道，也是无数词性和标点符号的香气。突然，我感到一种比肉体饥饿更难以忍受的灵魂饥渴。在一片黑暗里，我才领悟到自己究竟是个什么样的人。我渴望的，是陈旧的霉味、在空气中飘浮的书尘。我的灵魂，只想像只蚕一样，在白色的纸张上匍匐，啮食黑色的铅字，吃睡在其间。我如做梦般，走向成排书架之间的狭窄甬道。

书架尽头，木桌上墨水打翻的蓝渍，染得桌面一片脏污。老旧的书桌上摆放着审查工具：笔筒里放着美工刀、剪刀、老花眼镜和回形针，还有删除禁词的黑笔；日文辞典、英文辞典、汉语辞典《玉篇》，还有杉山自行整理出来的朝鲜语单字本。小书架上插着老旧的活页夹："数据室图书目录""没收书籍目录""审查报告""销毁文书目录"……

我抽出"审查报告"，翻开来看。其实，大部分被没收的书籍是根本不需要审查的，因为朝鲜人读的书不是煽动反抗就是威胁体制。然而，即使如此，杉山还是详细记下审查内容，并指出有问题的部分。"销毁文书目录"里，则写着那些灰飞烟灭的书籍名称、尚未成书的著作名，以及作者和诗人的名字——屠格涅夫的《初恋》《父与子》，《霍桑短篇小说精选》，但丁的《神曲》……

书名下的红色底线，仿佛死去书本所流的血。销毁书籍中，连一名朝鲜米商的赊账簿都有，销毁的原因是“无法辨明真伪的无意义数字不断反复出现”。看守长说过：“战争时期，所有印刷品都视为违反国家利益的反动文书。”就算他不这么说，我也知道，国家这个怪物有多么憎恨书籍。而憎恨，其实就是恐惧的代名词。所有的国家和体制都畏惧书籍，与书籍格格不入。因为书，国家灭亡，君主被驱逐，贵族四处亡命。

书桌旁边，有两个邮件袋。一个放着囚犯要寄出的明信片，另一个是从外部寄来的邮件。寄出的明信片内容大部分是嘱咐送来个人必需品；但通常他们都无法收到满意的回信，因为物资的缺乏是不分监狱内外的。看到有问题的表达方式，就用粗笔涂掉。当明信片被丢到邮袋里，就算通过审查。

打开浅浅的书桌抽屉，里面放着一捆文件。解开铁线来看，是一本封面剥落的一年前的工作日志。瞬间，有些什么自我脑中一闪而过。我从看守服口袋掏出破烂的纸片，摊开来看。皱巴巴的纸片背面写着一个日期，正是抽屉里废弃文件日期的前一天，他把背面当成便条纸来用。终于可以确定一件事：谜一样的诗句是杉山直接写下的。

翻过文件活页，蓝色的墨迹映入眼中：

忏悔录

锈迹斑斑的铜镜，
映照着我的脸，

究竟是哪个王朝的遗物，
令我感到如此羞愧。

就让我把忏悔之词缩成一行吧：
满二十四年又一个月的生命里，能有什么喜悦可言呢？

明天、后天，或者哪个好日子，
我又得写下另一行的忏悔录：
在青春岁月里，
为何我会说出那种丢脸的告白呢？

每天夜里，用手掌也好，脚掌也罢，
把镜子好好擦拭干净吧。

那么，孤独走在陨星下的伤心背影，
就会出现在镜中。

锐如针尖的一笔一画，这不是一首诗，而是一件刺人的凶器。“锈迹斑斑的铜镜”“王朝的遗物”“丢脸的告白”……这类象征在细密编织的结构里紧紧互通声息。单字与单字间彼此协调，加深整首诗的意义；深刻的反思不亚于里尔克；清新的诗句不输给法国诗人雅姆。我的脑海里仿佛刮着暴风的大海之夜，充满了黑暗、恐惧与混乱，单字的细流击打着我的脸，文句的波涛淹没了整个的我。

我虽然写不出卓越的诗句，但读过难以计数的文字，在字词里闻过诗人的味道，在文字里领略出作者的想法，在段落表达中猜想出他的生活。创作这首诗的谜一样的诗人，到底是谁？对方和杉山之间又有什么样的关系？

“满二十四年又一个月的生命里”这样的措辞，可以证明这首诗不是杉山写的。他是来到福冈监狱后才开始学识字的。但他为何要抄下这首诗放在抽屉里呢？他暗袋里的诗和这首诗之间又有什么关联呢？线索得在诗里寻找才行。然而，即使我再度从第一行细细读起，在完美的结构中交相呼应的诗句，也不容我轻率地分析。我虽想保持冷静，但在诗所吐露的情绪力道下随之起舞。此时，有两行诗句堵在我的舌尖：“满二十四年又一个月”，“在青春岁月里丢脸的告白”。

不管这个人是谁，至少当他写下这首诗时，是在他年满二十四岁又一个月之际；那时，他做出了丢脸的事情。我该找的，就是这样的人。

书架那头的走道浸没在深深的黑暗里，我揉了揉酸疼的眼睛。

那天下午，我从三名囚犯的书籍目录里选出十本书，放上手推车。被处以绞刑的死囚没收品包括《罗密欧与朱丽叶》和一本司汤达的小说，还有两本共产主义思想书，以及内容不明的朝鲜语书籍。被处以极刑者的书籍和反动书籍必须清出来，才有多余的书架空间容纳新送进来的书籍。

焚化炉距离审查室五十多米。我把十本书和废弃的文件从手推车上搬下来，将销毁物和销毁物清册两相对照。死囚的没收品、过了保管期限的旧工作日志和行政文件，行政文件原则上过了一年就销毁。目录和物品对照无误。冷冰冰的焚化炉就像等待祭品的祭坛，我的脚步如同走上绞首台的死刑执行官一般沉重。一打开炉门，灰烬随风扬起，散发出呛人的味道，那是已经成为烟雾和灰烬的纸张与墨水的味道。突然，我咳嗽起来。

过了好一阵子，咳嗽才终于止住。我掏出打火机，打着火。看着晃动不已的火花，我感到畏怯。罗密欧与朱丽叶，不是因为毒药和短刀，而是因为这朵火花而死去；精神的巨人司汤达，同样也因为这朵小小的火花而倒下，还有许许多多不知名的朝鲜作家……我专注地望着放在最上面的朝鲜语书籍封面上褪色的书名。那个朝鲜人的名字，在蓝色的火花下颤抖着——《白石诗全集》[①]。

诗人花费无数日夜才创作出来的灵魂，就如此被我毁灭。我该怎么做才能洗刷这份罪行呢？幸好我不懂朝鲜语，如果能读，或许我就烧不了这本书。我紧紧地闭上眼睛，撕下最前面的一页作为火引。温热的气息传来，我伸手把诗集丢进了焚化炉里。火花沿着诗集的边角开始烧起，很快就燃到了内页。方方圆圆的朝鲜字在火花里蜷缩起来。安慰我赤裸灵魂的司汤达、莎士比亚、罗密欧与朱丽叶、于连[②]，都一一被推进了火焰中。十本书消失了，成为一缕烟气和一把灰烬。我伸手靠近还零星闪烁着火光的灰烬，好温暖！是死去书籍还未冷却的体温。如同闭气多时、一口呼出的鲸鱼一般，我长长地喘了一口气，回过神来。焚书，本就是身为审查官的我该尽的责任。被销毁的书都是从反动分子那里没收来的反动书籍，全都必须从世上消失。

尽管我想成为沉睡词句的守望者，然而，现实中我只不过是个焚书人而已。虽然我看得懂没收品箱子里的书籍，但必须焚毁书籍的人也是我。对我来说，究竟是幸还是不幸？

---

① 《白石诗全集》，作者白石（1913—1995），朝鲜著名诗人及小说家。

② 于连（Julien Sorel），司汤达《红与黑》一书的主角。

04

审讯

劳役场里充斥着汗臭味，囚犯不再是一个个的个体，而是由无数红色细胞组成的生命体。一只运转机械、拉手推车、染色布料、裁剪缝制的庞大红兽。这只红兽被自己所喷发出来的汗臭味、嘈杂的机械声和刺鼻的染料恶臭所笼罩。修补军装、修改被服，还有染色等室内劳役场，只有运气好或者老练的长期徒刑囚犯才能分配到。新来的犯人只能在寒冷的环境下受户外劳役之苦。他们勉强移动着冻僵的身体，压砖制坯，负重搬运，牵拉手推车，在冰冻的地上铲土动锹。劳役时间禁止交谈，如果被看守发现，就免不了一顿好打。就算只是暂时分心一下，工作立即堆得如山高，木棍也马上随后落下。

下午四点到五点的户外活动是放风时间。筋疲力尽的朝鲜人跟着逐渐转弱的太阳光拥到向阳的围墙边，靠在被太阳晒得暖烘烘的砖墙上翻着衣缝抓虱子，这是他们所能享受的奢侈。朝鲜人不管在哪里都是集结成群。借着同乡、同姓或同为留学生的理由，甚至什么理由都不用，只要是同为朝鲜人就行。他们像在算计着什么阴谋诡计似的，说个不停，使整个广场变成菜市场一般嘈杂。这时，监视兵就会变得很紧张，哨兵也会在机关枪里装填实弹。

监舍的围墙下方，五六名男子勾肩搭背地蹲在地上。他们凹陷的眼睛里没有焦点，只是漠然地望着天空。杉山的死也成了他们热烈议论的话题。朝鲜人很不安，生怕杉山的死会给自己带来什么后续的风暴。

“杉山死了，年轻的看守兵到处乱闯乱捅的。”

破裂的镜片后面，男子的一双鼠眼闪烁着。姜明宇，曾是东京立教大学法学院的学生，因扰乱社会秩序而被逮捕。曾经被杉山的棒子打得头破血流，因而怀恨在心。

“那个禽兽不如的家伙竟然死了，真是大快人心。在那家伙手底下头破血流、肋骨断裂的人，何止一二。他这是遭了报应，活该！”

前额开始微秃的男子，是在京都码头干过码头工的李万五。十年前偷渡来到下关，是三年前煽动码头工暴动的主谋者，被判处了七年徒刑。当初虽然是日本码头工起头闹事，最后却是目不识丁的他负起全部责任，担下所有的罪名。

“还指派了全权调查官，看来典狱长那家伙似乎急着想挖出杀人案的真相。”

同样因爆炸事件和崔致洙一起被送进监狱来的金宏毕说。

“说到调查官，难道要找特高课介入吗？”姜明宇反问。

“不，是找了一个名叫渡边的，学兵出身，刚编制进来的看守兵。”

“既然是学兵，年纪就还不到二十吧？叫个小毛头调查杀人案件？”

“典狱长那家伙也知道，这件案子如果被监狱外面的人知道，自己职务不保吧？所以，才不敢找特高课，想悄悄地把案子遮盖掉。”李万五不动嘴唇，只在嘴里含糊地说着。

“看对面墙下，就是那个一直盯着我们的愣头儿青。”

（男子们转着眼珠偷看我。低垂的冬阳在墙角落下深深的阴影。比起站在向阳处三五成群晒太阳的囚犯，我这里显得更冷、更孤单。）

“虽然是个小毛头，但既然典狱长会把事情交代给他，应该是个像珍岛犬[①]一样敏锐的家伙吧。比起那些老掉牙的家伙，不懂人情世故、一咬上就不松口的愣头儿青更让人头疼。最好不要被他盯上，也别跟他对上视线。”

一辈子在码头上背重物、当苦力的李万五，本能地就很讨厌带有墨水味道的人。他在我的表情中闻到墨水味道了吗？男子们的表情变得十分阴沉。

“真傻，到底是谁干了那种傻事……”

观察了一下高墙上方的警戒岗哨，目不识丁的偷渡客崔哲九说。这个人天生就很能看透他人，懂得利用人心，专门在东京上野公园诈骗日本人，因此才被抓进来。

个性急躁的李万五马上反驳：“杀掉残暴的日本看守，怎能说是傻事？那家伙该死，你不也知道吗？”

“杀死一个禽兽不如的看守，或许现在很痛快，但其他看守绝不会放过我们。为了抓住凶手，他们一定会对朝鲜人用刑相逼，不知道又会有多少同胞因此死去……”

个头矮小、体格壮硕的男子，是在东京火车站当人力车夫的陈永汉。他曾经是朝鲜总督府日本官员的人力车夫，跟着返国的主人来到日本。他买了一辆老旧的人力车，凭借一身力气和蛮劲，有了不少老客户。一天，他的人力车轮子脱落，坐在车上的高官摔断了手臂。看他不顺眼的日本人

---

① 珍岛犬，朝鲜半岛的本土犬，忠诚善狩。

力车夫便诬赖他平素就对日本官员怀恨在心。虽然他坚称是日本人力车夫故意把他的人力车轮子的螺丝弄松的,但仍被判以闹事的罪名送进监狱来。

“虽然不知道是谁干的,但还真厉害。怎么让那巨汉一点招架能力都没有,就要了他的命?”

大阪出身的暴力分子郑仁燮,对一举干掉恶毒看守的凶手表达了敬畏。一条刀疤从眉毛一直延伸到耳朵下方,让人一眼就能看出他的险恶生活。

“不管怎样,绝不是个普通的家伙。”

崔哲九望着在较远处踱来踱去的崔致洙,嘴里喃喃自语着,好像他知道答案似的。

崔致洙,宽阔的胸膛上标示着鲜明的囚犯编号,脑袋瓜比一般人大的魁梧男子,丝毫不在意众人投注在他身上的眼光,只是不停地移动脚步。他从这栋监舍到那栋监舍,从这个岗哨到下一个岗哨,再从这栋监舍走到外墙,从外墙转角走到下一个转角……这已经成为他在监狱里固定的散步路线。一直走到广场另一边的高墙为止,崔致洙才又走回来,他的身上散发出一股腥膻的汗臭味。

“崔同志认为呢?会是谁杀了那个该死的看守?”李万五问。

崔致洙摸摸被风吹得红通通的鼻头。

“是谁杀的,不重要。重要的是,谁能活下来。”

崔致洙又习惯性地望着向高墙外延伸而去的天空。高墙的转角处设有警戒岗哨,两名哨兵荷枪实弹站岗。还有一到天黑便自动按照既定的轨迹,照亮监狱各角落的两千瓦探照灯。他目光锐利地将各监舍位置和结构、围墙高度和换哨间隔,都牢牢地记在脑中,就像监视自己的那些监视兵一样。不久,他又照常迈着固定的步伐穿过广场,步幅维持在同样的八十四厘米。

夕阳时隐时现，吞吐着最后的光芒。喇叭声响起，放风时间结束。囚犯一个个慢吞吞地移动身体，排队站好。看守兵很快便清点好人数，囚犯配合着号角声，潮水般涌向劳役场，有如收牧的羊群一般。

审讯室又窄又暗，带着潮潮的湿气和酸腐的霉味。空空的老旧木桌上布满了斑斑血迹。我摆了一下头，示意崔致洙，不，三三一号，在椅子上坐下来。硬邦邦的木椅像冰块一样冰凉。三三一号断裂的骨头大概愈合了吧，对审讯室似乎也很熟悉。

他的眼神闪烁不定，和我小时候在京都看过的朝鲜人一样。那些人，不管大人还是小孩，都冷漠地盯着别人看，像丢失了什么似的，警戒着周围。他们的眼神为何那么空虚又充满攻击性呢？后来我才理解，他们丢失的正是他们自身的存在。

“三三一号！”

我的声音十分凶厉，连我自己都被吓了一跳。

“我的名字不叫三三一号，叫崔致洙。”他生硬地反驳。

“不要给我朝鲜名字，说出你的创氏名①。”

“我没有那种名字，如果你非要日本名字，那你随便叫吧。我的囚犯编号里有个一，那就叫一郎算了。在囚犯里我也算老大，叫这个名字也不算错。”

他的嘴角流露出嘲讽的笑意。他说得没错，一郎是个带有长子之意的名字，我也不想把时间浪费在无谓的争执上。

“说说你在十二月十三日受伤的事情。”

他转动着硕大的黑眼珠，想要弄明白这个问题的用意。

① 创氏名，日本占领朝鲜期间，强迫朝鲜人改用日本姓名，推行创氏改名。

“也不算什么大事，就是腕骨断了、额头破了、流了点血而已。”

“或许对你来说不算什么大事，对我而言却不一定。因为把你像打狗一样痛打一顿的那名看守死了。”

他的表情又像生气，又像悲伤，看不出有丝毫动摇。

“十二月十二日……那天大家一如往常一样，列队到劳役场。我只不过想稍稍偷个懒，就留在牢房里没出去。那名看守打开监牢窗口，厉声问我为何没出去。我说我感冒了，他就走进牢房里来，拿起木棍对着我的额头就打。虽然头被打破，但也因为十天的单独禁闭，不用劳役，还真划算。”

剑拔弩张展开的审讯，随着一句句的玩笑话有了点聊天的味道。

“他死了，你一点都不惊讶吗？”

“我应该要惊讶、恐惧吗？我又没杀他，没理由那样吧！”

这是当然的，因为他拥有谁都推翻不了的不在场证明。杀人事件发生在凌晨两点到四点之间，那时候他的确被关在牢房里，而且还是远离一般监舍、处于严密监视的单独禁闭室。我之所以问他十二月二十二日的事情，是因为对福冈监狱铁桶般的保安体系产生了怀疑，也想探究典狱长和看守长的心态，我就像只错失了猎物的小猎犬一般。

“三三一号！我想知道的不是十二月二十二日命案发生那天的事情，而是你这个人！”

他把两手伸入囚服袖子里交握着，放松地把腰靠在椅背上，手腕上的手铐反射出闪闪亮光。他试图用冷笑来掩饰自己的惊慌，说：“我是个什么样的人，连我自己也早就忘了。”

他丝毫不显畏怯，反而像个得道高僧，或一辈子致力研究的老学者，用深邃的目光压制住我。感到不安的人变成了我。我翻开记录簿，找着话说。

“本名崔致洙！年龄四十二岁，出生于朝鲜半岛的开城。十七岁犯下试图袭击日军驻地、对日本商人施暴、放火焚烧日本商店等罪行……二十二岁，用燃烧弹烧光开城警察局，随即逃匿到满洲。”

他仿佛看着一只透明玻璃瓶似的，看穿了我心里的焦躁。我赶紧接下去说：“你的名字再度出现在记录上，是九年前发生在东京腹地的一件事情。你试图在上野公园举行的天皇华诞庆祝仪式上投掷炸弹，被当场逮捕。多亏那发炸弹没有爆炸，你才得以被判处无期徒刑。在东京监狱服刑期间，内务省决定将刑期已定的朝鲜罪犯集中管理，因而移监到这个地方来。七年间曾经试图越狱十六次，关禁闭二十七次，总计三百四十八天。”

我把一本老旧的书丢在桌子上，这是他空空如也的没收品箱子里放着的唯一一本书。被鼠尿沾污的封面上，还勉强看得见书名：《共产党宣言》，作者卡尔·马克思。

他的脸上似乎在进行着激烈的火山活动，眉头紧锁，颧骨上青筋暴露，整张脸涨得通红。思虑周密的他，在藏身处连一个字、一本书也不曾留下来，就怕有一天被特高课逮捕，这些都会成为证物。然而，这本禁书成了他持有过的唯一一本经典。这其实不能算是一本书，而是一个炸药包，字里行间都埋藏着冰冷的敌意与危险的煽动。

他从发红的眼眶深处冷冷地盯着我说：“那家伙死的时候，我被关在牢房里。”

“那不足以成为理由，你在这里的时间比任何人都长，也十分了解这座监狱，或许也知道如何从单独禁闭室溜出来。再说，你曾经被他的木棍打得头破血流，骨头断裂，具有充分的动机。”

“你说杉山？要我告诉你，我对他知道些什么吗？”

他一副知道些什么的样子，冷笑着。他真的知道什么吗？如果真的知道，又隐瞒了些什么？我像咬上了鱼饵的鱼被他牵着走。他说：“杉山都灿一辈子都把自己当成军人，可最后还不是像个脆弱的人一样死掉了。”

我所面临的，是个比我更强、知道更多、更狡猾的大敌。愈是如此，我愈不服输。

“你给我小心点，不管你在打什么坏主意，我都会知道！”

他笑了起来，简短地反问：“你要怎么知道？”

“我……我会透过文字看穿你。”

他眉头耸动，仿佛我说了什么笑话似的，放声大笑起来。

“你瞎扯些什么啊！透过文字来看穿人？我还以为只有平沼才会说这种浑话呢！”

我的耳朵竖了起来。平沼……

我把这个名字刻在脑中，平沼。

05

还有一个男子

审查室的黑暗与寂静中充满了书籍的呼吸声。暗淡的书架间甬道、黄旧的纸张和墨水的味道、书页上沉积的尘埃、静静沉睡的文字……“没收书籍目录”上用蝇头小楷密密麻麻写着囚犯编号、没收品目录和没收日期。

《复活》《罪与罚》《悲惨世界》《堂吉诃德》《恶之花》《红与黑》……这些书就如同牢房里的囚犯，被幽禁于此。但雨果、托尔斯泰、司汤达、塞万提斯……他们的气息残留在书页之间，他们的灵魂在书页里歇息，纸张是他们柔软的皮肤，墨水是他们的血液，丝绳是他们的韧带。我在积满尘埃的书架之间与他们相遇，在他们的安慰中成长。离开他们之后，我就成了孤儿。我的灵魂找不到路，我的梦想迷失在黑暗中。

“没收书籍目录”才翻了几页，我就看到了平沼东柱的记录。囚犯编号六四五号。如果我去翻看六四五号的没收品箱子，会找到什么呢？我走向标示六百号的书架走道，每个覆满灰尘的箱子上都贴着囚犯编号的牌子。六四五号箱子的手把上油滑，似乎有人时常拉动的样子。能如此时常、自由翻看没收品的人，除了审查官之外就没别人了。我的脑子开始发热。这个人和杉山之死有什么关系吗？

一打开箱子，就看到最上面放着写有他个人记录的文件。

平沼东柱，一九一七年出生于间岛省和龙县明东村。一九三二年进入恩真中学就读，又于一九三五年转入平壤崇实中学，就读三年级。因拒绝参拜神社，遭学校退学，返回和龙。一九三八年二十二岁，考进延熙专门学校。一九四二年东渡日本，就读立教大学英文系。同年秋天，转入京都同志社大学英文系。一九四三年七月以思想犯罪名遭特高课逮捕，被拘禁在下鸭警察署。一九四四年二月二十二日遭到起诉，以违反"治安维持法"的罪名判刑两年。

罪名和其他朝鲜人差不多，都是些杀伤人命、放火、煽动社会混乱的暴力反日分子。打开他被没收的书籍目录，陀思妥耶夫斯基的《罪与罚》、瓦莱里的诗集、纪德的《窄门》、波德莱尔的诗集《恶之花》、雅姆和里尔克的诗集……我断断续续出声读着这些我熟悉的作家和诗人的名字。这些名字，在我心中如星星般发出闪耀的光芒，如同一柄钉锤敲打着，让我的胸口剧烈起伏。箱子里有十五六本书，全都沾满了手垢，边角磨损得很厉害。我拿起放在箱子最上面的书，是里尔克的《马尔泰手记》，血管里的血液开始快速流动。我曾经寄望，等战争结束后要好好拜读里尔克。老天爷虽然没能让我如愿，但让奇迹出现了，现在即使战争还没结束，我也能阅读里尔克的作品了。这时，书页中间有什么飘动着掉了出来。我小心地捡起一张发黄褪色的纸。

自画像

转过山脚，我独自来到田际的孤井旁，

静静地望着井水深处。

孤井里，月白云动，天高风凉，好一个秋。
而且，还有一个男子。
突地，我憎恶起这名男子，转身离去。
走着走着，想想，又觉得那男子可怜。
转身往回走，再靠过去看，那男子还在。

我又觉得那男子面目可憎，转身离去。
走在路上，却又思念起那名男子。

水井里，月白云动，天高风凉，好一个秋；
还有一个难以忘怀的男子。

这首诗，完美得像一只瑞士表。不是用铁片、螺丝、发条、齿轮、机轴组装成的机械，而是用词汇、音节、句型、动词、名词、形容词以及标点符号组装成的机械。这台机械以令人吃惊的精准程度运行，其给予的满足感超越了钟表、汽车、纺织机、火车所能提供的便利和舒适。

愣愣地注视着手上的诗，我脑中浮现出另一首诗。那是在杉山的抽屉里发现的那首《忏悔录》。《自画像》与《忏悔录》都透着相同的味道，如孪生子般相似。冷调的自我省察、压抑的自我矛盾、时代的混乱与挫折、一线的希望……注视着“孤井”与“铜镜”的“男子”都有种希腊神话纳西瑟斯的自恋象征，将绝望转换为希望的结构也类似。

虽然只读了两首诗，但我似乎已经了解写诗的人。仿佛早就相知相熟一般，即使在人潮汹涌的街头也能一眼认出他来。这个人必定是五官端正，有着一张寡言少语、线条柔和却充满热情的嘴，一双时时照着镜子和井水的自恋眼睛。

这是平沼东柱写的诗吗？还是杉山抄了别人的诗呢？

想知道这点，就必须和他见见面。

审讯室的门无声地被推开，六四五号走了进来。长得十分端正的他，根本就不像该出现在这种阴沉地方的人。剃得短短的平头和整齐的眉毛，让他的额头看起来更好看。细长的眼睛如同两口深井，挺直的鼻梁看似纤细，但也表现出强韧的气质。饱满的嘴唇带着深刻的笑容，脸上表情仿佛在做梦。有着如此善良眼神与柔和微笑的人，为什么会到这种地方来呢？

我在活页夹里仔细查看了他的罪名——与朝鲜独立运动有关的违反“治安维持法”。或许，那根本称不上是犯罪。如果那也算是犯罪，所有朝鲜人就都该被关到监狱里了。先开口的人是他，而不是我。

“你也是无辜被牵扯进来的啊！”

虽然我想否认，但难以反对。如果不是因为战争，我现在应该还在幽静的书架之间读着歌德呢。战争这个怪物硬是让我披上了与我毫不相称的军装，把我扯进这里来。我勉强将他的话赶出心底。

我该做的事是好好地看穿他，读出他的想法，如同他看穿我一般。他话里用的不是“你是”，而是“你也是”。表示除了我以外，还有别人被扯进来，他们也是无辜的。这算不算是对自己清白的一种抗议呢？即使如此，也没什么用，我不是法官，只是个小小的看守兵而已。

因此我说：“所有的囚犯都会辩称自己无罪，不管是凶恶的杀人犯，还是诈骗犯，都会说自己被人所骗，或是酒醉神志不清。但被关进监狱里来的，没人是无罪的。如果是爱德蒙·邓蒂斯[①]的话，那还说不定……”

听到爱德蒙·邓蒂斯这个名字，他的眼睛为之一亮。那是知道爱德蒙·邓蒂斯是何方神圣的人才会有的眼神。他挑衅地反驳说：“也有为了人类而领受刑罚，被囚禁在高加索的普罗米修斯啊！”

我觉得惊慌，也感到兴奋。他一定读过《基度山伯爵》和《希腊神话》；而我也读过这些书。我们读过同一本书，知道同一位作家和书中主角，共享相同的回忆。

于是我说：“普罗米修斯偷了火种，不管是为了什么人而做，他的偷窃行为都得受到处罚。”

“无力与单纯，也是一种罪吗？就像深爱着梅赛蒂丝的爱德蒙·邓蒂斯，无力抵抗邓格拉司、费南和维尔福的阴谋。”

这不像是个需要回答的质问，而像是为身陷囹圄的人发出的不平之鸣。大仲马、基度山伯爵、爱德蒙·邓蒂斯、维尔福、邓格拉司、费南、梅赛蒂丝，全都幽禁在他的脑中。除了这些人物，小说里的主角、坏人、海盗，也一定全都关在那里。他多么想说说这些人物的故事，就如同我曾经渴望过的一般。

“无力与单纯不是罪，但能成为罪的起因。因为连自己都无法保护的人，是不会有人愿意去保护他的。”

他点点头，虽然不想接受，但只能同意我对无力保护家园的朝鲜人都是罪人的强势论调。身为朝鲜人，他不得不接受这个罪名，因而深感挫折。我必须将他引入陷阱，于是我从看守服的口袋里掏出两张纸，摊开放在桌子上：《自画像》与《忏悔录》。

① 爱德蒙·邓蒂斯（Edmond Dantès），法国作家大仲马所著《基度山伯爵》一书的主角。

他的脸上显现出惊讶与恐惧的表情。

我说："里尔克的《马尔泰手记》书页里夹着这张纸，上面写着《自画像》这首诗。这是从你被没收的书里掉出来的，那一定是你写的，没错吧？"

"那确实是被特高课没收的书，但那本书是我从旧书店里买回来的。书经过很多人的手，所以你不能随便断定那就是我写的诗。"

"语言是一个人的总和。一个人的语言就如同他的指纹一样，保存了他的出生与成长，全部的回忆与过往。《自画像》与《忏悔录》，就像一母所生的孪生兄弟。如果《自画像》是你写的，那么《忏悔录》这首诗也必定出自你手。"

"既然你说这两首诗是同一个人写的，那就明确地证明给我看！"

他正一步步走进我设下的陷阱。然而，说不定是我走进了他用语言设下的陷阱。

"从《自画像》的'独自''孤井''静静地'等用词，以及《忏悔录》的'锈迹斑斑的铜镜''夜里''孤独'的表现法，可以看出这个人是个惯于孤单的人。'把忏悔之词缩成一行'，以及'静静地望着井水深处'，都同样表现出沉默寡言。《自画像》里的他，讨厌自己，可怜自己，却又难以忘怀自己，显示出已完全接受了生活的重担。《忏悔录》里的他，用整个身体来擦拭那个生锈的王朝遗物，表现出虽然遭遇挫折但还不至于绝望。从'令我感到羞愧的王朝遗物'来推测，这个人一定是灭亡的王朝子民，也就是朝鲜人无疑。"

他似乎在窥视着井底，也像在观望着生锈的铜镜，脸上带着微妙的表情，静静地望进我的眼底。过了好一会儿，他武装起自我。

"我是个被关在监狱里的囚犯，如果那个人是我，那就应该有足以证明这些诗是我写的证据才对。"

我正中下怀似的说："在《忏悔录》里有你是写诗的人的决定性证据。满二十四年又一个月，这是诗人写诗的年纪。他为何要在那个时候写下《忏悔录》呢？应该是想忏悔些什么吧？"

这不是要求回答的质问，而是在追究。按照受刑记录来看，他从朝鲜的延熙专门学校毕业后，为了进入东京的立教大学，渡海来到日本的时间是在两年前。而一九四二年的春天，正是他满二十四岁又一个月。在写下"满二十四年又一个月"的诗句时，他就已经表明了那首诗出自他的手。剩下的只需要搞清楚他究竟在忏悔什么事情。我继续追究下去。

"朝鲜人想要合法到日本，必须有渡航证明。虽然也能搭乘偷渡船只过来，但留学生一定得持有渡航证明才行。想拿到渡航证明，就必须符合创氏改名的条件。为了来日本，你就必须改名换姓。朝鲜名是'哪个王朝的遗物'，你则是'映照在锈迹斑斑的铜镜里，感到羞愧的脸孔'。看着创氏改名而难过的同时，对于自己为了得到渡航证明必须抛弃自我的行为深深忏悔。"

他像个急欲从赤裸过去脱离出来的逃亡者，眼神疲惫，表情僵硬。他用舌头舔了舔干裂的嘴唇，声音嘶哑地说："那只不过是我来日本前写的诗，写首没公开发表过的诗也算罪吗？"

"写诗不算罪！"

他的眼睛向我质疑："那为什么现在成了问题？"

我回答说："因为这首诗牵扯上杀人案。三天前一名看守被杀害，在他的抽屉里找到了这张上面写着《忏悔录》的纸。作者当然和写《自画像》的诗人是同一人。他为什么要抄写你的诗呢？这首诗和他的死之间有什么关系吗？我必须知道这些。"

他似乎站在云雾里，茫然不知头绪，眼里毫无警戒，也不显紧张，只是空洞洞的，嘴角却挂着一抹如刺青般的微笑。

06

少年如何成了军人

看守长室的煤炭火炉烧得整个房间热烘烘的，慢慢暖和起来的血液又开始在血管里流动，筋疲力尽的身体才得以放松下来。看守长有一下没一下地翻看着我递过去的审查簿，然后在审查栏里盖了章。我在脑子里整理着想说的话，什么话该说，什么话不该说。

“那个……有关于杉山看守的事情。”

“杉山看守什么事情？那家伙又还魂活过来啦？”

看守长一脸不耐烦的表情，掏了掏一边的耳朵，像是想要把刚才听到的话掏出来似的。

“他死前所持有的那首诗，终于有了些线索。”

他呼地一口气吹掉指尖上掏出来的耳垢，脸上显出“一首烂诗跟杀人案会有什么关系”的表情。他这么想，也是理所当然。来路不明的几行字是不可能成为杀人案的线索的。

因此，他说：“那件案子没什么大不了的，你就专心处理审查工作吧。”

“我不会因为调查案情就放松了审查工作。您如果看了审查簿，就知道我在工作上没有任何失误。我只是想更具体地确认被害者的死因，以及死亡的原委而已。”

“那种事情，看医疗大楼送来的验尸报告不就得了？”

“有些事情，从简单的验尸报告里也很难看出来。我想到医疗大楼找负责验尸的医生，打听一下死亡情况或造成死亡的原因——”

我还没说完，看守长一把丢开手上的报纸，大声咆哮：“毛头小伙子还真想做大事呢！医疗大楼是什么地方，你知道吗？那是九州岛帝国大学医学院的研究团队日夜埋头研究的圣地啊！检验室和研究室更是一级安保重地，看守没有许可是禁止出入的！哪是你这种不知天高地厚的小子能随便进出的。”

“杀人案的调查是典狱长亲自下令的。根据工作日志的记录，已经审讯了三三一号囚犯。这名犯人曾经遭受杉山的严重暴行，骨折受伤，他的名字叫崔致洙。”

看守长扭曲的面孔浮现出疑问和好奇的表情。

“你的意思是说，这家伙对殴打自己的看守怀恨在心，所以杀了他？”

“要想确定这点，就必须到医疗大楼去和验尸医生面谈。尸体也需要再仔细确认一下。”

看守长目光闪烁，像是意外钓到大鱼的钓手一样，哈哈大笑起来。

“好，我给你写张许可证。”看守长在医疗大楼出入许可单上盖章，“不过，你在医疗大楼可要注意自己的行为，做完必要的事情后，就要像个透明人一样赶紧出来！”这个命令听起来却像是嘱托。

医疗大楼是位于本馆右侧的一栋两层建筑，两边虽然以一条长长的走道连接，看似同一栋大楼，其中却有天壤之别。医疗大楼的走道没有染着汗水和污物的恶心味道，而是弥漫着浓浓的消毒药水味。那种充满知性的清洁味道让人感到有一点眩晕。不过这是为了进入干净、高雅、洁净的世界，我的身体必须付出的代价。

福冈监狱这栋大规模的医疗大楼，是在升格为全国性大型监狱的同时兴建的。在那之前，监狱人满为患，罪犯和叛逆者，死了就死了，根本不需要医务室。行政大楼的角落里只有一个名义是医疗室的房间。里面连普通的医疗设备都没有，所谓的医疗人员，只不过是一名年近六十的老医生和一名四十多岁的护士而已。大部分业务就是处理因死刑、疾病、暴力和暴动而死亡的尸体罢了，根本不需要救治伤者、治疗病患之类的医术。

在九州岛帝国大学医学院的森冈教授在监狱里设立医疗大楼之后，这种情况才得到大幅改善。森冈教授一再成功地完成新的手术技法，是位日本医学界深受瞩目的优秀外科医生，也是位让人有好感的社交家、宽厚的慈善家，同时在音乐、艺术、戏剧、文学方面都有很深的造诣，是京都社交界有名的知识分子。

在他宣布自己决定离开大学附属医院，到监狱去服务的时候，成了出乎众人意料的一大冲击事件。舆论界对于他的决心大书特书，称赞他继承了希波克拉底[①]的精神。他说，大学医院的医生多得很，但囚犯也有接受治疗的权利，因此他要到需要自己的地方；同时强调，不只是治疗，也会专注于消除疾病与发展医疗技术。医院院长对此感到很惊愕，连市长都出面阻止他的监狱之行。为了得到所有人的谅解，他不知付出了多大的努力。他不想再浪费时间、浪费生命，因此带领十余位专业医生、二十余位实习医生，还有二十多名护士，组成志愿医疗小组来到监狱里。

① 希波克拉底（Hippocratēs），前 460—前 377，古希腊医师，被誉为医药之父。

森冈教授一到任，不只是典狱长和看守长，连第三监舍的朝鲜囚犯都热烈地欢迎他。大家都渴望着，自己因寒冷、饥饿、棍棒粗暴殴打而受伤的身体，能得到帝国大学医生的治疗。因此，简陋的医务室扩建为两层楼的医疗大楼，连半夜里也灯火通明。

我徜徉在美好气氛中，走过病房、护理站、诊疗室和注射室。医疗大楼的照明让所有的一切都白得发亮。没有人穿着褪色的囚衣，也没有人穿着灰乎乎的看守服，只有穿着亮眼白色罩袍的医生和护士忙碌地来回穿梭。连他们戴在脸上，装饰着玫瑰花纹、发出闪闪亮光的金边眼镜，也给人一种高级感。我一向认为，制服代表一个人的灵魂，囚犯的灵魂是褪色的，看守的灵魂是灰乎乎的，而医生是干净的，护士则是纯洁的。

解剖室是位于医疗大楼地下层最里面的一个房间。杉山的尸体摆放在空荡荡的解剖室正中央的金属台上。尸体布满了或青或黑或红的瘀血块，其中残留着严重青紫瘀血的肩膀，皮肤撕裂，肩骨似乎断裂了，整个垂下来。与其说是被普通的棍棒所伤，不如说是被朴钝的金属凶器打断。好几个瘀血块集中在膝盖附近，看起来像是擦伤，也像是乌黑的一块块老茧。破裂的后脑勺儿还残留着干掉的血块。苍白干裂的嘴唇被紧紧地用工整的缝线封住。工整细密的缝合技术，让我忍不住联想到母亲缝合散裂精装书时的丝线。然而，在最后一针的地方没看到该有的结。是因为时间不够吗，还是有其他原因呢？

台子后面站着一名医生，口罩几乎将他的脸完全盖住。他是总管解剖室和太平间的首席研究员江口俊介。我举手敬礼，他擦干手上的水，向我伸出手来。摘掉口罩，笑得露出整口白牙的他，是位四十岁出头的绅士，说不定实际年龄比外貌还老了五岁左右吧。受战争之苦的男人外表比较苍老，而他就像是避开了残酷的战争似的。罩袍下，隐约可见白色的衬衫领子。他一脸轻松地走出门外，门外有一间为死刑参观者或来收尸的家属准备的会客室。他把解剖活页夹摊放在桌上，好让我能方便阅读。

“造成死亡的主要原因是后脑遭到重击，导致头盖骨破裂和脑出血。他在昏迷状态下，全身有受到钝器击打的痕迹。”

浑厚的嗓音显现出他卓越的智力、专业的素养与长久以来积累的权威。就连幼小的羚羊在听到狮子震耳的吼声时，也知道要垂下尾巴赶紧逃跑。他向畏缩的我传来亲切的眼神，接着回到解剖室，拉上白布遮盖遗体，又走到洗手台洗手。寒冷的空气里传来些血腥味。

“您能告诉我，可能是哪种钝器吗？”

“看起来像是看守带在身上的镇压棒，因为瘀血块上留有镇压棒的印迹。头盖骨裂伤所残留的钝器半径，和镇压棒一致。致命的死因是刺在胸口的一件长条状金属凶器。凶手用这件又尖又长的凶器刺进了心脏。而且不是刺了之后又拔出来，而是完全刺入了身体里面。”

无柄凶器，在监狱里是很常见的东西。囚犯只要看到铁片，就想拿来杀人。用调羹磨成的凶器、切断生锈的铁窗做成的刀具……还有把禁锢他们的铁丝网两根、三根缠在一起增加强度，再把末端磨尖，藏在袖子里带着。

“尸体的颈部缠了粗绳，就吊在二楼的栏杆上。”

“绳子勒颈，和他的直接死因没什么关系。”

“您是说，凶手是在死了的人脖子上缠上绳子？”

江口博士从眼镜镜片另一头望着我摇摇头。这表示他无法回答，也不想回答。

“那么，嘴唇被缝住又是什么意思呢？”

他仍旧用同样的角度、同样的间隔摇了摇头。他的动作无声地说明了，该找出答案的人不是他。解剖结果十分明确，但这些散落的线索碎片并却不足以拼凑成一幅完整的图形。

从解剖室出来，我走在医疗大楼的走道上，只想快快脱离这个闪亮的白色空间。这是一个和我这种人不相称的空间，我只适合存在于潮湿、阴暗的世界，有着一群罪犯的地方。

*

庞然大物在我们不知不觉之际就来到了身边，我们却茫然听不见自转地球所发出的怪声。一九四一年十二月八日早上，日子一如既往。电车响着铃声，驶过街道。穿着和服的女人小碎步地走着；男人则一副怒气冲冲的表情，瞪视着街上的人。那天下午，一个走进书店的大学生说，从一大早起，收音机里就一直不断地播放着同样内容的临时快报。我奔向书店隔壁的电器行，玻璃门前挤满了人，在杂音充斥中传来令人敬仰的声音。

“今天早晨六点，陆海军本部已进入西太平洋，对抗美、英部队。海军航空队空袭夏威夷的珍珠港，美军大型舰艇受到重创。”

从电器行出来的时候，我已经不再是原来的我。街上的男人全都扬起下巴，目光盯着号外新闻。拳头大小的铅字仿佛都从报纸上跃了出来，拍击在我的脸上：“帝国向英美宣战”“我空军轰炸火奴鲁鲁，于珍珠港击沉两艘美国舰艇”。

对于诞生在战火中、成长在战火里的我来说，战争已经不是件稀罕的事情。在中国，在太平洋，一场战争还没结束，另一场战争又紧接着开始。

新的战争如同锐利的爪子，扼紧了老百姓的生活。小学校改成国民学校，男子穿上改为西装领的国民服。严禁私人性质的集会，物资也改为配给制。甜不辣工厂变成军需补给工厂，西装店成了军服缝制厂。孩子翻遍了家里，找出称得上是铁片的铁片，全都带到学校里去。他们相信，这小小的东西会成为子弹，射穿敌人的心脏。街角出现了沙包堆积而成的防空壕，战车也若无其事地在沙包之间进出。

收音机如鹦鹉学舌般，不停地播放太平洋各处的胜利消息。缅甸、泗水、荷属东印度……“忍耐至胜利到来”的口号不断刺激着耳膜。我渴望着胜利，因为每当胜利的消息传来，就会有特别配给。对于在战争中疲惫不堪的我们来说，砂糖、大豆和零食，等同在灰色的心灵漆上了大红大黄的色彩。

教官喊着简洁的口号，让我们在学校练习踢正步。以制式训练和紧急救护法起始的训练，在学期快结束时改成了劈刺训练、射击训练、美军飞机识别要领、鉴别各种炮弹的炮声和火焰颜色，以及快速应对的方法。我们一整天都没有解开足踝的绑脚布，表示决心与奔赴战场的前辈和战士同甘共苦。我们随时可以上战场，也必须有如此的觉悟；我们的校服随时可以变成军服，也必须有如此的信念。但我们从来没想到那种事情会真的发生。即使是在火车站前广场，簇拥着入伍的前辈大声喊着“万岁”的时候，我们也未曾想过这种事情会发生在自己身上。我们只不过是把真正的战争当成了战争游戏的不懂人情世故的青涩少年而已。然而命运对所有人都是公平的。

暑假前的某一天，突如其来的一张红纸，在我十七岁的生命里炸了开来。那时，我还沉浸在狄更斯的《雾都孤儿》中。玻璃门被拉开，我听到有人在喊我的名字。渡边由一君！低沉阴郁的嗓音钻进了我的白日梦，我如大梦初醒般合上正读着的书，蹒跚地从书架间走了出来。穿着国民服的邮差看了看我，然后把头埋进邮件袋里，在成捆的邮件里翻找。我看得出来，他想避开我的目光。他究竟避开过多少少年的目光呢？那像是等死死囚的目光，也如同困在陷阱里无法逃走的幼兽的目光，更像面对泥沼进退两难、不知所措的目光。

过了好一会儿，他才从邮件袋里抬起头来，递给我一封挂号信和印泥。我用大拇指蘸上印泥，在邮件受领簿上压上指印。他连我、我母亲都不敢看上一眼，只是如同木头人偶一样转身离去。挂号信封上印着“大本营”三个字，紧紧攫住我的胸口，让我难以呼吸。信封里放着一张红纸。

集合日期：昭和十八年三月二十七日六时三十分

集合场所：火车站前广场东侧

寥寥几个字，甚至不能构成一篇文章的几个字，就掐住了我的生命。那时我才明白，死在战场上的军人其实是被文书杀害的。害死人的不是子弹，也不是炮弹，而是文字。要想让世界沦为地狱，让人们奔赴死亡，一行字就够了。几个词语和数字，加上标点符号，就让一个少年成了士兵，走向战场，投入战斗。然后，因为烙铁似的滚烫子弹，因为敌人冷冰的劈刺，震破鼓膜的爆炸声，甚至连痛苦都感觉不到，就死去了。

我恐惧的不是死亡，而是文章，因而赶紧甩开手上拿着的狄更斯。掉落在地板上的狄更斯看起来十分脆弱。“啊！”一直如静物般站着不动的母亲，发出了一声叫声。一年到头都在缝书的母亲，大拇指上凝着一滴血珠。母亲不是在缝缝补补，而是用尽全身力量，保持自己不至于崩溃。

入伍那天的黎明，我用手摸摸推成平头的头发，想起了先踏上这条路的父亲，如同木骑兵般精瘦、僵硬的父亲。仍旧是那列喷着蒸汽的黑色火车，军乐队也仍旧奏着军歌。成为一名军人，我一点也不恐惧，不觉得委屈。只是担心每天清晨，小小身躯的母亲必须独自一人打开那扇沉重的书店门板。

训练结束后，我被分配到福冈监狱，成为一名看守兵。高高的围墙、尖锐的铁丝网、冰冷的铁窗，包围了我的未来。就如囚犯被监禁在红色的囚衣中，我的青春也被监禁在褐色的军服里，而且被彻底地隔绝在书、文字与文章之外。不管什么书都不允许，连一张传单散页也被严格管制。能读到的东西只有僵硬的命令，能写的字只有巡查日志。

渴望以文疗饥的我，只要看到字就猛吞下去。收押记录簿、惩戒记录、命令和行政文书，连建筑标志牌和大门门牌，我都饥渴地读着。但那些是无法激发情感的文字，只不过是嚼之无味的干面包，是一堆死文字；因此我的灵魂总是处于营养不良的状态，只想遇见活生生的文字。刚出炉的文章，带着热腾腾的蒸汽，有着湿润的内涵。如融化僵硬的身体一般，可以融化灵魂、带来安息的文字，对战时的军人来说是一种不合时宜的奢侈吗？是的，这就是一种奢侈。

我就如走进梦里一样，走进战争里，分不清是假是真，只想转身出去。渴望着战争快点结束，脱下军服，换上校服，重新拿起司汤达。然而，我不知道战争究竟何时结束，是否真的会结束。结果，战争结束了，我终于能脱下军服，但我必须换上的，不是校服，而是囚衣。

07

阴谋

监狱里，连风都被高墙给挡住，迷失了方向。枯黄的落叶，被旋转的风卷起，飘向四方。男人并排靠着砖墙晒太阳。他们说着真真假假的话，强调自己的清白，并彼此认同对方的清白。虽然是些小偷、流氓、骗子和间谍，但都能深切了解彼此的冤屈，大家是掉进了日本人的陷阱，被安上了莫须有的罪名。他们虽感到愤怒与沮丧，但也明白，唯有自己才能安抚这份愤怒与沮丧。

囚犯似乎打算好了，被关在这里，什么也不想，什么也不盼，什么也不要。他们唯一的希望就是能活着离开这个可憎可厌的地方。这也不是不可能的事情，但能成功越狱的人，至今一个也没有。他们或是被严刑拷打致死，或是因病而死，或是被重殴到死。尸体会被保管十天，接着通知家属，如果家属不来，就会当作解剖用的大体[①]。低矮的小丘是埋着无亲属者的墓地。随着战况的激烈，囚犯数量增加，墓地也渐渐扩大。

我沿着围墙走，盯住三三一号的囚犯帮派。他们都是一群有问题的人，

① 大体，医学界对遗体捐赠者的尊称，也称“大体老师”。

整天打架，连在不把打架当回事的监狱里也自成一股势力。现在的情况，不是我在监视他们，反而像是他们在监视我。实际上，囚犯攻击看守的事情随时可见。囚犯会在看不顺眼的看守执勤时间打群架，或是弄坏负责的劳动班机械，让生产量达不到标准。他们无视将遭到棍棒殴打和关禁闭，只要能让被视为眼中钉的看守陷入困境。不知不觉中，不想卷进恼人事件的看守与囚犯之间，便出现了一个看不见的缓冲带。这是监狱的食物链上一种令人窒息的和平。

我用力握紧拿着木棍的手，走近那群帮派。他们全都停下了闲聊，李万五挑了挑眉毛说："我们什么事也没做。"

我缓缓地看了一圈这群男子，有人在地上吐了口口水，有人抠着指甲里的污垢，佯装不在意。他们一定隐藏了些什么。严格说起来，在这座监狱里没有不隐藏着什么的人。

"我没有说你们做了什么，但以后，你们很可能做出些什么。争吵、殴打、排挤、违反规定，还有关禁闭之类的，不都是你们最拿手的吗？"

"看守死了虽然很糟糕，但和我们一点关系都没有，不要来找我们的麻烦。"姜明宇说。

"我不会对你们怎么样，你们不用害怕。但我一定会找出杀人凶手的。"

我像盖章似的，与他们每个人一一对视。

李万五皱着眉头，虚张声势地说："没有证据，就别想把罪名安在我们头上。虽然我对那家伙的死什么都不知道，但有一件事情我很清楚，那就是，那家伙活该！如果你不想落到像他一样的下场，就别做得太过。"

他不是在说话，而是发泄内心的愤怒。

我用力吞了一口口水，反驳道："你是在威胁我吗？"

李万五扯了扯他厚黑的嘴角，举起拳头砰砰敲了几下自己的胸口。

“如果能让你感到害怕，那就算威胁。不然你把我送去关禁闭好了，就算关上一个星期，我两眼一闭也能撑过去。再不然，你拿棒子把我狠狠打一顿算了，过一个星期伤口也就没事了。”

他身体前倾，等着一顿棍棒加身，就像恨不得快点被狠狠殴打一顿，或被关进单独禁闭室。我半是困惑半是愤怒地看着他，紧紧握着棒子的手也抖个不停。如果我抽出棒子冲过去，把他狠狠打一顿，在那一瞬间，我就输给他了。尽管他想被揍得像条狗，然后被丢到禁闭室去，但我不是杉山。棍棒痛殴不是目的，更不足以当成手段。因此，我只是静静地说：“全体解散！”

男子们蹒跚地移动脚步，一双双突出在破旧鞋子外头的脚，只见皲裂发黄、快要坏死的脚趾，冻裂、红肿的脚跟。因为痛苦的关系，他们无法快速地迈步走。他们偷偷地互相交换着眼神，吵吵闹闹地说着我听不懂的朝鲜话。我突然注意到他们身上穿的囚衣。他们的囚衣裤脚和别人的不同，短得甚至露出脚踝来；向外突起的膝盖部分也全都磨得破烂不堪，像是习惯性向某人下跪似的。让他们全部屈膝下跪的人，会是谁呢？

我回到看守室，快速翻阅着活页夹。我想找到的文件，是记录了最近一年时间，单独禁闭者的名字和禁闭时间的禁闭室工作日志。

禁闭楼位于监舍和公墓空地之间的一块高地上，是个用水泥盖的简陋建筑。宽不到一米，长不到两米，用厚重的铁门严密关闭的一个四方形房间，十分狭窄，普通的一个大人躺下，两肩甚至会碰到两边的墙壁，夏天热得像火灶，冬天又冷得像冰箱。酷暑和严寒时期被关禁闭的话，简直就像被判了死刑。至于食物，一天就只给半个饭团和半碗味噌汤。

大多数人是自己走进去，却被人用草席卷了抬出来。就算好不容易自己走出来，大概有半个月的时间也会在生死边缘徘徊。

看守长一副不耐烦的表情问："难道禁闭室工作日志会写着杀人凶手的名字？你这个傻蛋啊！不管真正的凶手是谁，都无关紧要，只要把朝鲜人一个个吊起来严刑逼供，自然就会有人招出来！严刑之下无好汉。"

看守长大笑起来，眼角挤满了皱纹。自己根本就没杀人，怎么可能有人招供？有，也不是招认，而是说谎。对方不是杀人凶手，只是个可怜的骗子罢了。我细细地翻阅着禁闭室工作日志。想逼供，也得先确认记录之后再逼供。

看守长一脸怀疑地问："再怎么看也没用的啦！都是一堆烦人的朝鲜人名字。三九七号、一五六号、三三一号、五四三号、九五四号、七七八号、六四五号……那些家伙的名字，我一个个全都背下来了。姜明宇、李万五、崔致洙、崔哲九、金宏毕、平沼东柱！"看守长歪着嘴角，嘲讽地一口气念出一串陌生的朝鲜名字，在地板上呸呸地吐口水，"一群脏猪的名字，让我的嘴都变脏了。"

我翻着记录簿，浏览从六个月前开始被关到禁闭室的囚犯编号、关闭日和关闭时间。看守长一脸扭曲地继续唠叨个不停。

"这些家伙根本就是把严酷的单独禁闭当成了休假在享受。短则四天，长则十天半月，哥俩儿好似的，一个接一个来来去去。这帮跟公猪一样愚蠢的家伙却乐此不疲。"

看守长的话像支箭般射过来，正中我正看着的禁闭囚犯编号。我手指着写在记录簿上的一堆号码，大叫起来："可是，八月的时候简直像约定好似的，有两个星期的时间，所有的禁闭室都空无一人。"

看守长呵呵地笑起来，不情不愿地回答："那是整个夏天最热的酷暑期啊，当然没人。”

“一直不停地闹事的人，为什么碰到酷暑期就突然变安分了？”

“因为他们知道，酷暑期关禁闭就等于上了地狱特快列车，所以一个个都小心起来了啊，你这笨蛋！”

“如果这些人知道在酷暑期要避免关禁闭的话，平常行动上也会懂得有所节制才对。您难道不觉得奇怪吗？”

“有什么好奇怪的！”

“他们进进出出的，像是故意要被关禁闭似的。”

“你如果亲眼看到禁闭室，就不会这样想了。禁闭室那个地方，就算一个好好的人也很难撑过一个星期。刚好就在公墓旁，连看守都不喜欢到那儿附近去，经常写些虚假的巡查报告就交上来。所以说，那些家伙有什么理由要被关禁闭啊？难道说，那里还藏了什么蜜罐子不成？”

看守长厌烦地提高了声音。

“就算不是蜜罐子，也一定藏了些什么。不管怎样，有必要调查一下禁闭室。”

我话还没说完，人就已经迈开步伐了。

禁闭楼在第三监舍和公墓中间的风巷里，有八间单独禁闭室和一间小小的看守室。四边围着又厚又高的墙，就仿佛一处要塞一般。沿着山腰吹上来的风，吹过黑色的冷杉，发出野兽悲鸣似的声音。

看守长一把推开看守室的门，走了进去。暖炉里的炭火已经熄灭，罩着厚棉袍的老看守缩成了一团。受寒气所苦的老看守脸上一片青黄，等着交班时间的眼睛里布满血丝。

看守长吼着说：“禁闭室巡查！开门！”

老看守慌慌张张地动了起来，身上的一大串钥匙互相碰撞，发出叮叮当当的声音。禁闭楼的铁门被一条粗粗的铁门栓和两把大大的锁头锁上了。老看守笨拙地打开锁头，拉开门栓。十厘米厚的铁门，是他难以承受的重量。走道两侧各有四间牢房。一打开牢房门，便传出一阵刺鼻的恶臭。像食物发馊的味道，也像陈年屎尿味，搞不好是各种恶臭混合而成的味道。

老看守说："进这里来的囚犯，身上都有被拷打或木棒殴打的一两处骨折或撕裂伤。往往因为伤口恶化，发炎流脓，只要有那味道，夏天的时候连门都不敢开。"

我用袖子掩鼻，走进了禁闭室。宽不到一米，长大约两米。从外面看约有两米宽的牢房，进来一看才发现只有一半的宽度。原来，相邻的牢房之间还有用砾石和沙土填满的厚厚双层保护墙。在毫无转身余地的房间里，什么家具都没有。

这里与其说是牢房，不如说是为了令人窒息所做的捕兽器。连石灰都没抹的墙壁脏得可怕，黑漆漆的地板上还粘着汗水、呕吐物和脓液。墙壁和天花板上，看得到用指甲抠挠出来的痕迹以及斑驳的血迹；还有看似"顺""爱"的汉字，看不懂的朝鲜字，"28、27、26、25……"并排写着的倒数出去的天数。里侧有块半人高的木头隔板，一头开了个仅容一人出入的缝隙。我倾身朝着隔板后面望去，马上掩住口鼻往后退。老看守摸着钥匙串，忍不住笑了出来。

"那里是粪桶啊，年轻人！囚犯会把自己的便桶直接提进来，放在粪坑架上使用。等到禁闭刑期结束，再提出去，看守是不会去清理跟猪一样的朝鲜人的粪便的。"

我深深地吸了一口气之后，仔细地观察隔板后方。那里有个和牢房地面等高的木盖，木盖中间有一个圆孔，盖子前面的部分做了个把手。

我一手掩着鼻子，一手拉起把手。膝盖深的下头有一块浸渍了秽物的木板，那是放圆桶状便桶的粪坑架。墙壁上开了一个巴掌大的铁窗，上面装着拇指粗细的铁条，这是唯一的换气窗。

从铁门里出来，外面的阳光十分刺眼。三三一号崔致洙、六四五号平沼东柱，还有常常进出禁闭室的那些人，彼此一定有什么关系。转过禁闭楼后面的转角，强劲的风打得人脸生疼。从山上吹下来的沙尘风把粗沙吹进了眼中。老看守翻开我一边的眼皮，吹了好一会儿，看着我渐渐发红的眼睛说："山上吹来的粪便风，一年四季都扰得人不得安宁。风里夹带的沙砾和尘土堆积在监狱的墙下面，量多到囚犯一个月得清理个一两次。"

脑子里突然灵光一闪，快得让人连想都来不及想。我大叫一声："打开所有禁闭室的门！"

愣愣地眨着眼睛的老看守，连滚带爬地沿着走道跑回去。长久不曾开启过的牢房门，嘎嘎地发出生锈的声音一一打开来。我无可奈何地跑进牢房，提起便桶，往膝盖深的粪坑架地面跳下去。砰！脚尖处传来空洞洞的回声。我从腰间拔出棒子，开始挖掘粪坑架的边角，没多久就出现了一个小小的凹槽。我紧紧地闭上眼睛，把指尖伸进浸着秽物的凹槽里。温湿的空气呼地冒出来，是泥土、树根和石头的味道。脚底下的空洞开了个黑黑的口，我不敢相信自己究竟做了什么事情。

刺耳的警笛声响起，气喘吁吁赶来的看守长，脸上如同我脚底下的孔洞一般空洞洞的。我拿着手电筒顺着发出恶臭味道的洞穴前进，地洞里十分狭窄，长长地一直延伸下去。这个必须双手双脚趴在地上爬行才能勉强通过的狭窄空间里，连空气都不流通，让人呼吸困难。在黑暗里大概爬了五分钟吧，就到了地道的终点，那里摆放着磨损的木勺和磨成扁平状的石头，以及破了的碗和碎瓷片。

“一群地鼠！”看守长嘟囔着。

我们倒退着爬出来，一回到禁闭室，四面一片漆黑。本馆和外围墙垣、监舍屋顶上，都被探照灯照得亮如白昼。巡查兵力增加为平时的两倍，瞭望台上也配置了看守。看守长和我还来不及把满是泥土的衣服拍干净，就被典狱长叫去了。

“人数确认结果，没有人失踪。挖掘地道的家伙还在监狱里。”

看守长用袖子抹了抹沾满汗水的额头，典狱长目光凶狠地瞪着他。

“那群家伙出不去，不是问题。他们挖了一条地道，这才是问题！这件事如果被外面的人知道，会有什么样的后果，你难道不知道吗？”

典狱长露着虎牙，咬牙切齿地吐出一个个的字。

“我知道！我会抓到杀死杉山的凶手，同时连夜把地道填起来。”

“抓到杀死杉山的凶手？怎么抓！”

典狱长握紧腰际的军刀，看守长连忙用眼神指向我说：“这小子年纪虽小，但能力很强。发现那个鼠洞，找到那条地道，立了很大的功劳。”

典狱长摸摸半白的胡髭，目光转向我。这是让我把发现鼠洞、找到地道的原委报告一遍的无声命令。

我不由自主地开口说：“我在调查杀人事件时，偶然注意到遭到杉山严重殴打的囚犯崔致洙，我觉得他具有充分的杀人动机，便开始观察他的行为。我发现跟随他的一伙人囚衣膝盖处都磨损得很厉害，而且向外突起。本来以为他们时常向那家伙下跪，囚衣才会变成那样，后来发现，连那家伙自己的囚衣也是一样。我翻了监禁记录簿，进一步确认，才发现那群家伙太过频繁地进出禁闭室。地狱般的禁闭室他们根本就是自愿进去的。他们如果想搞什么阴谋，再也没有比禁闭室又安静又不受干扰的地方了。那里偏僻，又有双层墙，相对地也会疏于监视。”

典狱长半是惊讶半是好奇地瞪大了眼睛。

“你是如何发现那些家伙挖了地道的？”

“强劲的山风会吹过禁闭楼，禁闭楼看守说，山风夹带的沙土会堆积在监狱的墙角下。禁闭室的墙上有一个小小的铁窗，山风吹来的时候，就可以把挖出来的泥土往铁窗外撒，以消除证据。因此，监狱墙角下堆满的泥土和沙砾，不是从山上吹过来的，而是从地底挖出来的。”

“那么，粪坑架下面有地道的事情呢？”

“粪坑架那里，是连禁闭室看守也不愿多看一眼的地方。就算看守再怎么翻遍禁闭室，也绝不会去翻粪桶。众人唯恐避之不及的地方，相对来说，反而不用担心被发现。”

看守长插嘴，声音里充满了重新找回的自信。

“看守被杀事件和禁闭室越狱未遂事件，两者之间一定有什么关联。得赶紧逮住那几个地鼠，送交上级。”

看守长又朝我使眼色，我只好提高音量，以掩饰心底的惧意。

“囚犯对于杉山过度的暴力和棍棒殴打极为反感。杉山还针对囚犯中的几个主要人物集中监视。崔致洙也是其中之一，杉山察觉了他的越狱计划，因而他杀人灭口。”

“那么，名叫崔致洙的那家伙就是凶手吗？”

“到目前为止只是我的猜测而已，还需要审讯得到口供。”

典狱长用力握紧军刀，大声命令：“那还待在这里干什么！快去把那家伙抓起来大刑伺候！”

08

死亡的重组

审讯室的地板上湿漉漉的，摆放了大大小小的钳子、撬杠、锁链和尖锐的器具；另一侧有一个放满水的浴缸，中间则有一个呈“大”字形的刑具和一张没有靠背的木头凳子。房间里充满铁锈味和血腥味。赤裸的三三一号双臂被绑在梁上。血从破裂的眉棱流了下来，连被锁在木头脚镣里的脚踝也磨出了血。戴着长肘橡胶手套的审讯官不停地把水泼在崔致洙的身上，他发出牙齿打战的声音，下巴也抖个不停。每当无情的审讯官挥起木棒，他的口中便发出呻吟声，像是破旧房子发出的悲鸣。崔致洙的身上布满了瘀血、伤口和血迹。

审讯官露出发黄的牙齿笑了起来。我不敢相信，他竟然还笑得出来。他和被自己拷打的人一样，也是个人啊！回到家里，是个拥抱稚子的父亲，是个会在厨房坏掉的橱架钉上钉子的丈夫，也是个亲切的邻居。然而，他现在像打狗似的，把和自己一样是个父亲、丈夫、邻居的男人打得半死。可以说，他只是尽力完成自己的“任务”吗？

“看你的了！我已经好好伺候了他一顿，他什么都会说出来的。”

他扣好外套的扣子，走上了台阶。他认为囚犯只要看到审讯官退场，必然比较安心，绝对会对我老实招供。而我所要扮演的角色，就是在适当的时刻登场，代替他完成烦人的调查报告。他一走出房间，我马上把连在屋梁上的滑轮解开。吊在铁链上的三三一号像沙袋般整个瘫倒在地上。原本厚实的肩膀垂了下来，断裂的骨头发出嘎嘎的声音。我把他拖到椅子上坐下来，他疼得连破裂的眉棱骨都皱了起来。我把囚衣披在他的肩膀上，他的眼神显得十分复杂。我打开调查报告夹，在地板上磨了磨钝掉的铅笔芯，开口问道："三三一号！那条地道挖了多久？"

真是个愚蠢的问题，他就是不肯吐露实情，才会硬撑着受了二十四小时如暴雨般的棍棒殴打。我并不期待他的回答，只是拿起铲子，把几块煤炭放进暖炉，点上了火。微微的光影在他满是鲜血的脸上晃动。我考虑着，该在什么样的时机抛出什么样的质问。

然而，他仿佛看穿了我脑中的想法，先开口说："你不用急，反正事情已经到了这种地步，我只不过在等死罢了。剩下来的，就只有口供了。如果在我死前，必须向某个人招供的话，我宁愿对你说。"

断断续续、似有若无的沙哑声音，听起来像是呻吟一般。

"用棒子也撬不开的嘴，为什么现在却愿意对我说了呢？"

"你用文字看穿了我。从收监记录簿中看出我是个共产主义者，还从禁闭记录簿里发现我是单独禁闭室的常客。虽然谁也想不到那种疯狂的行径，但你能揭穿我在禁闭室挖地道的事情。我想，如果是你的话，必然会接受我的条件。"

"条件？我只不过是一个看守兵而已。如果你想谈判，不要找我，找看守长或典狱长谈。"

"他们只关心如何杀死我，你一定很好奇我和这座监狱之间的故事吧？”

他牵出来的故事线头，如蜘蛛丝般闪闪发亮，大大勾起了我的好奇心。

“我没有能力救你。”

“我也不期望你能救我，你只要把我说的话记录下来就可以了。一字不漏，也不添油加醋。当然，或许你不会相信我的话，说不定认为我说的全是谎话。但你连一个助词也不要多加进去，只要把我陈述的内容一字不差地记录下来就行。”

“为什么一定要这么做呢？”

“必须有一个人记录这里的事情。哪一天战争结束了，这座监狱消失得无影无踪，人们还是能知道在这个地方究竟发生了些什么。”

“过了保存期限的文件，原则上是会被销毁的，没有什么记录是可以永远留下来的。”

三三一号指着我的脑袋，平静地笑了起来。

“刻在那里面的记录，永远不会消失。就算这丑陋的监狱高墙倾颓，文件都被焚毁，你脑袋里的记忆也会留下来。所以，就算战争结束，监狱消失，你也绝不能死！”

他的两眼放光，我反而有点犹豫。他是我无法相信的人，就算我相信他，也无法察知他真正的意图。我想，他不可能说出真相，就算说了，也只不过是想利用我，对我抛出诱饵罢了。但他无视我心中的混乱，自顾自地说了起来。

“七年，我来到这该死的监狱已经七年了。”

他所吐出的，不是一句话，而是一个故事。他就像只车轮般嘎嘎地在砾石路上滚动而来，这是属于这个男人的故事。一个曾经被追赶，到处逃亡，四处藏匿，如今被关押在此的男人的一生。这是一个不幸的恐怖分子的故事，他抱着足以震惊世界的炸弹，潜入敌人所在的都市，但那发炸弹炸掉的，不是敌人，而是他自己的人生。我拿起放在桌上的铅笔，在脏兮兮的调查报告纸上，饥渴地等待他的故事。

“从来到监狱的那一天，我就开始筹划逃亡。”

铅笔如马蹄落地般开始在纸上奔驰。

他睁开了紧闭的眼睛说：“我本想逃离死亡，才挖了地道。没想到我挖的，反而是一条死亡之路。”

*

三三一号的人生就像负载了沉重包袱的推车一般，吱吱嘎嘎地走遍各地大大小小的角落，留下自己的轨迹。最后于一九三八年七月，来到了福冈监狱，罪名是企图暗杀要员与图谋内乱。

他的人生，一半在被人追赶中度过，一半在监禁中逝去。因为多次在公共机关放火，还不到二十岁的他就开始过起了被警察追捕的生活。满二十岁那年，他越过了鸭绿江，满洲虽然没有温暖的火炕，也没有耕种的农地，但这片辽阔的草原是朝鲜人的桃花源。因为这里没有朝鲜总督府的高压政策，没有毒蛇般的特高课，也没有日本商人的流氓行径。

在沈阳朝鲜村扎根的他，成了整天在赌场和酒馆里鬼混的小人物。这个乌烟瘴气的地方充满了高声争吵、下流辱骂，动不动就被勒紧领口，一不小心就是一顿好打。他在其中学会了如何在争斗中掌握先机，操弄对方。托他帮忙讨赊欠酒钱的酒馆老板娘，托他捉回卷款而逃的店员的米行老板，托他杀死妻子外遇情夫的巨贾等，都捧着钱找上了他。市场里所有的人都是他的顾客，同时也是受害者。没过多久，一个有着一双细小鼠眼的男人找上了在赌场鬼混的他。两人在酒馆角落的房间里密谈了两三个小时，之后他收拾包袱跟着那个男人走了。他该存在的地方，不是这个小小的市场。

他和二十多名穿着毛皮外套的男人走了两天，抵达深山里的一个土窑洞。这群充满不安和饥饿的胡须满面的男人，都是些被日本鬼子夺去一切的人——因没收土地而被夺去了农田和家园，因充公而被夺去白米和谷粮，被夺走的还有家什、妻子、朝鲜语和故乡。只要能杀死日本鬼子，他们什么都愿意做。问题是，他们却连一个日本鬼子都弄不死。一个满脸络腮胡、看起来比实际年龄老了十岁的男人，介绍自己是无所属、无派系的抗日游击队队长。然而，这群男人打着抗日游击队的名号，其实是一伙只会对朝鲜商人施暴，抢夺商人钱财充当军费的强盗团伙。满嘴口臭、闻之欲呕的队长也只不过是个醉鬼罢了。尽管队长贪心地想凭借拳头和胆量把自己的团伙培养成沈阳最大的组织，但他马上后悔自己的愚蠢——自己引进洞穴里来的，不是条伶俐的猎犬，而是只狼崽子。这只狼崽子很快就成为威胁队长地位的游击队核心人物。无计可施的队长只好偷偷泄露假情报给关东军密探，说那个名叫崔致洙的家伙，正聚众打算袭击驻沈阳的关东军司令部。

于是关东军大队的军靴踏进了深山，大队长打算以逸待劳，等游击队自己冒出来。无声的对峙一直持续着，险峻的地形对游击队有利，因此当关东军忍不住向前推进时，山寨里早已空无一人。攀登悬崖峭壁的游击队就此逃出了山谷。

带领着二十多名团伙成员离开沈阳的崔致洙，往俄罗斯的沿海州而去。夜里，他们翻山越岭，白天则藏身在落叶下睡觉。在抵达沿海州后，只剩下十四人，因为饥寒交迫，以及深山里的野兽袭击了他们导致减员。然而一群沈阳强盗给予武装关东军大队致命一击的传闻，比他们更早地抵达了沿海州。

游击队员在濒死前碰上了俄罗斯共产党的分部，这群衣衫褴褛的男人便被编入了下级组织。在那里，崔致洙认识了马克思，他的才华与梦想才得以开花。他的才华是斗争，他的梦想是打倒日本鬼子。六个月后，他彻底变身为以思想武装的共产主义者。他的部队不仅袭击关东军补给队，还劫掠了补给列车，暗杀了关东军将官和指挥官，沿海州一带很快就成了他们的领地。他如同一只饥饿的狮子，无法满足于一个小小的沿海州。他想要的，是和更多的敌人、更强大的对手战斗。于是，他跑到了海参崴。在偷渡的渔船里，他躲在充斥着刺鼻的烂菜味、鱼腥味的船舱里，忍耐了四天后，在灯火闪烁的东京湾下了船。

在东京，共产党的组织也以朝鲜留学生为中心，如藤蔓般延伸了出去。但他们只是一群从文字接触共产主义的苍白四眼田鸡罢了，只会义愤填膺，却不懂得付诸行动。就算彻夜不眠研读战斗的书籍，也不知道如何将之应用在日本鬼子身上。于是，共产主义对这群人而言，成了再怎么烦恼也不知如何行动的无果思想，成了再怎么讨论也无法执行的空虚理论。因此，崔致洙确信，文字是阻碍革命脚步的扰乱者，是必须扑灭的有害物。文字，只不过是数千年来压迫百姓的工具罢了。有钱的人玩弄法典将没钱的人送进铁窗里，高利贷业者通过账簿压迫贫穷的人，朝廷利用科举之名陷天下的年轻人于文字狱中，官吏利用君王的谕旨吸食民脂民膏。一个没有书的时代，才称得上是太平盛世。因此，他在东京留学生聚会上嘲笑他们的文弱。

“你们这些人只是一群笨蛋，把自己关进自己筑起的铅字监狱里，还自称是知识分子。是群只会动脑不会动手的弱者。日本鬼子的目标就是如此，把名为知识分子的头衔套在你们头上，让你们成为一群不懂得行动的书蠹虫。一群拥有改变世界的知识，却没有付诸行动的力量的小虫子。就算想颠覆世界，啃食日本鬼子，也只能是蠕动一下恶心的身体而已，什么都做不了。”

不是从铅字，而是从铁血里学习共产主义的这个怪物，开始构筑东京地区共产党的点状组织。不久后，东京市区各地连续发生多起不明原因的火灾，官僚、银行家、军需制造业的骨干遭到偷袭。特高课没有察觉这其实是渗透到东京地区的共产主义者所为，只当成是因为社会开始变得不安，才导致暴力事件或劫财强盗案不断增加。

来到日本的第三年，崔致洙策划了其生涯中的最佳作品。只要一袭成功，便能将一切扭曲的事物扭转回原处。四月二十九日天长节[①]，地点上野公园，他将在包括陆军高级将领和内务大臣在内的各部大臣都出席参加的天皇诞辰庆祝仪式上投掷炸弹。他的助手是一名接到征兵令却逃避兵役的立教大学化工系朝鲜留学生金宏毕。戴着圆框眼镜的金宏毕，洋溢着典型知识分子的风采。崔致洙故意接近他，问他是否能做出土制炸弹，金宏毕则反过来要求崔致洙提供藏身之处。逃避征兵的朝鲜人无须受审一概枪毙，因此，这是他唯一的活路。

金宏毕彻夜埋头苦读崔致洙为他找来的有关火药与爆炸物的书籍。虽然没有所谓“炸弹制造法”的书，但读完十余本相关书籍后，他还是多少掌握了火药的机制、引爆装置，以及火焰增幅的理论脉络。崔致洙找来了简单的实验工具和化工原料，交代他不管发生什么事情，到四月二十八日为止，都得制造出炸弹来。彻夜埋首头书堆的金宏毕终于在举事前两天交出了两发土制炸弹。作为交换条件，在事情成功后，他将获得去满洲的资金和路径。然而，崔致洙投掷的炸弹没有爆炸，他随即在

① 天长节，日本天皇诞辰日，在第二次世界大战前称为天长节。

现场遭到逮捕。身上连一毛钱的逃亡资金都没有，在日本列岛上徘徊的金宏毕也被特高课抓个正着。检方要求将崔致洙处以死刑，但东京法院只判处他无期徒刑。他们想要让崔致洙受到长久的痛苦，想看到他屈服在痛苦下。他们想教导他，苟且偷生是一件多么痛苦的事情。然而，他们始料未及的是，人类的意志是多么强韧地在苟且偷生。

整个事件最大的失败，便是金宏毕制造出来的未爆炸的炸弹。崔致洙虽然感到愤怒，但愤怒的对象不是金宏毕，也不是未爆炸的炸弹。责任不在金宏毕身上，要怪，就该怪他读的那些乱七八糟的书。有限的知识是个圈套。如果说金宏毕真有什么错的话，那就是他有勇无谋，以为读几本不怎么样的书就能改变全世界。但不能因为一个人的鲁莽而问罪，只好让他在腻烦的监狱里度过余生，这样的惩罚对他来说也足够了。

崔致洙是个连眼神都能使看守屈服的危险人物，从他的身上散发出读书人所没有的野性气息。他是只难以捉摸、不知何时会扑上来的野兽。他拥有的一切都是难以约束的。快速转动的头脑、始料未及的行动、顽强的意志、不屈的自傲……他的存在让周围所有人害怕。

崔致洙本能地察觉到，那个从满洲回来、身上留有三发子弹和四块炸弹碎片、侵犯自己领域的入侵者杉山都灿，是个和自己一样，散发着相同味道、以相同方式生存的野兽。他们从对方的身上，嗅到了自己离开满洲时带来的风沙味。监狱就是片以高墙围绕起来的丛林，为了维护自己的领域，两只野兽必须互相争斗。

杉山三天两头把崔致洙叫到审讯室，理由都很充分。回答声音太小，不行！集合时间迟到，不行！正眼盯着看守，不行！或者没有正眼瞧看守，也不行！木棒撕裂了崔致洙的眼皮，打伤了他的额头，敲碎了他的牙齿。

崔致洙睁着肿得几乎无法张开的眼睛，盯视着自己的痛苦源头。他唯一的武器，便是忍耐。

“你想怎么死？”杉山用脚踩着滚在地上的崔致洙的脖颈。

“我还不想死！死了的话，我就输了。”崔致洙露出断裂的牙齿笑了起来。

破碎的言语，从裂开的双唇间挤了出来。一旦审讯结束，等待着他的就是单独禁闭。禁闭室就如棺材一样，黑暗而安静。过了三天，撕裂的眼皮愈合，红肿的瘀痕也消失了。快被恶臭熏得窒息的崔致洙走到窗口边，便桶下面的通风口传来微弱的凉风。他双手紧握铁窗，一阵香气飘了进来，是柔嫩的新芽味道，刚冒头的春草味，雏鸟的新羽味。那是生命的味道，是希望的味道。

一个星期后，崔致洙从禁闭室里出来，走在耀眼的阳光中，他想了又想，该换种斗争的方法了，光靠忍耐是不够的。该做些什么才对。但，到底该做些什么呢？又能做些什么呢？首先该做的事情就是增强衰弱的身体。于是，他开始抓着牢房铁窗，做引体向上运动，还以青蛙跳和伏地挺身来增强肌肉。户外活动时间，他绕着运动场四周走，活化萎靡的心脏。

半个月后，他重新变身为野兽，开始对其他囚犯施加暴力，向日本看守挑衅。他成了野兽，而等待着他的便是充满了恶臭的禁闭室。一个星期后，他从裂开的嘴唇里吐着痰，走出了禁闭室。几天里，或许他会变得如家猫般温驯，然而，实际上他仍旧是一只藏起利爪的野兽。第三次从禁闭室走出来的他，用新的行动把监狱弄了个天翻地覆——固执的越狱。

第一次越狱是推倒监视的看守，莽撞地朝着高墙跑去。正一次次试图爬上高墙时，被随后追赶来的看守一顿棍棒痛殴在地。这次行动与其说是想逃出监狱，不如说是无聊时来点恶作剧般的随性之举。虽然算不上是越狱，但惩罚还是很严重：关禁闭十天。

第二次越狱，是自愿进行夜间劳动的时候，从劳役场跑出来，正要翻过监视松懈的监狱后墙时才被发现。已经下了班的典狱长又紧急折返，看守长面如土色。被抓到审讯室的崔致洙半死不活地瘫软成一团。认为越狱行为是在挑战自己权威的典狱长亲自审讯他。虽然未遂，但从日本最高的重要监狱里越狱，即使只是试图也应该立即枪毙。但他并没有被枪毙，取而代之的是一个星期的禁闭处分；后来，变成了半个月或一个月。奇怪的是，一般人都是横着被抬出单独禁闭室，而崔致洙每次都是自己走出来的。更奇怪的是，只要体力恢复到一定程度，他就继续第三次、第四次、第五次地试图越狱。他的越狱行为不断进化，看起来就像一出情节紧凑的戏剧或杂技一般，生动有趣。然而，他导演的这出戏始终以失败告终，成了观众的笑柄。在长达三百米的狭窄下水道爬行的那次，他差不多快成功了，却在只剩下三十米距离的时候，差点因为毒气窒息而亡。还有一次，他偷偷爬上劳役场运送砖块的军用卡车，也是眼看着就要成功了。逮捕小组惊险地将满载成堆砖块正要离开监狱大门的卡车拦了下来。

不知不觉中，他和看守之间便有了些许无声的约定。只要他从禁闭室出来，过了半个月左右，看守便会先有动作。在出大事之前，先用一些微不足道的违反规则为借口，秘密将他关进禁闭室里。如此一来，看守就能阻止他的粗暴行为，而他也能避免一顿好打。禁闭室因此客满的时候多过空置的日子。

崔致洙如时钟一般准确，如季节一般不变。他和他的一群喽啰就像进出蜂巢的蜜蜂一样，轮番进出禁闭室。他们按照一定的周期反复进出禁闭室的行为，竟然没有人留意。只有杉山，他闻到了想在他眼皮底下蒙混过去的阴谋的味道。一个看似温顺、体内却有一团火在燃烧的人，就像发不知道何时会爆炸的定时炸弹，从身体里发出时钟嘀嗒的声音。战斗还没有结束。

杉山把崔致洙叫到审讯室。几天没有刮胡子的崔致洙，下巴上的胡须杂乱地冒了出来。他虽然如老人般虚弱，但并非一点力气都没有，虽然感到不安，但一点都不害怕。杉山递过去一根烟，狠狠吸了一口烟的崔致洙马上用力地咳了起来。

“你连烟怎么吸都忘了吗？别担心，如果你的计划成功，马上就能吸个痛快。”

从深陷如穴的眼窝下方，杉山的眼神闪烁着。崔致洙的颈动脉剧烈跳动，这个看守有一个如猎犬般灵敏的鼻子。

“什么……意思？”

“是我在问话，你只要回答就好！”

杉山用木棒在桌子上敲击，沉闷的声音打碎了崔致洙在这座监狱里生活的岁月。搞不好，连他的余生也包括在内。冰冷的声音传进了他的耳朵里。

“我不问你从何时开始干那勾当，也不想知道你为何要挖那条地道。”

崔致洙像被当头泼了一盆冷水，难道地道被这个猎犬般的看守发现了？但他马上恢复冷静。如果是杉山发现了地道，那还算是万幸。如果是别的看守发现这条长达一百五十米的逃亡地道，一定会马上按下警铃。但杉山是个以为全世界都绕着他转的家伙，因此崔致洙调整了一下呼吸才开口说话。

“你可以按下警铃，或向上级报告，这不是简单多了吗，何必要把事情弄得这么复杂？”

这话听来不像是个被审讯的囚犯说的。杉山长长地吐了一口烟。

“按下警铃，或打开看守长室的门，那一瞬间，这事就再也不归我管了。监狱里所有的看守都会争相而来，瞭望台上的所有机关枪都会对准禁闭室。探照灯也会照亮整座监狱，警犬会伸长了舌头，追寻你这家伙的体臭。结果可想而知，你这家伙不是被枪打中，就是被狗群撕咬全身，最后又被逮回来，送上绞首台。”

杉山显然不想成为旁观者，他想要的，是一对一的对决。一个想逃亡，一个想追捕；一个想越狱，一个想阻止。将之称为战斗也不为过。不是人与人之间，而是狗与狗之间的战斗。斗狗，时间要愈长愈有趣。

“你打算放过我吗？”

“我不是要放过你，而是不想让你跑出我的手掌心，死在别的家伙手里。在我们的决斗分出胜负之前，你别想随便就死。”

远远传来沉重的铁窗上闩的声音，崔致洙的嘴唇如石膏般凝固，说不出话来。

杉山又缓缓地开口说：“或许你认为一切已经结束了，其实决斗现在才开始。你自己挖出来的老鼠洞，你就得自己亲手填起来，连个针孔大的缝隙都不能给我留下来。那么，这件事就当作你我之间的秘密，就此埋葬。”

透明的电灯泡洒下凄冷的光芒。杉山觉得崔致洙和自己仿佛是一起被困在光网中的鱼。

“太迟了！从地道里挖出来的土全都随风飞散，没法儿找到填地道的土。”崔致洙怀疑自己能不能活到明天。

“敢在粪坑里挖地道的人，还有什么做不到的事情？用你的嘴把土吐出来，或者挖另外一条地道，把土盛过来，我都不管。但绝对不准你再往监狱高墙方向挖地道，就算一米也不行。不然，我就把你和你手下的那群喽啰全部送进无亲属者公墓去。”

崔致洙手臂上的寒毛都竖了起来，脑中不禁想起一个个轮番进出单独禁闭室、挖过地道的朝鲜人，他的下巴忍不住颤抖起来。

杉山又说：“如果你不接受，那你可以继续挖你的地道，从监狱逃出去。如果你赢了，你就能得到自由；如果我赢了，你也只不过是回到原点而已。这场决斗很公平吧！到今年年底为止，看你是填平地道，还是逃出去，二者择一。不管怎样，年底的时候，警笛就会在这座监狱里响起。可能是追捕逃犯的警笛，也可能是发现地道的看守按下的警笛。”

自愿担任禁闭室勤务的杉山，用吸血鬼似的眼睛盯着崔致洙。而崔致洙是在三个月后才下定决心杀掉他的。一直到那时，杉山继续着严密的监视，而地道仍未完成，想逃出去是根本不可能的事情。在一九四四年最后一天的子夜时分，他做了一个噩梦，梦到自己在探照灯的照射下身中数百发子弹，被打成了蜂窝。如今，只剩下一个方法，只要那家伙消失，就再也没有人知道地道的存在了。走投无路的老鼠回过头来咬猫，虽然不容易，但也不是做不到的事情。

于是，崔致洙从地道里的一个点开始挖另一条新的地道。那是恰好从无亲属者公墓旁边稍稍绕过的一个地点。新的地道不是朝向监狱高墙的方向，而是对着无亲属者公墓而去。表面上看来，像是为了填补旧地道才挖的土。新的地道持续挖掘着，崔致洙也仔细观察了杉山的巡查时间和路线。互相监视对方的一场杀伐决战持续着。终于，通往公墓的地道完成了。就在杉山负责巡查的夜晚，崔致洙通过地道，往公墓的方向而去，穿过墓地的洞穴，爬上了地面，躲在单独禁闭室的转角等待着。巡查路线预测十分正确，崔致洙举起野战铲，往正转过禁闭室转角的杉山肩膀上敲了下去。咔啦啦一阵骨头断裂的声音传来，崔致洙拿起一把磨得尖利的汤匙，抵在杉山的脖子上，冰冷的金属迫使杉山往本馆的方向移动。这是个连月光都没有的夜晚，杉山心想，连老天爷都站在对手那一边。仿佛巨兽肋骨的行政大楼铁栅门拦住了他们的去路。杉山死命忍住肩胛的痛，拿出钥匙串，打开了门。用两重、三重的铁门隔离的走道上，连一个人影都看不到。杉山按照凶器的指引，走上了通往二楼栏杆的楼梯。被凶器抵住的脖颈上，黏稠的鲜血流了下来。

“很抱歉我违反了规则，但这也是没有办法的，不是吗？”

杉山点了点头，没错，决斗是不需要什么规则的，不是杀人，就是被杀，这就是唯一的规则。崔致洙掐住了杉山的脖子，杉山因为肩胛骨断裂而毫无招架之力，就此停止了呼吸。崔致洙解下杉山腰上的绳索，把他吊在栏杆上，然后用凶器从他的胸口刺了下去。他的手法熟练如庖丁解牛一般，准确无误。从进去的门里慢悠悠走出来的崔致洙，朝公墓走去。瞭望台上的蓝色探照灯虽然照射着黑暗，但避开了连大白天也人迹罕至的公墓。崔致洙就此游刃有余地消失在墓穴中。

*

崔致洙掏完脑中所有的回忆之后，整个人筋疲力尽。我把笔放在写得密密麻麻的调查报告上，两手合拢哈着热气。这可说是一个朝鲜囚犯的越狱失败记，也可说是关于一个日本看守生与死的证言。我全身冒冷汗，冻僵的指尖连感觉都没有了，把两手夹在腋窝下好一会儿，才能重新拾起笔来。

“公墓或禁闭楼附近方便得很，为什么非要在本馆内杀死他呢？”

他一边的唇角微微翘起，这是个冷酷的笑容。我不禁感到战栗，不是因为寒冷，而是因为恐惧。

他仿佛很享受我的恐惧，慢慢地开口回答："我最终的目的不是杀死他，而是逃出去。之所以会杀他，是为了守住越狱用的地道。如果禁闭楼或公墓附近发生杀人案，那一带就会被翻个底朝天。离地道最远的地点，就是监狱的中心点，行政大楼和监舍中间的大厅。"

他抿了抿嘴唇，眼神看似怨恨，又似绝望。

"就算如此，也还有疑点。你是怎么拿到手术用的针线的呢？"

"你觉得在这座监狱里，有什么东西是我拿不到的吗？我的手下里，有妙手空空，也有让护士神魂颠倒的诈骗犯，还有做买卖的生意人。再说，这座监狱也很体贴地盖了一栋富丽堂皇的医疗大楼，要骗到一盒缝合工具简直是轻而易举。"

"那么，那一手足以让外科医师自惭形秽的缝合技术，也是你的杰作吗？"

"我是个在战场上打过滚的人，是个军人，也是个亡命之徒，还是个厨师、殡葬员以及外科医师。在战场上，时时刻刻都得面对敌人、追踪者。我们又饥又渴，随时会死去，随时会受伤。不然，我们是没法儿活下来的。"

我放下手中的笔，他的口供找不到丝毫破绽。动机、过程、证据都十分明确。如果照此调查内容呈报上去，连审判都不用，就能直接把他送上绞首台。然而，他为什么要向我吐露所有作案过程呢？难道真如他自己说的，是为了记录真实？还是另有其他阴谋？

我在调查记录纸上整理好崔致洙的供述。越狱动机、计谋、挖掘过程、事件败露等越狱企图，以及接下来的杀人罪行，几天来的审讯和侦察结果也只不过写了四页的调查记录纸而已。虽然完全按照犯人的口供记录下来，但调查报告本身并非真实。因为就算写下来的所有内容确属真实，但若还有实情未能写下来，那就无法认定这份记录是千真万确的。我没有在记录纸上写下崔致洙逃亡的一生，也没有记下他与被害者之间的恩怨。杉山发现地道的时间、填埋地道之间的对决，我都没有写进去。调查报告书就以单纯的因果关系了结：杉山都灿发现地道，三三一号为了不让秘密外泄而杀人灭口。一言以蔽之，就只是一份粗略至极的调查报告。但光凭这份报告也足以作为证据，将他绳之以法。接下来的一切，都按照预定方式进行。崔致洙被关进了本馆死刑犯的单人牢房，地道由手持锹铲的囚犯填平了。整个事件就以一份事件报告书结案。但我心中仍留有未解的疑问：崔致洙为什么那么固执地想逃出去？明知道会失败，而且一旦失败又有什么可怕的后果等着他，他也很清楚，为何还要赌上性命呢？对于一个数度试图越狱的人，典狱长为何一再放过他呢？

三天后，我被叫到了典狱长室。那里已经聚集了看守长、治安看守、审讯官、行政官和医官。典狱长直接为我在看守帽别上上等兵的徽章。这是对我查获地道、侦破杀人事件功劳所颁发的勋章，并特别晋升一级。一个人被杀，一个人成了死刑犯，还有一个人获得了勋章，我感到有点混乱。

09

一架钢琴与敌人

晚霞渲染下的大礼堂仿佛一幅静物画。钢琴就伫立在礼堂中央，坐在琴键前面的她，有如祈祷的女祭司。在她的指尖下，钢琴如有灵魂的野兽般，会笑、会哭，时而快乐，时而悲伤。优美的音调熟悉得似乎曾经在哪里听过。突然，她回头往后看。我避开她的眼睛，低下了头。她的胸口随着乐曲起起伏伏。我低声哼起了在典狱长室里听过的曲子，其中的一个小节，竟然与她弹奏的乐曲音调惊人相同。

“这是舒伯特的《菩提树》啊！《冬之旅》中的一首，也收进了丸井老师的节目单里。”

她一面说，一面在琴键上弹了起来，正是我在典狱长室里听到的那首歌。我突然对这萧索曲名的含义、惆怅动听的旋律隐藏的暗示、短而有力的德语发音感到好奇。于是我说：“歌词是德文，我听不懂。”

“舒伯特的爱好者一般都喜欢原文歌词。粗糙而混浊的德语发音，很适合男性的音色，能适当地传达出沉重的气氛。再说，《冬之旅》是为德国诗人穆勒的恋诗谱上旋律而成的歌曲，必须表现出原文的语感才能深刻体会其中的意境。”

她又演奏了其他伴奏曲，曲调低沉，带点惆怅。我偷看她头上整齐的发线，晚霞映照在她随着节奏晃动的肩膀上。她头也不回地说：“这是《冬之旅》组曲的第一首 Gute Nacht（晚安）。”

她的目光定在乐谱上，完全沉浸在音乐里。这时，我的脑中突然浮现出两个字“晚安”。死去的杉山口袋里找到的那首谜一样的诗。我和着琴声，慢慢背诵那谜一样的诗句。

“我以旅人而来，又以旅人而去……如今世间沉浸在悲伤里，我所踏足之路，也为白雪所覆盖。”

瞬间，她的身体仿佛变成一根盐柱，似乎在问我，怎么懂得德文歌词的意思。她的眼中充满恐惧，而我因为她的恐惧而感到害怕。她在恐惧些什么？而我，似乎知道她之所以恐惧的原因。她是不是知道我不知道的事情？我如颜面神经麻痹患者一般，扭曲着脸说：“在死去看守的上衣口袋里，有一张写着这首诗的纸片，就是那个被称为地狱使者的暴力看守。”

她卷起白色的手绢，握紧了拳头。接着，就像打水漂儿一样，突然向我投来警戒心与敌意。

“你不要随便说他的坏话，你根本不了解他。”

我突然感到口干舌燥，她对杉山究竟知道些什么？而那与杉山的死有什么关系吗？她和那个恶名昭彰的看守之间有着某种关系，我不知道该如何理解，她或许也可能牵涉到杉山的死。

我突然大声反驳：“既然你这么说，那你又知道些什么？”

我不想让她发现我冲动的表情，转过身去。这时，如巨兽哀嚎的声音传来，听起来像是撕裂韧帛的声音，也像大厦倾颓的声音。我反射性地回过头去。她的双手猛按住琴键，站了起来。蓬乱的发丝间，露出潮湿的眼睫和红通通的鼻头。

“他不是暴力看守。”她说。

我的脑中响起了沉甸甸的 A 音。我想起了和崔致洙的约定，那个记录下有关杉山死亡真相的约定。虽然他以死亡来保证自己说的是实话，但我至今仍不知道真相是什么。别说真相了，其实我什么都不知道。我唯一能做的事情就是问。

“杉山是个什么样的人呢？”

我想知道杉山都灿的死亡和人生。她也不一定知道所有的事情；就算知道，也不会全部说出来吧；就算说出来，我也不懂。尽管如此，我还是想知道。想知道从崔致洙那儿听不到的杉山人生，想知道没法儿写在调查报告上的真相。晚霞留下一片暗红色的痕迹，悄悄溜走。窗外，片片的黑幕罩了下来。她凝视着谜一样黑暗的深处。

“杉山都灿是个情感细腻的人，他懂音乐，理解诗意，热爱生命。”

*

杉山都灿是个情感细腻的男人，杀死他的，是这个疯狂的时代，这个想要更多鲜血的时代，想要更多憎恨与死亡的时代。他是在战争的监狱里、在军服的禁闭里死去的。

她是在两年前认识杉山的。那年冬天的清晨，踩着白雪踏进监狱的她，是福冈监狱新成立的九州岛帝国大学医学院医疗大楼的护士。医疗大楼的核心部门是由专科医师组成的病理学研究小组。研究员整天都待在研究室里，埋头研读英文的医疗书籍，或者把眼睛贴在显微镜上，专注地研究。如此努力的成果若能发展医疗技术，开发出划时代的新药，就能救活千百万的生命。

她因自己身为杀戮时代中负责救人的九州岛帝国大学医疗小组的一员而深感骄傲。

护士的工作也如战场上的士兵一样辛苦。每天接连不断的两班制轮替工作让她身心俱疲，一拨又一拨患者不停地拥入，忙得根本来不及换下护士服。看守兵为了多看护士两眼，老是装病过来；而囚犯只要被归为病患，就能免除劳役，因此他们甚至不惜自残。她第一次听到杉山的名字，是在成为护士半个多月后。那个名字，是从一个额头破裂的日本看守嘴里冒出来的。

“杉山那狗东西，那个目不识丁的家伙。只要看到会动的东西，不管是人还是禽兽，先打一顿再说。我看哪，那家伙如果找不到什么可以打的，大概连自己的脑袋都打。”气愤的看守摸着自己破裂的额头说。

几天后，她又从另一个手指肿胀的日本看守嘴里听到了这个名字。她一边在看守裂开的手指绕上一圈圈绷带，一边询问受伤的经过。看守目光朝下，看着被绷带缠绕的手指头，不平地说：“朝鲜囚犯自己打了起来，杉山把那群人的额头都敲破了，还把倒在地上的囚犯暴打了一顿。我过去劝架，连我的手都被打到了，他才嘴里骂个不停地走开了。要不是我，那群朝鲜人八成都完蛋了。”

又是这个叫杉山的人。那些被暴打一顿的朝鲜人现在处境如何呢？是否被关在单独禁闭室里，独自抱着断骨满地滚呢？她的脑中不禁浮起疑问，也突然醒悟，她似乎从来没有在医疗大楼看过朝鲜囚犯。为什么朝鲜人不到医疗大楼呢？他们的身体既然不是钢筋铁骨，受劳役与饥饿之苦的身体更容易受伤才对。但监狱明确规定，不允许为朝鲜囚犯提供人道医疗救助。如果不是极为特殊的情况，看守一般只会把朝鲜囚犯送进禁闭室，不会送到医疗大楼。或许看守认为，只要让他们在禁闭室里好好休养一个星期，又会完好无缺地出来吧。

她在包扎日本看守手指的绷带尾端打了个结，用剪刀剪断。看守露出油滑的笑容。

“我还该感谢杉山呢！托他的福，才能认识这么漂亮的护士小姐。”

此后，她常常听见杉山这个名字。从肩胛骨断裂的囚犯口中，从嘴唇破裂的看守口中，他就是一只禽兽。撕裂及断裂的伤口充分证实了禽兽这个评价：一个粗暴、残忍、无情、冷酷的人。毫不在意他人的痛苦，只想把自己的愤怒发泄到全世界。这是一个血管里流着憎恨与冷漠的人。这样的一个人，全身上下都带着愤怒与憎恨的病毒。这样的愤怒，甚至也在善良的人们心里生根发芽。那人的愤怒也感染到她。看着被他打破的额头和打断的骨头，她对杉山的敌忾心愈来愈强。如果真的需要监狱，也是因为有那种人存在。那个人明显就站在错误的位置上。那种人不该存在于铁窗外，应该被关在铁窗内才对。

她第一次直接和杉山见面，是因为一架老钢琴。每个星期一的早会时间，医疗大楼的大礼堂里，便会列队站了两百余名看守与六十余名医师、护士。此刻，是所有日本人向帝国和天皇表达效忠之心的时刻。整个仪式由齐唱国歌开始，到高喊三声“天皇万岁”结束。强烈要求态度恭敬的早会，虽然很严格，但她总是站在最前排。因为礼堂前方摆着一架形同虚设的钢琴，早会进行的过程中，她总是无法将目光从这架不起眼的钢琴上移开。

早会一结束，她就走到钢琴边，掀开琴盖，用指尖擦拭琴键上的灰尘。她心里想，这钢琴弹得出声音吗？会出现怎样的声音呢？她小心翼翼地按下一个键。沉甸甸的G音盘旋而出，引人驻足。于是，她又按下另一个键。这次是明快的F音，在流连不去的人们肩膀上轻拍。人群闹哄哄地，等待着下一个音。最后，她干脆将两手都放在琴键上，轻抚慢弹，轻柔地滑过琴键。仿佛行云流水般，琴声流泻而出。一名年轻的护士随着钢琴声，吞吞吐吐地唱了起来。

“即使你在幸福的港湾召唤我……”

歌声仿佛会传染一般，人们不自觉地张开了口，流淌出思念的旋律。扭曲的时代与消失的乐观，难圆的梦想与流不完的眼泪，明争暗斗与惨绝人寰……所有的一切全都消失在一瞬间。放下远在北海道的妻子只身而来的看守，想起新潟山村老母的看守兵，思念东京家里的晚餐和一家人的实习医师……他们的眼中，都浮现出故乡的影子。

“啊，我甜蜜的家园！即使你在幸福的港湾召唤我，能容我休息的只有我小小的家。”

歌唱完了，人们却无法移动脚步。过了好一会儿，看守才往监舍那头，医师往研究室里，护士朝着病房，一个个走回去。走到她身后的看守长突然高声骂了起来。

“你干的什么好事？这个时候该唱的是无私奉献的国歌才对，怎么唱起了《甜蜜的家庭》。你以为皇军都是群不懂事的小毛头？”

这时，她才领悟到自己做了不该做的事。《甜蜜的家庭》是敌方美国的民谣。这时，短而有力、嗵嗵作响的脚步声传来。是典狱长。

“真是奇迹！这架破烂的钢琴幸好没丢掉。如果丢掉了，今天就听不到这么精彩的演奏了。”

典狱长搓捻着修剪精致的小胡子，眼里充满好奇地走过来望着她，似乎在问她是谁。这时，有位满头鬈发整齐地往后梳的绅士走了过来。

金色领带外面罩着白色医师袍的森冈院长代替她回答："这是医疗大楼的护士岩波绿小姐，从小学就开始学钢琴，曾经在九州岛钢琴大赛中得奖，是个备受各界瞩目的钢琴天才。曾任陆军省官员的父亲在中日战争中英勇牺牲后，她才不得不放弃钢琴，然而琴艺依然精妙如昔。"

典狱长面带喜色地发出一声感叹，院长的话里包含着一切他向往的事物。拥有一套高级音响器材的经济能力、鉴赏音乐的知性能力、稳重的风度和时髦的品位。那些他发自内心深处想拥有的，却只能满足于装模作样的事物。

这架钢琴来到监狱已经十多年了。中日战争爆发前，福冈是个很祥和的都市。当外国企业家如出席宴会般来来往往之际，一名热爱音乐的美国贸易商史蒂文森希望这萧索的监狱里也能有音乐流淌。钢琴运来的那一天，史蒂文森还带领着一个以自己为首的业余合唱团，在此举行了小小的演唱会。最凶暴的一群人会聚于此的监狱与发出最优美声音的乐器，形成了一种不协调的搭配。

从那之后，史蒂文森的捐赠品便被弃置在礼堂黑暗的角落里蒙尘。缺乏照顾与湿气、灰尘和蛀虫，还有鼠辈群起攻击钢琴。弦失去了原有的音调，琴声也变得一团混乱。甚至有人建议"让这个丑陋的怪物消失"，"砸掉这架发不出原有音色的钢琴，钢丝捐献出去"。如此沉默了十年的钢琴，如今竟然能发出声音；而且不只是单一的声音，还能汇流成音乐，就像是哑了多年的孩子骤然开口说话一样。这时，典狱长背后突然响起沙哑、粗糙的嗓音。

"真糟糕的声音！"

一名男子一脸不以为然的表情，俯视着琴键。如城墙般宽阔壮实的肩膀，剪得短短的平头，脸颊上有一条长长的伤疤。岩波绿盖上琴盖，站了起来。

“演奏不合您的意，我很抱歉。”

“糟糕的不是演奏，你不必感到抱歉。我没有资格评价你的演奏，也没有那种想法。”

典狱长感觉无地自容，一个对音乐一窍不通的无赖汉，竟然对知名的音乐爱好者与钢琴天才说出如此失礼的话。典狱长从小而结实的身躯里用力发出怒吼：“杉山！你对音乐知道什么，竟然说出这种话来！”

听到杉山这个名字的瞬间，岩波绿手臂上的寒毛都竖了起来。因为那正是冷酷刽子手的名字，那个弄断了无数根骨头、撕裂了无数块皮肤的怪物，从还粘着血块的嘴中带着满心恐惧说出的名字。杉山如刀劈斧砍似的，不带一丝感情地说：“我虽然不懂音乐，但对声音多少还懂一些。”

“对声音多少还懂一些？你对声音懂些什么啊？”

杉山没有回答，直接走过去，把一只手放在琴键上。典狱长惊讶地望着他的后续动作。杉山同时按下两个键，两个强烈的音重重地敲击在弦上，跳跃而起。他又把五个手指头用力按下五个键，低沉有力的声音随即充满整个礼堂。接着，他闭上眼睛，感受着一个个音的共鸣与力量，才开口说：“这架钢琴的声音已经不准了。”

典狱长瞪大了眼睛。“乱讲！刚才礼堂里的所有人不都沉醉在《甜蜜的家庭》优美的旋律里吗？如果这架钢琴坏了，就不可能弹出如此完美的曲调。过去十年来，没有人动过这架钢琴，也没有人弹过这些琴键，音怎么可能不准？”

“钢琴没有人弹，比有人乱弹更不好。湿气一渗进原木里就很难发出共鸣。琴键的弹簧也会失去弹性，弦线扭曲，自然发不出准确的音来。”

典狱长努力装出泰然自若的样子，失笑说：“杉山，你别想把一架好好的钢琴当成坏掉的废弃物。钢琴放在这里十年没用，今天终于遇上了伯乐。”

典狱长一脸温和地望着岩波绿。他并不知道，钢琴不是家具，是乐器，是必须时时弹奏才能生存下去的生物。十年来没有人碰触过的钢琴，甚至不能称作钢琴。

岩波绿用右手拇指和小指同时按下两个琴键。中音 G 和高音 G 像两条并行线般和谐地响起。她说：“这是正好差了一个八度的两个音。不过我弹的 G 音其实是黑色键，也就是说，不是 G 而是 #G。原来的 G 音比这个低了半个音左右，而且共鸣的情况很不稳定。不只是 G 音，所有松掉的弦的音多少都有些走音，共鸣不稳定。”

典狱长一副看不顺眼的表情，回头看着杉山大声问：“你怎么会知道这架钢琴的情况？”

“入伍前在一家卖钢琴的店里打工，从调音师背后偷学了一些罢了。”

“这么说，你能修好这架钢琴喽？”

这句话不是能否修好的疑问，而是“马上给我修好”的命令。

那天傍晚，杉山把一个放着各种杂乱金属工具的皮箱摊开在礼堂地板上，里面放着大大小小的钳子和扳手，以及几张厚薄不一的皮革。他像对待宠物一样，温柔地触碰独自窝在寂寞里的钢琴。他默默地打开琴盖，微微的森林味道从高档的原木板材上散发出来。生了锈的钢弦，积着厚厚的灰尘，被鼠尿弄得脏污斑驳的底座、破破烂烂的琴槌毡……这已不是钢琴，而是个丑陋无比的怪物，如同一个因为中风和糖尿病而倒下的全身麻痹患者。

“弹一下 G 音。”

他的声音单调，言简意赅。岩波绿如同从旁递手术刀给执刀医师似的，小心翼翼地按下琴键。沉默、说话声与琴声，轮番出现在礼堂里。他用皮革下摆卷住螺栓，用钳子锁紧弦。岩波绿曾经看过那样的表情和眼神。当一个医师把听诊器放在病患胸口时，脸上便会出现如此专注的表情。当一个执刀医师准备好为一个没什么希望的病患开刀时，眼中便充满如此坚决的眼神。执刀医师让不良于行的病患得以行走，让失去光明的病患得以重见天日，让在垂死边缘的病患得以存活下来。现在，杉山用钳子代替手术刀，所做的事情和执刀医师有什么不同呢?

岩波绿说：“好多了，音比较准了，共鸣也变好了。”

但杉山脸上仍旧显出不甚满意的表情。

“匆忙中，只能调准一些基本音，还需要调音工具和材料。锤子、调音起子、弹簧调整钩针、替换锈弦的钢线、黏着剂，还有亮光蜡和软拭布……”

他的话语中，隐含着难以找到这些物品的焦虑不安。在物资匮乏与死亡处处的战争年代，连白米、面粉、白糖之类的生活必需品都得依赖配给，原本令人艳羡的钢琴倒成了丑陋的怪物，豪奢的艺术情趣也沦为众人愤怒的对象。想卖也没人买的钢琴，就像私生子一样，不是被丢在房间角落就是被弃置在阁楼上，渐渐为尘埃所掩盖。

“得到市区的钢琴店才行，或许可以在那里找到调音工具。”

杉山把尾端尖锐或宽扁的钳子、细铁杆和皮绳依序放进皮箱里。岩波绿看过那个钳子咬合的模样，来到诊疗室的患者瘀血肿胀的指甲上就有类似的痕迹。她在害怕的同时，也十分激动。这个男人是唯一能找回这架钢琴声音的人，同时也是个暴力看守，总是无情地痛打无还手之力的囚犯。哪一个才是他的真实面貌呢？岩波绿虽然不认识他，但牢牢记住了“杉山”这个恶名。

“那些工具原本是用在哪里的？”她问。

如风吹过，杉山烛光似的眼神也随之晃动。他扭曲的脸映照在钢琴闪亮的琴盖上。他在内心中激励自己，不可有内疚感。

“你没必要知道，我们只要各尽其责就行。我打人，你治疗被我打的人。我为钢琴调音，你用我调过音的钢琴弹奏出动人的音乐。”

“你做的事情是什么？”

“我做的事情，就是把共产主义者、民族主义者、无政府主义者……相信自己可以救赎全世界，其实是在玷污世界的家伙的腐败的脑袋净化干净。所以，你不要想干涉我的事情。”

他冷笑一声，在薄薄的黑暗里留下岩波绿一个人，走出了礼堂。每当他移动脚步，皮箱里的铁制工具便相互碰撞，发出清脆的声音，听起来特别响亮。这些工具原本放在审讯室架子上的铁链、铁鞭和铁桩子之间，都是拿来对付那些拒绝改变立场的囚犯或强烈反抗的反日分子的。也可以说，这些工具都用在原本该用的目的。把弯曲的掰直，把卷绕的解开，把歪斜的弄正，就是工具的用途，不管是用在人身上还是用在钢琴上。岩波绿明知道那些工具是拿来做什么的。杉山想起了已经渗透进自己体内的钢琴声。

两天后，杉山外出到福冈市区。市中心的钢琴店很早以前就关门大吉了。杉山敲了好久的门，才终于有人出来应门。秃头、留着小胡子的老板，如同蒙尘的钢琴般显得十分无力，嘴唇上白色的薄皮干硬地翘了起来。杉山表示想要一套调音工具和修理材料。老板认命地打开仓库的门，因为上缴与征用的关系，能用的材料所剩无几。杉山怀着做贼的心情，收拾了一些工具和材料，之后，穿过灰色的街道走回监狱。

礼堂里，岩波绿等待着，杉山默默地打开钢琴的顶盖，仿佛在打开一只巨大又纤细的动物胸膛。无数的木块与金属块，数百个螺母与数十束琴弦，横穿内部的梁木和层层相叠的板材……数百个调音轴、轴承和螺母，用二十吨的张力紧紧地支撑着一架钢琴。

钢琴不是只会发出声音的机械，而是由木头、金属、轴承与皮革构成的生物。一如所有的生命，时间是钢琴最大的敌人。随着时间的流逝，琴弦拉长了，卡锁会松弛，湿气也会使铁物锈蚀，使木头、毛毡和橡皮烂掉。琴弦一旦生锈，音量就会变小，扭曲的响板会使得声音变得乱七八糟。湿气的渗透也使得琴键膨胀起来，不是从原位置翘起，就是无法发出声音。

“随便弹一个音看看。”如干柴断裂般的嗓音。

于是，岩波绿演奏了一首《送我回故乡》的曲子。闪烁、柔美、耀眼、怜惜、白鸟、彩虹、夏雨……琴声让人忍不住联想起这些词语，扬起一片金光。杉山迟疑地偷眼看向岩波绿：饱满的额头、挺直的鼻梁、低头望着琴键的视线、用发卡固定的鬈发、白皙的脖颈、纤细的肩膀和挺直的背脊、如蝶般在琴键上飞舞的手指、踩在踏板上细嫩的脚踝。很久以前的记忆，使杉山的表情柔和下来，那是一段只为一个女人调钢琴的年轻岁月。岩波绿的声音突然响起。

“调音技术不是一两天，也不是一两个月就能学会的。连些像样的调音工具也没有，您就能把音色调准，这技术程度可不是从背后偷学就能学会的！”

她的眼睛在问：你是何时、如何学会调音的呢？杉山仿佛被火烫到了似的，受到莫大惊吓。岩波绿知道他不是被火烫到，而是被回忆烫到了。

杉山望着生锈的琴弦回答："当然是为了混口饭吃才学的。不用打架，又能从有钱人手里讨点钱过日子，钢琴这东西还不错。我的生活本来就很糟糕，弹钢琴是想都别想了，所以只能学调音。"

但岩波绿知道，他在说谎。想赚点小钱混饭吃的人，脸上绝不会出现那种表情。埋头调音的他，脸上是一种匠人专注的神情，不是为了钱，而是为了找到最好的声音。他瘦削的脸庞映照在油亮的钢琴盖上，看起来如青年般纯洁。青年的眼神里充满了哀戚，一心只想为一个有着一头黑亮头发、脸上带着对世界充满好奇的表情、坐在钢琴前面的少女，调出世上所有的音。

"从您离着钢琴一段距离就能喊出音符名称的嗓音里，我就已经感觉到，在您的嗓音里饱含对演奏者的一份爱意。您深知演奏者全心全意都集中在音符里的那份心情，因此才为对方找出扭曲、走调的声音。"

岩波绿再次望向杉山，这回他不再是一个神采飞扬、耀眼的青年，只是一个满脸皱纹的老看守。他是个从纯洁里逃亡的浪子，是个被过去所驱逐的异乡人。他默默地驯养着钢琴，如对待宠物般。他将琴弦和器械分离出来，用柔软的皮革擦拭生锈的弦线，校准声音。修正琴槌和制音器的损伤，调整声音，又调整了琴键的反弹力和动作范围，矫正不均衡的触感。钢琴一点点地找回原先的优雅，声音也一点点地回复原本的音色。因此，他喊着音符名称的嗓音也愈加响亮。

"G！"走进了礼堂的典狱长和院长，脸上带着愉快的笑容。一点点地找回原有音准的钢琴，是他们的喜悦之源。典狱长为自己有幸与福冈社交界名人共处而感激不已，甚至想对这个曾经蒙尘的怪物跪下磕头。

典狱长用怀疑的眼光望着还在不断变换着工具的杉山，心想：这家伙真能修好吗？典狱长在心里肯定这个回答，对自己点了点头。也只能如此相信了。不相信自己医术的医师，是无法救活任何一个病人的。因此，那东西也一定要被修好。典狱长边想象着修理好的钢琴发出的优美声音，用轻快的声音说："以小绿小姐优秀的演奏来说，不只是每个星期一的早会，连公开的活动也能上场担任钢琴伴奏。"

院长一副不置可否但又带点慎重的表情。典狱长目不转睛，等待他的回答，而院长的回答则出乎众人意料。

"这架钢琴和这样的演奏者，若只用在监狱星期一早会的伴奏上，实在太可惜了。对那架钢琴和小绿护士而言，需要更大的舞台。我们来开一场盛大的演奏会如何？"

院长的声音连典狱长的灵魂都说服了。感激涕零的典狱长连忙点头。

"您说得一点也没错，但乱七八糟的监狱里，没什么条件可以好好练习……"

院长用带着优越感的柔和声音打断典狱长的话。

"正因为如此，福冈监狱才是最合适的场所。我们可以在汇集了全国各地凶恶罪犯和反动分子的巢穴里，举办为和平祈祷的音乐会，把优美的音乐深植在荒漠的监狱里。我们可以从东京邀请有名的声乐家，招待国内外高层显要来参加音乐会。如何？"

这是个在灰暗的监狱里注入音乐活力的充满野心的计划！典狱长眼中光芒闪烁。

"您真是深具卓越的艺术眼光！不过，知名的声乐家愿意来这简陋的监狱吗？"

典狱长虽然赞叹不已，但也难掩疑虑。院长缓缓踱近钢琴，典狱长也弯着腰跟在后面。院长用充满自信的声音安抚典狱长的疑虑。

“声乐家丸井先生，您知道吧？丸井先生十分赏识小绿护士的才华，愿意当她的赞助者，数度建议小绿护士到东京深造。”

院长回头望着岩波绿，接着说：“小绿，你把在福冈监狱举办和平音乐会的计划直接向典狱长报告，这件事需要典狱长的许可才行。”

岩波绿从钢琴凳上站起来说：“虽然杉山先生已经竭尽全力，但最大的问题还是无法找到调音工具和替换零件。杉山先生跑遍了市区的钢琴店，也买不到那些必需品。这时，我想起了东京的丸井老师。我想，丸井老师或许会接受我的请托。所以我就厚颜写了一封信过去，拜托老师购买调音工具和零件，以便修理监狱的老旧钢琴。”

“结果如何呢？丸井先生回信了吗？”

典狱长焦急地问。岩波绿点点头。

“是的！从东京寄来了一整套工具、零件，还有新的钢弦。因此，我回信说，只要钢琴修好，我希望能担任老师《冬之旅》的伴奏。老师欣然允诺。”

典狱长简直难以置信，日本声望最高的声乐家竟然愿意在挤满囚犯的监狱公演。如果这是事实，真可称得上是一场奇迹音乐会。典狱长咧嘴大笑，欢欣不已。“福冈监狱国际和平音乐会”能带来的宣传效果是难以言喻的，铁窗里的音乐会能感动受战争与穷困之苦的日本列岛人民。借由这场音乐会，也可以暗中拉拢中央政府的高层官员、陆海空军指挥官与国会议员。只要能入了他们的眼，说不定还能被拔擢进内务省。虽然战争时期是属于军人的，但战争一旦结束，官吏的时代便将来临，这场音乐会说不定能将他带进作为权力中心的内务省。典狱长下巴的肌肉抖动着。

“得马上开始练习伴奏才行！”

典狱长确信，院长、岩波绿，连杉山都将成为他仕宦之途上坚固的垫脚石。因此，他真想好好拥抱那架非常珍贵的钢琴。

*

岩波绿说完话，随即如上了发条的人偶一般，开始弹奏起来。当她的手指在琴键上起落时，琴键便会推起琴槌，琴槌便敲击琴弦。琴弦震动下，撞击响板。音符与音符水乳交融，渗透进黑暗中和干涸的空气里。绝望的包袱被卸下了，日常的烦闷也消失了。生存的希望、携手共进的感受、爱人的渴望油然而生。连我都不自觉地开始随着钢琴旋律开口歌唱：“送我回故乡……”

歌声拥抱着我疲惫的灵魂，琴声如潮汐般拍打着我的心胸。我明确地感受到自己得到了安慰。我的悲伤被克服，我的灵魂被治愈。音符与琴声，间隔与连续，充满了我的周身。静寂中的脉动、沉静里的呐喊，太美了！她的演奏让人相信，在深陷战争泥淖的世上还有一线希望。我忍不住向沉浸在弹奏中的她问道：“杉山为什么到死都保存着《冬之旅》的诗句？”

我想听到回答，但又害怕听到答案。

岩波绿用手掠了掠头发，说：“他一向身上都会带着诗，不仅如此，他爱诗，把一切都献给了诗。”

走了音的心弦在我的心中发出不协调的声音。杉山爱诗？虐杀文章、窒息词语、焚烧书籍的他爱诗？炽热的看守眼睛里浮现出一张面孔。曾经是同志社大学英文系的年轻诗人，如今沦为福冈监狱的阶下囚。他应该知道些什么，说不定所有的一切他都知道。

音符的联想

C音：大清早出门的孩子，缠成一团的鞋带；坐在高空绳索上年幼的杂技人，忧伤的泪水。

D音：春日时节，透过地气看到的远山陡坡；停在港口里，洒满细碎阳光的白色帆船。

E音：穿着雨衣，从细雨里走来的好友，湿透的眉毛，伸出来的冰冷之手。

F音：破碎的托盘，破瓷盘撞击出的蓝色夜之火；寂静的圣珠祈祷。

G音：吹过防风林的风，十字路口电车车站的喧嚣，玩笑里笑开怀的恋人红唇。

A音：密密麻麻伫立在低空下的针叶林；站在没有观众的舞台上，一个低音提琴的演奏者。

B音：深夜里微弱的星光，隧道里列车的窒息，迷路王子的孤独。

C音：木头味道久久不散的棺盖，朝向江河而去的海鸥，奔向永远的缆车。

——杉山笔记

10

就算要死，也要无愧于天

按照销毁物清册的记录，平沼东柱的书籍首批遭到销毁的日期，是来到福冈监狱后的一九四四年三月八日。目录中写着陌生的朝鲜名字：金永郎、白石、李箱、郑芝溶……旁边则是混合了汉字和片假名的书名：《永郎诗集》《郑芝溶诗集》……大部分是诗集；不过也有名为“文章”的朝鲜杂志和英文书籍。第二次的销毁日期为一九四四年三月九日。根据编号，密密麻麻写着一堆诗名：《序诗》《直到黎明到来》《十字架》《另一个故乡》《数星星的夜晚》……

编号一直连续到第十九号的《信手拈来的诗》为止。备注栏里写着：“以上十九首，未出版的诗集《天、风、星星与诗》预定收录的作品。”下面还有一连串编号，从第二十号连续到第四十九号。备注栏里是杉山潦草的笔迹：“囚犯在京都下鸭警察署用日文写的诗文翻译。由审讯负责人五吕木刑警移交。”

清册记录告知了六件事实：第一，思想犯平沼东柱是由京都下鸭警察署逮捕的。第二，逮捕小组在他的家中没收了数十本反动书籍和诗作。

第三，审讯人员让他用日文翻译了朝鲜语诗作。第四，五十余篇诗作中，有十九篇是原本打算放在自选诗集内，因故未能出版，仍由本人直接保管的原稿。第五，其余的诗，看起来都像是在日本的东京和京都等地写的作品。第六，杉山按照规定将他的诗分类后，先销毁的是二十余本朝鲜文书籍，其次是销毁全部诗作。

杉山都灿和平沼东柱两个人，用名为“诗”的环扣、“书”的公分母，联系了起来。杉山是审查官，平沼是诗人；杉山毁了平沼，平沼痛恨杉山。他们两人站在文字的光与影、词语的黑与白、句子的首与尾，互相对峙着。那么，又怎么会在审查官的口袋和抽屉里发现他憎恶的诗呢？诗又是如何连接两者的呢？想找出答案，就必须审讯他。

六四五号囚犯挺直了背脊，坐在老旧的木头椅子上。潮湿脏污的审讯室墙壁使他的脸显得十分清瘦；过分宽大的囚衣穿在身上，让他看起来更加孱弱。虽然他在铁窗里，我在铁窗外，但我们两人其实都被监禁在巨大的监狱中。我飞快地翻阅活页夹，装作毫不在意的样子，其实内心十分焦躁。我安慰自己，该感到焦躁的不是我，而是他。

他开口问：“抓到凶手了吗？”

问号如刺入肋骨的一把匕首，审讯官虽然是我，但我却被牵着走。我摘下沾了汗水的军帽，决定说出真相。如果不说出真相，我就听不到另一个真相了。

“是个名叫崔致洙的囚犯，因为越狱计划被揭穿，才杀害看守。”

他点了点头。没有刮胡子的人中和下巴落下森森的阴影。眼窝处的青肿，消散得只剩下淡淡的黄色。

“既然已经抓到凶手了，还有什么好问我的？”

他的话不是单纯的一句话，而是武器，想让我解除武装的咒语。我不仅无法瓦解他的意志力，连他的灵魂也无法撼动。我知道，能从中窥视他灵魂的，只有文字。想使他屈服，吐露真相，不能用棍棒，只能用文字。线索就在他读过的书里。透过那些被焚为灰烬的诗作和弃置在审查室里的书籍，就能窥见他灵魂的碎片。

我平复心神后说："因为真相与事实不同。"

他观察着我脸上的表情，嘴里喃喃自语："真相与事实……"我想起了他被没收的书籍里有本里尔克的诗集。

因此，我问："里尔克被玫瑰花刺扎到而死，虽然是事实，但不是真相。他虽然是因为被玫瑰花刺扎到而感染细菌，扩散为败血症。但是，致死的原因并不是玫瑰花刺，而是他很早就罹患的白血病。外在事实的背后，是完全不同的真相。"

"外在事实的背后，是完全不同的真相？"

"没错！他为自己写的墓志铭，刻着'玫瑰，噢！单纯的矛盾。喜悦，在如此多的眼睑下，是无人之眠'。或许在这诗句中，说明了在艳丽玫瑰的姿态与香气的背面所隐藏的私密情愫。"

他用阅读书本文字的眼光，读着我的表情、呼吸与眼神。想明了诗的象征，光认字是不够的。如果不读诗、不学诗、不爱诗，是无法知道韵律中隐藏的意义的。我说出口的话，即表明了我就是那样的人。只有通过自己的语言，我才能存在于世。如同我想通过他的诗来了解他一样，我也成了他想了解的对象。我的灵魂似乎被剥了一层皮下来，我费力地转回审讯官冷冰冰的语气问："杉山都灿为何偷偷抄写你的诗？"

他冷冷地摇摇头，脸上的表情满含着不能说也不想说的顽固。他如在墓穴撒上湿土似的，望着我沮丧的表情说："你就接受外在的事实吧，真相只会让所有人痛苦！”

我如同想拂开他撒下的湿土般用力摇了摇头。眼前的墙壁也如薄薄的壁纸般摇曳着，冰冷的空气里散发着呛人的矿物味。

“包装得再像真实也没用，假的还是假的。不弄个一清二楚，还不如什么都不知道。”

他正读取我在心中翻滚的文句，无法说出口的句子里掩饰的渴望，与翻卷交缠的问号中隐藏的疑惑。他迟疑多时，终于开口：“对于杉山都灿，你想知道些什么？”

“我想知道他的人生。”

“不是想知道他的死亡？”

“想知道他的死亡，得先知道他的人生。知道他如何存在，才能知道他为何死去。”

“想知道他的人生，可以去问他的看守同事，为何一定要问我？”

他似乎想尽快摆脱这样的情况，于是我回答：“他不为人所知的内里，你是唯一能窥视到的人，因为文字就是窥视灵魂的镜子。”

他注视着我，一如注视着深井一般，即使时间不断流逝，也置之不理。过了好久，他才用冷静的口吻说：“他是个诗人，是我知道的最杰出的诗人。”

*

杉山是个诗人，但不是从一开始就如此。起初，他是个整天只会挥舞拳头和棍棒的刽子手，也是在监狱各个角落里吐脏话如吐口水一般的审查官。他憎恨文字，蔑视那些以为文字能成大业的人。平沼东柱刚好就是这样一个文字作者。

平沼东柱是在一九四四年初春来到福冈监狱的。和其他十四名男子一起踏进高墙的他，看起来有如过了四十岁的中老年人一般。稀稀拉拉疲劳和恐惧如黑菇般在脸上生长，眼睛里盛满了空虚，剪得短短的头发稀稀抗抗的，薄薄的囚服里瘦骨嶙峋。没有穿袜子的脚后跟皲裂，手背上的冻疮也都冻裂开来。他用混浊的眼睛望着在自己面前展开的现实——横亘在眼前的铁丝网、铁窗和厚重的铁门。直到这时，他还不明白自己为什么来到这个地方。他之所以会被抓着衣领拖到这里来的原因，仅仅只为了几行字句和几纸文件罢了。诸如禁用的朝鲜语诗作、警察的调查记录、检察官的起诉书、法官的判决之类。

他缓缓地移动衰弱的骨架和满载疲惫的身躯，经过高高的钟塔阴影和冰冷的高墙，走进消毒室。在这里，他被白色粉末状的消毒药撒了满头满身。接着又转向更衣室，拿到一套某个人穿过的旧囚衣。他一面猜想穿过这套囚衣的那人是否平安地离开了这里，一面听着自己的脚步声践踏自我意识，走过长长的通道，走向充斥着腐臭味的陌生世界——第三监舍第二十八号牢房。那天晚上，他如被揉皱的纸一般，蜷缩在牢房的角落里，忍耐着深入骨髓的绝望。

朝鲜囚犯三五成群，聚集在阳光普照的墙底下。不知从哪里传来细长、柔滑的声音。如风吹过的声音，是某人吹的口哨声。杉山从腰际抽出棒子拿在手上，望向声音发出的地方。空无一人的斜坡下，有个人站在那里。出于本能加快的步伐，不知不觉中竟跑了起来。

“六四五号！你一个人在这里搞什么鬼？”

喘息的声音里，说话带刺。对准年轻人脖颈儿的棒子，颇有敲碎他肩胛骨的气势。口哨声戛然而止。

“吹个口哨也算犯罪吗？”

这名囚犯仿佛时间的沉淀物，不仅是个恶劣的朝鲜思想犯，还是个只会喝墨水摇笔杆的，他具备了杉山蔑视的一切条件。杉山用沾着血块的木棒，挑起年轻人的下巴。

“听好！这里是福冈监狱，我是杉山都灿。你呢，不只是身体，连思想都被监禁在福冈监狱里。因此，不准吹口哨，也不准写字。”

“什么是可以做的呢？”

“不要问什么是可以做的，问什么是不可以做的，或许更快些。”

“什么是不可以做的？”

“你现在想做的那件事，就是不可以做的事情！”

杉山咬牙切齿地说。黑色的鸦群冲向灰色的天空，仿佛脏污的铜板哗啦啦地撒了一地。

“人心，是无法监禁，也不可剥夺的。”

六四五号的声音如在风中沙沙作响的落叶，毫无光泽，疲倦而战栗。杉山的脖子里涌起一股酸气。摇笔杆的人就像恶心的虫子一样，是他最讨厌的，他们是一群傲慢浮夸、不懂察言观色又缺乏处事能力的人。凭着不怎么样的口才，寄生于他人的汗水和泪水中；只会呢喃一堆虚妄的诗句，或发出一些语意不明的吟咏，就是一群手无缚鸡之力的人。

“你们这些摇笔杆的，就跟蚯蚓只吐泥土一样，只会吐出一堆谎话、牛皮和甜言蜜语的垃圾。在这里，这些都行不通。因为这里是福冈监狱，有我杉山两只眼睛盯着。”

木棒向六四五号的肩膀上重重地击下来，年轻人抱着断裂的肩胛骨倒了下去。他表情扭曲地望着杉山。眼睛里承载着的不是埋怨，而是同情。杉山发现了，这家伙不要说呻吟，连哀号都没有发出一声。

回到审查室的杉山，翻找没收品目录清册。由审讯课负责刑警制作的清册里，写有那人的名字。六四五号，平沼东柱。没收品目录中，则记录着“未出版诗集《天、风、星星与诗》和三十首诗。另，共计二十八本书籍”。

杉山走向没收品书架，书架上的每个箱子里都放了一些陈旧的书籍、破损的封面与残缺的纸片。箱子就像人一样，有的箱子温顺良善，有的箱子则粗暴鲁莽。在六四五号箱子里，平沼东柱的灵魂如一堆破烂般挤成一团。打开箱盖，沾满手垢的旧封面上，显出褪色的名字：陀思妥耶夫斯基、纪德、雅姆、里尔克、白石……仅以文章形式存在的这些人，是杉山有生以来碰上的最难缠的敌人。他必须迎面而上，却不知该如何面对。

箱子角落里，胡乱塞着些揉成一团的纸——《天、风、星星与诗》。

杉山如搜索敌人般，小心翼翼地翻开第一页。接着，两眼大睁，盯着端正的文字与挺直的笔画。

序诗

但愿死前，
能无愧于天。
连拂过叶片的风，
也让我感到难受。
我该以歌咏星星的心情，
来爱一切将死之物，
然后走上，

我所被赋予之路。

今夜，风也掠过了星星。

没有强烈的描写，也没有奇特的表现，却让人感觉难以呼吸。文辞如一个个握紧的拳头，猛击着杉山的太阳穴。

杉山对攻击自己的字体感到难以置信。不是枪，不是刀，更不是棍棒，只不过是九行字，竟然能让自己无法呼吸，失魂落魄，满心恐惧。他从来都不知道，“读”，是超越了看、听、嗅、尝、触的另一种感觉。读一篇文章、一首诗，等同于了解一个人，或说是了解他的世界。

杉山连忙将那一堆草稿放回箱子里，他只想逃，从这个家伙身边、从他的文字和诗句当中逃开。文字就是病菌，有毒的文字会毁掉人类。孱弱的精神、毫无来由的同情、荒诞的乐观、伪善的和解、改变世界的虚无梦想，都隐藏在文字里向外传播出去。迷惑于巧妙的诗句，以浪漫为名游手好闲的人；被共产主义的理念所吸引，意图颠覆社会，不着边际的信仰者；拥护无政府主义，陷溺在虚无沼泽的怪物；还有所谓的诗人，全都以为文字这种毒药能改变人类，改变整个世界。或许，那并不是一种虚无的信仰。毕竟把世界搞得如此乌烟瘴气的，不是愚昧无知的工人或生意人，而是识文断字的人。他们用语言和文字为工具，把好好的一个世界变成了人间地狱。城市因炮击化作一片火海，战场被哀号交织成一个炼狱。死亡如幽灵般在街上流连。泪与血如文身般斑驳地刻满人身……

杉山把看守帽戴好，正面迎战向自己吐着蛇芯的荒诞文章。他握紧四方形印章的握把，用力击在草稿堆上——销毁。

红色的两个字，是烙印在文件上的图章，也宣告了死刑。有毒的文字将化为一团火球，就此消失。那些诗也只不过是堆感伤主义的纸团，天亮时就该消失在焚化炉里。他把干了的笔蘸上墨水，在销毁清册上写下：“序诗（《天、风、星星与诗》），作者：平沼东柱。”

拿笔的手颤抖着，审查室怎么突然变得这么冷。杉山放下笔，脑中浮现出一个脸孔苍白的年轻人。短暂迟疑后，杉山在刚才写的目录上面画下两条红线。反正是要销毁的文件，不用等到明天早上。当务之急，就是把写了反动文字的家伙好好鞭打惩戒一番。

他咬紧牙，把木棒在空中挥舞两下，横扫疾风的飕飕声响起。

*

时间就在众人被战争勒紧脖子的情况下过去。六四五号在牢房地板上缩成一团，长久没有晒到阳光的皮肤透明得仿佛可以看到内里。

去年夏天，命运的鞭子瞬间击碎了他的人生，噩梦的套索将他弃置在冷冰冰的地板上。他再也不是一名大学生，不是一个为时代烦恼的年轻人，不是一个爱书、享受埋头书堆的书呆子，更不是一个吹着口哨享受悠闲散步的静思者。那么，他成了什么都不是的人了吗？或许那样更好。因为如今，他成了比什么都不是更令人感到绝望的存在，一名在“京都朝鲜学生民族主义团伙事件”中被逮捕的“朝鲜独立运动分子”。

一九四三年七月十四日清晨，三四名彪形大汉闯进了武田宿舍的玄关，是下鸭警察署的一群特高课刑警。正从宿舍里走出来的平沼，敌不过大汉紧抓住两臂的腕力，只好放弃挣扎。

在警察署的拘留室里，逮捕他的刑警一直不采取任何措施，只是看着被关在铁窗里的人慢慢走向疯狂，并将之视为一大乐事。

到了第四天，他被叫进窄得如箱子般的审讯室里。审讯的五吕木刑警是个个头矮小、眼睛细长的人。他兴奋得像拿到什么大案子一样，把一摞厚厚的文件摊开在桌子上。这是近一年来按照六何原则，也就是何人、何时、何地、何事、何因、如何，对他每天的行踪事无巨细记录下来的跟踪日志。哪一天，在哪家酒馆，和几个人一起，喝了几瓶什么酒，说了些什么话，几点返回宿舍，几点关灯睡觉……平沼有种被剥光了衣服的感觉。

五吕木告诉他，四天前他们把他的表兄弟，也就是反动分子首脑宋梦奎以及其他共谋者，一个个全都抓了进来。宋梦奎因曾在中国的军校就读，故被日本警察列入“严密监视者”名单，被日夜监视着。以宋梦奎为中心，一群甚至彼此互不相识的留学生如咸鱼串般一一被牵连进来。事件原委、参与者、罪名及刑期，全都算计好的一出完美剧本就此问世。事件名称：“京都朝鲜学生民族主义团伙事件”。

首脑宋梦奎和他在京都召集的朝鲜留学生，全都被安上了煽动朝鲜独立与守护民族文化的罪名。特高课的刑警就是拿着可怕的伐木装备走进森林砍伐树木的伐木人；朝鲜人一词，就如在预备砍下的树身上做记号的白漆。平沼也成了必须被砍下来的一棵树。

五吕木把一堆稿纸啪地丢在桌子上，是从宿舍没收的诗作。稿纸堆发出熟悉的味道，是温暖的榻榻米味道，失手打翻的墨水味道，杳无踪迹的梦想味道。平沼睁着困倦的眼睛，向下盯着稿纸堆，那是《天、风、星星与诗》。

即使身在一点风都没有的湿冷地下审讯室，回忆也历历在目。教室窗户外头的晴朗蓝天，小山坡上吹过树梢的风，故乡夜空里满天的繁星，还有读过、抄过、写过的不计其数的诗。

五吕木冷冷地开口说：“日子过得真好！爱国青年在战场上等死，你竟然还像个女人一样，写什么破烂诗。不管怎样，先把这些诗全都给我用日文翻译出来！你的诗会证明你的思想，朝鲜语草稿虽然会被处理掉，但日文翻译本还能留下，如何？这对你我都是很划算的吧。”五吕木狞笑得堆起满脸的皱纹，宛如诱惑人出卖灵魂的恶魔梅菲斯特。

平沼愣愣地望着桌面，干了的笔、黑色的墨水、工整的母语。质量低劣的公文用纸，不管用什么字，正等着人下笔。用日文写诗，等于践踏了自己的灵魂。即使说伤痕累累的灵魂也能称为灵魂，他也不想出卖它。然而，他再也忍受不了想写下什么字的饥渴。他如同饿了好几天的年轻人拿起筷子一般，饥渴地握住了笔，像用筷子大口挖饭一样，把笔尖蘸上满满的墨水。

信手拈来的诗

窗外夜雨窃窃私语，
六叠房是异国他乡。

明知诗人乃悲伤天命，
我仍想写下一行的诗。

寄来的学费信封，
带着温暖的汗味与慈爱的香气。

夹起大学笔记，
出门聆听老教授的课。

细想起来，幼时玩伴，

一个，两个，全都失去一空。

我还能期望什么，
我只能，独自沉淀下去吗？

听人说生活着实不易，
诗却能如此信手拈来，真叫人惭愧。

六叠房是异国他乡，
窗外夜雨窃窃私语。

点亮灯火，稍稍赶走黑暗，
最后的我，等待天明如新时代般到来。

我向自己伸出小手，
带着泪水和安慰，完成最初的握手。

从抖动的笔尖里撕扯出来的日文，跌落在纸面上，不停地颤抖着。他将自己写的诗句含在嘴里，用干燥的舌头舔舐着。重伤的母语词句一瘸一拐地向他走来，投入他的怀抱。“窗外夜雨窃窃私语”“幼时玩伴”“泪水和安慰的握手”……

翻译后，朝鲜语诗作被焚烧一空，他则被送到警察局，关押在单人牢房中。一九四四年二月二十二日，检察官起诉了他和事件主谋者——他的表兄弟宋梦奎。审判于三月三十一日在京都地方法院开庭，由第二刑事部石井平雄法官担任审判长。审判长认定他有违反“治安维持法”第五条的嫌疑：“凡以变更国体而组织结社，或以支持、准备组织结社为目的，进行讨论执行细节，或煽动、宣传，或为达此目的之其他活动者，可判处一年以上、十年以下有期徒刑。”凡是协商、宣传、煽动都被定义为犯罪，不论是谁，只要违反该条法律，就得进监狱。

审判长判决平沼必须服刑两年，算上之前拘留的一百二十天，出狱预定日为一九四五年十一月三十日。自由如水蒸气般蒸发掉了。但这一点也不痛苦，因为很早以前他就没有了自由。朝鲜人在母体中已经失去了自由，他们呼吸的空气是被剥夺的空气，他们眼里的风景也是被劫掠的风景。走进福冈监狱的大门，平沼开始计算剩下的服刑时间，还有六百天。①

*

杉山打开审讯室的门，他希望自己看起来如巨岩般坚定。他的步伐僵硬，走到椅边坐了下来。对面坐着的年轻人嘴唇干裂，像被撒了盐花一般。一身又薄又皱、领口破损的红色囚衣如同一块被弃置不管、沾满污垢、褪色的破布。

“六四五号！送进来给你的书。”

杉山把一本皮革包装的书丢在书桌上。黑色的皮面上印着烫金的《新约全书与诗篇》字样。年轻人颤抖着双手，一把抓紧了书，贪婪地闻着皮革的味道。杉山用尖锐的眼神盯着年轻人，冷冷地说：“因为是日文书，才允许送进来，你知道就好！朝鲜文写的东西，连一张纸也不准送进来！”

六四五号如饥饿多时的孩子般，手不停歇地翻过书页。《圣经》书

① 原注：尹东柱遭逮捕、审讯以及审判入狱的过程，参考了作家宋友惠的《尹东柱评传》（2004，青史出版社），以及李建青先生在《尹东柱评传》中提到的尹东柱胞弟尹一柱教授的证言等。

里薄薄的纸张发出啪啪的声音。他终于找到了自己想要的内容，开始用热切的视线遨游在文字中。

虚心的人有福了，因为天国是他们的。

哀恸的人有福了，因为他们必得安慰。

温柔的人有福了，因为他们必承受地土。

饥渴慕义的人有福了，因为他们必得饱足。

怜恤人的人有福了，因为他们必蒙怜恤。

清心的人有福了，因为他们必得见上帝。

使人和睦的人有福了，因为他们必称为上帝的儿子。

为义受逼迫的人有福了，因为天国是他们的。

——《马太福音》第五章第三节—第十节

再次抬头的他，看起来仿若他人。容颜不再憔悴，也不再显得不安，仿佛受到某个人的安慰似的，双眼里一片祥和。是谁安慰了他，是谁为他带来了祥和？

杉山把手从腰上的棒子移开，问道：“真是愚蠢到了极点，现在这种情况下，还信什么神……”

“总比无可信仰要好。”

杉山摇了摇头，没有比寻求神灵更愚蠢的事情了，因为神只不过是一个借口罢了。有权势者借由神的名义，杀害弱势的人；以神的荣光为借口，挑起战争。没有权势的弱者也只能对此不正当的行为视而不见，因为这一切均以神的旨意为借口。或许现在，信神的愚蠢比不信神的要好也说不定。

“信神之前，最好先相信你自己。”

“我就是为了相信我自己，才信神的。”

“还以为你只不过是反动分子，原来还蠢笨得很。”

“如果说信神就是蠢笨，你也一样。因为你也跟我一样，相信你的神。”

年轻人的眼睛仿佛一口深井，杉山怕自己会掉进那望不见底的黑暗里。

“我从来没有信过神，连一时一刻都没有。”

杉山拿起棒子在桌上敲打。干燥的空气如脆弱的玻璃般碎成片片。年轻人虽然畏惧，声音却没有乱了节奏。

“你对神的憎恨，如同我敬爱神一般。不！或许更加深切。我们虽然以各自的方式爱着神，或恨着神，但就信仰神这点来说，是相同的。如果没有神，你也就根本没有理由去恨神。”

杉山不想卷进面前这家伙主导的绚烂诡辩中。

“或许吧！说不定世上真的有神。但这里没有，因为这里是福冈监狱。如果这里有神，那必然不是慈爱之神，而是冷酷残忍的神，因为他让你活着。在这种地方，活下来就是一种诅咒。”

“不管在什么地方，穿什么衣服，活着就是一种祝福。”

杉山如锈钉似的眼神，狠狠地钉进年轻人的胸膛。

“不要随便在我面前谈论死亡，连我这个一辈子与死亡为友的人，也不知道死亡究竟是什么。”

“我不是说死亡，我说的是生存。”

杉山的眼睛犹如想在囚犯身上烙印的烙铁一样，开始发红。年轻人镇定的眼睛与看守炽热的眼睛交会，四只眼睛紧紧扼住对方的咽喉，在空中争斗。

“我从你被没收的书籍里找到了你写的诗，既然你说诗就是真相，我想了解你人生的真相，读你写的诗就是最快捷的方式。但你说的根本就是一派谎言，在你的诗里找不到任何真实。那些只是一堆像是不懂事的小女生信手涂鸦的软弱感想罢了。”

年轻人挑了挑眉毛。杉山觉得自己触犯了这家伙的自尊心，但脑中仍旧残留着读《序诗》时那种沸腾的情感火球。他勉强装作泰然自若，继续说：“读你的诗时，我有一种感觉。”

年轻人抬起了头。短暂迟疑的杉山又接着说：“你根本可以不用信仰神之类的东西。”

“为什么？”

“因为你的心中早已有神。”杉山强忍着吞下这句几乎从嘴里跳出来的回答，因为他不想让面前的人察觉到，自己从他的诗里感受到某种意义的那份脆弱。

杉山用力压下看守帽的帽檐，走向狭窄的书架之间。黑暗与静寂慢慢地渗入体内，传来声声低语，侧耳倾听，声音又消失得无影无踪。是因为活得太久了吗？年纪大了，全身就开始不听使唤。眼睛花了，耳朵幻听，关节钝化，肌肉变得软软的，连骨头都无法支撑起身体的重量。自己的身体开始攻击自己，如同年迈的鲸鱼一般，在水中会窒息而死，出了水又会被自己的体重压死。杉山觉得自己已经到了那样的年纪，虽然算不上真的很老，但在艰苦的生活中，连身体也坏得特别快。仿佛又听到那个端正的年轻人在耳际喃喃细语的声音——“但愿死前……”“词语与句子……”“隐藏的秘密……”。杉山觉得自己应该转个方向，但脚步不自觉地停在六四五号书架前面，手也不知何时拿起了没收书籍的箱子来。是啊，年纪大了，身体就是不听话！连我的手脚也做出了我不愿做的事情。

弃置在箱子里的一堆草稿，上头还鲜明地留着自己打下的红色烙印：销毁！杉山深呼吸了一下，在心里发誓，不管面对什么样的文章，绝对不能产生共鸣，也不能被那浅薄的情感所打动。他有如一颗熟透的果实自然落地般突然坐进椅子里，用粗糙的指尖翻开薄薄的书页。

归来所见之夜

如由世上回归一般，我回到自己狭窄的房间来，
熄灭了灯。开着灯感觉太累，
那就等同于白昼的延长……

该打开窗户换换气了，我静静地望向窗外，
才发现窗外和房里一样黑暗，和这个世间一般暗淡。
刚才冒雨归来之路，依然湿淋淋地躺在雨中。

整日的郁闷难以洗刷，只能静静地合上眼睛，
听着流向心底的声音。如今，
我的思想仿如苹果一般，自然地成熟落地。

如虔诚祈祷般的读诗声音，不是出自他人，而是一向只会大吼辱骂的自己的嗓音。是纤柔用词与温润语体的慰藉，使自己变得软弱了吗？杉山害怕这点，但仍无法将目光从诗句挪开。从明争暗斗中存活下来的自己，即使只有片刻，也有得到安慰的资格吧。将过去如勋章般挂在胸前的人，就喜欢到

处炫耀自己在战场上杀了多少人，弄残了多少家伙。但对杉山来说，过往并不是枚勋章。过去的三十七年如履薄冰，时刻充满危险，随时都可能丧命。

他在恶臭中出生，在尘埃里打滚儿长大。一生下来，就被抛弃在神户海岸的鱼市场里，他如海鱼般赤身挣扎。市场里的几名鱼贩轮流照顾他长大。他刚满七岁时，就学会了料理从捕鱼船上丢弃的鱼肉。十二岁时，便上船出海捕鱼。很早就开始的船工生活，让他的骨骼比同龄人更快长成，天生的惊人腕力也让他一下子就出了名。

到了十五岁，神户市区的流氓闻风而来。他打碎了三个流氓的鼻骨和颧骨，折断了他们的臂膀，把他们赶了回去。之后，又打断了接连而来的五名家伙的八颗牙齿，折断了两个臂膀。然而，不知从何时起，鱼贩们开始躲着他，船主们也不愿意让他上船，港口的鱼市场也对他不屑一顾。原来是流氓帮派不再派人找他的碴儿，而是转头欺压鱼贩和船主。离开港口后的他无处可去，除了一个地方。曾经被他打断鼻梁、折断手臂的那些人，开门迎接他。

后巷的生活其实也不坏。不是吞噬，就是被吞噬，吃不下全部，就会失去全部，其实也颇具魅力。他为了不被吞噬，只好不停地吞噬；为了不失去，只好不停地夺取。他的拳头如机器般准确，如精于料理生鱼的厨师一般，没有多余的动作。拳头挥向之处，必然伴随足够的速度而去。不知从何时开始，他的名字前面被加上了形容词："猪狗不如"的杉山、"不识字"的杉山。

"猪狗不如"的生活里，有一天，传来了一个陌生的声音。那是钢琴的声音，来自杉山负责警戒的高官宅邸里。杉山抬头凝视着发出声音的二楼窗户。一名少女圆圆的肩头，如窗帘下摆般飘然地摆动着。短短的一瞬间竟然撼动了他整个二十年的生活。随着细微空气振动传来的钢琴声，吸引了他丝毫不懂音乐的心灵。他知道，他将终生崇拜这种声音。虽然他目不识丁，生活混乱，但他的内心里有什么正在蠢蠢欲动。那是在他用拳头写下的生命里，如退化器官般早已消失多时的情感。虽然没学过，但天生带有审美的观点。他跨越横亘在空中的音网，少女的手虽然是触摸在琴键上，但真正由此得到安慰的，是他的心。琴声随着血管流进了他早已封闭多时的心脏，敲开了他的心扉。他思考着，自己能为少女做些什么？几天后，他决定学习调音。严格来说，这不是为了少女，而是为了他自己。于是，他进入神户市区的一家钢琴店，当了个打杂学徒。他操弄钢琴的感觉令人惊讶。普通人需要三年才能熟练的技巧，他很快就能学会。他生来是一名打手，也天生就是一名调音师。是因为他拥有高人一等的艺术感觉与惊人听力，还是这一切都是为了一名少女，连他自己也不知道。

不到一年，脱离后巷、成为调音师的他，用曾经拿来揍人的拳头，操弄着一根根琴弦。他抚触着钢琴，想象是在抚触着少女，少女为他弹奏钢琴，他们共有钢琴的神秘，分享同样一种乐器。不止一次，他们同时陷在绚烂的音锤动作和神秘震动的琴弦共鸣中，久久难以回神。然而，幸福像结在窗玻璃上的水珠般不安。这份不安，不久就成了现实。当他二十四岁时，红色的通知单如短刀般飞来，猪狗不如的生活再度开始。

成了军人后，他再度在大雪、风暴与泥泞中打滚儿。灰尘、疲倦和死亡凝结成团，向他扑来。他抓紧时间，鏖战连连，然后，存活下来。如果问他，为什么一定要活下来，他没有回答，只是在尘土中想起了一个少女的身影。活下来，是唯一能保有少女琴声的方法。在他的生命里，唯一拥有的祝福，便是活下来。

或许，那是一种诅咒也说不定。

11

文章如何拯救灵魂

时间总踏着蹒跚的步伐而来，又如梭子般飞快而去。四月和煦的风吹过高高的围墙，给监狱里带来春天的味道和声音。盛开的花朵散发着微微的清香，蜜蜂采蜜扇动翅膀的声音，细微的花粉味道……连冻僵了的囚犯脸上也多了点血气。冻伤溃烂的脚趾开始愈合，皲裂的手背上也长出了新肉。监狱依然像件不合身的衣服，让人难受，但平沼只想能活着就好。活着，才能写诗；活下来，才能做到，不管是抵抗也好，屈服也罢。刑期届满的日期是一九四五年十一月三十日，每天早上，他就如饮下了一杯毒酒般，擦去脑中的数字。557，556，555……

监狱宛如人间万象的缩影，囚犯不是思想犯，就是杀人凶手、骗子或逃亡者。他们的眼中隐含的不是绝望，就是阴谋诡计。他们彼此欺骗，或被欺骗，或同时扮演着两种角色。唯一的共同点，就是他们都认为自己清白。当然，那都是骗人的，他们其实都犯了罪，但不是必须被关在冰冷铁窗里的重罪。追求单恋女子，却被诬陷是强奸犯的码头工人；在强制劳役场得罪了监工头，莫名其妙被抓来的役夫；追讨工资敲开社长办公室大门，却成了杀人未遂犯。这些男人仿佛在说着什么英勇事迹般，轮番讲述自己的故事。每当此时，就有人出来吐槽。

“他妈的，关进监狱里的家伙，哪个不觉得自己是冤枉的！”

男人口沫横飞地扑向对方，有时也会打破头，打落牙齿。但平沼从不曾轻视他们，他们不是该受到轻视的人，而是一群该得到安慰的人。暴力只是这群厌倦不安的男人一种无可奈何的挣扎。他们只是按照自己的方式来对抗时代的巨轮罢了。无知的人，用无知的方法；粗暴的人，用粗暴的方法；鲁莽的人，用鲁莽的方法。

“你长得这么端正，根本不适合这个地方，真是太糟糕了！你到底犯了什么罪，才被关进这种险恶的地方呢？”

开口搭讪的，是个年约半百的短发老人。黄鼠狼似的小眼睛里，满是惊慌的神色。上下排牙齿算到一块儿也只剩下不过五六颗，缺牙的黑洞似乎在告诉人们，他是个阴险毒辣的老人。

“违反‘治安维持法’。”年轻人不停地拨弄干草，简短回答道。一剥开干枯的草根，就能看到绿色的嫩芽。

“滚他的‘治安维持法’，狗娘养的这些家伙！压根儿就是个想把朝鲜人斩草除根的陷阱罢了。我只不过是借了高利贷，日本债主就说我借钱不还，把我告上了法庭。结果就被抓了进来，转眼都过两年了。你也是借钱不还吗？”

从缺了牙的洞里漏出来的话，夹带着嘘嘘的漏风声。眼角带着黏腻眼屎的老人，眼睛里似乎没了魂魄。

“不是的，我是因为用朝鲜文写诗的缘故。”

老人忍不住咋了咋舌，这家伙不只单纯，还很愚蠢呢！生活在这个从小学起就只教日语，根本不准说朝鲜语的日本人的世界里，竟然敢用朝鲜文写诗？喝过墨水的家伙，只会窝在房间里做没有用的事情，难怪国家会灭亡。

这时，有个矮个子的男子沿着红砖围墙走了过来。他不时用手抓搔头发剃得短短的头皮，发出沙沙的声响，一双精明发光的鼠眼，滴溜溜地望着周围。

“老头儿！你疯了吗？要是被崔致洙那帮人看到就糟了！”

他之所以害怕是有理由的，剃成短短头发的头顶上，一条粗粗的伤痕延伸到额头上。崔致洙因为重罪和无期徒刑，反而成了监狱里最具影响力的人物。他在监狱里建立起自己的帮派，监视所有的犯人，凡是他看中的人，就纳入自己旗下。这个笨笨的大学生也是崔致洙盯住的对象。老人哈哈笑了起来。

“别担心，万桥！你知道崔致洙为什么如此在意这个学生，恨不得赶紧把他拉进自己的帮派里？”

“我当然不知道，老头儿，你知道？难道那家伙是什么宝物不成？”

男子急得不停地催促，老人止住了笑声。

“我也不知道他是宝物还是废物。不过既然崔致洙看上了他，急着拉拢他，必定不是什么普通人物。我们先下手为强，崔致洙也拿我们没办法。”

老人抬起粗糙的手掌，摩挲着嘴边的胡须说。

“他妈的，如果那家伙不是个人物呢？”

“你啊，一点都不懂做生意！做生意最重要的就是要有看出什么能赚钱的眼光。其次就是胆量。愈是能赚大钱的东西，就得愈不怕危险。你啊，不仅没有看东西的眼光，也不具备胆量。命中注定只能买卖几根香烟啦、硬面包啦之类的，或者拍拍看守的马屁！”

老头儿像在安抚一头暴怒的牛似的，安抚着这名男子。金万桥就像被勒紧了绳索的母牛，慢慢镇定下来。老头儿使了使眼色，他便从囚衣内缝里掏出一个长长白白的东西，是根皱巴巴还沾了污垢的香烟。仅靠着一天一餐的饭团和稀稀的味噌汤活命的监狱，哪儿来的香烟？年轻人摆了摆手，推辞不抽，金万桥便把掏出来的烟又塞回衣缝里放着。

“老头儿，不管怎样，我已经投资了，如果真是个人物，好处记得要和我平分。”

金万桥偷偷地看看四周，慢慢走开了。老头儿摸摸久未修剪的杂乱胡须，开口说话。每当红红的舌头翻动时，缺了大牙的黑洞就更明显。

“你一定很好奇，监狱里怎么会有香烟吧？我告诉你，监狱也是人住的地方，只要是人住的地方，就会有交易！一个好的生意人，连死都可以拿来买卖。那家伙虽然成不了大商人，但做点杂货买卖还是很行的。才进监狱半年，就能从外面偷运东西进来，在铁窗前摆起了货摊。当然也得拍拍张牙舞爪的看守的马屁，看守也一样很饥渴的。对他的买卖睁一只眼闭一只眼的代价，就是要层层孝敬上去。”

在这个随时都可能死去的监狱里，人们或买，或卖，或憎恨，或怀疑，如此存活下来。面对生命，年轻人不知道该对人类坚强的意志抱以希望，还是该对人类执着的贪婪感到绝望。

看穿他迟疑之心的老头儿开口说：“反正都得选，那就选择希望吧。选择绝望的话，到最后只会留下更深的绝望。以我的经验来看，买卖就要选择能成事的一方，才会得到更多的利益。”

这个天生的买卖人眨眨还粘着眼屎的眼睛问：“你有什么可卖的？”

“没什么可卖的。”年轻人摇了摇头。如果手边有几本书，还能把书卖到旧书店，但现在，一切都不可能了。《文章》《人文评论》《诗与诗论》《国语语法》《凡・高书简》……全被没收了，不是被弃置在审查室的一角，就是被焚毁一空。

老人用指尖掐住露出鼻孔的鼻毛，用力拔下来后，才冷冷地说："人一定有什么可卖的，要真的没有，也可以卖身。身体坏了，还可以卖命。从专门学校出来还到日本留学的你，如果说没什么可卖的话，不是谦虚，就是说谎。你会读写日文，这就是你能卖的东西。"

"那种东西要怎么卖？"

"这里一个月一次，可以寄一张用日文写的明信片出去。但囚犯不要说日文了，大部分是连朝鲜文都没好好学过的睁眼瞎。你可以替这些想写信却不会写的睁眼瞎写明信片。因为朝鲜文被禁用，你把他们说的话翻译成日文就好。"

"会写日文的朝鲜人，应该不仅我一个人吧。"

"这里的审查官是个十分挑剔的家伙，文句只要稍微有点问题，除了废弃处理外，还得挨一顿好打。几个懂日文的人，因为代笔的关系被打得半死不活，之后再也没有人愿意做了。想写信的人很多，却没人替他们写。怎么样？有赚头吧？"

"您不是说，一个字没写好，就可能招来一顿好打？"

"所以才说你是最合适的人。你是能文识字的文士，一定可以事先避开可能会被审查出来的表达方式。再说，这还可以赚钱啊！"

年轻人十分瞧不起这个像黄鼠狼一样的老头儿。

"朝鲜人一无所有，要怎么赚钱呢？"

"向第一、第二监舍的日本囚犯贩卖劳力啊！日本鬼子每天都在找能代替自己劳役的人手。只要用替他们写日文明信片为代价，要他们替日本鬼子做一天工，我就能从日本鬼子那里拿到工钱，这对大家都很划算啊！”

“您是说，把朝鲜人的劳力出卖给日本鬼子吗？”

“这就是生意啊！能赚钱的才算生意。给看守送点红包，再向他们登记病号，就能免去劳役，到时就可以代替日本鬼子做工。”

年轻人忍住不断上涌的恶心感，勉强开口说：“我无法让不识字的朝鲜人去代替日本鬼子受苦。”

老头儿一脸吃惊地说：“还以为你是个聪明的家伙，原来笨得很哪！以你的才华，能为不识字的人传达要紧的消息，你却嫌弃不做？你是没良心，还是太残忍哪？这里的囚犯大多数都没能跟家人通上消息，如果你不理他们，你学写字有个屁用？”

苦恼了好一会儿的年轻人，终于开口说：“帮日本鬼子做一天工，能拿多少钱？”

“四钱，这是公定价格。”

“您要给我多少？”

“我们五五分账，很公平吧！一人拿两钱，金万桥那份和给看守的红包从我的份里出。这样算起来，是对你比较有利的分配。要做就做，不做拉倒！”

老头儿吞吞口水，等着年轻人开口决定。年轻人没说话，只是正视着老头儿，用力地点了点头。契约成立！老头儿高兴地笑了，风从缺了牙的门洞里漏了出来。

老头儿赶紧准备开张。于是，有新的代笔者出现的秘密消息很快便在各牢房里传开了。然而，很少有人敢到监狱高墙下来找代笔者。因为要想通过杉山的审查，危险得如履薄冰。只要是比较伤感的表达、监狱内部的情况描写、对战况的询问和回答等，马上会被挑出来。出了问题的信件发信人和代笔者，都会被一起叫到审讯室去，挨上一顿好打。因此，想说服这些心怀恐惧的囚犯，最好的方法便是让他们看到，这一点危险都没有。老头儿以朝鲜人都能听到的音量，大声地说着内容。年轻人则在空白明信片上，按照老头儿说的译写下来。

“小顺，我一心想离开监狱，等了又等，怎么春天还不来。就算春天来了，他妈的，牢房地板也冷得像冰块，看守也愈来愈跋扈。现在，就算有人在我旁边慢慢死去，我也不觉得怎样了。”

老头儿似乎故意想被挑出来一般，专拣超过危险水位的字眼儿说。铅笔随着老头儿满含嘲讽的声音不停地写着。囚犯都等着看这位苍白的书生如何收拾老头儿赤裸裸的抱怨。过了一会儿，年轻人把日文写的明信片内容翻译成朝鲜语读了出来。老头儿的意思和情感一点不落地都表达了出来，但其中没有露骨的抱怨，而是在节制的情感里表现出满满的父爱。明信片被收发信件的看守收走了。

等待审查结果的囚犯都极度紧张。每间牢房都开了赌盘，赌起了明信片的命运。两天后，审查结束，老头儿并没有被叫到审讯室，明信片安然无恙地寄了出去。每间牢房里都欢声不断，这是种非常安静、什么人都听不到的沉默欢呼。囚犯终于明白，谁能帮他们将自己的灵魂送出恶心的监狱之外。六四五号，平沼东柱。如今，他成了监狱里无人不知的人物。

捧着空白明信片的囚犯接二连三地找上了他。写明信片之前，他会先和囚犯聊天儿，问他们这是寄给谁的，双方是什么关系，回忆里还记得些什么？也会仔细观察他们说话的习惯和常用的单字。他不是单纯地在明信片上听写而已，而是要找出一些隐喻，不仅能以温和的表达方式避开审查的禁区，还能于其中隐藏想传达的原意。

他以他们的习惯、语气和记忆为基础，在平凡的表达中，藏入连严格的审查官也无法察觉的密语和内容。每当他结束代笔，将明信片读给囚犯听时，这些大男人总听得热泪盈眶。因为明信片里满含着连他们都不自知的衷情，让他们的情绪忍不住爆发。

他两手握紧语言和文字的缰绳，避开审查的刀锋，载着囚犯恳切的心情，向前奔驰。他就像走在危险的钢索上，只要一句话、一个词稍微出错，就会跌入万劫不复的深渊。过了半个月，回信寄来了。寄来的回信上，中间断续涂抹着黑色的墨迹。这是无法通过杉山审查的反动用词或文句的痕迹。如黑色砖石般的墨迹，点燃了写信人的希望，闪烁着写信人的情爱。年轻人用敏锐的感受释放出被监禁在黑暗里的呐喊语词和惨叫的文句，就算蛮横的审查官把信纸上一行行的字句全都涂黑，他也能救活被掩埋的文字，看见模糊不清的东西，辨识出被遮盖的用词。他在涂成一团漆黑的墨迹里，挖掘出难以言喻的话语、无法说出的故事，还有未能流出的眼泪，以及不敢多做的梦想碎片。杉山知道吗？他严酷的审查反而成为一块砺石，使年轻人的文学感性变得更为敏锐。

明信片写了没事的消息得到证实，囚犯们争先恐后地找到老头儿。老头儿拿着炭笔写成的木片账簿，把人带过去。年轻人的工作愈忙，老头儿的账簿就变得愈厚。老人派金万桥到日本人监舍，与需要代劳的囚犯接触、收钱。然后把收来的钱，一部分通过金万桥上缴到负责的看守手上，因为代替劳动的人必须从第三监舍的劳务中脱身，只要用派工、病号、受伤等适当借口就行。

“平沼，赚翻了，赚翻了！要你帮忙写明信片和回信的人多得排队喽。我就说，只要一个上钩，后面自然就会跟着来。如果能减少不必要的面谈时间，那些可怜的家伙就不用等那么久了。”

老头儿卷起舌头舔了舔空荡荡的牙龈，嬉皮笑脸地说。年轻人一面校对刚写好的明信片，一面说："不小心被杉山那双利眼看出什么来的话，就要被揍扁了。生意不想做了吗？"

老头儿赶紧摇摇头，看着当作账簿用的木片说："说的什么话！反正照现在这样做，我们也可以赚翻天！才半个月就一共写了四十五份明信片，共赚到一百八十钱。就算是其中一半，你那份也有九十钱。"

老头儿话还没说完，年轻人也还在浏览已写好的明信片之际，金万桥跑了过来。

"你想用那些钱买什么东西吗？烟？饭团？方糖？还是羊羹？要什么我都可以帮你弄到。"

老头儿的眼睛正看着该分给年轻人的九十钱时，年轻人说："我想雇人做工，一天要多少钱？"

"我跟日本人一天收四钱，跟你这个合伙人就没办法这么收了……收一半好了，一天两钱！"年轻人挂在嘴角的微笑更深了些。

"好，那每天我帮谁代笔写明信片，就雇用那个人吧。"

老头儿的脸整个皱成一团，但随即大笑着白了年轻人一眼。

"没看过像你这么奸诈的人，连别人吞进喉咙里的肉也要挖出来自己吃掉！"金万桥满头雾水地来回看着两人。

老头儿一脸为难地解释说："这人替人写明信片，不是能拿到四钱的利钱吗？那不是现金，而是雇用寄明信片的人一天劳役的费用。我们向钱多的日本囚犯收四钱，然后把寄明信片的人送过去。一半归我们，一半归这个人。然而现在，他想用自己拿到的两钱，回过头去买要他代笔写明信片者的劳役权，代价是一天两钱！"

金万桥也是一脸难堪地反问："那就没人要替日本鬼子做工，我们的生意不就……”

“完蛋了！”

金万桥话没说完就被截断，一脸莫名其妙的表情。

年轻人又接着说：“不过，你们不用担心！你们只要把给我的两钱，付给要写明信片的人，让他们去代替日本人服劳役，这样一来，大家都没什么损失！朝鲜人能靠代服劳役赚点钱，日本鬼子也能找到替他们做工的人。当然，看守也拿到了丰厚的红包。”

“那你一分都拿不到啊！手写得都快断掉了，你总得给自己留一点吧？”金万桥说。

“我当然有啊！”

“你有什么？”

“在监狱里，我每天都有铅笔和纸可用。不管什么内容，只要能写字，我什么都好！”

交易成立，这是一笔最理想的交易。一场兵不血刃的战斗，一个谁也不吃亏的交易。那时，老头儿和金万桥一点也不知道，自己做了一笔多么好的交易。

下午，结束巡查的杉山打开邮件收发箱，箱子里躺着四张明信片。杉山坐下来，把椅子深深地拉进桌子下面，随手拿起明信片来看。这是一个三十多岁的朝鲜囚犯寄给妻子的明信片，端正的字体坦率地表达出想说的话；虽然也提及监狱里的事情，但非抱怨；尽管也写了自己的痛苦，但不至于悲惨，反而让人多少感到安心；纵使有些暧昧不明之处，也让人挑不出什么反动的字眼儿。第二张，是一个四十多岁的囚犯写给已过花甲之年的母亲。笔迹和第一张一样，但不仅文体和表达方式，连措辞、结语都不同，仿若他人写的。唯一的共同点就是找不出足以构成问题的词句。第三张、第四张也是同一个人的笔迹，然而满载个别心声的文句是完全不同的。这家伙似乎很清楚，什么样的语词不能用，什么样的措辞会掐住自己的咽喉。这个自觉避开审查大刀的家伙，在某方面来说也算是帮了他的忙。

杉山勉强压下莫名的情绪，盖下审查图章。明信片的正中央印下了蓝色的字体：审查通过。他把背靠在椅背上，揉了揉酸疼的眼睛。四天没有刮胡子，手摩挲在脸上发出沙沙的声音。接下来拿起的信，是某个囚犯写给妻子的回信。读完明信片，正要放下来，他突然在椅子上挺直了背。滚烫的眼神紧紧盯在一行行的句子上。

不管怎样，对于审查官的宽容，你也该知道些。如果你了解审查官是如此宽容，一定早就寄信给我了吧。你一定是怕不会通过审查，才不敢写信给我，对吧！幸亏审查官的宽容，你的信，我才能一字不删地收到。

看到“审查官”一词的瞬间，某种想法如箭矢般飞快地从脑中闪过：“这家伙不是在代写明信片，而是向我发出明信片。”在他高超的文学功力中，隐藏着暧昧的气息，抛撒出看不见的诱饵。杉山有预感，这家伙一定会引发问题，得马上把这家伙叫到审讯室来。让他知道，拿文字开玩笑的家伙会有什么惨痛的下场。

平沼端正地坐在硬邦邦的椅子上，一如他端正的笔迹一般。杉山压低声音，如蝎子般说话带刺。

“你这个狡猾的家伙！往监狱外寄出的明信片，其实是针对我的吧！因为你知道，我会去读那些东西。”

狡猾的家伙脑子飞快转动着，难道被这个专挑毛病的家伙发现了什么吗？一个弄不好，不只是自己，连寄明信片的人都会被打成残废。

“我知道你很狡猾，但我可不是那么脆弱、感伤的人。你用不怎么样的文笔做这种无谓的事情，现在被我抓到了吧！”

杉山故意避开年轻人的目光，大声地说。他怕自己看到那家伙的眼睛，内心会有所动摇。

“虽然被你抓到了，但不是无谓的事情，因为我知道了你的很多事。”

暗地里调查我了吗？杉山吓了一跳，这个狡猾的写手透过文句在窥视自己的内心。不仅如此，还在平凡的明信片里隐藏不同的意义，向他挑战。这家伙的第一张明信片一定是小心翼翼写出来的，为了通过审查盖章，小心地压抑情感，避开足以成为问题的用语措辞。等到确定第一张明信片平安通过审查之后，便一点点地拉高水位。有时候偷偷塞进一个暧昧的字眼儿，有时候巧妙地藏进一个双关文句，以试探身为审查官的杉山，对明信片上的各种表达方式会如何审查，如何察觉隐藏其中的深意。他是用文章挑衅杉山。当他为囚犯读着从外面寄来的信时，也持续着这种探究。从黑墨水涂掉的部分，推测审查官讨厌何种表达，缜密地掌握该避免使用哪些措辞，该以何种方式结束句子。果然，当初杉山认为该彻底监管这家伙的判断，绝非错觉。现在，不是这家伙受到监视，反而是自己的内心如玻璃瓶般被他看得一清二楚。

“你用你那蹩脚文笔玩弄了我，但也做得太过了。虽然我不懂诗，也不会写文章，但不是连那种程度都无法分辨的笨蛋。”

杉山的脖子上青筋暴起，心想：这家伙从头到尾巧妙地设计了一切，让我变得期待看到明信片，受文句的诱惑，盖下“审查通过”的章，并且操纵着局面，使尹东柱自己被叫到审查室来。他抬起手掌在头上胡乱地摩挲，磨着牙说："你明知道会完蛋，还敢向我挑战！"

"你不会把我弄死的！"

"你应该很清楚，一旦你的算计被识破，就免不了挨一顿棍棒！"

虽然这么说，但杉山察觉到，面前的这个家伙已经很清楚一个事实：他写的所有明信片都通过了审查。如果自己对他棍棒伺候，他写的明信片多少有几张就不会通过审查。但这家伙已经看出，杉山无法看穿明信片里的反动意思，或即使看到也装作不知。同时年轻人也清楚，再残暴的人只要拥有了如此脆弱的心性，便不忍动粗。杉山似乎想摆脱这种想法，晃了晃头，大声说："你可知道我的绰号是睁眼瞎，你还敢说这种话？"

"对于你，除了绰号之外，我还知道很多事情。"

"你知道些什么？"

"我知道你了解语言文字所含有的秘密，还知道你已迷上了诗词与文章。"

杉山冷笑起来。那几首破诗的确让人起鸡皮疙瘩，无法否认这点。他仿佛在烟消云散之际，察觉了语言文字内在的秘密，发现了组织成庞大意义森林的文章根源，窥见了彼此缠绕、暴露潜在秘密的语词。然而，他只能用生涩的口吻泄愤似的问："你凭什么说这种没根据的话？"

"因为文章已显露出连你自己都不知的自我。"

一场战争开始了，年轻人用文章展开攻击，杉山必须对此加强防御。木棒已成无用之物，必须用比刀更锋利的语汇、比枪尖更致命的文章来战斗。仅用几行文字就能战斗吗？能不能，不知道，但这不公平。年轻人是个狡猾的写手，自己只是个稍微识字的人。然而，或许这样才是公平的，因为对不识字的人来说，文字攻击是无效的。必须维持公平审查标准的反而是自己：为了不受文字所惑，不能故意不去审查，或盖下不予寄出的图章，他不想以不公正的方式获得胜利。杉山似乎被拖进了深不可测的黑暗沼泽中。然而，一切都是无可奈何的，战争已经开始，他非赢不可。

平沼站在高墙阴影下听几名男子说话。他们哭喊着，挥舞着拳头。他马上知道了这些男人前半生的点点滴滴。他们如何度过幼年生活，他们犯下了什么罪行，他们有着什么样的冤屈。他一个个记下他们的嗓音、表情、语气和故事，持续不断地写着明信片。想要正确地传递内容，又必须避免被挑错，一种表达就必须植入两三种不同的意思。一个个词语，就如不知何时会爆发的地雷，其内涵意义也如密谋即将被揭穿般危险。熬夜炮制出来的明信片交给收发看守后，总会不期然地想起审查官闪亮的眼睛。如果那些用词被他的眼睛识破，那他必然会斩草除根。每天清晨，他总是大汗淋漓地醒来，总是梦到额头被盖上一个红色烙印，同时，额头也布满了黑色汗珠。不知杉山何时会厌倦这些莫名其妙的事，把明信片全甩到一边去。但反过来想，审查愈严格，必须遵守的规则也就愈单纯。他正用一张张明信片试图说服审查官。这是一种无法摆脱的、重复又执着的诱惑。

杉山感觉到，自己变了，这种改变是十分明确的。不知不觉中，自己沉迷于那家伙的文字，隐隐期待着明信片的到来。微黑的纸上，那些迷离的字迹，词语中盛满思念与希望，字里行间泪水与叹息横流，让他有如沐浴暖阳中。被文字的病菌所感染，受文句的毒性所侵害，他整天都像晕船般昏昏沉沉地卷入陌生的情感中。这种改变起始于读过的明信片，他用尽全力想从虚无的文章里跳脱出来。他更残暴地催赶囚犯，口中吐着更恶毒的咒骂。如此的努力似乎多少也发挥了点效果，至少外表看来如此；但在他的脑子里，名词与动词、标点符号与字里行间，仍旧如毛虫般蠕动不止。即使在挥舞木棒、口吐秽言之际，脑中仍然闪烁着天、风、星星和诗，还有那些美丽的标点符号与字词。

平沼远远地观察着杉山，他似乎变得愈来愈残暴，挥舞着木棒，口吐着秽言，高声地吼叫。平沼不为人知地偷笑着，杉山变得残暴，证明他正在改变。残暴的言行只不过是他出于自我防御的肢体动作罢了。几天前，在一封妻子寄来给囚犯丈夫的回信中，即可看出这点。信纸上处处可见删除文字的红线，是杉山审查的痕迹。如果是以前，这些句子应该会用黑墨水涂抹掉，根本看不出原来写的是什么，但这次的信不同了，虽然被红线划过，但能看出原本的内容。杉山明显改变了，那么下次的信里，或许就可以使用更露骨、更大胆的表达方式。

12

痛苦啊，远比挚爱的女人还多情

杉山翻开了明信片，这是一张囚犯寄给十三岁儿子的明信片。内容是以季节之美起始，延续到战争的痛苦。献纳、关押、穷困、死亡……对战争的直接言及，是至今从未见过的挑衅表现。杉山狠狠地把审查图章用力按压在红色的印泥中，继续看下去。

不要因为父亲不在你身边，便颓废丧志。再难过、再辛苦，也没有忍受不了的痛苦。痛苦虽然会毁掉我们，但也能让我们成长。法国诗人雅姆在名为《为爱上痛苦而祈祷》的诗里写着："痛苦比最挚爱的女人更多情。"他也曾经说过："世上最伟大的事，是人类的工作。"如果有机会，你可以读读雅姆的诗集，必然能从中获得对生命的希望与忍受现实之苦的力量。

现实的生活用痛苦来表现，显然是非常不敬的。但如果能像明信片的内容所言，以肯定的心态拥抱痛苦，就没什么必须删除的理由。

杉山入神地想着，那些疑惑的文句，难道是对艰辛现实的批判与自嘲吗？还是满怀希望想连痛苦都拥抱入怀的行为？想正确地判断这一点，就得先找到明信片中提及的诗——雅姆的《为爱上痛苦而祈祷》。

他迈开大步，性急地走向没收品架子。六四五号没收品箱子。沾满手垢、磨损破旧的书籍之间，一本旧得发黄的书映入他的眼帘：《雅姆诗选》。

他赶紧翻开书页，浏览目录：《为与驴子同往天国之路而祈祷》《为娶得俭朴之妻而祈祷》《屋里满是玫瑰与黄蜂》《灯下，树莓之间》《世上最伟大的事》……

书页在指尖掀起微风，他深深地吸了一口气，继续读诗。

为爱上痛苦而祈祷

对我而言只剩痛苦，除此之外，我别无所想。
痛苦曾忠诚待我，如今也一如既往。
即使在灵魂迷失于深渊之底时，
痛苦也总是随侍在侧，守护着我。
因此，我如何能怨恨痛苦？
痛苦啊，我总算懂得尊重你，
因为相信你绝对不会离开我。
如今，我终于了解你，
仅仅是你的存在，都是一种美。
你就如那人，从不离开我贫穷的心灵之火。
痛苦啊，你比我最挚爱的女人更多情。

我知道，当我面临死亡之日，
你也会深深地走进我心中，
与我并排躺下。

杉山似乎理解了何谓“爱上痛苦”。言及生命的意志，却用了“痛苦”一词，又是什么意思呢？人类的意志，虽受挫折仍会再起，虽似熄灭仍会复燃。现实愈发残酷，人类接受现实的意志愈发坚强，不是吗？

杉山将身体靠在厚实的椅背上，再度翻开诗集，又一页吸引了他的目光：《世上最伟大的事》。他拿起已审查完毕的明信片来看，熟悉的句子在那里也如烙印般鲜明：“世上最伟大的事，是人类的工作。”

杉山觉得自己找到了破绽，那家伙在明信片短短的句子中放进了秘密的暗号。那个暗号带着强烈的反动意义。只要孩子读了雅姆的诗，就会发现那个意义。搞不好，那张明信片不是寄给孩子，而是要传递给反动分子也未可知。

杉山在心里猜测《世上最伟大的事》这首诗蕴含的反动意义，一定是“要不惜生命，献身祖国解放运动”的内容吧。当然，所谓的祖国，不是日本，而是朝鲜，应该是“放弃个人安逸的生活，为了祖国的独立，反抗侵略者”之类的煽动吧。

他紧张起来，往下继续读诗。

世上最伟大的事

伟大的，是人类的工作。
有人将牛奶挤进木桶里，

有人收割茎秆笔直、微刺着皮肤的麦子，
有人在新长的赤杨树旁放牧牛群，
有人砍伐森林里的白桦树，
有人在轻快奔流的小溪畔编织柳条，
有人在熏黑的壁炉、长着疥癣的老猫、入睡了的斑鸫、
　嬉闹的稚子旁，修理老旧的皮鞋，
有人在蟋蟀高声鸣唱的夜里，压低了声音纺织，
有人烘焙面包，
有人酿制葡萄酒，
有人在庭院里播下包心菜和大蒜的种子，
还有人在捡拾刚下的鸡蛋。

这和原先预想的差了十万八千里，再怎么擦亮眼睛，一读再读，还是找不到任何反动句子。更不要说有什么隐秘的暗号或掩藏的阴谋，也找不到让人热血沸腾的煽动或战斗性的口号。这首诗，只是咏唱在美丽自然中的平静生活罢了。把牛奶挤到木桶里，收割麦子，在树荫底下牧牛，在壁炉旁修理旧皮鞋，在庭院里播种，诸如此类的单纯生活。不用担忧任何事情，也不怨恨任何人。鸡鸣而起，辛勤劳动；深夜听着蟋蟀的鸣叫声，沉入梦乡，如此单纯的生活。杉山的眼神变得柔和，一直以来，他总认为幸福这种事是不存在的，也排斥浪漫主义者的哗众取宠。日常生活里小小的平静，是他从未经历过的，因此他总是尽力否认其存在。然而，因为无法拥有，才更加渴望；因为不敢梦想，就只能排斥——其实这都是他憧憬的一切。过了好久，他才用力地盖下审查章。砰！蓝色的字迹印在上面：审查通过。明信片将飞向神户港的后巷，一间简陋的木板屋里，

等待着父亲的少年手中，少年必将阅读雅姆的诗作。明信片会将克服生活重担与战争痛苦的意志传达给少年。

审查失败了，因为他什么也没有找出来。

以雅姆的诗为始，陌生的名字与文章接二连三地在明信片上登场。那是配合收信者的年龄与情况所引用的诗句。平沼似乎记住了适合各种情况与对象的诗作。在一名囚犯寄给妻子的明信片里，抄录着雅姆的《为娶得俭朴之妻而祈祷》的全文。在一个男人寄给情人的明信片里，则写了歌德的情诗。

诗人仿若在深山里指引着羊肠小道，将文字的迷宫展现在他的眼前。杉山就像只紧追不舍的猎犬，寻找着明信片里引用的所有作家及其作品，不时徘徊在书架之间。凡是明信片上提过的，就算是一个名字、一本书，他也不放过。当发现托尔斯泰的名字时，他就找出托尔斯泰的书，一一阅读。一整夜，他流连在字与字、行与行、句与句之间。虽然没能找到任何反动字句，但绝对不放松对文字的警戒。或许平沼东柱是个单纯的诗人，同时也是个狡猾的写手。

明信片也使囚犯有了改变，开口闭口满嘴秽语的人，嘴角开始有了微笑。仅仅是一句话，就让从来不敢梦想明天的这些人，数起了出狱的日子。把打架当饭吃的囚犯也变得温顺多了。如每天例行公事般必然发生的争斗、自残骚动，大为减少。

看着手里握着回信、偷偷拿囚服衣角拭泪的囚犯，他开始思考。或许，这就是文字拥有的力量。一切的改变均始于文字，一行句子，改变了一个人；一个词语，改变了全世界。

时节到了盛夏，夏日夜短，没法儿好好读完一本书。杉山为了审查一个朝鲜囚犯寄给儿子的明信片，一整夜都没睡。这是一封回信，安慰儿子因“金山”这个创氏名而受其他小孩欺凌的抱怨。朝鲜姓氏“金”，加上日本字“山”而成的创氏名“金山”，无异于呐喊着自己是朝鲜人。明信片中安慰儿子，欺凌其实也是一种砥砺，让自己能更坚强地面对生活。

你不用因为名字而感到伤心，莎士比亚在《罗密欧与朱丽叶》里说：“我们叫做玫瑰的这一种花，要是换了个名字，它的香味还是同样的芬芳。”重要的不是名字，而是要拥有自己的芳香。

字句间，埋藏着地雷似的词语——“莎士比亚”“罗密欧与朱丽叶”。

从没收品目录里确认了《罗密欧与朱丽叶》的杉山，急忙向书架走去。然后在四八六号箱子里找出了《罗密欧与朱丽叶》。确定了名为莎士比亚的这名作家是个英国人的杉山，不禁拍手称快。这是个敌国人，或许可以从这里挖出些反动线索。

他小心地翻开危险的书扉，深恐里面埋藏了什么地雷。从一开始，就叙述着一个颓废的爱情故事。蒙太古家的儿子罗密欧与凯普莱特家的女儿朱丽叶，舞会，世仇家门之间无法如愿的爱情，翻过书页的速度变得愈来愈快。茂丘西奥与提伯尔特的决斗，死亡，以及流放。服下了劳伦斯神父的毒药而睡着的朱丽叶，喝下了毒药的罗密欧，用短刀刺胸的朱丽叶。

合上最后一页时，天已破晓。但维洛那城美丽的风光，罗密欧与朱丽叶的台词，无法如愿的爱情，种种余韵仍旧盘旋在他的脑中，不肯离去。杉山用力地摇摇头，甩掉杂念，回复到严正的审查官角色。《罗密欧与朱丽叶》一书里并非没有问题。这本书不仅是敌对国英国作家的作品，连内容也一味地叙述着颓废的爱情，以死亡告终的结局也带着厌世的色彩。然而，杉山实在无法痛快地拿起红色的图章。难道是自己的审查标准变得太温和了吗？或许如此吧！但他真的不想草率地判断为禁止寄送。如果这封信无法送出去，等不到信的孩子那失望的心情，又有谁去安慰？

最后，他终于想到了一个折中方案。还是去追究写明信片的人，才能找到线索，得到一个比较正确的解释。

烈日将监狱的操场烘烤得如铁锅一般，厚厚的砖墙喷发着炙人的热气，劳役场热得像锅底。每到户外活动时间，囚犯仿若逃出地狱般，一窝蜂拥向围墙边的阴影下。他们饥渴地围坐在一起，叽叽喳喳不停地说话。一个人扯着嗓子说了好一阵子，刚停下来，马上就有另一个人接着说话，就像舞台上的话剧演员似的。

杉山摇着头，穿过了操场。炽热的空气卷上了缠着绑腿的小腿肚。杉山走路的时候，上身向两侧摇摆，两腿分开，大步向前迈进，是他特有的走路姿态。充满傲慢、带有战斗味道的走路姿态，总让囚犯心生畏惧。然而，那样的走路姿态其实是他忍耐曾受枪伤的大腿的疼痛唯一可行的方法。这不是威风凛凛的看守走路的样子，而是一瘸一拐的伤兵走路的方式罢了。

劳役场和墓地之间的白杨树山丘是个弃置的空间，并排站立的三棵白杨树，长得虽高，但因为稀疏的枝干而没能形成树荫。囚犯都相信，死刑犯的鬼魂在那里徘徊不去，脖子上还吊着绳索呢。看守之间还盛传，当他们巡夜经过时，曾看到在那里飘来飘去的幽灵。

平沼正靠在白杨树下，远远传来他绵长不息的口哨声。

“六四五号，看你吹口哨的样子，日子过得还不错嘛！”

专注于口哨旋律的年轻人没有回答。他的眼睛如望不见底的深井般凄凉空洞。

杉山再度高声吼问：“平沼东柱！不回答吗？难道要像狗一样，被打了才会叫？”

下巴被木棒挑起，放弃抵抗的年轻人垂下了眼睛。

“我不叫六四五号，也不叫平沼东柱，我的名字叫：尹——东——柱。[①]”

杉山突然变得紧张起来，难道与创氏改名有关的那张明信片是这个写手故意设计的吗？这家伙让我去读莎士比亚有关名字与存在的作品之后，再把我拖到创氏名的争论砧板上吗？那正好，就没必要绕着圈子说话了。杉山笑了起来，折下一根草茎嚼了起来。酸涩的草味随即充斥口中。

“尹东柱？平沼？那重要吗？不管叫什么名字，你还是你——”

杉山说着，蓦然想起昨夜读过的朱丽叶的独白。

罗密欧啊，罗密欧！为什么你偏偏是罗密欧呢？否认你的父亲，抛弃你的姓名吧；也许你不愿意这样做，那么只要你宣誓做我的爱人，我也不愿再姓凯普莱特了。只有你的名字才是我的仇敌；你即使不姓蒙太古，仍然是这样的一个你。姓不姓蒙太古又有什么关系呢？它又不是手，

① 尹东柱（1917—1945），朝鲜著名诗人。出生于中国东北，由于1910年的《日韩合并条约》，一出生即注定为亡国奴。小学即显现出对戏剧、诗歌等的天分。1932年进入龙井天主教恩真中学就读，1935年转入平壤崇实中学三年级，开始住校生活。1938年进入汉城延熙专校（延世大学）就读，其间创作诗作无数。1941年底，为了留学日本被迫将原姓氏“尹”创氏改为“平沼”。1943年7月，因独立运动嫌疑被收押在京都下鸭警察署；翌年被判处徒刑两年，移送福冈监狱。1945年2月16日死于狱中，年仅28岁。

又不是脚，又不是手臂，又不是脸，又不是身体上任何其他的部分。啊！换一个姓名吧！姓名本来是没有意义的；我们叫做玫瑰的这一种花，要是换了个名字，它的香味还是同样的芬芳；罗密欧要是换了别的名字，他的可爱的完美也决不会有丝毫改变。罗密欧，抛弃了你的名字吧；我愿意把我整个的心灵，赔偿你这一个身外的空名。

“正如你写的，玫瑰换个名字，还是一样芬芳。名字算不上什么，本质才重要。不管是尹东柱也好，平沼东柱也罢，不过就是个傲慢固执的朝鲜人。”

面对生硬冷漠的言辞，年轻人直白地反驳。

“名字是一种象征，涵盖了这个人的一切。不只是长相、眼神、体格和行动，还有回忆、梦想、思念、过去、现在和未来，都包含其中，就如一个词语就概括了无数的感觉，一行句子就表达出难以计数的意义。”

一行句子就表达出难以计数的意义？那么，这家伙在莎士比亚的文章里也隐藏了两种正好相反的意义。虽然玫瑰换个名字，还是一样芬芳，但如果不称为玫瑰，就再也不是玫瑰了。随着时间流逝，再香的玫瑰也会失去香气，渐渐枯萎，但仍能留下玫瑰之名。一如只要说到“玫瑰”这个名字，就会让人想起美丽的姿态与芬芳的香气一般。玫瑰会消失，玫瑰的名字却不会逝去。玫瑰的存在是有限的，玫瑰的名字却是永恒。

年轻人接着说：“朱丽叶的独白，是一种对名字限定了个人存在的反话。”

“反话？”

平沼说，那是一种不言而喻，或是用否定来强调事实的表现方式，是一种在一句话中隐藏两种相反意思的修辞法。杉山的脑中敲起了警钟。

同样的一句话，随着读者不同而有相反的解释？那么，朱丽叶要罗密欧丢弃名字的独白，其实是正好相反的意思吗？朱丽叶嘶喊着要罗密欧丢弃与本体无关的名字，其实只是想更明确地表示，名字限定了一个人的一切的事实吗？罗密欧与朱丽叶的爱情，因为各自所属的家族，也就是蒙太古与凯普莱特这两个姓氏而受到挫折。他们的爱，最终以悲剧收场。如果丢弃名字，或许就没有什么可以阻碍他们的爱情，但他们最终无法丢弃名字。因为名字限定了他们的存在，但也让他们的爱情更加坚贞。

东柱说："我的名字叫尹东柱。"

他的声音里有着超越恳切的什么东西，像无法撼动的尊严之类的。杉山用咄咄逼人的目光瞪着他。

"或许那是你的名字，但却是朝鲜语。你难道不知道朝鲜语是禁用的吗？"

"如果不叫尹东柱，我就什么也不是了，因为平沼只是日本人强加在我身上的面具罢了。"

他的话听起来很玄，虚无缥缈有如胡言乱语。但那不是胡诌乱说。这家伙在窄小的牢房中，把一本本的书如诱饵般藏在明信片里，引诱自己，加以洗脑。他知道，读了那本书的人，想法会有何不同，行动会如何改变。昨晚彻夜不眠读的《罗密欧与朱丽叶》便是一种诱饵，隐藏了玫瑰名称的象征。杉山拿着汗湿的帽子在大腿上掸了掸。

"少说废话！我一点都没变，我依然是杉山都灿。"

"不，你已经变了！"

一如他所说的，如果没有读过《罗密欧与朱丽叶》，就不会像现在这般，说着与“玫瑰名称”相关的无聊话题。这人太过狡猾，如果文章是致命之毒，那就得更加提高警惕。杉山双拳颤抖，明显地意识到自己已经改变，再也无法回到从前；他畏惧改变后的自己。文章让人病入膏肓；词语和标点符号如细菌和病毒般在身体里到处爬行。文句铭刻在骨头上，深入细胞里。辅音和元音在血管里奔流，无数的象征和比喻感染着脑细胞，重组灵魂。他再也回不去了，也不能回去。

下雨了。大雨从空中倾盆而下。透过迷蒙雨帘，望见的一切事物都变得模糊不清。看起来不是雨在下，而是世界漂浮了起来。杉山知道，当雨停了之后，一个季节就会过去，新的季节随后到来。八月的太阳将冷却，九月的秋风吹起来。被拖往战场的少年会长成青年。囚犯死的死，新来的囚犯又会填满牢房。

每天晚上，杉山都如幽灵般徘徊在一列列书架组成的迷宫里。他不讨厌突然多起来的书信审查工作；隐隐约约地，还期待看到明信片。

不知从哪天起，杉山放下红笔。他读明信片，不再是为了审查，而是想从端正的笔迹、多情的感叹词、纤细的形容词、熟悉的名词里得到安慰。他随着隐藏在明信片里的暗号，小心地探索书籍的城堡。在沉默中，让人屏住呼吸的陀思妥耶夫斯基、波德莱尔、纪德、荷马、但丁、莎士比亚和塞万提斯……没有人教他，也没人要求他改变。他自己教自己，自己改变了自己。在铅字与印刷品里上了瘾，如果不读点什么，就会不安。如今，他已经不想再回到没读书之前的自己。被洗脑了吗？即使如此，那也无可奈何。或许，他至死都无法摆脱那致命的毒瘾。

高高的计时塔在操场上投下长长的影子，杉山在嘴里细细地咀嚼着前天夜里读过的代笔明信片上的诗句——里尔克的《秋日》。

秋日

主啊，是时候了，夏天真是热过头了。
请将你的影子投射在日晷上，
让风吹过原野。

请让枝头上最后的果实饱满，
再给它们两天南国的好天气，
催促果实快点成熟，
在沉甸甸的葡萄串里孕育最后的甘甜。

此时没有房子的人，就不必建造房子，
此时孤独存在的人，就永远孤独。
醒来，读书，写长长的信，
当落叶翻飞之际，不安地，
在林荫道上往来徘徊。

果实成熟的季节，温暖的抚慰与淡淡的依赖，在孤独中渴望成熟的人们……这种情怀，掩藏在既浪漫又内省的祈祷文里，是东柱传递过来的秋日问候。

杉山突然睡不着觉，只想给谁写封长长的信。不，是想从谁那里，收到一张明信片。

13

风来自何方，又将去向何处

杉山眯起眼睛，走进这季节中。秋日里，有着干燥的阳光味道，微苦的落叶香气。监狱里，狭窄、呈四方形的天空，似蓝色的包袱巾一般。尖尖的树枝突起的围墙后方，是遥远无法跨越的迷蒙地平线。午后的太阳披挂在铁丝网上，像鱼一般扑腾个不停。囚犯拥进了监狱，又从监狱出去。有的人跛着脚走出去，有的人包裹在草席里被抬了出去。活下来的人，眼神就如这季节般凄凉。东柱靠在被渲染成浅褐色的白杨树旁，吹着口哨。这是从延熙专校时代便养成的习惯。

“尹东柱！”

陌生又粗鲁的三个音节的名字。这是个被剥夺、被毁坏、蒙尘的名字，如今已然不存在的名字。口哨声突兀地停止，“在！”这声回答如鲠在喉，东柱的喉咙变得火辣辣的。过了好一会儿，他才如咯血般吐出回答。

“在！”

这声音不是来自平沼东柱，而是来自尹东柱。拿着木棒的男人，望着眼窝青紫的男人，失去了祖国、失去了母语、失去了名字的年轻人。

杉山问："你的口哨就只会吹那一首吗？"杉山两眼无神地望着东柱，接着挑剔道："每天死活就只会吹那首曲子，我连调子都背下来了，可是不知道曲名是什么？"

"这是一首名为《送我回故乡》的黑人灵歌，是被抓到美国的黑人奴隶思念家乡的歌曲。"

东柱苦笑着。这完全不是一个才二十几岁的年轻人的笑容，而是一个看破世间冷漠、岁月无情的老人的笑容；也是一个遭受背叛、梦想无法实现、只能接受现实的人才会有的笑容。

"朝鲜人到底哪儿来的那么多话说？辛苦劳动中间的短暂休息时间，还要聚在一起说个不停。"杉山看着远处喧闹不已的囚犯说。

"每个人都有自己的故事。"年轻人似乎想转移话题，嘴里自言自语，"风从何处来，又将吹往何处去……"

这似懂非懂的呢喃，是没收品箱子里那本诗集最前面的一句。杉山不自觉地吟诵起诗句来。

起风

风从何处来，
又将吹往何处去？

风在吹，
我却无缘无故地感到难过。

我的难过真是其来无由吗？

从未爱过一个女人，
也不曾为时代感到悲伤。

风吹啊吹，
我立足于磐石上。

江水流啊流，
我立足于江岸边。

杉山的唇上感受到风与江水的味道。然而，在淡淡的情愫里，可疑的词语如暗礁盘旋，充满了反动色彩。尽管无法得知正确的暗示，但能感受到暗藏阴谋的味道。

杉山在内心谴责吟诵诗句的自己，冷冷地说："只有科学家才知道风从哪里来，吹向哪里去。你一个写诗的，哪儿知道那么多？"

面对无法反驳的事实，东柱皱了皱眉。宇宙的起源与存在的样子、生与死、自然的本质，都是诗所无法证明的。诗人绞尽脑汁写出来的诗，科学家只要几行公式就能解决。面对名为逻辑的武器，诗变成了毫无意义、处于劣势的无用之物。东柱张开干裂的嘴唇，吐出沙哑的声音。

"就算不知道，也能感觉得到。风拂过皮肤，微痒的触感，风里夹带的尘埃，还有在风中穿梭而去的季节味道……"

"感觉到那些，又有什么用呢？"

面对着怀疑的问号，东柱思考着接下去该说的话。"世界烽火连天，年轻人如工蚁般不断死去……"没错！诗无法挡住子弹，文章也不能阻止战斗。或许，诗的存在，什么也做不到。那么，诗人空洞的安慰，诗句粗简的声讨，又有什么用呢？东柱无法回答。然而，战争的疯狂即使超越了语言，但能证明其野蛮性质的，还是只有语言。唯有最单纯的语言，才能为最残酷的时代证言。

东柱的视线越过围墙，望向远方。远处的港口方向，各种色彩的风筝在天空飞翔。风筝仿佛逆流而上的鳟鱼群，充满活力，神采奕奕。这时，围墙的另一端有一只蓝色的风筝突然升了起来，如同一条鲨鱼，统领着远方港口上的各式风筝，动作夸张而凶猛。围墙很高，也很坚固，遮住了视线。不只是空间，连视觉、情绪也完全将监狱与外界隔了开来。东柱把手搭在眼前遮阳，注视着风筝的动静。他的眼神似乎想穿透那堵蛮横的障壁。

“看什么那么专心？只不过是孩子在放风筝而已。”

“看得到的虽然很小，但也说明了很多看不见的东西。看风筝，就能知道放风筝的是什么样的人，连性格、年龄都可以知道。”

年轻人的目光无法自翻飞的风筝上移开。他的眼睛望着风筝，心里想象着高墙那头放风筝的孩子。

“那是个十三四岁的孩子。从风筝移动时在野地里奔跑的速度来看，不是一个大人的步伐，但也不是一个很小的孩子。从飞升的风筝动静和轻柔的动作来看，不是个男孩。这孩子的个性很大胆，好奇心强，也很好胜，但很容易感到孤单。”

“你怎么知道？”

“其他的风筝在远远的海岸边若隐若现地飞翔着，因为海风一吹，就能把风筝放得很高，所以大家都往那边靠过去。那只蓝色的风筝一个星期前也曾经出现在那个地方。但不知道从什么时候开始，离开了其他的风筝。监狱附近是孩子都不愿来的地方，但那只风筝独自慢慢地靠过来，可知这孩子的性格与港口边的孩子合不来，但放风筝的技术则是非同寻常。”

“说得好像是那么回事！从风筝的动静，就能看出放风筝的人？”

杉山从鼻子里哼了哼，似乎不太相信。

东柱两眼放光地说：“就算看不见，可以看见的也很多。只要愿意，连风都可以看到。”

“胡说八道！你让我看到鬼，我就相信。传闻说，这小山丘上有被处死的死刑犯的鬼魂在徘徊，还有看守直接看见过。”

年轻人笑了起来。杉山觉得自己被骗了，不过他并不讨厌被这年轻人骗。就算再被骗一次，也没什么不好。

第二天，震耳欲聋的警报声在劳役场里响起。慌忙地穿过操场而来的杉山停下了脚步。时间仿佛凝固了，原本充斥着秽言和争吵的操场上，安静得似乎都能听到自己的心跳。囚犯全都一脸宁静的表情，他们充满惊讶的眼睛注视着空中的某一点。

午后的阳光里，有什么在慢腾腾地翻动着。是一只摇晃着尾巴、腾空而起的风筝。“啊”的呼喊声爆出，囚犯的眼睛无法自敏捷晃动的四方形本体和长长的尾巴上移开。瞬间，杉山全身的血液仿佛凝固了。他反射性地将目光转向白杨树山丘上，那里有个年轻人很勤快地拉动着线轴。杉山吓得打了个寒战，再度转头往监视岗哨上望去。应该与围墙呈平行状态的机关枪枪口，已经慢慢转向小山丘的方向。

“狗娘养的！”

杉山一口气穿过操场跑了过去，心脏的血都快沸腾了，一口气堵在喉咙里。小山丘上，吹着一阵强风。东柱的眼睛固定在风筝上，忙碌地操纵线轴。他一脸平和，然而，突如其来的木棒毫不留情地向年轻人的肩胛骨上痛击下去。啪！清脆的声音传来，年轻人的身体如被大锤敲击的钉子般弯了下去。

“你找死啊？想被不知会从何处射过来的子弹打成蜂窝吗？”

粗暴的辱骂和殴打如雨而下，年轻人听到自己的身体被撕裂、骨头被敲断的声音。在风中绷得紧紧的风筝，从他的手上拽走了线轴。线轴滚落到干燥的地上，风筝也无力地晃动着尾巴，掉落在地面。年轻人作呕似的吐出呻吟，慢慢地说 ：“看到风了吧？让风筝扶摇直上，摆动尾巴的风！”

年轻人露出洁白的牙齿欢快地笑着，额头上流出鲜红的血。握紧木棒的手，一下子变得无力起来。杉山很想否认，但无法否认，因为他真的看到了风。让风筝高高飞上青天的山谷强风，承载着森林的香气、墓地的荒凉与白杨树树枝的颤动。他屈膝观察着监视岗哨的动静。确认囚犯被压制后，枪口又若无其事地转回原来的位置。杉山这才松了一口气，扑通一声躺了下来。湛蓝的天空一下子占据了他的视野。刚才还在蓝天上翱翔的风筝，此时已经看不见了。

杉山静静地望着掉落在地面上已经被毁坏的红色风筝。风筝不是用纸做成的，而是撕开内衣的背部制作的。尾巴是用零碎布料接上去的，骨架用的不是竹子，而是白杨树的细枝。再拆开囚服的缝线，接起来当作风筝线。杉山一把掀开年轻人的囚服衣摆。里面没有穿内衣，囚服的袖子和裤管长度也短了一截。竟然把拿来填饱肚子的饭团用来粘贴撕裂的衣服，真是疯狂的行径！杉山终于忍不住吼了起来：“就为了那该死的风，你差点被打成蜂窝。”

“谢——谢！”断断续续的话语，好不容易才从东柱破裂的双唇中挤了出来。

“少来了，我是福冈监狱的看守，只是用木棒镇压问题囚犯罢了。”

杉山断然地说。

东柱知道他在说谎。殴打不是惩罚，而是杉山出于无奈的做法，无论如何都要阻止高处岗哨的机关枪射下如雨的子弹。否则，他就不必气喘吁吁地往小山丘上跑；不必把自己推到白杨树干后面；不会毫不留情地挥舞着木棒，让自己的身体蜷曲起来；不会背对着高处岗哨，用宽阔的背部挡住枪口。

回到审查室的杉山，写了一份东柱的治疗委托书。对朝鲜囚犯发给治疗委托书，可说是前所未有的事情。

典狱长重新戴好圆框眼镜，注视着玻璃窗外。杉山一进来，先来的看守长连敬礼都不接受，一下子跳了起来。

“杉山，看你干的好事！囚犯在发疯的时候，你在干什么！”

看守长喉咙里带痰，发出夹杂着厌烦的声音。杉山没有回答，只是低头望着老旧的军靴靴头。是啊，干了什么呢？一幕幕景象从眼前飞快掠过。渺无边际的警报声，囚犯凝视着晴空某处的一双双眼睛，乘风扶摇直上的红色风筝，小山丘上掌控着风筝线轴的年轻人，对准年轻人的枪口，毫不留情的棍棒殴打与四处喷溅的血，卡着倒地年轻人的脖子拖到审讯室，再度喷溅而出的血……不管哪一个场景，对他来说都没有一点真实感。

“今天下午四点左右，朝鲜囚犯平沼东柱违反规则，在监狱区域内升放并操纵风筝，连续十多分钟。幸好囚犯并未有太大骚动，此事件由本看守用镇压方式终结。”

看守长的眼里冒出愤怒的火花。

“在所有的朝鲜囚犯面前违规，还叫作幸好？”

“虽然违反规则，但他先前已经得到我的允许。平沼东柱向我申请升放自制的风筝。”

“你是怎么想的，竟然会准许这种疯狂的举动？你天天身处这些疯子中间，自己也疯了吗？”

看守长大声怒吼，杉山吞了下口水。在旁倾听的典狱长悠闲地说：“托福，看了场好戏。”

确定了典狱长不会追究后，看守长的表情才缓和下来。他深知要在这座监狱里生存下去的方法，也明确地了解自己的分寸与地位。世间因战争变得纷纷扰扰，人生很可能因某一天从某处飞来的一发炮弹而结束，但至少在高墙里的生活还算过得去。一场骚动以那么简单的方式结束，还真算万幸。一旦枪声响起，事情就闹大了。监狱内的事情是绝对不能越过高墙的，这是典狱长的第一原则。

杉山瞧着看守长的脸色，开口说：“虽然有点问题，但我想，风筝或许能成为管理囚犯的一种权宜之计。户外活动时间必须监视的范围很广，囚犯之间也常发生身体碰触或打斗的情况。如果能将他们的注意力转移到某个地方，监视和管理或许就容易得多了。今天，在风筝升空的时间里，完全没有发生任何囚犯之间的打斗或暴力行为，所有人都把精神放在风筝上。”

典狱长如两条毛虫般的眉毛耸动着，开始动起脑筋。监狱是个巨大的拷问机构，就算没饿肚子，没有焦躁不安，但热死人的天气也会让囚犯成为会走路的炸弹。这些神经紧张的男人，就算擦身而过也会引发一顿拳脚相向，或成群结党到处施暴。拷打、关禁闭都不是根本的解决办法。没想到，这个意外的游戏让这群家伙变得服服帖帖的。如果能好好运用，或许能成为掌控这群让人头疼的朝鲜人的一团肉块。典狱长暗暗笑了笑。

“所以呢……把放风筝当成掌控那群暴乱畜生的诱饵，如何？户外活动时间让他们放风筝，或许能有效地管理那些家伙。”

“但那群朝鲜人可是一下没看好就会惹是生非的畜生。风筝如果飞越了监狱高墙，会不会反而刺激到那些家伙？”看守长歪着头，语带怀疑地反驳。

“风筝飞得再高，囚犯也仍在监狱内，不会有什么问题。如果发生什么事情的话，把风筝线切断不就得了。”

看守长的眼睛发亮。

“是！那就每个星期二的户外时间，让他们放风筝吧！”

“让他们斗斗风筝也可以，只要有人的地方就有争斗，监狱也不例外。如果能靠斗风筝来减少暴力的话，也就能少发生些事故。不过，愈是如此，就愈要严格警戒。”

典狱长用舌头舔舔薄薄的嘴唇，杉山觉得后颈被浇了一盆冷水似的，全身发凉。

杉山迈着慵懒的步伐，偷眼看着靠在白杨树上的年轻人。他一点都不适合这个地方，如果没有写那些诗的话，八成也不会到这种地方来。杉山如吐出卡在喉咙里的尖刺般，吐出尖锐的质问：“诗到底是什么，连你这种单纯的人都进到这种监狱来？”装着没听到、仰头望着天空的东柱，过了好一会儿，才开口说：“言字旁，右边一个寺庙的寺。诗是言语的寺庙。”

杉山对这个回答一点也不满意。寺庙是什么地方？难道不是贞洁神圣的灵魂停留之处吗？罪人在此祈求原谅，厌世者在此得到安慰，渴求永恒的人在此不断祝祷，渴望天国的人在此祈求如愿。那么，诗难道是语言里最干净、最卑微的家族吗？无法救赎灵魂，但能给予安慰；无法预约永远，但能梦想永远？这恐怕只是可笑的语言游戏罢了，搞文学的人才会称之为浪漫。浪漫，说得好听！这样的世道，哪里还有浪漫存在？杉山轻蔑地吐了一口痰。

东柱接着说：“诗是映照灵魂的深井，我们往灵魂黑暗的深井里抛下吊桶，捞起真实。而我们从诗里得到安慰，从诗里学习，透过诗，得到救赎。”

我绝不能被这狡猾的写手所迷惑，蓦然紧张起来的杉山，突然提高了声调。

“庙里是不是真的有神，我不知道，但至少可以安慰厌倦现实的人。不过诗这种东西，能做些什么呢？能安慰自己、守护自己的，只有自己。而不是这些用华丽的词藻隐藏心机、腐烂透顶的破诗。我虽然勉强识字，也还懂得区别你这种写手的胡说八道。”

“你虽然只是勉强识字，但其实已经是一位熟练的造句家。因为你懂得比喻和象征、语言的双重结构和含蓄之美。你骂人的话，是我听过的最有意思的诗了。虽然说的是侮辱人的脏话，但能自由自在地运用象征和隐喻。”

“象征与隐喻？不要再说些在粪水里拍浪的话！不管你用如何巧妙的语言来狡辩，吹牛就是吹牛！说出真实的欺骗，结果也还是欺骗。和那些为和平而战、为爱而分手的假话，没什么不同。”

杉山像头冲动的牛一般，呼呼地喘着气。年轻人微微笑了笑，是个蒙上点疲倦的微笑。

“‘在粪水里拍浪’这句脏话，隐藏着‘废话’的意思。象征和隐喻是唤起文句生命的装置，让我们日常可见的东西以完全不同的方式呈现出来。”

“脏话还能变成诗？”

“如果那句脏话里包含着真实。在逻辑上，看似错误的谎言偶尔也会成为真实。那么，像是美丽的战争、甜蜜的离别之类的话，也就可能产生了。”

诗人的眼睛如深井般黑暗，深邃而潮湿。看守似乎在他的眼中望见了从没见过的自己。

“美丽的战争？像你这种菜鸟根本不懂什么是战争。你知道人是如何在战场上变成残废的吗？是怎么死去的？有没有过在积满血的坑洞中埋在苍蝇堆里睡觉？有没有过被敌人抓住，在分不清现实还是梦境的情况下，把战友的藏身处全部泄露出来？战争就是这么肮脏！”

杉山的声音变得断断续续，低了下来，他知道自己的灵魂已经受伤，但只要已经扭曲变形的灵魂还在，他仍想得到安慰。年轻人尽管知道自己的话没法儿给他多少安慰，依然开口说：“我不懂战争，但和你一样讨厌战争。”

真是不知天高地厚的话！杉山一点也不讨厌战争，只要是多少了解一点战争的人，就绝不会讨厌战争，只会憎恨战争。

杉山问：“如果说不识字的人随口骂的脏话也算是诗的话，那像我这种人也能写诗了？”

白得耀眼的层云包围着白杨树，白杨树像倒在棉被上似的，朝着白云的方向倾斜。

“你不是能写诗，而是已经在写诗了。”

“我又不是诗人，怎么会写诗？”

“不是说诗人才能写诗，而是写诗的人才是诗人。”

白杨树上，鸟儿欢快地飞舞着。杉山低下头，老旧的军靴靴头映入眼中。徘徊在战场上的血坑里和监狱的尘坑里，不断踢人踩人的这双靴子，已经如此老旧破损了，就如同自己微不足道、干瘪扭曲的人生一般。杉山像个自白的囚犯般，嘴里喃喃着：“我无法成为一个像你一样干净的人。”

说完话后，他的嘴唇紧闭，沉默下来。禁闭在身体里的话语，拉扯着他的脸。他不仅不是一个干净的人，甚至称不上是一个人，只能说是一只会毁掉与自己毫不相干的人的野兽。

年轻人说：“诗，就是人生。你以你生存的方式写诗。不是拿墨水在纸上写，而是用你的身体在街道上写诗。”

杉山希望，这个年轻写手说的不是谎话，也希望自己的脏话真的能够成为诗。如果看到美的事物，就直言美；看到脏的东西，就骂脏话，这样就代表真实的话，说不定他真的已经是诗人了。至少，他的脏话里确实包含了愤怒的事实。杉山突然后悔学识字，因为他从此能读诗。但……或许该说，幸好他学了识字，所以他才能读诗。他不再是个冷酷的看守，也不再是个严厉的审查官，只像个一心一意想成为诗人的少年一般，心浮气躁。

冬日渐深，刺骨的寒风从囚服缝隙里钻了进去。落叶发出沙沙脆响，风从树梢掠过。一片灰茫茫的操场上，偶尔，干燥的灰尘会如口中呼出的白色热气般卷起。杉山的事情多了起来。他忙着做一个比东柱做的更坚固、更大、飞得更高的风筝。他准备了小张的再生纸、打散饭团煮出来的糨糊、细竹骨架和拿来当风筝线的棉线。风筝在星期二之前，放在审查室保管。星期二户外活动时间，杉山将自己保管的风筝交给东柱。囚犯全都聚集到操场上来。风筝线闪着光亮，拉了开来。朝着高墙上方升高的风筝，像面白旗似的迎风招展。不管是谁，男人都被风筝吸引住了。他们想起了与此时不同的过去，没有高高砖墙和粗粗铁窗遮住视线的时光。他们想起了曾经尽情奔跑过的原野和田垄，还有风筝线传过来的紧绷的风。风筝在天上飞来飞去，时而扭曲，时而高升，时而颠倒，时而打转。一动一静，都是他们失去的希望。他们无法飞上天，他们的希望却能高飞。他们被监禁，他们的梦想却能越过高墙。他们欢呼着，笑着，望着的不是风筝，而是他们自己。

风像个善变的孩子，不时改变方向和速度。东柱用指尖感应风的变化，眼睛专注地追寻着风筝的动向。有时候，被卷入强风里的风筝会侧歪到一边。此时，囚犯们的嘴里便会发出惊叹声。那与其说是惊叹，听起来更像呻吟。东柱用熟练的技巧放松线轴上的线，风筝马上找回重心，再度平稳了下来。快速敏捷的手指动作，让风筝看起来像在空中做出两三圈高难度的回转动作似的。

最后，东柱放下线轴的握把，棉线从线轴上快速回转着放了出去。紧绷的风筝突然晃动着尾巴，往下直落。男人们不约而同地爆发出呻吟声，惊慌的杉山赶紧伸手将散开了的棉线握住。

"你这是做什么？"

风筝线深深地陷入掌心，手掌上渗出黏黏的血。晃动着往下掉落的风筝，再度迎风往更高处飞了起来。

"想飞得更高，就得把风筝线放长。放出去的线愈长，风筝就能迎风飞得更高。"

这时，高墙外面突然有什么腾升了起来。是一只有着蓝色的身体、天青色尾巴的大风筝。风筝不容置疑地用沉甸甸的尾巴乘着风势高飞起来。男人们都将目光转向蓝色的风筝，高声喊了起来。风筝如看准了食物的鲨鱼般，用迅疾的速度冲了过来。

杉山脱口而出："迎上去挑战啊，囚犯全都兴奋起来了。"

东柱没说话，赶紧卷起风筝线。蓝色的风筝对着东柱失去重心、摇摇摆摆的风筝线钩了上去，线轴一下子变得沉重起来。蓝色风筝不停地改变高度和方向，固执地缠着风筝线。男人们屏住呼吸，注视着为躲避蓝色风筝的攻击，显得左支右绌的风筝。他们似乎不知道自己该埋怨东柱还是该为他助阵。最后，东柱的风筝终于挣脱缠绕的棉线，随即响起了一阵欢呼声。东柱赶紧卷起风筝线，高度愈降愈低的风筝飞回了高墙里，男人们也发出低低的叹息，仿佛受了伤的野兽充满痛苦。刺耳的警报声响起，男人三三两两地朝着劳役场、牢房的方向消失了。刚才还热闹喧腾的操场上，只剩下寂寞。

杉山问："为什么不上去迎战？"

东柱没有回答，只是卷着线。杉山自己想出了答案。东柱不想让囚犯们感到挫折，宁愿自己成为一个卑鄙的人。风筝是朝鲜人的心，与其让越过高墙飞升的自由因为凶猛的风筝而掉落下来，不如躲回高墙内算了。卑鄙，是他能做的最好的选择，至少比绝望要好。

适用于放风筝的流体力学

根据尹东柱的说明，如果风筝的重力是X，风力是Y，而操纵风筝线的推力是Z，想要使风筝保持平衡，各自大小不同，作用在不同方向的X、Y、Z值的延长线，必须经过同一点。显示三股力量的向量，得形成一个三角形。Y产生支撑X的扬力V，V则产生抵抗风筝后方旋涡的C，C根据Z值抵消。因此V不仅支持X，还支持Z的sin值。这时，风筝倾斜率为Y的平方，风速快的话，就能支撑增加的sin值，风势愈大，风筝飞得愈高。因此，放风筝的人必须随着时时变化的V、C和Y，以及风筝的倾斜率，来调整Z。

这说的是什么话啊！

——杉山笔记

14

走吧，走吧，像被驱赶的人那般离开吧

看守长把手上的纸揉成一团，用力扔到地板上。

“你这个审查官到底在做些什么，竟然会让这种反动纸张传来传去！”

杉山拾起滚落到角落的弄脏了的纸团。

“我不是叫你看那张纸，而是要你看纸上写的字。”

摊平揉皱的纸，杉山的双眼大睁，眼珠子都快掉出来了。芝麻大的小字不是日文，是朝鲜文。他惊慌的脸庞仿佛随时会破裂开来。

“我看不懂内容，不过……”

看守长的声音如刀斧般切断了他的话。

“看不懂内容无所谓，光凭这是用禁用的朝鲜语写的，就知道是反动文书！”

暖炉里发出毕毕剥剥煤炭燃烧的声音，盖住了人说话的声音。看守长又继续说：“朝鲜囚犯传来传去地看，才揭发了出来。你是名优秀的审查官，应该知道这张该死的纸是哪个家伙写的吧？”

看守长不依不饶地纠缠着，杉山的背后直冒冷汗。不管是日文还是朝鲜文，字体就是反映那人性情的镜子。能写出如此端正字体的人，只有一个。杉山将他的名字连同口水一同吞了下去。

“我会尽快找出是哪个家伙干的好事！”

“不用！我已经知道是哪个家伙干的了。”

看守长翻开没收品清册，走到杉山旁边，然后像个潜水员般深深地吸了一口气，朝着杉山的一潭深水里放话下去。

“会干出这种事情来的，除了平沼东柱之外，还会有谁？那家伙被没收的书籍，现在审查得怎么样了？”

看守长的眼神挤压着杉山的太阳穴，他赶紧回答：“工作量太大，还没开始审查。”

看守长目光锐利如斧。

“就在你拖拖拉拉的时候，那家伙狗改不了吃屎，又干下了坏事。马上把那家伙的书都给我送来！这次我要亲自审查，你只要负责严刑拷打就行！”

杉山僵硬地敬礼，转身离开。

脱去囚服上衣、赤裸着上身的东柱被绑在审讯用的椅子上。木棒狠狠击在锁骨上，他的脸整个皱了起来，仿佛从体内传来某种东西啪一下断裂的声音。瘦弱的肩膀、透明苍白的皮肤、突出的骨头，暴露在火光下。

杉山觉得自己傻透了，搞不好，该说自己很懒。明明知道这家伙的反动心态及其将带来的灾难，却在这家伙的舌灿莲花下置危险于不顾。这不是愚蠢，也不是懒惰，而是不负责任的犯罪行为。从一开始，就应该把所有的书和那些破诗全都一把火烧掉，再把这家伙打得半身不遂才对。

“你简直是在我的后脑勺儿上涂大便。说！那首该死的诗，内容写的是什么？”

一个字一个字挤出来的声音，仿佛拳头一般，狠狠打在东柱的脸上。东柱皲裂的嘴唇中间泄出几个揉碎的音符，难以听懂的破裂辅音和元音。杉山抄起桌上空白的报告纸和笔，丢了出去。

“用日文给我翻译出来！臭小子！”

东柱脸上闪现出欢喜的火花，用浮肿的手指捡起笔，像个得到了玩具的孩子般笑了起来。颤抖不已的笔，在皱巴巴的纸上一瘸一拐地向前推进。一字一句如江水般从笔端流淌而出。天真的告白，单纯的烦恼，羞愧的自责。一瞬间，杉山觉得自己又成了一个少年。最后，沉重如石的句点终于在纸上啪地落下。

杉山向等在一旁的两名看守使了个眼色，看守凭经验得知，残酷的拷问即将开始。于是，两名看守如幽灵般消失在黑暗中。

杉山拿起皱成一团、写着诗的纸片和短短的秃头铅笔，沾了好几个人手垢的纸片，像是用好多张长条纸随便粘贴接合的。秃头铅笔则短到手都几乎握不住。

“这该死的纸片和铅笔是从哪儿来的？”

这句话如玻璃碎片般发出清脆的撞击声。东柱勉强张开干裂带血的嘴唇，从破裂的双唇间挤出几个几乎听不懂、歪歪扭扭粘连在一起的音符。

“帮囚犯代笔写信的时候，从发给的明信片上，每张下方裁下一小截，用米糊接起来的。铅笔也是在交回之前，切下最后面的一小截，保管起来使用。”

“饭粒是给你吃的，不是为了让你乱写一通才给的。浑蛋！”

东柱隐约地笑了笑。干掉的血块让他脸上生出不搭配的皱纹。杉山陡然高举着木棒，在空中瑟瑟发抖。

“写这么危险的诗，你到底想怎样？”

“这诗一点都不危险。”

“一点都不危险？读了这首诗的朝鲜人，分明就会因为思念故乡而对现实产生不满。你把乡愁和回忆喂给朝鲜人吃，是想引发暴动吗？”

“没有证据证明它会扰乱人的情绪。”

“没有证据？我有明白的证据显示，这诗会让人的情绪极度激动。”

杉山在自己都没察觉的情况下，落入了言语的陷阱中。他无法说出，诗也深深激荡着冷酷暴力看守的钢铁心脏——这等于推翻了自己曾经说过的话：诗一无是处。不知所措的他像被解除了武装似的，掷下木棒。

“我一读你的诗，就有种眩晕感。虽然不知道那是什么，但严重到恶心想吐。你绝对是为了享受那种感觉才写的。”

“我不是为了什么目的才写，只不过是想写就写了。”

“人会因为自己的才华而死，像善泳者在水里溺死，上了陆地的鲸鱼被自己的体重压死，猴子从树上掉下来摔死，地鼠被压在土堆底下闷死，你也会因为那该死的诗完蛋。”

东柱的眼睛问，是否会杀死自己。

杉山回答：“我不会杀你，我要你活着，然后像漂洗脏衣服一样，把你的脑袋洗干净。”

找不到焦点的两只眼睛似乎在问，你怎能如此？

“我要把你关到禁闭室去，十五天。”

东柱如老旧褪色的家具般被关进了禁闭室。

两天后，杉山被叫到看守长室。看守长一副悠闲的样子。

“幸亏你迅速抓到了那家伙，才阻止了反动作品的传播。那家伙关在禁闭室两个星期，出来的时候不是变成尸体，大概也会变成白痴吧。”

杉山挺直了腰说：“那家伙是个写手，文字已经如文身般刻在脑袋里。为了能写字，他一定会活着走出来。”

看守长笑了起来，嘴里镀金的牙齿闪闪发亮。杉山确实是名值得信任的审查官。

“那也无所谓，揭露出来的危险，就不再是危险了。”

看守长把一沓纸扔在桌子上，封面上印着一个红色粗体词：销毁。杉山拾起这沓稿纸一张张地翻阅过去。《少年》《飘雪的地图》《归来所见之夜》《太初之晨》《另一个故乡》《数星星的夜晚》……一个个文字在纸上瑟缩着。看守长说：“虽然有些骚动，但严格说起来也不是你的错。要说是谁的错，只能说是那个鼠辈写手犯下的罪行，反正这家伙也受到了相应处罚。你要怎么做都行，只要烧光这一沓有问题的破诗，一切就算结束。”

杉山听到自己胸腔里传出的剧烈心跳声，结果还是得烧毁吗？早知道还是得烧毁的话，就早点烧掉算了。然而，当初留下这堆让人头痛的稿子，不是因为自己知道它们有多出色或有多危险，而是不想亲手点火烧掉。杉山边整理好一张张稿子边说：“我会尽快审查，筛选后销——”

“不是要你尽快，而是叫你立刻。也不用筛选，就整沓拿去烧干净！”

看守长尖锐如刀的声音切断了他的话尾。

“那家伙是个违反‘治安维持法’的人，血管里流着反抗的血液。光看那些诗，就知道他是个多么危险的家伙。”

看守长生气地从杉山手上抢过稿纸，啪啪地快速翻到某一页，往前一递。发黄的纸上，黑色的字迹晃动着。

另一个故乡

返回故乡的那天晚上
我的白骨伴我而来，躺在同一个房间里。

漆黑的夜通向宇宙，
天空中风声飕飕。

黑暗里，我注视着
风化完好的白骨，
泪眼汪汪的，是我在哭泣，
是白骨在哽咽，
还是美丽的灵魂在哀恸？

志节坚定的狗，
竟夜对着黑暗狂吠。

对夜狂吠的狗，
大概在追赶我吧。

走吧，走吧！
像被驱赶的人一般，走吧！
在白骨不觉之际，

走向另一个美丽的故乡。

“看到了没？从标题到最后一行，全都是一些反动字眼。虽然用什么白骨啦故乡啦的字眼掩饰，还是很露骨的反日口号。‘志节坚定的狗，竟夜对着黑暗狂吠’，这是什么意思呢？狗就代表顽固的朝鲜人，黑暗就代表殖民地啊。‘另一个故乡’，就是指解放后的朝鲜。这首诗明明就是为了解放朝鲜才写的煽动文字。”

杉山一一细看整首诗里的句子，开口说：“您对这家伙的评价太高了。这家伙一九四一年九月在京都留学，返回故乡满洲时写下了这首诗。只不过是不懂事的小孩子，对即将面对的未来表达不安和混乱的心情而已。什么‘白骨’啦、‘美丽的灵魂’之类的字眼，可看作鞭策自己安于现实的一种说法，还没到足以激励民族精神的优秀或高深程度，只不过是一种情绪上的涂鸦罢了。”

他一面用手指着词语，一面认真地解说，然而内心的解释正好相反。“白骨”“黑暗”“风”“风化”“对夜狂吠的狗”都是围绕在年轻人身边的让人悚然的现实。逐渐死去的自我、阴惨的风、灭绝万物的风化、时刻不放松的监视目光……贫穷的殖民地青年，虽然深深思念着故乡，但连故乡都成了无法隐匿之处。无所依归的灵魂，连在故乡都遭到驱赶。无家可归的时代，不允许思乡的时代。

此时，看守长又把稿子递过来，翻开另一页给他看。

“这首怎样？这完完全全就是一首露骨的反动诗！”

悲伤族群

白色的头巾绾着黑色的头发，
白色的胶鞋套住粗糙的脚板。

白色的衣裙遮蔽悲伤的胴体，
白色的腰带系紧细瘦的腰肢。

“看看‘白色的头巾’‘白色的胶鞋’‘白色的衣裙’‘白色的腰带’这几个字眼。”

杉山一脸焦躁地来回看着稿子和看守长的表情。

看守长接着说道：“你知道白色是朝鲜人喜欢的颜色吧？‘黑色的头发’‘粗糙的脚板’‘悲伤的胴体’‘细瘦的腰肢’，象征着日本殖民下的痛苦现实。‘白色的头巾绾着黑色的头发’‘白色的胶鞋套住粗糙的脚板’‘白色的衣裙遮蔽悲伤的胴体’‘白色的腰带系紧细瘦的腰肢’，不仅显示了朝鲜人想打败日本的强烈愿望，也是一种隐秘的暗示。”

看守长的分析是正确的。只有四句的短诗里，从第一句到最后一句，都饱含着愤怒与反抗。虽然看似随意描写眼前的景象，但在短短的几句诗里反复强调象征朝鲜的白色形象，用最简单的语言发出最强烈的声音。

难道真如看守长所说的，是一首用软弱来伪装民族意识的反动诗吗？杉山吞了一口口水。

“如您所说，这首诗里的确隐藏了反动民族主义，那家伙既然是朝鲜人，就必然会心怀反动。但并非所有的诗都是如此。”

快速翻阅稿纸的杉山，读起了一首诗。

少年

萧飒秋日如丹枫片片，处处飘零。枫叶飘落后空出来的位置，自有春天填补。树枝上，天空一望无际。每想悄悄地看看天空，天蓝就染上了睫毛。双手抚触温暖的双颊，连手掌也染上了蓝色。再瞧瞧掌心，掌纹上是清澈的江水流淌。清澈的江水流啊流，江水里浮现出一张如爱情般的悲伤脸孔——是那美丽的顺伊。少年恍恍惚惚地闭上眼睛，冷清清的江水依然流动，如爱情般悲伤的脸孔——美丽的顺伊，仍旧在水面上漂荡。

低沉的嗓音，余韵仍在耳际萦绕。杉山垂眼愣愣地望着自己的手掌，自己冰冷的手，他就是用这双手毫无区别地痛打那些人，掌掴脸颊，抓着领口棍棒相加；也是用这双手扣下步枪的扳机，挥着长刀刺进敌人的胸膛。他突然对自己的这双手感到无比羞愧。

“这首诗无论从哪方面来看，都找不到任何民族主义或反动词语，只是描绘一个初恋少年青涩单纯的心。”

看守长不快地斜瞪了他一眼。

“平沼是个思虑周全的家伙，这一定是他为了防备被捕，想要混淆审查官的判断，才故意插进去的抒情诗。”

“不是的，这诗里只反映着平沼坦率的心境。”

“这只不过是借着陷入爱情的纯洁少年来掩饰本意罢了。顺伊这个女孩，明显就是个虚构的人物。”

“顺伊这女孩，并非想象的人物。”

杉山不自觉地提高了声调。看守长双眼冒火，狠狠地怒视着他。杉山粗暴地翻着稿子，打开其中一页。

飘雪的地图

顺伊辞别离去的那天清晨，如我说不出口的心情一般，大雪纷纷而下，如悲伤覆盖了窗外一片渺茫的地图。

环视房中，空无一人。墙壁和天花板一片雪白，难道是雪下到了房间里？你真如失去的历史般，转身就离开了吗？在你离去之前，我想对你说的话，就算寄语飞鸿，也不知道你去向何方，生活在哪条街上、哪个村庄、哪个屋檐下，还是只留在我心深处？纷纷扬扬的大雪覆盖你小小的足迹，让我无法寻踪而去。等到冰雪消融，每个足迹留下的地方，就会开出小花。若我在花丛中寻找你的脚印，一年十二个月，大概都有雪花飘落在我心上。

“《少年》和《飘雪的地图》是时间上隔了两年的连续诗作。《少年》是描写陷入爱情的少年心境，而《飘雪的地图》则是描写失恋青年的伤心。写两首作品的是同一个人，顺伊这个人物也是同一个。如果说这是作为障眼法随便插进来的诗，也没必要隔了两年，还用相同的语调深深思念着同一个对象。”

听到杉山迫切分辩的声音，看守长一脸不情愿的表情。

“不管怎样，我终于知道你看诗的眼光不简单嘛！”

“如果您给我一天的时间，我一定会严格筛选出必须销毁的对象，报告上去。”

杉山的话还没说完，看守长挥了挥手。

“够了！没那个必要。你马上全部拿去烧光！”

“但您不是也同意，其中有两首是属于不带反动色彩的抒情诗吗？”

“那才是问题。不带反动色彩的诗反而更危险。全国老百姓都束紧腰带，没饭可吃，处于对抗英美侵略者的总动员令之下，还悠闲地谈什么情，说什么爱。你难道不知道，充满颓废色彩的破诗最可能瓦解团结抗战精神吗？”

杉山觉得，战争总有一天会结束，战时动员令会终止，人们会回到故乡，存活下来的人会继续活下去。战争一旦结束，剩下的只有受伤的心和满身的疮痍。到那时，谁来抚慰他们的心，治愈他们的伤痛？又该如何去做？

“或许在战时动员令下属于反动诗作，但战争一旦结束，这足以抚慰人们疲乏的心。”

杉山没有察觉到自己的音调提高了。

看守长突然怒骂：“那不是你该担心的事情！战争结束，就表示我们胜利了。大日本帝国的军队把英美侵略者赶到地球的尽头去，消灭了他们。”

杉山的嘴唇嚅动着，胜利？可能在战争中获胜吗？没有人能打败战争，正如没有人能打败死亡一样。战争一旦结束，所有人都是战败者。因此，无论战胜者还是战败者，都需要安慰。杉山说：“战争一旦结束，或许有人需要他的诗。因此，烧毁他所有的诗，对帝国一点帮助也没有。”

“从连你的情感都受到动摇的情况来看，这明显不是普通的诗。就因为写得好，必然是更危险的祸患。”

看守长的态度如铁板钉钉般无可撼动。想说却无法说出口的想法，在空荡荡的身体里呜呜地响着。

杉山迟疑地打开了焚化炉的铁门，生锈的铁门吱呀一声开启，散发出呛鼻的烟气和灰烬的味道。看守长将整沓稿纸都丢进焚化炉中，激起了沉积在底下的灰烬和尘埃。看守长点了点头催促，杉山小心地把一张纸揉成一团，再从看守服的口袋里掏出闪闪发亮的打火机。

被丢进焚化炉里的稿纸，被火焰不断吞噬。瑟缩发抖的诗作，那是一个年轻人的梦想，是他的眼泪，是他深入骨髓的忏悔。杉山看见自己的手在颤抖。

“你拖拖拉拉地在干什么！那家伙故意接近你，让你放心后，就一直以禁用的朝鲜文写诗。你被那家伙给耍了，但我不会追究你的过错，因为像你这么优秀的看守，通常都会成为那些家伙的目标。”

杉山扯下稿子最前面的一页，火舌舔舐着蜷缩的纸张边角。端正的字迹瞬间便被吞噬，禁用的文句也熔化在火花的舌底。一字字，一行行，一页页。稿子被粗暴地撕扯，纸张飞身投入火焰中。

《自画像》《归来所见之夜》《可爱的追忆》……

他捡起一张散落的纸，火光在纯洁的字迹上明明灭灭。

可爱的追忆

春天的一个早晨，我在汉城的一个小车站，
如等待希望与爱情般，等候着火车。

我在站台上落下一道艰辛的影子，
抽起一根烟。

我的影子随着香烟袅袅升起，
一群鸽子毫不羞耻地，
羽毛上反射着阳光振翅飞过。

火车没能带来任何新的消息，
只将我带向远方。

春天已然消逝——我在东京郊外安静的寄宿房内，
如怀念希望与爱情一般，怀念着留在旧街的我。

今天火车也数度无意义地经过，

今天，为了等待某个人，
我也将在车站附近的小山丘上徘徊。

——啊，啊！青春，请为我留住脚步！

这首诗是在一年前写的。当时的东柱是一名被丢在东京腹地的孤独留学生。那时，世间一切冰冷，到处一片灰色，充满火药的味道。

杉山将手上的诗也丢进了火花中。名词与形容词声声哀号，标点符号也毕毕剥剥地烧了起来。火舌翻卷，烈焰肆虐，灰烬熄灭……

在陌生城市的“小车站”里，他所寻找的如今已在火焰里消失殆尽，仿佛从一开始就不存在于世上。人们将永远也不知道曾经有这么一首诗存在。杉山闭上了眼睛，不想看到自己的野蛮行为，不想看到二十六岁的年轻人的灵魂被自己扼杀在火焰里。

他只盼望着时间能够快快过去，所有的诗都消失得无影无踪。烧光了的灰烬打扫掩埋后，他只想洗刷肮脏的手，连同指间染上的灰烬痕迹，衣服沾染的火烧味道，还有烧光的诗的记忆，全都洗得干干净净。然而，罪咎的痕迹却无法轻易消失，愧疚会如烟尘般留下来。杉山盯着升腾的火光，在心里说："东柱，错都在你，叫你别做的事你偏要做。我不会原谅你的，因为你让我做了如此难堪的事情。"

死去的诗喷发出最后的火势，如此温暖。因为温暖，更觉痛苦。

"很好！干干净净地结束了。等他从禁闭室里吃尽苦头出来后，大概也不会再想写诗了。不是吗？"

如此说着的看守长，脸上映照着火光。

"那是当然。"

杉山此刻才知道，自己的喉咙沙哑，眼睛湿润。

"什么啊！你哭了吗？"

"不是，眼睛被烟熏到了而已。"

焚化炉里堆满了灰烬，一把火烧光了的诗，还有年轻人被自己杀害的灵魂。

看守长拷问抹杀的，不是东柱的肉体，而是他的灵魂；因为引起麻烦的，不是他的身体，而是他的思想、他的精神。看守长对被押往禁闭室的东柱，明明白白地宣告了这个事实。他的诗全都从世上消失了。

禁闭室张开大口，一口便吞掉了诗人，嘎吱嘎吱地咀嚼，差不多消化了一半，却又往外吐了出来。两个星期后，东柱一瘸一拐地从禁闭室里走了出来。杉山看着他蹒跚的脚步，放下了一颗心。

“脚步虽然蹒跚，好歹是自己走出来的。”

然而，东柱的灵魂并没能从那里走出来。仿佛在某处蜕了皮的蛇一般，他似乎把灵魂留在了其他地方。东柱不再放风筝，也不再替人写明信片，连诗都不写了。他像是下定了决心，不再去做自己想做的事情。他虽然身体虚弱，但变得很偏激；虽然很忧郁，但也变得十分易怒。他随便向人挑衅，轻率地和人打架。但一个书呆子怎么可能打得过粗暴的男人。

每次引发骚动，他就会被看守反剪着双手，拖到审讯室去。他的呻吟声甚至在审讯室外面的走道都听得到。那是即使咬紧牙关，仍然穿透血肉往外泄出的哀号。年轻人的意志如垃圾般被揉成一团，满地乱滚。满身是血的他，一瘸一拐地走进禁闭室。

一个星期后，他又像幽灵般歪歪倒倒地走了出来。迷茫的目光如掷钓线般投入空中，看似已经在时间里迷了路。就连每天下午在监狱高墙外升起的蓝色风筝，不知何时也不见了踪影。

他的忧郁，也将整座监狱拉进了忧郁的沼泽。囚犯们这时才知道，看似柔弱的年轻人对他们有多么大的影响。杉山还记得那个把微笑当作文身般文在嘴角的年轻人，还有那些他写的已经成为一缕轻烟袅袅升空的诗。

路

不见了，
不知道掉了什么，掉在哪里，
双手掏着口袋，
沿路走下去。

石头与石头与石头，无止境地相连，
路就沿着石垣向前行。

铁门紧锁的石垣，
在路面垂下长长的影子。

路由早通到晚，
又由晚延伸到早。

抚触着石垣，泪流满面，
抬头望天，天空可耻地碧蓝。

走在这条寸草不生的路上，
是因为我还留在石垣那头。

我活着，
只为了找到失落的东西。

没有宾语的第一句，仿如被什么追赶似的，一种迫切的自我告白。他遗失了什么？这个疑问是多余的，因为他失去了一切。失去了祖国，失去了母语，连自己的名字都失去了。然而，或许他什么也没遗失。因为从一生下来，他就未曾拥有过那些东西。“石头与石头与石头，无止境地相连”“投下长影的紧锁的铁门”“寸草不生的路”……难道很早以前，他就知道自己会被关到监狱里吗？杉山恳切地希望，如同“路由晚延伸到早”，他所失去的东西，“留在石垣那头的自己”，都能再找回来。

杉山每天晚上都坐在审查室的书桌前，久久不能入眠。他多么希望能让如灰烬般失去热力的年轻人再度提笔写诗。就算卑鄙龌龊的战争摧毁了整个世界，也希望他的诗能幸存下来。即使只有一个人在战争中存活下来，杉山也希望这个人能读到他的诗，从中得到安慰。只要能如此，即使身在走向终结的世界，也能保有一点小小的希望。

杉山愣愣地望着书桌上粗糙的再生纸和自己的手。长了硬茧的手掌，弯曲不直的手指，磨损难辨的指纹，断裂难看的指甲……

粗糙的纸上有一支秃笔。他突然想写些什么，一种不写些什么不行的焦躁攫住了他整个人。不是想成为诗人，只是想写些什么罢了。不管那是什么，就是想把从内心深处喷涌而出的某些东西一股脑儿地倾泻到纸上去。到现在为止，他一直靠五感来认识世界，借由看、听、摸、嗅来分析和了解世间。满身是血的尸体，炮声和哀号，刺鼻的火药味和血腥味，掘开的泥土和灰尘的味道……但如今，他不再用眼睛看，用耳朵听，用鼻子嗅。他开始阅读围绕在四周的世界。从明信片里，他读到囚犯的人性；从新闻的片段中，断断续续读到战争的近况。世界不再是以看、听、嗅，而是以阅读的方式存在。杉山想起了年轻人说过的话：“最重要的是第一句。只要第一句能好好写出来，就能写到最后一句。”

杉山如同在抚触着危险之物似的，小心地握住了笔。笔尖已经蘸饱了黑色的墨水，却无法向前挪动，甚至不知该如何在纸上下笔。眼前的白纸，宛如监狱的操场般荒凉。他问自己，到底在做什么？写诗？就凭自己只是一个除了揍人一无所长的拷问官，而且还是一个只会烧毁文字的半文盲审查官？他忍不住嘲笑自己，却仍旧无法放下笔。

风吹过薄薄的白铁皮屋顶，发出沙沙的声响，他的心如烟蒂般毕毕剥剥燃烧着。字词在黑暗中如碎瓷盘般闪着亮光。他像只书蠹虫埋头在国语辞典和汉语词典中，啃着不认识的名词、形容词和标点符号。于是，耀眼的语言碎片被小心地拼凑着，改了又改。没有人知道那最终会变成什么模样。能不能成为一首诗？还是成为一段四不像的涂鸦？

十天过去了，说不定只过了九天，也或许是过了半个月。每晚，杉山都看到幽暗白着一张脸。波涛声传来，是无眠的大海辗转反侧的声音。他也和大海一样，夜不能寐，翻来覆去。天渐渐地破晓，从远方博德湾的军舰上传来阴郁的汽笛声。杉山把一张写了些什么的纸折叠好，放在看守服的上方口袋里。

东柱仿如一只断了线的风筝，独自坐在小山丘上。杉山拿着自己精心制作的风筝和线轴，走到东柱的身边。

“尹东柱！你要像个幽灵一样颓废到什么时候啊？你就站起来吧！还是得有一顿好打，你才愿意站起来？”

东柱抱膝而坐的灵魂，深深躲藏在坚如胡桃硬壳的肉体里。杂乱的短发，发白肿胀的嘴唇，漆黑的眼里带着难以辨识的各种情绪。挫折与埋怨、绝望与期待、憎恨与宽恕同时存在，难分先后。杉山知道，是谁伤害了他的灵魂，是谁剥夺了他的语言，抢走了他的诗。也知道是哪个看守因为他用朝鲜文写诗而毒打了他一顿，把他关在禁闭室里，又是哪个审查官最后把他的诗一把火烧光了。

杉山手持木棒，在东柱的身体上碰来碰去，确认他完好无缺。被杉山的木棒打破的额头、浮肿的眼窝，还有破裂的嘴唇。他的眼神开始动摇，有时，言语不一定需要声音，快速的眼神、短暂的呼吸声、抖动的指尖，都能代替说话。而沉默便是最真实的对话。杉山的目光，已经比无数句“对不起”更加热切。

“我早知道，你一定会活着从禁闭室走出来。既然现在你好好的，就该写写字了吧。”

这句话不是命令，也不是强迫，而是恳求，是拜托。杉山只是想再读读东柱的诗。不是只有杉山希望东柱能恢复过去的模样，所有囚犯，所有看守，都等着看他能再度吹起口哨，拉起线放风筝，代笔写明信片。然而，东柱仿佛从墓穴里活着爬出来的人一样，哑着声音说：“你太残忍了！你有什么资格要我赌上性命去写诗？”

杉山知道，他的反驳百分之百正确。正是自己让他的灵魂被挫折与憎恨撕扯成一堆破烂。

“你说我没资格也好，毕竟这是事实。就算你骂我不知羞耻，我也认了，因为这也是事实。但不要放弃写诗，也不要再让你自己堕落下去。”

听到自己恳求的声音，杉山也吓了一跳。他所期望的，是这个穷苦年轻人的诗能长久地存在，轻轻抚慰人们的心。若能如此，就算自己成为世上最卑鄙无耻的小人，也无所谓。然而，年轻人用事不关己的粗暴语气反问：“为什么？为什么全世界都疯了，我却不能堕落？”

这是杉山未曾预料的回答。无言以对的郁闷，让杉山恼羞成怒。劳役场里木棒代表一切，但木棒没法儿强迫一个人写诗。就算用刀枪胁迫，也无法让一个人写字。

杉山嘴里吐出一句咒骂：“他妈的，随便你啦。”

那不是在咒骂东柱，而是对龌龊时代与冷漠神祇的辱骂。残忍的神给了东柱挖掘语言、推敲润色的天赋，同时却剥夺了他使用母语的机会。对东柱而言，写诗的才华不是祝福，而是灾难。该痛恨这样的时代吗？

杉山摇了摇头。他不想恨，只想调整。如同调整钢琴琴弦般，将扭曲、错乱的时代重新归位。如果做不到，至少让年轻人已然堕落、岌岌可危的灵魂恢复本色。他掏了掏口袋，拿出一张折叠的纸片，递到年轻人的面前。

“看！这是什么？这是诗！”

东柱的视线如上钩的鱼一般，跟着纸上的文字转。

说不定，那根本不是诗。然而，正如东柱所说的，包含了真实的文字就是诗，那么，这张涂鸦纸片上的字或许也可以称为诗。尽管只是短短几行的句子，但绝非谎言。至少在他写着歪歪扭扭的句子时，不是残酷的看守，也不是冷漠的审查官，而是一个真实的人。

杉山接着说：“没错，连我自己也不敢相信，我竟然不是握着木棒，而是握着笔，写了这首诗。你知道为什么吗？因为我想让你看到，连像我这种只会把人打得半死的家伙也会写诗。你为何还要放弃？”

发黑的再生纸上潦草的字迹，将东柱的眼睛卷了进去。年轻人如浪迹远方归来的游子，嘴角挂上微微的笑意，马上又摇了摇头。那是无法写诗的诗人之悲哀，无法唱歌的歌手之叹息，无法流泪的小丑之干笑，无法欢呼的长跑胜利者之绝望。

杉山定了定起伏如风箱的呼吸，说：“你为什么不想写诗了？”

“因为这座监狱里的朝鲜人只能写日文。”

东柱的话如劈裂干柴的刀斧，沉重而具破坏性。杉山受到了莫大冲击，觉得自己的脑袋被劈成两半，再破成碎片散落四方。这是一句宣言，表明了一个国家的语言不仅仅是单纯传达意义的工具，还是包含了一个国家历史存在的宪章，承载了一个人灵魂的容器。现在，承载年轻人贫穷灵魂的容器摔破了，散落在审讯室弥漫着血腥味的地板上。造成这一切的人，正是身为审查官的自己。是自己，狠狠毒打了用朝鲜文写诗的他，再送进禁闭室；也是自己，一把火烧光了他的诗。内疚如虫蚁般爬上他的脸，杉山好不容易才开了口："你的诗，不管是朝鲜文还是日文，都没关系。因为那已不算是朝鲜文，也不算是日文，而是属于你自己的语言。"

不能因为年轻人的诗是朝鲜文，就说那不美丽。虽然杉山自己是日本人，读了年轻人的诗，也感到激动不已。他感到羞愧，感到自责，也想起了遥远的故乡，想起久远前的那个女人。东柱的诗已经超越了语言。

"在四面封闭的监狱里，为什么要写些根本没人读的诗？"

年轻人的话如尖尖突起的钉子，戳刺着杉山。杉山的眼角隐隐跳动。

"你别以为没人读你的诗，至少我会读。所以，就算为了我，继续写诗吧！"

为一个人而写的诗……至少比没人读要好，不是吗？杉山突然紧紧地抓住东柱的囚服衣襟。

"你是个诗人啊！所以你必须写诗。"

然而，他毕竟不是诗人。他虽然想成为一个诗人，但没能出版诗集，也没有人称呼他为诗人。唯一说他是诗人的，只有杉山。但，这无关紧要。不管他是不是诗人，终究是诗把他带进了监狱。杉山哀求着继续说："诗是你活着的唯一证明。诗死了，你也等于死了！"

东柱咬紧牙关，他还没有软弱到想死的地步，他的生活也不是那么悠闲的。

"我不会死的，十一月三十日那天，我会用我的脚走出这个地方。"

监舍窗棂边上，有只野猫正盯着他们看。细瘦的肩骨凹陷，颊旁的硬须黏糊在一起。这家伙既然能跑进这座荒芜的监狱，必然某处也有出去的路。何时能找着那条路？或许永远找不到也说不定。

“运气好的话，或许能活下来。但千万不能相信运气，有愈来愈多的囚犯死掉了。如果你没法儿从这里活着走出去，你脑袋里的诗也会永远被埋没。”

杉山一点都不愿意他的诗就这么烂在牢房里。东柱毫不在意的目光投射到遥远的空中，他的眼神清楚地表示，再也不愿意将杉山牵扯进这件事情里。时刻变换的碧蓝晴空倒映在他的眼底，不断跳动。杉山想在那片天空放起一只小小的洁白的风筝。他不自觉地把手上拿着的风筝和线轴递了过去。

“好，如果你不想写诗，总可以放放风筝吧！你不是喜欢放风筝吗？”

望着风筝的东柱，一只眼里闪着愉快的光芒，一只眼里却埋藏着绝望。那眼神似乎在反驳说，其实关在这座监狱里的犯人全都喜欢放风筝。

“所有人都等着你从禁闭室出来以后，再次放起风筝。”

杉山用下巴指了指闹哄哄的操场，使劲地把线轴递了过去。男人们充满期待的眼睛全都转向了东柱。不得已接过线轴的东柱，下了决心似的闭上了眼睛，感受着风的势头和方向。杉山提着风筝，走到几步距离外。年轻人就像薄纸细竹做成的风筝一样，是只无法乘风而上的风筝，无法在天空翱翔的风筝。然而，风一旦吹起，风筝就会因为本身柔弱的骨架、薄薄的皮肤而高高升起。风一吹起，年轻人就开始奔跑。杉山轻轻地放开提在手上的风筝。仿佛正等待着此刻一般，风筝瞬间飞向高高的天空。

几天后，监狱高墙的上方又出现了熟悉的蓝色风筝，囚犯全都屏住了气息。蓝色风筝如同发现猎物的鲨鱼一般，在周围不停地绕着，试图挑衅。东柱赶紧卷起线轴，好收回风筝。但是有一股顽强的握力，按住了东柱的手。

“为什么要躲避？”

这不是质问，杉山不用听也知道答案。东柱一定认为，如果风筝掉下来，注视着风筝的朝鲜人必然会陷入绝望。杉山瞪着年轻人磨损破旧的囚服衣领，大声咆哮：“掉下来就掉下来，上去斗！老是避来避去、低声下气的，有什么用？”

东柱思忖片刻后，下定决心似的放松了线轴。从线轴放出去的风筝，又朝着天空高高升起。蓝色风筝摇摆着尾巴，随之上升。杉山猜想，蓝色风筝必然在风筝线上抹了玻璃粉末。东柱大概打算飞升到最高处后，利用强风一起掉落下来。他认为，这是就算赢不了至少也不要输的背水一战。

蓝色风筝改变方向，靠了过来。东柱用力握住线轴，细长的风筝线切入掌心里。蓝色风筝挡着风，突然接近，东柱的风筝摇摆起来，男人们爆发出惊叫声。风强力地吹了起来，东柱的风筝颠倒着打了好几个转，紧紧缠住蓝色风筝的提线。现在就算线断了，两只风筝也会像水鬼一样，彼此缠住一同掉下来。随着啪的一声的感觉，风筝线切入手心的痛感也跟着消失。失去重心的风筝，飞了一阵子后，晃动着尾巴开始往下掉，蓝色风筝也跟着掉了下来。东柱默默地卷起断掉的风筝线，操场上的男人喧嚣不已，还夹杂着轻声欢呼和鼓掌声。

“那些人根本不在乎胜负，他们只想看到风筝飞越监狱高墙就好。”

杉山用下巴指指操场，微微笑着。虽然没能赢，结果如此，也不算输。关押在铁窗里的男人，放飞的不是风筝，而是他们的心。因此，只要风筝能飞出监狱高墙，他们就觉得快乐。男人们想象着，他们的灵魂脱离了监狱，踩在自由的土地上。

杉山深深地注视着风筝，说：“你也不该在这泥沼里打滚儿，该远走高飞才对。所以，你难道不该写诗吗？”

东柱在脑中幻想直上青天后俯瞰地面的情景。一望无际的大海，一波又一波的浪涛，阳光下闪闪发亮的港湾，甲板上的船夫，放风筝的孩子，穿着红衣的男人，高大的白杨树，木偶似的看守，还有包容这一切的夏日空气。本馆屋顶上的巨大穹顶闪着黄铜色的光芒。东柱想，或许真的如此……自己能再动笔写诗。

每个星期二，东柱会把风筝放上监狱操场上空。通过细长的风筝线，能感受到高墙外面的那个少女。红扑扑的脸颊，紧闭的双唇，她的目标不在胜利，而在于能支撑多久。蓝色风筝也不是为了要割断别人的风筝线，而是想和人对话，才去缠风筝线。当东柱放松风筝线的同时，她也跟着放松。当东柱卷起风筝线，她也跟着卷起。每当东柱的风筝一摇摆，她就会拉紧风筝线，让风筝受风。两只风筝时而松线相缠，时而卷线低飞，互相戏弄。靠过来，又退远去，一会儿缠紧，一会儿分开，简直花样百出。白色风筝打着转往下掉时，蓝色风筝则从反方向旋转，往上飞。白色风筝翩翩起舞时，蓝色风筝也随之舞动，双双在碧蓝的天空中，秀出最美丽的舞蹈。

过了一段时间，蓝色风筝又来挑战。了解了风向和风势后，乘着强风，割断了风筝线。东柱的风筝被割断后，随风摇摆，在天空中远远地飞走。望着消失不见的白色风筝，囚犯们拍拍胸口。他们觉得自己的梦想也随之飞到遥远的地方去了。每当如此，杉山总会笑着自言自语：“很好！飞走了，飞得远远的了。”

东柱无法理解他那无聊的笑容。两只风筝的华丽飨宴，是福冈监狱唯一美好的风景。穷困，虽然艰辛，然而有时也能净化人类的灵魂，鼓励人类的精神。监狱里虽然生活很痛苦，但也是做梦的好地方。因为没有自由，所以可以梦想自由；因为没有希望，所以可以梦想希望。

文句反映说话者的心情吗?

就拿“我无法离开”“我不会离开”和“我不愿离开”这几句话来说，哪里相同？哪里相异？三句话所得到的结果，其实都相同。全都暗示了“我”不会离开。那么，可以说三句话是相同的吗？三句话表现在意思上的差别，和说话者心情上的差别，该如何判断呢？

再者，“你想怎样”和“你要什么”的差别呢？两句之间的差别不在于意思，也不在于说话者的心情，差别在于对待对方的态度。“你想怎样”，是一种顽固自我的表现方式；“你要什么”，则是一种为他人着想的体贴利他表现。

因此，文句不是反映说话者的心情，而是代表说话者本人。

——杉山笔记

15

数星星的夜晚

杉山靠着冰冷的砖墙站着，他从口袋里窸窸窣窣地掏出一张老旧的纸，摊开来看。冬阳落在潦草写下的字迹上，杉山不出声地读着诗：

锈迹斑斑的铜镜，
映照着我的脸，
究竟是哪个王朝的遗物，
令我感到如此羞愧。

词语和标点符号，一个个如水滴般凝结在心上。年轻人骨瘦如柴的影子慢慢接近，杉山抬起头来。冷风中，两人互相确认着彼此的灵魂都刻画着相同的纹理。杉山小心翼翼地折起纸片，放入口袋里。

"你为什么要留着那首诗？"

年轻人的话听起来不像质问，而像追究。杉山无法回答，他不敢说当自己读着诗的时候，总有一种心灵得到安慰、身心受到疗愈的感觉。

他没办法说出那种失而复得的心情、久旱逢甘霖的喜悦。因为把年轻人的诗付之一炬的不是别人，正是自己。

从禁闭室里好不容易才活着出来的年轻人，无法再写诗了。唯有杉山自己，才能拯救那些消失的诗。因此，他变得十分焦躁，仿佛被什么驱赶似的，开始背诵年轻人的诗。怀着祈祷的心情读诗，以告解的姿态诵诗。然后将抄录下来的诗当作护身符，藏在口袋深处。死记硬背下来的诗，雪花一般飘落在他的灵魂上，纯白的语言一点点堆积在他心上。

“如果我能从诗里得到安慰，所有人都能得到安慰。如果诗能安慰一个人，必然也能安慰所有的人。”

东柱静静地闭上眼睛，那些诗很早以前便已灰飞烟灭。白杨树上，传来乌鸦振翅的声音。东柱脸上沾着薄冰，似乎还发出窸窣的声音。

“说不定……那本诗集还在。”

杉山的眼睛一下子睁大了，自己亲手烧掉的诗集，如果复本还存在于某处，就表示诗也保留了下来，那么自己烧掉诗集的愧疚感或许也能减少一些。只是，战争时期，盼望诗还能保存下来是多么愚蠢的事啊！他用力摇晃着东柱的肩膀问：“那些诗在哪里？”

东柱挑了挑整齐的眉毛，望向遥远天际。

“我也不知道，那些东西，很早以前就不在我手上了。”

*

东柱无法知道自己的诗集在哪里，也不确认是否还留在世间。

延熙专校时期，他埋头猛写诗，读书，沉醉在音乐里。下午总是在旧书店和音乐茶房里流连。每次回到宿舍，就会熬夜阅读新买回来的书。廉价的书架上摆满了书：《文章》《四季》《诗与诗论》等文学杂志，《现代朝鲜文学选集》，纪德、瓦莱里全集，陀思妥耶夫斯基的研究书，里尔克诗集，存在主义之父克尔恺郭尔和《圣经》,《凡·高评传》和《凡・高书简》。他把散步时从小径捡来的落叶，写上地点和日期夹在书页里。那个时期，每天所看到的一切都是如此新鲜，所有的东西都是如此耀眼。

然而，战争的利爪并未饶过他的生活。在京都度过的日子，严酷得无以复加。年轻人被拖到战场上，战争物资的献纳，使生活过得更加拮据，也迫使他必须离开宿舍。新寄宿房的房东是小说家金松，他是特高课关注的对象，连带他家里的寄宿生也成了被监视的目标。特高课的刑警连学生的一举一动都二十四小时严密监视着。每天晚上都会闯进来，抄下书名，没收抽屉里的书信。他虽然打包搬家，却发现在这世上，没有哪个地方能避开残酷的统治与监视的触角。

殖民地的年轻人能去的地方，不是军队，便是监狱。好几个朋友被剃光了头发，绑上红头巾，强制拉上战场。还有些朋友被拖到警察局，打得半死进了监狱。不管去了哪里，他们的终点都是坟墓。朝鲜人看不到未来，战争也看不到结束之日。他每晚盘腿坐在矮书桌前，将灵魂的吊桶投入黑暗中。写不下去的诗，想写没法儿写的诗，慢慢地愈积愈多。揉成一团丢在地上的纸，黑漆漆一团的涂改痕迹，断续不成文的句子，还有破碎四散的语词……

毕业在即，他将十九篇诗作抄录了三份，做成三本诗集。其中一本自己留着，一本交给同样寄宿的郑炳昱，最后一本带去找大学恩师李阳河，想请恩师写篇序文，就算只有几十本他也想出版。老师却摇了摇头。这本诗集内容不仅反动，而且危险。如果特高课看到《十字架》《悲伤族群》《另一个故乡》之类的诗，一定会露出狰狞的犬齿一口咬过来。老师劝他，等个好时机再说。他问老师：“何时才能出版这本偷藏起来的诗集呢？”

老师无法回答。他再问自己：“那天真的会到来吗？到了那个时候，十九篇诗还能剩下多少呢？”连他自己也无法回答。

*

“你的意思是说，还有两本和被烧掉的那本同样的诗集留在朝鲜？”

“那是三年前的事了。连我自己都没法儿守住的诗集，谁还能帮我守住呢？”

岁月不是以一张笑脸靠过来，而是瞪着眼睛攫住他们，将他们撕成碎片。东柱该祈祷的不是诗，而是以学兵身份被拉走的好友能活着回来；也不希望自己的恩师因保有反动诗集而遭遇危险。然而，杉山更愿意相信的是，他的朋友和老师，即使在时代的狂风巨浪中依然能守住他的诗集。这难道是个无谓的希望吗？或许吧！此刻，是处在连自己性命都难以守住的战争时期，不是吗？[①]

“今晚，星星也会出现在天空吧？”东柱渴望地问。

杉山点了点头。每天晚上，东方的天空都会有启明星升起，还有北斗七星像水车般在辽阔的天空围着北极星转动。银河如泼了一地的牛奶，明灭闪烁的群星不断眨着眼睛。四射的光芒如孩童般叽叽喳喳，窃窃私语个不停。他忍不住想着在黑暗牢房里渴望着光芒的年轻人。他的天空，不会有星星亮起。夜晚，年轻人躺在牢房里，只能对着天花板描绘想象中的星星。静如墓室的牢房，不会出现闪闪发光的星星。或许年轻人认为，

① 原注：尹东柱的好友郑炳昱即使被拉去当学兵，也依然赌上性命，完整地保存了《天、风、星星与诗》。战争结束后，担任《京乡新闻》记者的郑炳昱，将奇迹般保存下来的尹东柱的诗作介绍给世人，并出版了其遗作《天、风、星星与诗》诗集。

光芒已经从世上消失了，再也不会有星星升起。然而，杉山想让他看到，光芒还没从世上消失，只要到了夜晚，星星一样会升起，生命也还存在着希望。而杉山自己，也想确认这个事实。

那天晚上十点，杉山拿起了木棒，站在监舍走道的铁窗前面。哐啷！铁门打开的声音，仿如监舍所发出的哀号。二十八号牢房位于走道右侧的末端。

“六四五号，出来受审！有关你著作的审讯案。”

男人们全都屏息翻了个身，往睡乡里躲去。大半夜被叫出去的人，很少能一身完好地回来。大锁被打开的声音响起，门打开来。执勤看守绑住他的两臂，在手腕上加上手铐。杉山在提领犯人清册上签了名，用木棒嘭地刺了刺六四五号的背。木棒尾端传来突出的肋骨和薄薄皮肉的感觉。衰弱的身体仿佛刻在灰墙上的阴刻壁画般深深陷入。通往审讯室的走道又黑又远，弯弯绕绕。两个人走过了审讯室，继续向前走。脚镣发出咔啦咔啦的悲鸣，东柱突然感到害怕，看守究竟要把自己带到哪里去？

他们站在如白盐撒地般一片光亮的监狱操场前面，细瘦的白色脚踝与穿着老旧军靴的脚并排穿过操场。高处岗哨传来机关枪拉开保险栓的声音，探照灯瞬间照射到他们身上。杉山赶紧扯开喉咙喊：“我是隶属看守部的杉山都灿，正在现场审讯六四五号囚犯。”

高处岗哨看守确认了事先以看守长名义申请的现场审讯许可书，接着将探照灯以圆形轨道转了个方向。风吹过白杨树梢，发出沙沙的声音。白杨树在夜晚的空气中膨胀起来，像块柔软的面包。他们并排靠着白杨树坐了下来，年轻人的口中哈出白色的雾气。真好！白色的雾气，证明他的身体还很温暖，人也还活着。

星星射下好几道光芒，冰冷的空气里，雪如细筛般筛过星光。风在苍白的脸颊和太阳穴刷过一层冰冷的寒气，年轻人听到自己胸口传来剧烈的心跳声。杉山松开年轻人身上的缚绳，打开手铐。

冰冷的夜晚空气里，飘浮着棉花糖般甜甜的味道。年轻人深深地吸了一口气，嘴里呢喃着听不懂的话。他的口中，是曾在母亲怀里撒着娇说过的，在故乡山野里奔跑时说过的，在狭窄的寄宿房与诗和音乐对话过的，那是无法从嘴里吐出而必须吞下的——被剥夺的母语、破碎的灵魂。

数星星的夜晚

季节轮转的天空里，
秋意盎然。
我无忧无虑，
仿佛能数清秋季所有的星星。

然而，曾经一颗两颗镌刻在心上的星星，
如今却数也数不完，
是因为清晨太快破晓，
是因为明天还有夜晚到来，
是因为我的青春尚未到尽头。

一颗星星，是回忆，
一颗星星，是爱情，

一颗星星，是孤单，
一颗星星，是憧憬，
一颗星星，是诗，
一颗星星，是母亲，母亲。

母亲啊，数一颗星，我呼唤一句美丽的话语。
有小学同桌孩子的名字，有佩、镜、玉这类异国少女的名字，
有早为人母的小丫头的名字，有贫穷邻居的名字，
有鸽子、小狗、兔子、骡子、獐子，
还有雅姆、里尔克这些诗人的名字。

他们都离得太远，
如星星般遥不可及。

而您，母亲，
也在遥远的北间岛上。

我无端地思念起来，
在这繁星光芒四射的小山丘上，
写下我的名字，
再用土掩盖起来。

竟夜鸣唱的小虫，
为这羞耻的名字而悲伤。

然而，当冬日到头，星星也迎来了春天时，
如墓上芳草满地，
掩埋我名的那片山丘上，
也会有嫩草傲然而起。[①]

发紫的双唇间流淌出晶莹如盐的诗语。这是抚平伤痛的雪白悲伤颗粒，是以天空为中心绕着同心圆的星轨，是在黑暗中滑步的星星的圆形足迹，是人类如星辰在黑暗里沿着自我轨道运转的行踪，不是吗？杉山想。星星也会发出脚步声吗？不然，还是害羞地只敢发出怯怯的摩擦声？如果能听见庞大的星群行过天空的声音……如果能了解数不清的星星发出的声音的音符……

流星忽闪，从头上掠过。如果看到流星，所许下的愿望必然会实现，年轻人此刻却不敢许愿。因为对他来说，有太多无法实现的梦想和愿望。杉山许下了愿望，希望年轻人能从这残忍的时代平安脱身。点点星光似乎无法承载自己的重量，如凝结在玻璃上的水珠顺着眼角流了下来。风一吹，湿湿的脸颊凉凉的。

回到审讯室后，杉山摊开审讯报告用纸。僵硬如石膏像的东柱，嘴唇一动一动地，吐出用日文翻译的《数星星的夜晚》。东柱吐出的光洁耀眼如丝绸的言语，在时代的狂风暴雨面前，颤巍巍若风中之烛。假如连这颤巍巍的闪亮也消失了，还有什么可指望、可梦想、可依靠呢？如果有一天，战争结束，龌龊的风也停息，自己却没能守护好他的诗，内心又会如何深切自责？唯一能守护年轻人诗作的，只有自己。杉山在笔

① 原注：在《正本尹东柱全集》的原文里，并没有最后一段。但考虑到诗人亲笔所写的草稿，本书还是收入最后一段。

端饱蘸墨水，耳中听着一句句诗文，写了下来。黑沉沉的审讯报告用纸上，一字一句如星星般闪现。《数星星的夜晚》，杉山小心折起写好的审讯报告，放进口袋里，仿佛这首诗是一份世上独一无二的秘密文件。

第二部

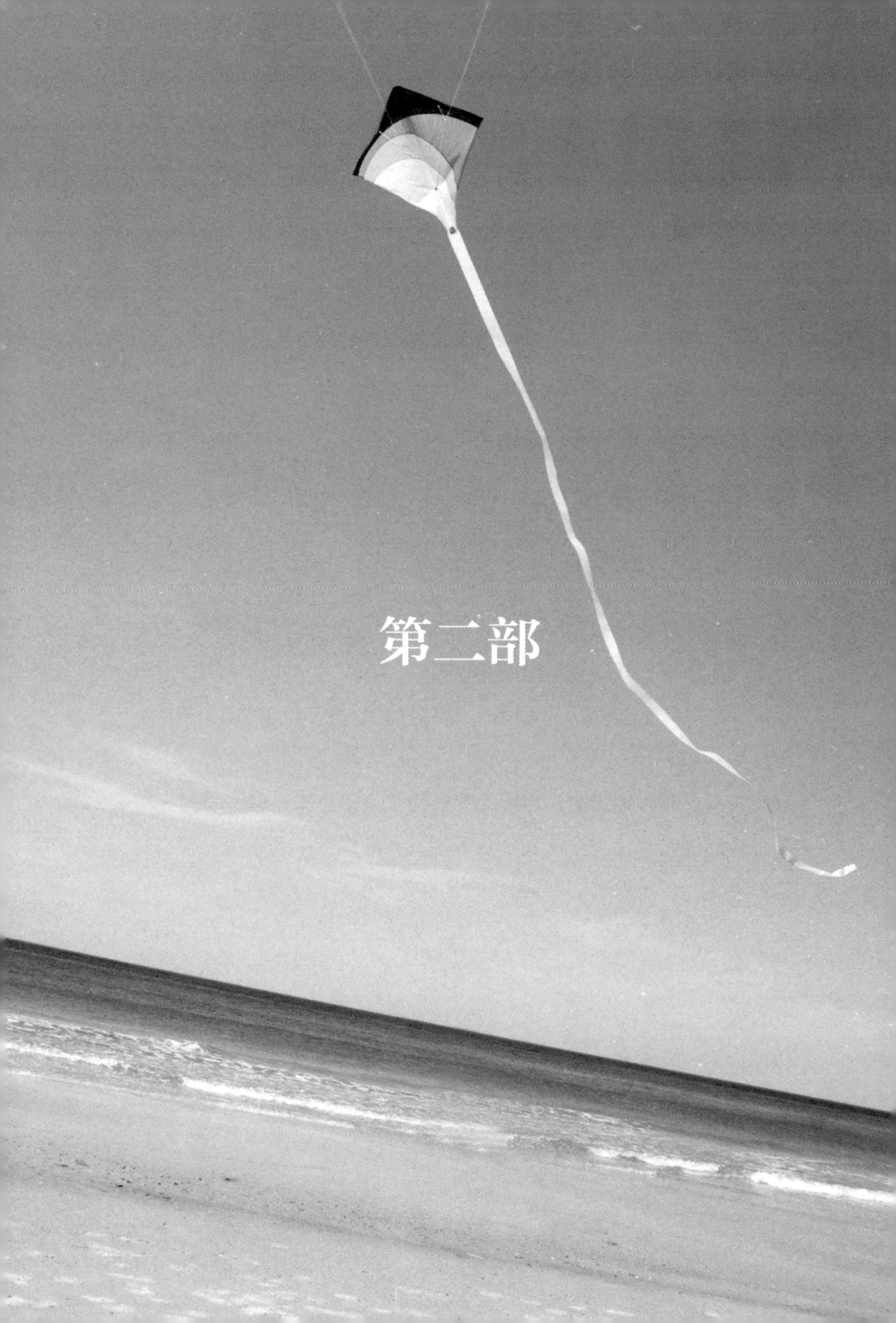

16

绝望如何能转化为歌声

典狱长和院长都闭上了眼睛，沉醉在岩波绿的钢琴演奏中。演奏一结束，典狱长如大梦初醒般热烈地鼓掌。

"演奏得太棒了，小绿小姐！请好好准备音乐会的练习，整个福冈市都在关注着。"

典狱长开心地大笑，连镀银的臼齿都露了出来，似乎将他在脑袋里打转的肤浅想法，全都在嘴里闪闪发亮的银牙中表露得一清二楚。他想的是，一场凶恶的朝鲜囚犯的音乐会要在监狱里举办！仅凭这点，就是一个特大消息，不是吗？参加的来宾，包括内务大臣在内的各部高层官员，一定会对监狱以及管理监狱的典狱长留下很好的印象。还会有无数记者蜂拥而来，自己可能因此名扬全国。而且也已邀请了同盟国德国、意大利的大使和外国记者，自己的名声或许还能传到国外也说不定。愉快的猜想首尾相衔，源源不断地冒出来，典狱长情不自禁地发出一连串笑声。

岩波绿的演奏善意地改变了在场聆听的人。确认所有情况均对自己有利后，她不想错过转瞬即逝的机会。于是她以“想拜托一件事”作为开场白，提出要求。虽然这句话让人感到唐突，但典狱长还是兴冲冲地等着她接下来的话。她说：“音乐会的最后，希望能加入一支合唱曲。”

典狱长一脸兴致盎然，捻着小胡子问：“合唱？谁来唱？谁负责训练？”

“唱歌的人，监狱里多的是。”

岩波绿的声音甜美柔润。

“你是指那些囚犯？”

典狱长像吃了一嘴芥末似的，脸色铁青。凶暴的朝鲜囚犯，在包括内务大臣在内的高官面前唱歌？

岩波绿回答：“因为是囚犯，反而能使音乐会大放异彩。如果他们能唱出柔美的歌曲，就表示帝国的刑罚制度有效地教化了凶恶的罪犯。”

“这是著名的丸井安二郎先生的独唱会，你是打算搞砸全日本最优秀声乐家的舞台吗？”

岩波绿迟疑了一下，从护士服口袋里掏出一封信递了过去。典狱长一脸怀疑地接过了那封信。

岩波绿说：“这是昨天才送来的丸井老师的信，老师已经同意了。”

典狱长摸着小胡子，心里快速地盘算着这个计划能带来的得与失。如果在监狱举办音乐会是打破既有观念的杰作，那么囚犯的合唱也没什么不行吧？最优秀的声乐家和最凶暴的囚犯一起合唱，等于是在自己描绘的监狱音乐会大计上添加了翅膀。搞不好，还能在全国一举成名。典狱长冷冷地注视着岩波绿，这丫头竟然敢在我的计划上丢出自己的牌。没关系！反正我们都是一条船上的人，目的也相同。

“那么，也就没必要犹豫了。不过，朝鲜人都是一群没有纪律的恶棍，会有人愿意参加合唱团吗？就算有，也得彻底监视，不然不知道他们会做出什么事来……”

典狱长一脸担忧地念叨着，杉山本能地站了出来。

“请不用担心，到了练习时间，我会好好地护送他们过来，监视他们练习。”

他的话发自真心，只要能让自己调过音的钢琴演奏音乐给人听，他什么都愿意做。不管是什么人、抱着什么目的都无所谓。

岩波绿说：“曲目就是威尔第的歌剧《纳布科》第三幕第二场的合唱曲《希伯来奴隶合唱曲》。”

“威尔第……威尔第是……”

典狱长还在喃喃自语，想破了头，院长代替岩波绿把话说下去。

“如果同盟国德国有瓦格纳，意大利就有威尔第。在米兰的斯卡拉大剧院获得空前成功的《纳布科》，是承载了意大利希望的国民歌剧，让饱受分裂与战争之苦的意大利人掀起一阵强烈渴望统一国家的爱国心。其中《希伯来奴隶合唱曲》被视为意大利第二国歌，也是在威尔第葬礼上演唱的歌。雄壮威武的气氛，就算只以男声部来编曲，也很动听。

典狱长决定破例支持这个合唱团，被选为团员的人给予免除劳务，提供特别餐点。这可不是出于人性的体恤，而是为了自己的计划所必须采取的措施。对于囚犯来说，如果能在每天一餐的饭团之外，就算只多上一粒米，他们也会拼命去争取。院长为了选拔会和练习的事情，允许岩波绿空出下午的勤务时间。

选拔会总共花了一个星期的时间，岩波绿为每个护送到大礼堂的囚犯敲着琴键，校准基本音，看着他们发声，然后在团员名册上仔细记录下对音色、音量、适合声部的评价。一个星期后，选拔出七十位团员。

第二阶段更精密、更复杂的评选接着展开。这个阶段主要观察是否能发出正确的音程，让他们随着不同的音发声，马上就有很多人在高音处破音或无法跟上旋律。岩波绿侧耳倾听，一一在名册上记录下来。

又过了四天，七十人只剩下四十二人。按照音色和发声音域，分成低、中、高三声部，各安排十余人。音量好、音感强的团员，另外指派为声部长。曾经就学于上野音乐学校预科，后以反动思想罪名被送进监狱的韩大明为团长，担任指挥。典狱长也按声部重新指定牢房，让团员集中在一起。

杉山则同时负责钢琴的调音和团员的护送工作。每到星期一，他就会到各声部的牢房，给团员一一戴上手铐脚镣，才让他们走出牢房。男人们发出哐啷哐啷的声音，朝着医疗大楼走去。

练习时间的大礼堂可说是一团乱。团员看不懂乐谱，缺乏对音阶的基本认识。对于不知乐谱为何物的男人们来说，威尔第的歌剧就像一件不合身的衣服，令人抗拒。对叮当响的钢琴声感到陌生；听自己的歌声也觉得像别人的声音。他们蜂拥到大礼堂的原因，只是为了可以免除劳务，得到特别配给罢了。杉山在一片嘈杂的噪声中，感到茫然若失。

正式开始练习之前，岩波绿要求解开团员的手铐，她的理由是为了能够好好发声，必须挺直胸膛，保持端正的姿态；如果戴上手铐，身体就会向前缩，肺部受到压迫，就无法吸入充分的空气，难以发出完美的声音。典狱长不知道该责怪她不懂事，还是该赞叹她的勇气。

“如果囚犯暴动，怎么办？”

岩波绿没有回答，反而用十根手指用力地按下琴键。沉重的钢琴声让男人个个停止了吵闹，只不过是按一次键，就镇住了整个骚乱的场面。

一瞬间，仿佛森林中的卧虎长啸。按一次键，比千万句话更值得信赖。典狱长一脸不乐意地说："好！但脚镣就不能让步了。反正戴着脚镣上台，就很有希伯来奴隶的味道了。"

因此，团员解下手铐，戴着脚镣，全都像个扫帚般茫然地站着。岩波绿环视了一圈集中在自己身上的茫然的目光，开始弹奏《希伯来奴隶合唱曲》的伴奏部分。她把乐谱分发给各声部的部长，分声部演奏旋律，让他们慢慢地熟悉主旋律。

下一个星期如此，再下一个星期也如此，大礼堂依然充斥着噪声。不是各唱各的，就是荒腔走板，一片混乱。不要说威尔第，连一首童谣也唱不出来。岩波绿仍旧不知疲倦地敲着琴键。她不断检验团员的声音，修正他们的发声，监督他们收起小腹，用腹部呼吸。随着时间过去，一团噪声渐渐变得和谐起来，就像铁块在无数次锤炼后化为利刃。不知从何时起，噪声成了歌声，歌声成了音乐。从只会骂脏话和长吁短叹的口中，流淌出了动人的歌曲。

男人们不禁开始倾听自己的声音，那是他们曾经失去的声音。歌唱，再也不是一顿饭和免除劳务的借口。他们歌唱的原因，是为了找回失去的自我。因为歌声，他们知道自己是谁。练习结束后，他们再按照高、中、低声部列队。杉山确认了人数，戴上手铐，喊起了口号。

"返回牢房，向前走！"

一群囚犯便如红色的毛毛虫一般，蠕动着向前走。回到牢房后，即使没人下令，他们也会唱起歌来。不分时间、地点地练习发声，和隔壁牢房的其他声部一起练习合声，连牢房厚厚的墙壁也无法阻隔他们渴望和谐歌声的念头。低音、中音与高音，各声部的声音逐渐融为一体。

一个月后，连脚镣也无法再禁锢他们的歌声。他们如同一群朝着礼堂而去，准备神圣祭祀的祭司。阳光透过宽大的窗户照射进来，礼堂就是一座只为了仪式而存在的神殿，完美修饰的声音与阳光中的尘埃一同飞舞。歌声向各声部集中，各个声部又如同粗绳般牢牢地被捆绑在一起，向空中的某一点爆发。这是长久的积郁、无奈的叹息、难以喘息的压抑与悲鸣淬炼出来的歌声。歌声不是发自高洁的权势者，而是来自最底层的囚犯。

岩波绿的钢琴声如同一只毛皮闪着黑色光芒的大型牧羊犬，引领着一个又一个声音，抚慰疲倦的声音，镇压抗拒的声音，推动落后的声音回到各自的群体中。羊儿虽然有时迷路，有时找不到方向，但很快就能回到原来的位置。她的指挥棒就像牧羊人的手杖，引导着歌声。歌声里，慢慢有了骨架，长出了肌肉。她一点也不草率，一点也不懈怠，调整着声音的明暗、强弱和冷暖。

歌声比天空还要湛蓝，比大海还要清澈，比星星还要明亮。如苦行僧般专注的囚犯，从体内发出优美的声音，与尘埃、阳光一起在空中缭绕，浑然合成和谐的歌声。听着这样的声音，杉山像是找回了自己多年前便已失去的器官——心脏，在美丽歌声中感动不已的灼热心脏。同时，他也领悟到自己不是野兽、而是人类的事实。

一架钢琴的组成零件

百分之七十的木头、百分之二十一的金属，其他物质百分之九。
八十八个键，二百三十余根弦，数百个轴承和螺丝，
最大二十七吨的张力，
木头、金属、纤维与皮革，还有少许塑料，

从A到C有七又四分之一音阶。

一架钢琴能做的事情

贝多芬、舒伯特、门德尔松、肖邦、舒曼、李斯特、勃拉姆斯……

奏鸣曲、交响曲、室内乐、爵士……

数百名观众和掌声，

一晚的篝火，

枪管、炮弹、军舰。

命运——贝多芬的《命运交响曲》，或者是我们自己的命运。

——杉山笔记

17

卫生检疫

在监狱里，所有的季节都是惨不忍睹的拷问。春天，冒出来的新芽不见希望，反而让人陷入深深的忧郁。夏天，严酷的温度和湿度带来汗臭和成群蚊子的叮咬。秋天，飘散的落叶和萧飒的秋风预告寒冬将临。冬天，时时刻刻露出利齿，猛扑上身。囚犯只能把白白的手腕藏在短短的袖子里，忍耐着残酷的四季。

森冈院长是在去年秋天的某天来到监舍的。典狱长和看守长并排带领院长参观，后面还跟着二十余名医生和护士，白色罩袍的队伍占满了第三监舍的走道。这是首次有人数如此众多的医疗队伍拥进牢房里。典狱长对着黑漆漆的走道尽头大声喊："打开所有牢房的门，看守各就各位！"

凌乱的军靴声四起，看守四散开来。到处都听得到钥匙插进锁孔，咔嚓开锁的金属声音。牢房门一打开，刺鼻的酸腐汗味和秽物的臭味扑面而来，院长仍旧面不改色。知性的气质、洗练的语言、柔和的表情，丝毫不显慌乱。看守在走道的两侧每隔五到六米的距离，列队站着。院长使了个眼色，随即有戴着口罩与手术用胶皮手套的医生和看守走进牢房。

“特别卫生检疫！脱光衣服！”

男人们面面相觑，慢吞吞地脱掉衣服。不明所以、行动稍有迟缓的犯人，马上就有木棍招呼上去。一时间，脱得精光的男人两两相对，站在床边两侧。医生的眼光仿佛穿透玻璃般，紧盯着男人因畏惧而起了鸡皮疙瘩的皮肤。医生测量了身高、体重，再用戴着手套的手翻开他们的眼睑细看，或是要他们张大嘴，仔细地观察口腔各个角落。进到牢房里的医生重新集结到中央走道，向等在那里的院长提交记录了犯人卫生状态、健康状态的检查名册。收好名册后，院长转过身去，白色的罩袍衣摆散发着刺鼻的消毒水味道。看着走道那端逐渐走远的院长一行，典狱长确信，戴着闪亮金边眼镜的那位绅士必然有助于自己的野心。身为福冈帝国大学医学院的教授，又是福冈监狱医疗大楼研究院院长，人品与经验兼备的他，不知道有多少制药公司和医疗机关支持他的研究，福冈监狱已然成为庞大的医疗事业中心。典狱长捻着往上卷的小胡子，忍不住哈哈笑了起来。

“卫生检疫结束！锁上牢房门！”

看守迅速行动，忙碌的脚步声此起彼伏。杉山始终神情不安地看着眼前的时间流逝。这一切行动，似乎是某种事件发生的前兆。时间不断地流逝，事件本身也不会就此结束。不管是出奇的好运还是陷所有人于死地的噩运，一切行为都是为了铺陈即将到来的命运。问题是，前兆是难以预知的。

第二天，典狱长下令让囚犯到操场列队。严密编制的队伍成了一种仪式刑具，束缚了彼此的自由，谁也无法向前跳脱，也无法落后不前。囚犯必须约束自己，也约束了别人。

典狱长站在讲台上，看着下面整齐的队伍，却不轻易开口。这是长久以来典狱长刺激囚犯焦躁心情的一种方式。时间总是站在掌权者一方，时间拉得愈长，人就变得愈焦躁。囚犯想要的，不是“好”消息，也不是“坏”消息，而是要“新”消息，因为没有比这狠毒的监狱生活更坏的消息了。囚犯全都用恳切的目光注视着典狱长的嘴。摆够了架子的典狱长，连同麦克风噪音一起，总算开了金口。

“你们得好好感谢京都帝国大学医学院医疗团队的卫生检疫！”

男人们开始议论纷纷，典狱长等他们的好奇心达到顶点，议论声稍微停下来后，才又接着说：“列岛最优秀的医疗团队前来诊疗不知羞耻的朝鲜人，难道不是大日本帝国的关怀吗？检疫过程中发现了相当多囚犯个人健康上的小问题。医疗团队将按照检疫结果，对健康水平未达平均程度或有需要特别观察处理的人，给予免费治疗。治疗对象将可在医疗大楼接受注射、服药和处理。”

男人们纷纷喜形于色，但他们不敢相信这个事实。然而，想到森冈院长，这似乎也不是那么不可信的事情。院长是个不同于典狱长的人，他宁愿离开安逸的大学，来到监狱，治疗被人抛弃的囚犯；还说服典狱长，在监狱里推动举办音乐会，是位有教养的医师。如果善行出自这位超越民族、仁心仁术的人道主义者，自然毋庸置疑了。

典狱长不理睬操场上闹哄哄的议论声，径自转身离开。讲台旁边的布告栏上，贴出密密麻麻写着囚犯编号的纸张。男人们全都挤过去看，不识字的人只好站在布告栏旁边直跺脚。看守长翻开名簿，喊出囚犯编号。被喊到号码的男人忍不住大声欢呼。健康不佳，明明是件不该高兴的事情。然而，能在干净的医疗大楼看到漂亮的护士，这个理由就足以让人高声欢呼了。一直到最后都没被喊到号码的人，纷纷挤到看守长前面。金万桥快步走了过去，说：“看守长大人，把我也加进去吧。我每天都没什么力气，眼睛也看不清楚，有快昏倒的感觉。”

看守长拿着指挥棒，扫过他的颈子，红色的棍痕马上肿起如蚯蚓。看守长拿着指挥棒挑起他的下巴说：“看你一下子血色就上来了，身体好得很嘛！”

随后又有一个憔悴苍白的男子走了过来，看他的眼白发黄，一眼便可看出患了黄疸症。

“我从很早以前就患了贫血，为什么只治疗好好的人，却把我排除在外呢？”

声音虽然没什么力气，但很愤慨。

看守长回答：“你自然有不合格的原因，看你额头破了个口子，流了不少血吧。有伤口的人都不行！不过，如果你愿意，以后机会还多得很，检疫会定期持续下去的。”

看守长大声地哄笑，连身体也跟着晃动。监狱里难得充满了欢呼声和笑声，典狱长、看守长、看守全都快活得很，只有躲在操场角落的一个人用不安的眼神愣愣地瞧着那群兴高采烈的人。

束缚着我们的东西

红色的囚衣，还是褐色的看守服，
粗而密实的铁窗，还是高高的砖墙，
高墙外有名为战争的铁窗，
还有死亡。

——杉山笔记

18

To be or not to be

审查室是杉山的办公室，也是他的隐居地、栖息地。如果要说哪里留有他生活与死亡的痕迹，那么首选之地就是这里。每当我走进审查室，总会习惯性地观察杉山在各个角落留下的痕迹，但总是一无所获。书桌和书架，还有文件箱子，一切一如既往。要说有什么特别的东西，也只有在书架和墙壁之间的狭窄空间，多了个老旧的木柜罢了。这个锁已坏了的木柜，似乎是杉山放置个人物品和衣服的衣柜。我从椅子上站了起来，走近柜子。如此看来，线索不是没有，只是我没找到罢了。

打开衣柜的门一看，里面挂着熨烫平整的典礼用看守服一套、冬季看守服一套，还有灰色的夏季看守服两套。下面的抽屉里，则紧密排放着老旧军用内衣、卫生衣、袜子、绑脚布，以及几块手帕。和杀人事件发生后所察看过的并无两样。干净利落的程度，足以让人推断出杉山带点洁癖的个性。

关上柜门的瞬间，摆在下方空旷处的一个大箱子映入眼帘。这个箱子在事件突发的当天也曾瞥见过，以为是集中放置待洗衣物的箱子，因而没有打开来看。现在一打开，一阵酸腐的汗臭味和闷闷的发霉味扑鼻而来，果然是待洗衣物箱。我看到一件软皱的冬季看守服裤子，突起的膝盖部分沾染着泥土。是曾经跪在什么人面前，或在崎岖地面爬行所造成的痕迹。拍是拍拂过了，但不经意间仍留有少许尘土。杉山的裤管上为什么会沾上尘土呢？一个几乎是住在审查室的审查官，有什么理由要屈膝在地面上爬行？再说，就算用膝盖爬行，监狱操场的泥土也只要拍一拍就会飞走，不是吗？我翻看了一下挂在衣柜里的看守服裤管。果然不出所料，所有衣服的膝盖部分都留有淡淡的土块刮痕。这些痕迹必然与在验尸室看到杉山膝盖上的伤疤有关。他曾经在潮湿的泥土和尖利的石砾地面上向什么人跪过。夏服和冬服全都留有痕迹，看来时间应该超过了六个月。

到底为了什么事情，他得向人下跪呢？

审讯室沉重的门打了开来，崔致洙走了进来。许久没刮过的胡须犹如乱草丛生。他凹陷却明亮的眼睛注视着我的肩膀，一枚浆挺发硬的新徽章。

“恭喜你啊，晋升啦！”

我有点不好意思，也有点抱歉。虽然非我所愿，但这枚上等兵的徽章，是以他成为杀人犯换来的。他露出白牙笑了起来。

“是啊，人死都死了，活着的人就该好好活着。该晋升的晋升，该休假就休假。”

崔致洙随便地坐到椅子上，他的身上透着一种等死的疲倦，以及想快点了结一切的焦躁。

我解开看守服上面的一粒扣子，开口说：“我想问你关于平沼东柱的几个事情。”

“为什么又提到那个伤脑筋的家伙的名字啊？那个人和我不是同类人，不管用何种方式，我都不想和他有任何交集。”

他虽然一下子提高了声调，但眼神有点闪烁。

“你说得没错！时常进出禁闭室的那些人都是你的支持者，他则是想跟你好好相处也相处不来的人。不过，为什么这个和你处于不同极端的人，也老是进出禁闭室呢？”

他抬起戴了手铐的双手，粗鲁地摩挲杂乱的胡须，响起沙沙的声音。我趁他不注意的时候，偷偷吞了口口水。

“那家伙为什么到禁闭室，在那里干了些什么，我可不知道。你想知道的话，不要来问我，而该去问他。”

他似乎已经整理好思绪，我得再扰乱一下才行。

“你说谎，不然就是知道些什么，却不愿说出来。因为你曾经派打手把从禁闭室回来的尹东柱打了一顿，还在他脸上留下了青紫的伤痕。”

“你怎么知道？”

“死去的杉山在工作日志记录了这件事情。因为他从头到脚把尹东柱仔细观察过，你就不用再骗我了。”

“人会说谎，不是出于害怕，就是出于希望。但我既不害怕，也不抱什么希望；事件都已经结案了，也不可能翻案。”

他稍微调整了一下呼吸，才下定决心似的继续说：“我们费尽心机想把他拉进计划里来，虽然我们不喜欢他，但觉得他对朝鲜人来说，可以成为一抹光明。”

*

崔致洙从尹东柱进监狱的第一天起，就注意到他了。这个人的第一印象看似温和，其实软弱无力。平沼这个创氏名，也让人觉得失望。抛弃自己的姓氏等同于抛弃自己的国家。崔致洙于是派人调查他。金万桥透过相熟的看守，得到东柱的身家情报。尹东柱，间岛出身，毕业于延熙专校，到东京和京都留学的留学生。原来，他只不过是崔致洙最瞧不起的“软弱的知识分子”而已。

然而，不知从何时开始，情况发生了变化。朝鲜囚犯不再围绕着崔致洙，反而开始聚集在尹东柱的身边。他的四周总是有朝鲜人围绕着，他去的地方，也总有朝鲜人跟着。崔致洙无法理解，这个人既没有结党营私的手腕，也没有以拳头服人的腕力，只不过就是个连点小事都会害羞的软弱青年罢了。他所做的事情，只是站在高墙的阴影下，静静地听男人们说自己的故事，替他们写明信片，不然就是在小山丘上放风筝。虽然如此，他仍旧以近乎魔力的力量吸引着朝鲜人。他之所以能吸引朝鲜人的唯一武器，就是语言和文字。在日本看守未能察觉的情况下，偷偷分享朝鲜语故事，还有替囚犯们写明信片。通过朝鲜语，他让朝鲜人全都团结在一起，拥有共同的想法。崔致洙无法理解，语言如何能撼动人心。但若真能如此，也算是得到了团结朝鲜人的厉害武器。尹东柱正是能做到这点的人。

崔致洙清楚地知道，自己和尹东柱不仅不是同类人，甚至是极端不同的两种人。在他眼里，尹东柱软弱又多愁善感，甚至不切实际。对尹东柱来说，自己则是个粗鲁、暴力、不讲理又自私自利的人。但是，从某一刻开始，尹东柱以其无可抗拒的磁场，连崔致洙都给吸引住了。他数度派人去找尹东柱，想要跟他见面，尹东柱却丝毫不为所动。过了几天，崔致洙不得已只好亲自去找尹东柱。

“要和你见个面还真难啊！我有话跟你说，你一定也会有兴趣。”

东柱的眼睛仿佛钉在空无一物的半空中，一动不动。其他人都饶有兴致地望着他们两人。崔致洙不愿意自己的权威再受到任何损害。他露出白牙，痛快地笑了起来，数着步子，退回原路。

那天之后，崔致洙每天都无一例外地去找尹东柱。每个人都知道，崔致洙在年轻的书生身上倾注了多少耐心，又下了多少功夫。有一天，他突然拔出暗藏在心底的短刀，刺了过去。

“你不想离开这龌龊的地方吗？如果想活着从肮脏的监狱出去，就乖乖听我的话。”

说这话的时候，崔致洙也想起了自己在监狱里送走的岁月。被拷打受伤的身体，挖掘到恶臭难闻的禁闭室便池台底部，那些愚蠢又莽撞的日子。然而，东柱不为所动。

“不用了，我要用我自己的双脚走出监狱的大门。不早不迟，就在明年的十一月三十日，刑期届满之际。”

崔致洙想用塞着泥土的指甲、长满老茧的膝盖，以及磨破的手指狠狠揍这个脑子不清楚的草包，告诉他，自己所做的一切都是为了逃离这龌龊的监狱。然后抓着他的衣领，拖到禁闭室去，让他看看通往自由的那条地道。但对一个敏锐的写手来说，是不能随便乱说话的。秘密一旦泄露，地道就可能成为通往死亡之路。

崔致洙大笑着说：“原来你还不知道这地方有多肮脏、多狠毒。像你这么柔弱的身子骨，能在这里撑过一年吗？到明年十一月，还不知道会有多少具尸体从这里出去，而你会是其中之一。”

“我不需要你的保护，上帝会守护我。”

“你除了是个小心眼儿的写手之外，还是个软弱的耶稣徒子啊！”

崔致洙和东柱之间，隔着一条无法跨越的大河。一个是共产主义者，一个是基督教徒，终究无法达到和谐的地步。白杨树上的蝉鸣声吵得人耳朵发痛。崔致洙在干涸的地上吐了一口口水后，转身离开。

东柱被关到禁闭室后，情况有了改变。崔致洙看着蜷缩着肩膀往禁闭室走的东柱背影，心中充满了不安。这家伙锐眼如鹰，触感又敏锐，说不定会发现禁闭室的秘密。东柱被关在禁闭室期间，崔致洙简直度日如年，坐立难安。半个月后，东柱一瘸一拐地走出了禁闭室。

“还能活着走出来，算你好运！”

崔致洙脸上挂着泰然自若的笑容，随便往地上一坐。炽热的阳光晃了东柱的眼，两个星期的禁闭室生活，让他原本就白的脸孔变得更苍白。

“虽然很痛苦，但还不至于死。痛苦不会杀死一个人，绝望才是置人于死地的凶器。拥有希望的人活下来，失去希望的人死去。”

他似乎在暗示，让自己活着走出来的希望，就是“诗”。崔致洙虽然心急，仍旧装出不在意似的说:“诗不是希望，而是麻药。不能改变现实，只能让人忘记现实。就算沉浸在软弱的感伤里，冷酷的现实也不会消失。只有从重重的铁窗、高墙和铁丝网里逃出去，才称得上希望。”

“你在做一个不可能实现的梦，对于殖民地的人来说，世上哪里都没有自由。”

崔致洙心中涌上一股热潮，想把所有的计划都说出来。如果他知道自己为何愿意在潮湿黑暗的洞穴里，像只地鼠一样挖掘的理由，或许就不会随便乱说话了。他深深吸了一口气，镇定了一下心情。

“你什么都不知道，就不要随便说话。在高墙里，这里自有规矩，也存在不可说的秘密。”

“你也可能死于那个秘密。”

中规中矩的语气撕破了崔致洙的伪装。这家伙知道了什么吧？如果知道了，又知道些什么？崔致洙压低了声音问："在禁闭室里，你看到什么了吧？"

这是个多余的问题，不管这家伙发现或知道了些什么，秘密都已经有了缺口。秘密不存在中间地带，不是完全保住，就是完全泄露。只要感觉禁闭室有些不寻常，看守长就会把禁闭室翻个遍，把进出过禁闭室的人都倒吊起来。

崔致洙吞了口口水后说："你的眼睛还真亮！好，你不说就算了，不管你看到什么，都是真的。"

"你怎么确定我看到了些什么？"

锐利的眼神扫过东柱囚服膝盖处沾上的泥土，崔致洙说："牢房里没有需要用膝盖爬行的事情吧，就算要爬，也是在水泥地面上，不会沾上泥土。"

崔致洙望向靠在稍远地方的三名男子，交换了神秘眼神的男子开始行动。一名走到两人的身边，一名往上提了提裤管，似乎从口袋里握住了用铁丝磨尖的凶器。还有一名走向人群密集的方向。一丝不乱的行动，看得出事前已有所计划。只要朝着人群方向去的人大声喊叫，引走看守的视线，拿着凶器的人就会靠过来刺死人，然后消失。

"地板、墙壁和天花板都是水泥面，便桶架附近却有泥土的痕迹。把便桶抬起来一看，就发现了一条地道。"

"那么，你也该知道，现在是你必须抉择的时候了。参加我们的计划，不然就……"

没说出口的话不言而喻，一个字——死。东柱思考着，To be, or not to be. That is the question! 死，还是不死，通常都是个问题。然而，对东柱来说，死，还是不死，不是代表着死与生的用语，而是有所行动或按捺不动的问题。手深深插入裤腰里的人慢慢地走了过来。对崔致洙来说，即知即行才是对的，知而不行是软弱的、不道德的。但东柱的想法不同，行而不思，不仅会对自己，也会对其他人造成危险。

崔智洙开口说："我在过去六年的时间里，千思百虑过其他人不曾有过的想法。在地面上用步子测量过长度，对准方向，才开挖地道。连寻找参与计划的共谋者也要经过数十次试探。"

"逃离监狱后，有什么打算？"

"当然是跑得愈远愈好，从这卑劣的战争、这龌龊的国家逃走。"

"你觉得自己可以逃到什么时候呢？不到二十四小时，你就会被抓回来枪毙。就算真的能逃出去，也没有亡命的地方，最后还不是一样死得很惨。日本鬼子也很乐意看到你逃走的。"

"你说日本鬼子希望我越狱？"

"刚好可拿来当作越狱下场的范本。"

崔致洙内心惨淡，原先想利用那个计划把这家伙拉进来，现在也不用说了。何况，这家伙已经知道了禁闭室的秘密，看来没有选择的余地了。想要保守秘密，就得永远封住这家伙的口。手深深插入裤腰的男子愈走愈近。

"不行动，只会死得很惨；你也一样。"

强势压迫的口吻，其实是要求合伙的委婉请托。男子大步走了过来，握着磨得锐利铁丝的手臂上，青筋跳动。东柱知道，自己已经在不自知的情况下，一脚踏进不情愿的事情里了。他就像被蛛网攫住的昆虫一般，不知道缠住自己的这一根蜘蛛丝会连接到哪里去。一切总是如此，虽然被什么所缠绕住，但不知道缠住自己的究竟是什么。就算知道也束手无策。

东柱赶紧脱口而出："我做！"

崔致洙给正好走到面前、打算亮出铁丝的男子使了个眼色。男子随即掉头大步远去。东柱的背脊冷汗直流。

*

"所以，平沼就跟你们一起挖了地道？"

我靠近崔致洙，近到两人的额头几乎碰在一起。他摇了摇头，不是否认，而是表示他也不知道。

"我不知道那人是否挖了自己该挖的部分。不管怎样，都没关系。只要能将那个人拉进我们的计划里，这就足够了。他拥有我们所没有的智慧和聪颖，还拥有能团结朝鲜人的能力。"

"他虽然进了禁闭室，但没有参与你的计划，只不过是为了逃避当场死亡的危机，才不得不同意加入。就算地道挖好了，他也没想过要逃出去。"

"无所谓，至少在他共同参与计划期间，我们可以守住秘密。如果我们逃出去后，他还留在监狱里，就只能等死了。这点，他自己也明白。"

崔致洙的话前言不搭后语。虽然听他说话的口气，似乎尹东柱参加越狱计划最好，不参加也就算了，然而，如果只是一个如此微不足道的小人物，崔致洙就不需要费尽心力去网罗他了。我审阅着他的越狱事件审讯调查报告，又问："为什么在越狱事件审讯过程里，都没有提到和尹东柱有关的指控？"

一直僵直如蜡像的崔致洙，抬手摸了摸嘴角的胡须。

"反正是个和事件没有直接关系的边缘人物，没必要多说。"

他和别的同谋者不同，有意把平沼撇开。搞不好，是意图保护他。

如果说他真的是在保护尹东柱，理由何在？难道说，他手中握有不为人知的秘密吗？突然，他猛盯着翻开的调查报告看。

“不介意的话，可否撕一张那个纸给我？”

我面带疑惑地反问：“要这纸做什么？”

“不知道什么时候会死，总得写份遗书吧？”

他说话的时候表情异常悲壮。我什么话也不说，从调查报告本的最后面撕了一张给他。他接过纸后，小心翼翼地折叠好，放进囚服口袋里。

“谢谢你！总有一天，我会偿还这张纸的代价。”

这根本就是一点希望都没有的承诺，只不过是一个禁闭室死囚犯的空口白话。然而，我心中有一个“但愿如此”的想法。

19

书蠹虫的私生活

回到审查室，我翻阅着销毁书籍清册。从一月到八月，没有看到什么特别的地方。正浏览着九月清册时，我的眼睛猛然停留在九月十八日这一天。这天销毁量达二十八本，是平日一天平均十本上下的两倍有余。大部分是新入狱犯人的没收品和已过保存期限的清册，其中有一本没有登录编号的书——《帝国的诞生》。

这是一本保管在图书数据室、由内务省国民教育局出版发行的政府刊行物。我拿着清册，向图书数据室走去。

图书数据室紧挨着审查室，是一个四五平米大小的房间，墙面处处剥落掉漆，还发着霉。里面只放着两张桌子、四把椅子，还有一个老旧的书架。书架上放着《巡察工作要领》《管理行政守则》《看守教本》等治安局为培训看守所人员分发的刊行物，还有陆军省配发的《帝国之路》《樱花战事》《苍空武士》之类的小说和战时行动纲要、军人教本等。将每个月领到的书册分类保管，是审查官该做的工作；还要销毁老旧的书籍，好腾出空间摆放新领到的书。

我念着书架上一本一本书脊上的书名，看过一排一排的书。书架右边，白色的灰尘上有两条痕迹，有人曾经从这里抽出摆放的书；除此之外，还有两道较粗较长的平行线，以及灰尘再度落下堆积出的淡淡线条。这是书籍失踪的先后时差留下的痕迹。剩下来的书，书脊上没有登录编号，表示是杉山成为审查官之前就已经有的书籍。自从杉山成为审查官之后，一定会把每月领到的印刷品全都编号登记在册。确认了一下页底的发行年份，大部分是四十三年前的老书。

翻开从审查室带过来的图书清册，里头并没有登录没有编号的刊行物。我心脏的水车开始转动起来，发出嘎嘎的声音，水哗啦啦地流，庞然大物不停地转动，砰砰地鼓动。书不断地失踪，还是在一个一丝不苟的审查官的数据室里，而且不是一两本，而是数十本。这些书消失到何处去了？无从知晓。失踪的书籍和杉山的死亡有着什么样的关联吧！虽然找到了杀死杉山的凶手，但如果想要更全面地了解他的死，就得找到失踪书籍的行踪。

我在寂寞与冰冷的资料室里，与唯一的线索——书架上的灰尘印迹，奋斗了一整天。然而没有什么发现，一切宛如迷宫般复杂。杉山的死和尹东柱之间的关系本身就是个谜，监狱的黑暗角落也全都隐藏着秘密。我正做着不该做的事情，追寻一个无迹可寻的目标，探知一个不该知晓的真相。

在迷宫里绕来绕去后，我终于无力地放弃了。背靠着书架，瘫坐在地上，抽出一本书来看。内容是关于日本所挑起的战争，结论是日本即将获得胜利。都是些卑鄙的辩解、低劣的煽动、强迫为国牺牲的内容。这么多人沦为阶下囚，这么多人失去生命，这么多孩子成为孤儿，这么多女人成为寡妇，在这种情况下获得的胜利，到底是为了谁？以终止战争为最高目标的人，又为何要挑起战争？难道他们都是笨蛋吗？抑或是一群邪恶的骗子？

翻开抽出的那本书，发黄的书脊仿佛无法再支撑下去，从中间裂了开来。而翻开的书页中间竟然有书蠹虫啃蚀后留下的窄长沟壑。下一页也有，再下一页也一样延续着陈旧的伤疤。用如此方式啃书的蠹虫我很清楚。那是在京都书店里时时出没毁坏书本的一种甲虫的幼虫。象牙般的白亮身躯，半个指节大小的蠹虫，靠着尖尖的触角和往两侧扩张的有力下颚，在厚重的精装书封面和数百页厚的书页里挖出沟槽，然后在沟槽里结网，产下一堆卵。卵会孵化为幼虫，幼虫结茧后再脱茧而出，蜕化为成虫。圆滚滚的身躯，一伸一缩蠕动的虫子，拜服在英文版莎士比亚的喜剧集书页里和但丁《神曲》的地狱场景。

那些东西和我是同类，不分昼夜啃食着纸张和墨水。书是它们的食物、藏身处也是它们的坟墓。书对我来说也是如此。要说两者之间有何不同，便是它们用尖利的下颚啃食纸张，而我用眼睛啃食文字。

我羡慕这些虫子，真希望能像它们一样，生于书，长于书，以书为食，死在书里。也想像它们一样，往书洞里一钻，逃离激烈的战争口号和不知何时会飞来的红色征兵条。虫子宣示着旺盛的食欲和惊人的运动能力，啃掉了描写《哈姆雷特》书中女主角奥菲莉亚死亡的那一页，还咀嚼了屠格涅夫的精装书封面，连狄更斯的《雾都孤儿》也被强有力的下颚破坏殆尽。一只幼虫在几天的时间里，同时毁损了《奥德赛》《堂吉诃德》《悲惨世界》三本书。一条长长的通道贯穿了摆放在一起的荷马、塞万提斯和雨果的三部杰作，执着的攻势留下了跨越古罗马、中世纪西班牙和维多利亚时代的严重破坏史。

虫子吃掉的不只是书，连我和母亲的生活也被这些家伙给啃食了，因为谁也不会想买一本虫子吃过的书。我得正面迎战这些虫子。我抽出摆在书房角落书架上的一本《昆虫图鉴》。这是一个每次缺了钱就从大学教授的父亲的书房里偷出一本厚重书籍的少年拿来卖的。我把从厚重书页间抓来的虫子放在书架上，细细比对书里画的昆虫图。

了解了书蠹虫的真面目后，我展开了生存斗争。我从驻防军医疗队那里拿到除草灭虫剂，把白色的药粉撒在书架之间和书本缝隙，效果立见。毒性强的药不仅能杀死幼虫，连虫卵都一并消灭。然而，蠹虫的武器便是强大的繁殖力。临死前还产卵，新孵化的幼虫又会钻进我没注意到的书页里去。

我喃喃吐出很久以前从《昆虫图鉴》里看到的学名：Oecophora pseudospretella（书蠹虫）。

虫子是从哪儿跑来的？我在书架的缝隙和墙壁各个角落都看到白色药粉，明明就是为了消灭书蠹虫才撒上杀虫剂。一丝不苟的杉山绝对不可能对啃书的蠹虫置之不理。那么，即使如此严密地防堵，蠹虫仍如此猖獗，一定是它们有可躲避杀虫剂的藏身处。我细细观察书架后面墙壁的各个部位，果然没多久，就发现在墙壁的缝隙里有什么在钻动。闪亮的背，探寻纸张和墨水味道的两只长触角，正蠕动着六只脚，在书架上爬来爬去。接着，后面又有一只蠹蛾，抖动着触角冒了出来。后面又一只，再一只……一定是成虫在壁缝里产过卵。绝对要遏阻这些家伙，就算是再令人嫌恶的书，有也比没有好；没有书是不该读的，没有书是该消失的。书让我们看到人类的伟大，但也告诉我们人类是多么野蛮。连鼓动战争、教人杀人的书，都有保存的价值。战争结束后，人们看了那些书，才会惭愧地发现自己有多残忍，行为有多鲁莽。

书蠹虫从灰白的墙壁里钻了出来，突然，我的心跳如被人追赶一般开始加快起来。失踪的书、书蠹虫、从缝隙里泄出来的风……散落的珠子终于整齐地穿在了一根线上。图书数据室里一定还藏有另一个空间。那里是书的墓地吗，还是书的隐身之处?

当我走到放在墙壁裂缝旁边的书桌时，脚底下传来空洞的回响。推开桌子，下面是一块分隔的四方形木地板，虫子正从那个地方钻出来。一掀开这块木地板，扑面而来的空气中充斥着一股霉潮味。四方形的黑暗空间，向我张大了口。

稀薄的光线中，出现了一道往下的木梯。我颤抖着双腿，好不容易才朝着黑暗中推进。当一级级地走完木梯后，我发现自己也成了黑暗的一部分。我从口袋里掏出打火机，点亮了灯盏里的火苗。干燥的灯芯发出嗤嗤声，火花随之跳出，照亮了狭窄的室内。火光中，黑沉沉的书籍露出了面容。书本或站或躺地排列在架在砖块上的木板上，我压抑住剧烈跳动的心脏，抚摸着书籍浮胀的背脊。书架对面角落里，堆积着用剩的砖块、木块和木板。这个废弃不用的地下拷问室似乎变成了一个仓库，用来存放监狱扩建时用剩的材料。废置的材料成了坚固的书架和桌子，书架上乍看起来至少摆放了超过五十本的书。

这狭窄黑暗又孤独的地下空间，是个令人惊讶的图书室。刺鼻的书尘味、黑亮的书脊上模糊的书名。指尖掠过一本又一本黑色书脊，书脊在指尖掠过时，如钢琴琴键般发出各自的声音——《堂吉诃德》《悲惨世界》《里尔克诗集》《雅姆诗集》《鲁滨孙漂流记》《希腊神话》《罗密欧与朱丽叶》……

失踪的战争之书、战斗教本、战争手册都变身为让人喘不过气的冒险和爱情故事，规律和命令变成了亮眼的诗句。熊熊燃烧的街道，杀人者的哀号，无数的阴谋诡计，侠客的叹息，牺牲者的悲鸣，冷汗与鲜血，一一在书里呼吸。纪德、雅姆、司汤达、雨果、波德莱尔……这个隐藏起来的空间是这些作家的流亡地，也是那些主角的逃避处。他们从残酷的现实、从卑劣的战争、从冷漠的人类中，逃亡而来。

我抽出一本封面摸得油亮的旧书——《爱恋德意志》，这本书的第一句话，我还鲜明地记在脑中。

小时候，总拥有各自的秘密和惊异，但谁能把那些说成故事，又有谁能解释那些事情呢?

书的第一行明明就是这样的句子，但我读不出来。因为书上写的句子，是用我不会的朝鲜文写的。我合上书，小心地把书放回原来的位置。右边的书架上，则排放着用潦草的日文抄写的书。朝鲜文的书，主要是以司汤达等有趣的小说为主，日文书则是克尔恺郭尔之类较深奥的文化修养书。我心中不禁浮现出一个疑问，为什么不用朝鲜文翻译出所有的书呢？我很快便找到原因了。日文笔迹和朝鲜文笔迹不一样。写日文的人，不懂朝鲜文。由此可知，这个隐秘的图书室里至少有一名以上的朝鲜人和一名以上的日本人介入其中。那个日本人是谁，我似乎猜得到。潦草却有力的笔触，明白地诉说了这是谁的笔迹——杉山都灿。

这是我见过的最完善的图书室，书虽然不多，内容却保持均衡，藏书分门别类，可以同时满足对书不太熟悉的入门者和拥有相当水平的读书家。究竟是谁建立了隐藏在黑暗里的图书室呢？深思熟虑的这个人，不仅懂书，也懂得完成人类在知性上的冒险。他以惊人的博学多闻、卓越的均衡感、深刻的洞察力，将无知的旅行者引导向知性的道路。以狄更斯和雨果起始的步伐，经过少年的维特，延伸到更宽广的人文都市去。

冒险故事和爱情小说，情诗、英雄论与传记，历史书和人文书，这也是我自己走过的知性冒险历程。

我的选择只有两个。把一切报告上去，或者隐匿不报。如果报告上去，这个秘密图书室就会被揭露；如果隐匿不报，秘密将永远是秘密。秘密一旦揭穿，图书室就会被填平，所有的书会被一把火烧光，策划者会死亡。秘密如果维持下去，我则成了叛国者。该抹杀掉构筑在残酷监狱里的美妙文明吗？还是成为一个叛国者？成为一名叛国者，就意味着死亡。是的！要死，还是要活，这是个问题。不管那是生还是死，我决定什么也不选，只选择真相。而只有一个人可以告诉我真相。

20

失踪书籍的吟唱

走进审讯室的东柱，一脸疲倦的样子。一张没睡好的憔悴脸孔上隐隐显露出不安。解开手腕上的缚绳，他脸上才有了点血色。我的脑中挤满了数十块拼图碎片，却不知该从哪一块开始拼起。真相已经超出了我能理解的范围。解开绳索后，他的手腕上深深印着如鳞片般的绳索痕迹。东柱边揉着绳索印子边说："如果是有关杉山的事情，据我所知已经结案了……"

他一脸厌倦的表情，像是背负着沉重的担子一般。

"有关杉山的事情或许已经结案，但关于失踪的书籍和地下图书室的事情，现在才开始。"

"失踪的书籍？地下图书室？你在说些什么乱七八糟的话啊？"

"你少来了，我可是亲眼看见的！"

我的声音愈严厉，他的嘴反而闭得愈紧。要想撬开他的嘴，得更深入追究才行。

"不管你是自愿还是被胁迫，你也参与了崔致洙的地道越狱事件。

崔致洙和他的人即使在地道越狱事件被揭发后，也没有提到你的事。既然崔致洙已经顶了个杀人罪名，有什么理由要特别保护你呢？”

东柱的眼角轻微地跳动着，似乎在询问为何要问这种事情。我慢慢地接下去说：“我本来以为他只是想让你避开重罪，才说你只是个单纯的共犯。但事实并非如此。崔致洙很明显就是彻底想保护你，而且似乎还有更大的目的，也就是说，那条地道还藏有别的秘密。”

东柱似乎怀抱着痛苦。该说出秘密还是该保守秘密，两者之间的拉扯恰似两条互相咬尾的蛇。他困难地张开干裂的双唇。

“杉山……对这个人，你知道些什么？”

“他裤子膝盖上沾染的泥土，与崔致洙所挖的地道泥土不同。那代表还有第二条地道。他在那条地道里来来去去，看守服才会沾上泥土。第二点，审查室书架上摆放的书很多都不见了，全是集中放置的老旧政府刊行物。”

东柱无法反驳，也不能就此说出秘密。因为那个秘密是一根岌岌可危的杠杆，支撑着他们所有人的生命。他的眼里，怜悯与愤怒相对抗。怜悯那些以生命为杠杆支撑一个真相的人，恼怒那些将他们逼入险境的人。搞不好，他恼怒的对象就是我。

“我想要的，只是事件的真相。”

“没有那种事情，就算有，我也不知道。”

“如果你不坦诚以告，我只好向上级报告。一旦对失踪书籍开始进行缜密的调查，地下图书室将很快被揭露出来；而杉山也不再是英雄，只会沦为一名叛国者罢了。”

他的眼神出现动摇，脸上显出对一切都不抱希望的表情。他应该知道，把真相告诉我会是最好的选择。我们虽然分属朝鲜人和日本人，但至少，我们都是爱书的人。我吞了口口水，又接着问：“谁偷走了那些不见的书？”

我的声音在颤抖，连我自己都发现了。

“就算说出来，也改变不了什么。”

要撬开他的口，就要让他感到良心不安。

“地下图书室的事情关系到崔致洙的性命。崔致洙为了保守那个秘密，已经押上了自己的性命。”

“杉山是烧书人，但他也是个偷书贼，更是个造书的高手。”

他所说的故事，不是有关杉山的死，而是关于杉山的生；也是关于一个偷书贼、一个造书高手的故事，以及，在他所创造的世界里秘密图书的故事。

*

杉山都灿憎恶书，审判书，烧毁书，还偷书。这源于他对书籍强烈憎恨的同时，也有着强烈的憧憬。

追究崔致洙企图越狱事件时，他曾经把自愿进禁闭室的人叫到审讯室来。当他们走出审讯室时，不是眼眶青肿，额头破裂，就是手骨骨折。木棒打断的，不仅是他们的骨头。疼痛粉碎了他们的希望，让他们面对现实——轻率的越狱企图不会成功，崔致洙这个人不值得信赖，也无法从坚如要塞的监狱里逃出去。杉山在打断他们的骨头之际，也粉碎了他们的梦想。他们心中的恐惧，将填补他们挖出来的坑道。

最后被叫到审讯室的人是尹东柱。尹东柱丢过来的背叛，让杉山满怀怨恨、愤怒与憎恶，他脸上的肌肉一块块地像在反抗什么似的别扭。杉山安抚自己，一冲动就算输了，之后才开口说：“嘴里朗诵着什么诗啦、文学啦，结果却和那群无知的流氓在一起，赌上自己的性命，参与无谋的计划，真是个愚蠢的家伙！”

杉山的讽刺，针对的不只是一个不懂事的蠢蛋，还有即使只是短暂的时间，也与那些人同心协力的东柱。

东柱说："或许我很愚蠢，但我没有参与他们的计划。虽然我清楚他们的计划，也自愿关进禁闭室，但我从没相信他们会成功。就算成功，我也不想以那种方式离开这里。"

怀疑的目光射向这个蠢蛋，然后就知道他并没有说谎。唯有执着于什么或害怕什么的人，才会说谎。但他既不执着，也不害怕。

"那你到禁闭室的目的是什么？"

"我不是在挖掘崔致洙的地道，而是我自己的地道。不是要通往监狱外面，而是通往其他地方。"

"你是说，还有另外一条地道？"

"从崔致洙的地道中间分出来，就通往这栋审查大楼。"

杉山大吃一惊，这人不是参与了崔致洙的计划，而是有着自己的计划。不是屈服于胁迫，而是反过来利用崔致洙的计划。到底为了什么要做出这么离谱的事情呢？杉山问："那地道不是为了逃出去？"

"我不会从地道逃出这座监狱，因为即使脱离了铁丝网，也还是一样受到束缚。猎狗、特高课警察和密探会在后面追踪而来。蔑视的眼神会代替铁窗捆死我们，种族差别的壁障会代替高墙阻断我们的路。逃出了这个地狱，但又落入了另一个更恶毒的地狱。"

"既然如此，你为何要挨顿痛打后，还自愿被关到那难受的禁闭室？"

"因为我想逃出去。"

"逃到哪里去？"

"逃到文字的世界，逃到无数箴言和文句里。"

杉山用干笑掩饰心中的疑问。这家伙脑子正常吗？逃往文字的世界，可能吗？答案显而易见：这家伙正常得很，逃往文字的世界也是有可能的。别人或许做不到，但这家伙绝对做得到。杉山明白这家伙对文字的渴望，也了解“书”可以填补这份渴望。就算是一个没有书的地方，这家伙也能在狭窄、阴暗的地底下，创造属于自己的世界。无数的都市与村庄会被创造出来，而他会让自己的灵魂生活在其中。不只是他自己，连带还有无数人的灵魂也一起。一想到自己竟然把这家伙视为正常，或许自己才是不正常的吧。杉山突然感到害怕。自从认识了这家伙之后，他也随之认识了另一个世界。那是书的世界、文字的世界。他每天晚上都如饥似渴地读书，又疯狂地寻找其他书。东柱在明信片的各个角落写了隐秘的暗号。东柱清楚他的阅读能力，连他喜欢的文章形态和故事种类也明确地掌握着，不断推荐新的书籍。挡不住的好奇心和难以抗拒的沉溺，吸引着他走向书架。他急切地把书找出来读，书里的文句安抚了他害怕的心，也满足了他的好奇心。他每天晚上都逃到书的世界里，无法想象一个没有书的夜晚。

“逃到文句里？怎么逃？”

杉山一脸惊恐地问。这不是审讯，而是真心想知道。如果真有那样的方法，连他自己也想逃到文句的世界里去。东柱观察着杉山专注的神情，心中不断挣扎。可以把一切都告诉他吗？或许可以吧。就算不行，自己也别无他法了。他是陷入死角的老鼠，唯一的出口，就是投奔猫。

“监狱里有书的地方，只有审查室和数据室所在的审查大楼。”

“审查大楼是地狱啊！审查室烧书，审讯室让犯人生不如死，根本就是只适合幽灵的地方。你竟然想从这里得到自由？”

杉山的声音里带着自嘲。因为在那地狱里徘徊的幽灵，其实就是自己。对这个事实，他感到很难为情。

年轻人说：“数据室和审查室有很多书，如果能挖出一条地道通向审查室的地下，趁你不在的时候，我就可以偷一两本书出来。在禁闭室的时候，我可以读书，等我读完，如果能神不知鬼不觉地再放回原位，就谁也不会察觉。关在禁闭室一个星期，可以读好多书。”

从他的眼神中可以看出，他没有说谎，也不是在做白日梦，那是一种热切的希望。杉山的脑中快速地闪过某种想法。

“你的计划不只不够缜密，还注定会失败。你贪心地想拥有一切，不仅连一个都无法得到，还会连原本拥有的都失去。为什么？因为我不是如你想象的那么玩忽职守的人，也还没笨到连有人在我的地盘上出出入入都不知道。所以，数据室就算了，审查室不能动。”

数据室虽然紧邻审查室，但整整一个星期几乎没什么人来。那里都是一些如看守守则、战时作战守则、国民教育教材、帝国赞扬诗之类半强制性出版的政府宣传品，不值得赌上性命挖地道来看。

“资料室的下面有一间曾经用来当作拷问室的地下室。随着监狱的扩建，审讯室移到现在那个地方后，就废置不用了。”

杉山不知道自己在说些什么，那些话不是来自他的理智，而是来自他的心。理智抓着他的领口，告诉他不能说，但他的心却脱口而出。

“如果你愿意，可以把那个地方弄成一个图书室。虽然狭窄、潮湿，还透着血腥味。”

话出口的瞬间，他不是个监视者，更不是个审讯者，而是一名共犯、一名助手。这算是叛国吗？杉山没有费心寻找答案，而是陷进了另一个烦恼中。上哪里找书去？如果能从审查室偷几本书出来，那就太好了。不过一旦对照清册和箱子里的书，马上就会出问题。

“数据室书架上要销毁的刊行物，管理上比较疏忽，可以抽掉那些书。”东柱小心翼翼地说。

“那些书你不用那么拼命，也可以在牢房里舒舒服服地看，反正每个星期都一定会配送到这里来。”

“我不是要读这些书，我是要改造成新的书。”

“怎么改造？”

“蜂窝炭搬运组里也有朝鲜囚犯，可以偷几个蜂窝炭出来，细细磨成粉，再滴上几滴点暖炉用的灯油，就能涂出像木炭一样的黑色。用那个把从资料室里偷出来的书涂黑，反正是老旧的再生纸，很容易上色的。灯油就承担了定型剂的作用，不会掉色。”

“你疯了吗？把书页涂成黑色？拿这种上面的字都涂黑了的书，要做什么用？”

“黑纸上写不了字，但如果用白色墨水的话，那就另当别论了。”

“到哪里去找白色的墨水？”

“暖炉里完全烧透的蜂窝炭可以磨成粉，加油进去，就能写出白色的字来。虽然不够鲜明，但写在黑纸上，还能看得出字来。你把我安排到看守室的暖气劳务组，我就做得出黑墨和白墨水。”

写诗人的热切眼神如绳套般套住了烧诗人。杉山却不知为何，不想从绳套中脱身，反而想跳进那个虚幻的异想世界。他问：“就算照你所说的，可以把书页涂黑，可以弄到白墨水，但到哪里去找书来？”

东柱露出了一个意味深长的笑容，杉山感到鸡皮疙瘩都起来了，当场就想从年轻人狡猾的阴谋泥淖中脱身而出，尽管他比任何人都清楚自己做不到。

年轻人清清楚楚地说：“审查室的没收箱里有几百本书，我要把那些日文的书翻译成朝鲜文写下来。”

杉山的脸整个涨红了，他对着这个觊觎自己领域的小狐狸大声咆哮。

“你想偷审查室没收箱里的书？你找死啊你？”

“我不会去偷的。如果偷了，一旦对照清册和箱子，马上就会被查出来。我只想借用一个星期，等我全抄完了，一定会归还。”

“你想死还找了好几种死法？我为什么就得毫无代价地把那些书借给你？你以为我是耶稣吗？”杉山愤愤不平地问。

“代价当然是有的。”

杉山又干笑起来，只不过是个关在监狱铁窗里，一天只有一餐饭吃的囚犯，谈什么代价？那是不可能的事情。这个狡猾的家伙，又在耍什么阴谋诡计了吧？

东柱继续说：“你不是说过吗？要我再继续写诗。好，我就继续写诗，再翻译成日文给你看，这是我唯一能支付的代价。这个代价会不会不够？”

这是年轻人能给的最好代价了；不，是世上谁都给不起、最值钱的代价。杉山用力地点了点头，只要放弃写诗的年轻人能够再写诗，他什么都愿意做。

年轻人一脸担心地说：“你为什么要帮我？”

杉山并未躲避年轻人的目光。

“我不是在帮你，我只是在帮助我自己。”

“就算你有可能成为一个叛国者？”

“你在朝鲜囚犯里，是仅次于崔致洙的人物。我的目的，则是把你关在这座监狱的高墙里。之所以会同意你的计划，是因为这是可以把你关在监狱的方法。不管怎样，你都得留在这座高墙内。”

沉默流淌在两人之间。那个计划是监视者与逃亡者携手的美好谋反，曾经沾满朝鲜人的哀号和血泪的拷问室，将被圣洁的文句洗刷干净，杉山如此想。连杉山自己也想进入那间图书室，他觉得，就为了这点知性的虚荣心和荒谬的求知欲，他背弃了国家。

这是叛国，那么，他该惩罚自己吗？

*

我摇了摇头，无法相信自己听到的一切。尹东柱讹了崔致洙一把，杉山也插了一脚。崔致洙杀死了杉山，却保护着尹东柱。三人之间的关系简直像迷宫一样。这个杂乱无章的线团，不知该从何解起。于是我问：“崔致洙知道你背叛他的事情吗？”

他默默地点了点头，过了好一阵子才继续说下去。

“夏天快过去的时候，他从禁闭室回来，就找到了我，他的眼中混杂着背叛和愤怒。那愤怒意味着什么，我当然知道。他必然是发现我挖了与他的地道完全不同方向的另一条地道。因为用挖出来的土遮掩岔道的收尾工作，我没有做好。他气得揪住我的囚服领子，缠紧我的脖子，似乎想把我勒死。他说：‘你简直就跟老鼠一样，偷偷摸摸挖自己的窝。’我回答：‘那不是老鼠窝，是通往自由的大道。’就如同他往高墙外挖的地道一样，哪条路会将我们带向自由，哪条路会带向死亡，我们谁也不知道。他粗暴地松开勒紧我脖子的衣领，这时，我突然觉得他不会弄死我。我也不知道为什么，甚至认为他不会破坏我的计划。他又说：‘不管是你还是我，都在挖一条从这龌龊的地方逃出去的地道。方向虽然不同，但地道总是愈多愈好。目的地愈难抵达，愈需要如此。就如同你所说的，两条地道中，哪一条才是通往救援之路，谁也不知道。我能做的，只有希望我所挖的地道能救我。’我曾经祈祷，两条地道能以各自的方式让我们得到自由。虽然谁也不说，但我们都将各自的祈愿当作永远的秘密。”

“崔致洙到现在都还保守着地下图书室的秘密，大概是知道光企图越狱就足够被判绞刑了，应该也知道，即使供出有另一条地道，罪也不会被判得轻一些。”

“他误以为是我杀了杉山，因为对所有的朝鲜囚犯来讲，杉山就是个该死的恶人。我一开始也以为是崔致洙杀了他。”

“你是说，崔致洙不是凶手？”

“杉山死去的那个时间，有人看到崔致洙在地下图书室。崔致洙不是杀死杉山都灿的凶手。”

这句话像大锤般狠狠地向我击来。尽管已经得到口供，验证了案发情况和证据，但我仍感到十分焦虑。如果真如他所说的，崔致洙不是凶手，就表示我把无辜的人诬陷为杀人犯，而他会因为我强加的罪名死去。该如何才能证明他没有杀害杉山呢？就算能证明，又该如何解救他呢？我虽然不知道方法，但唯一清楚的是，必须重新开始调查。

“那么，是谁杀死了杉山？”

他苍白的嘴角泛起一丝黑暗的微笑。难道戴着的纯洁诗人的面具其实是个杀人者的微笑吗？我的脑中，怀疑和恐惧如藤蔓般向上生长。或许他骗了我吧？瞒着崔致洙挖出另一条地道的这个人，不见得不会骗我吧？我提高了声调。

“你为了掩饰自己的罪行，利用了崔致洙。你瞒着崔致洙挖的地道，连接到审查大楼。而审查大楼连着本馆，杀人现场就在本馆的中央走道上。崔致洙的地道出口是在反方向的墓地那边。是你把杀人罪栽到他头上去的。”

我的声音连同我的拳头，都抖得厉害。他一脸冷漠地反问我：“我有什么理由要杀死杉山？”

“你朝资料室地下挖了地道偷书，很快便被杉山发现。你怕自己的秘密被揭穿，必须灭口。只要杉山消失了，地下图书室的秘密就永远没有人知道。你这个凶手！”

夹杂着愤怒的含糊声音，从我口里吐了出来。因为这个狡猾的人，我把无辜的人当成了杀人犯。我真想挥舞拳头，重重地打在他的下巴上。他显出能理解我愤怒的表情，但我不需要他的理解。

我走在沉浸于黑暗中的走道上，沾满湿气的军靴灌了铅块似的沉重。尹东柱说，崔致洙没有杀死杉山，这番供述带着奇妙的矛盾。如果尹东柱是杀人凶手，那就是犯罪，因为他完美地把一切罪责都推到崔致洙身上了。然而，他说崔致洙不是凶手，即使知道自己会因此而被怀疑是杀人凶手。这是在谴责我，将无辜的人诬陷为杀人凶手，也是要我找出真正犯人的一种追究。那么，他还会是真正的凶手吗？

情况似乎暗示着确实如此。他是个思虑周密的地下空间设计者，背叛了同伴，推动秘密的阴谋，拥有非凡的头脑，以及通过阅读和写作积累起来的观察力。他是个能在不为人知的情况下杀害看守，再完美脱身的人物。那么，他为什么要卖力地解开套在崔致洙脖子上的绳索呢？无数个问号穿梭徘徊，又绕回了原点。

在我一团混沌的脑子里，浮现出一堆书名。用蜂窝炭粉和灰烬粉末改造成的黑书，来自杉山没有烧掉的书。他在销毁物中间夹带了政府刊行物，带进焚化室里，却没有把书烧掉，而是再偷偷地藏起带了出来。那些书被搬到地下室，脱胎换骨成了新书，《帝国的诞生》变成了《悲惨世界》，《战时守则》变成了《雅姆诗集》。

我拿起销毁清册，朝资料室走去。一掀开木地板，书尘和霉味扑鼻而来。走下摇摇欲坠的木梯，点燃灯盏照亮，书露出了面容。清理掉没法儿用的建筑材料、成堆的壁砖和木板后，及腰的地道入口就出现了。凑近灯盏，看了一下墙壁。坚硬的土壁上还留着梳齿状的铁铲痕迹，铲痕由地下室延伸到地道那头去。看来杉山不只供应图书，还直接挖了通到此处的地道。放在审查室角落衣柜里的看守服裤子，沾了泥土的原因就在此。

杉山从一开始就知道地下空间的存在，他不是秘密计划的监视者，而是最有力的助手。尹东柱害怕秘密泄露而杀害杉山的猜测，根本不成立。冲击与疑惑在我脑中如龙卷风似的缠绕卷起。杉山都灿原来是个有双重性格的人，他虽然是个一丝不苟的看守，但也是帝国的叛国者，完完全全地背叛了一切。

他为什么要过着如此相反的生活呢?

他的真面目究竟为何?

杀死他的凶手到底是谁?

读书，书毒

所有的文字都带有灵魂，那灵魂如病毒一般，会传染给阅读的人。读书，是致命性的中毒，受到文字洗礼的人，一辈子都无法从此束缚中解脱。他们是一离开书和文字就活不下去的中毒者、依存者。不读的书，还带着到处跑；手里没书，就觉得空虚；很久以前读过的句子，仿佛镌刻在脑海中一般，不时挂在嘴上。我也有过那种病症，至今无法摆脱其后遗症。这毒，大概到死都会继续下去。

——杉山笔记

21

真实不会留下足迹

第二天，走向看守长室的我，脚步沉重如灌了铅一般。羞耻、害怕之外，还有深深的自责。我无法忍受，一个无辜的人因为我的缘故而必须死去。正用火钳往暖炉里夹蜂窝炭的看守长，脸颊被照得通红。

“看守被杀事件，发现了新的案情。”

听到我的报告，看守长的眼角微微抖了一下，这是他突然感到紧张时的身体变化。他以半带紧张、半装泰然的语气大吼说：“什么！难道杉山的鬼魂显灵啦？”

我吞了一口口水，嘴里仿佛结了蜘蛛网，粘住了两片嘴唇，张不了口。

“好像抓错人了。”

看守长丢下火钳，转过身来，眼角跳个不停。

“你说什么？调查杀人事件的人，报告崔致洙是凶手的人，都是你这家伙！因为这个功劳，你这家伙还晋升了一级。为什么现在又说，一切都搞错了？”

“调查有了失误。按照当初的证据，强烈显示是崔致洙涉案，崔致洙自己也承认了，才会觉得他是凶手。但现在有几点疑问存在。”

“这座监狱里，随便什么都是疑问一堆。为什么肮脏的朝鲜人不从地球上消失？为什么大日本帝国的军人还要保护他们？这些都很奇怪，不是吗？对于所有的疑问，是没法儿一一寻找出答案的。”

看守长一面避开烧起来的火星，一面冷冷地顶了回来。

我应声回答：“如果真是崔致洙杀了杉山，在本馆入口处就应该留有他进入时的脚印，因为事件发生的当天晚上下了一场雪。但不只是杀人现场，就连从地道通往本馆的操场上，也没有发现任何脚印。”

我说了谎。本馆入口处有没有崔致洙的脚印，与崔致洙是不是凶手没有多大的关系。就算他真的是凶手，也不一定非要有他的脚印不可。因为他可能不是经由墓地附近，而是通过审查大楼的地道潜进本馆。我只是想隐藏另一个被封存的秘密——地下图书室。为了找出一个真相，不得不隐瞒另一个真相。这明显是个危险的游戏，或许会成为毁灭我自己的一发定时炸弹。

看守长搓了搓干巴巴的手掌心，低低地说：“是被看守和囚犯的足迹给弄乱了吧。”

“案发当晚，所有囚犯都在牢房内。而且还有一个疑点。”

“哪来那么多疑点啊？”

看守长的声音带着愤怒，这正是我想要的。对之前一直盘旋在脑中不去的疑点，看守长知道些什么吧？还是说，不知道些什么？我慢慢地，但清楚地丢出诱饵。两个句子后面都加了问号。问号长得就像尖利的鱼钩，这会是偶然的吗？

“杉山发现了崔致洙的地道后，为什么没有向上级报告，而是想单独填平地道呢？而且死刑犯崔致洙为什么过了这么久还没有执行死刑？”

暖炉里传来潮湿的木炭毕剥跳跃的声音，看守长厌烦地摆了摆手。

“够了，够了！全是你这书呆子的问题。不管什么事情总是不懂适可而止，非要东想西想不可。疑点多的是，谁都有嫌疑。不要为了一点小问题就大伤脑筋，还是按照原先的推论，是杉山的暴虐所导致的就行。觉得可疑的时候，第一个浮上来的想法通常都是对的。”

“杉山做事一向彻底，怎么可能看到有人想越狱，还睁只眼闭只眼的。在这个监狱里，企图越狱，被抓到一次就枪毙。崔致洙已经有六次越狱未遂，为什么到现在还活着。这两件事情，在福冈监狱都是不可能存在的。”

看守长一脸难堪地说：“要小心机谁都会，但服从命令是军人才做得到的。你说的，我都知道，不过，别忘了你是军人！”

我挺起胸膛，大声辩解：“我不是不服从命令，只是身为一个调查官——”

看守长的声音如利刃般斩断我的话：“你已经不再是调查官了，什么都不是！因为那个案子已经结案了！”

我全身如坠冰窖，好不容易才开口说话：“但如果崔致洙不是杀人凶手的话……”

“不是崔致洙，那是谁杀了杉山？他如果是假的，真的在哪里？”

我垂下了眼睛，心里拿不定主意。

看守长又温柔地安抚我说：“由一君，调查已经结束了，别再节外生枝。谁杀死了杉山，这不是问题。因为朝鲜人都一样，没必要救他们。”

看守长的命令像挥舞着一把刀，一刀便斩断了一切。危险的对话，绷得笔直的紧张，连我费尽口舌想说服他的意志，全都被斩断了。

案子虽然终结，但疑问仍旧存在。当初是在命令下开始，现在却无法听从命令而结束。命令可以了结案件，却无法找到真相。真相，在命令的另一端。杉山可疑的行踪和神秘人物，秘密地道和地下图书室……此时看守长先发制人，让我无法多想。

“我们要了解时代的严重性，在未知的战场上，每天都有很多年轻人死去。现在只不过是多死了一个人而已，就跟在太平洋里多倒一瓢水一样。执着于已经终结的案子，就等于在玷污他们。知道吗！”

看守长吼着，要我忘了一切。但我怎能忘了真相呢？我就如木偶人一样，迈着僵直的步伐，走出看守长办公室。感觉一道对准后脑勺儿的凌厉视线射来，看守长如皮鞭般的声音也由身后飞来。

“从今天开始，你负责所有一切和音乐会相关的事务。审查乐谱、护送合唱团等！这也是原本杉山负责的审查事务！”

不知不觉中，我竟然成了护送合唱团的看守。沉重的挂钟敲了十响，钟声如砍在大树干的斧头般砍着我的脚踝。或许有一天，我也会支撑不住，倒了下来。

那时，我的脚踝必然会发出悲伤的哀号。

22

苦闷的男人，幸福的耶稣基督

牢房狭窄，充斥着灰色的寒气。五米见方的小房间里，挤了十二个大男人。每次呼吸的时候，哈出来的气都会在漆块剥落的墙壁上凝结成水珠。男人在冷如冰窖的房间里冻得跟石膏像一样，热切地等待开始劳动。活动一下身体，才比较容易挨过寒冷。他们挨饿受冻，慢慢走向死亡。

入睡前，他们会仔细观察身旁的人，因为不知道大半夜时将发生什么事情。黑暗中看不见的一只手会悄悄地攫走人。失踪的人，再也没有回来过。早晨呻吟着醒来时，新的一轮噩梦又会开始。现实比梦更可怕，是更致命的噩梦。他们在结着霜花的地板上，看着彼此哈气，确认对方还活着。寒冷似乎把血都冻住了，唯一的温暖，只有哈气。

囚犯不会把人死了的事情告诉看守，因为给死者的食物配给会因此中断。他们会分食属于死者的那一份冰冷豆酱汤和结冻的饭团。咬开冻得硬邦邦的饭团，一个朝鲜人说："如果我死了，尸体就一直放到春天别动。冬天里，尸体会结冻，不会腐烂掉。你们就把配给我的饭团分着吃掉。"

他一面这么说着，一面用力嚼着冷冰冰的饭团。所有人都会意地点点头，就算是结冻的饭团也能填塞空空的肚子，他们已经做好和尸体同寝的准备。所有的人都清楚，自己正慢慢地走向死亡，他们恐惧着这个事实。曾经有人说过：“如果被逮到的话，我们全都死定了。我们会被拖到拷问室里，用钳子生生地拔掉手指甲和脚指甲，连舌头都要被拔掉。那可是最恐怖的噩梦啊！”

如果只是像他说的那样，是个噩梦而已，该有多好！因为在梦里，至少不会感觉到痛苦。然而，那不是梦，而是惨痛的现实。埋葬死人的事情，是活人该做的工作。存活下来的人，用挖开冻土作为分食死者饭团必须付出的代价。用冻僵的双手铲地，他们也在心里想着：或许明天，在自己挖的墓穴旁边，自己也会被并排埋葬。

潜伏的病菌随着酷寒大举侵袭而来，原本还活生生的人也一个个倒了下来。“只要撑得过冬天，就能活过这一年。”囚犯间相传的这句话，的确是事实。他们无法抵御季节严酷的攻击，每次检疫时，医疗诊治对象的人数愈来愈多。医疗诊治对象每个星期都到医疗大楼接受治疗。听诊、量血压、量体温等，对他们来说，那是久未感受到的美好体验。那是一种受人保护、受人关爱、受人安慰、得到治愈的感觉。光是胸口上贴着听诊器，男人们就觉得全身都舒服了。医师会根据诊疗结果，开注射药剂。一进到注射室里，便有戴着白色口罩的护士等着他们。在护士们温柔的动作下，男人们一一卷起袖子，露出前臂，心里温暖得快要满溢出来。他们一致相信，进入血管里的温热注射剂会给予疲倦的肉体力量，让他们的脉搏强力地跳动。留在牢房里的狱友，只能睁着眼睛，等待医疗诊治对象回来。他们就如同到大城市里逛了一圈回到乡下来的少年，嘴里不停地说着医疗大楼大大小小的事情。两眼亮晶晶地将自己看到的事情、没看到的事情全都拿出来炫耀。他们嘴里的医疗大楼不似人间，而是由恳切愿望描绘出来的梦幻空间。那是一个一尘不染的白色所在，冬暖夏凉，还有白衣天使会抚摸他们手腕的乐园。所有囚犯都想成为医疗诊治对象，因此，到医疗大楼成了一项特权。弱者、病痛者，反而讽刺性地成了英雄。

然而，没过多久，他们突然惊觉，梦总有一天会醒来，梦幻总有一天会破灭。医疗诊治对象的健康情况并没有显著的变化。不，不能说完全没有变化。他们的行动变得迟缓，话也愈来愈少；但是，无法确定这种变化是接受了治疗的缘故。医疗诊治对象慢慢地开始不想再去接受治疗，每次去，也不再愿意抽血打针。一个接一个，开始想脱离出来。但决定是不会改变的，在检疫中被筛选出来的人是无法逃脱的。

东柱被指定为医疗诊治对象，是在初冬之际。星期一上午，并未见到他出现在劳役场上。我直觉认为似乎有什么不太好的事情发生了，于是赶紧跑过还飘着鹅毛大雪的操场。虽然不信神，但我仍旧在心中祈祷，不要让他出什么事。一跑进本馆中央走道，就传来了权威性的大吼声。

“快点走！”

一名护送兵像条牧羊犬似的，赶着一群犯人。三十多名男人就如幽灵般被牵着走。灰败的众多脸孔里，剃光了的脑袋，更显眼的额头，更悲伤的眼神，挺直的鼻梁，紧闭的双唇，是六四五号尹东柱。在一群苍白的脸孔、失去光泽的皮肤、暗淡的眼神当中，他的微笑依然如此耀眼。仿佛一出生就刻在脸上的微笑，是否是给了他多舛命运的神良心不安之下为他刻上的祝福呢？护送兵发现了我，厉声问道：“我正在护送医疗诊治对象，有什么事？”

不苟言笑的护送兵是个才十七岁的少年。小小的年纪，因为比我更早接到征兵令的关系，成了我的前辈。这对他来说，是幸，还是不幸？如果不是该死的战争，这孩子应该在教室里吃着便当，或者拼命地睁开睡眼，读着文法书，学习三角函数或数列，或者地球的诞生以及与月球之间距离之类的计算方法。然而战争把孩子变成了军人，把父母心中的宝贝变成了受气包。孩子因此变得寡言少语，大人则变得更加冷漠。少年在拥有知性之前，已经看到了知性的崩溃；在领悟到人类的尊严之前，已经先学会用木棒捣毁人类的尊严；在脸上的稚气消失之前，心房已经成了满脸皱纹的老者。

我一靠近东柱，护送兵便一脸放心不下地偏着头。接近护送中囚犯的行为，是违反规定的。因此护送兵犹豫着该不该制止我。就在护送兵迟疑不决之际，我拉住了东柱的手臂。东柱脚上的镣铐锒铛响着，人被我从队伍里拉了出来。他似乎想让我安心，对我露出微微的笑容，耸了耸肩膀，然后动了动像是撒了粗盐似的干燥双唇说："没哪里不舒服，就是有点感冒，没什么大不了的。这么严寒的冬天，感冒个一两次也没什么好奇怪的。"

如他所言，看似没什么大的问题，苍白的脸色和细瘦的身体都是因为饮食匮乏的关系。他继续说："虽然不知道原因，但这样也好。或许注射点营养针，身体会舒服一些，也能挨得过严寒。"

不远处出现了通往医疗大楼的铁栅门，一下子紧张起来的护送兵使着眼色走近东柱。东柱一瘸一拐地回到队伍里。管制进出的看守打开了铁栅门，护送兵报告了移动目的地和人数，看守确认了人数后，点了点头。一行人慢慢地朝着铁门内逐渐远去。瘦弱的肩膀、骨瘦如柴的背脊、瘦削的臀部、细细的双腿，他的红色囚服看起来像件宽大的外套。在众多的苍白脸孔中，他仿佛成了一个透明人。

望着他远去的样子，想起了一首诗。昨晚在黑漆漆的审讯室里，他如口哨般随口朗诵的句子。那首诗如今放在我的看守服上衣口袋里，如同一发不知何时会爆炸的定时炸弹。我从口袋里掏出皱巴巴的再生纸，整齐折叠的纸上盛放着一个人的灵魂。

十字架

紧追在身后的阳光，
现在却挂在
教堂尖顶的十字架上。

尖塔如此之高，
是如何爬上去的呢？
连钟声也听不见了，
只好吹起口哨，徘徊流连。

对这个苦闷的男人，
如果也能像对待幸福的
耶稣基督一样，
许他个十字架。

那么他将低垂脖颈，
让如花盛开的鲜血，
无声地流淌在
渐暗的天空之下。

诗，如同还未冷却的哈气一样温暖。我静静地重温最后的段落。未满二十七岁的他为什么会想到死亡呢？难道这是反抗只有死亡存在的现实唯一的武器？就像牺牲自我、解救世界的耶稣基督一样，梦想着圣洁的牺牲吗？昨晚，我撕下听写他的诗句的调查报告纸，问他："诗的第四个段落不合逻辑。"

"哪些句子？"

"'苦闷的男人''幸福的耶稣基督'，这种相互矛盾的表现存在于同一个段落里。"

他露出浅浅的笑容，如同蒙难的耶稣一般。他说："真实不需要逻辑，所有的真实都存在着矛盾。"

"不合逻辑的谎言，如何能说明真实？"

"这就是我们所生活的世界，充斥着谎言、污秽和罪恶。但如此的矛盾也衬托了我们的生命。矛盾不是谎言，而是强化真实的一种方式。因为耶稣被钉在十字架上的痛苦，人类才得以脱去罪恶。因此耶稣基督在痛苦的同时，也是幸福的。"

或许吧！愈亲近的人，对待彼此却愈随便。爱得愈深，恨得也愈深。困境让人成长，距离让人思念。因此，现实愈艰难，生命才愈有价值。他想和耶稣基督一样地牺牲吗？搞不好，真是如此！但这并非我所愿，因此我像打水漂儿似的大喊："你不是耶稣基督，那种事情，根本就是白白送死！"

我说的话，仿佛一块小石头，投掷到他这口深井里，静静地沉了下去。

走道另一端，一列红色的队伍蹒跚地走了过来。男人们的脸上都显出十分无力的样子，似乎对为了他们自身健康的治疗措施感到厌烦，甚至懒得厌烦，自暴自弃地只想放任不管就算了。有的人头上长了白癣，从脑门上长到了太阳穴；有的人嘴唇干裂，连内层的红肉都翻了出来；有的人苍白的脸颊严重冻伤……红色的队伍在脚镣锒铛锒铛作响之下，来到了大礼堂走道上。他们久未沐浴的身体散发出阵阵臭味。我站到护送看守面前，锒铛锒铛撞击的铁链声静了下来。护送兵满眼惊慌地望着我，声音里充满棱角。

“什么事？”

“请求业务协助。”

他突然紧张起来，因为“请求业务协助”的表达方式充满正式且权威性的味道。我尽量让自己看起来温和些，但仍维持着硬邦邦的语气。

“合唱团的练习已经到了紧锣密鼓的阶段。团员的实力虽然有所提升，但还是担心他们有舞台恐惧症，上了台会怯场，可能因为紧张造成合唱时乱成一团。”

“那是我的问题吗？”

“不，不是！但团员如果能在上台之前，先做好在观众面前唱歌的练习，必然有助于消除紧张。”

“那要我怎么做？”

“医疗诊治对象每天都会经过大礼堂的走道，五分钟也好，让他们停下脚步，听听练习中的合唱团唱歌，音乐会的准备必然能做得更好。”

护送兵的眼里虽然闪现出好奇，但很快就冷淡了下来。

“我必须按照时间规定，护送这些人到试药室去。”

他是个充满好奇心的少年，也是个军人，虽然明白我的话，但不想接受。我像要钻进他耳里似的继续说：“你也知道这次的音乐会有多重要，包括内务大臣在内，还有警察厅官员、多名议员、企业家，驻外使馆的大使、领事家属也都会来参加，万一有个什么失误……”

他晃了晃头，一脸畏惧的表情。我乘胜追击，说：“如果演唱会能圆满结束，协助化解舞台恐惧症的人当然也有一份功劳，因为事前让他们有了实际的练习机会。”

他放松了一下脸上的肌肉，又马上换回一副公事公办的表情。

“好吧！我就给你五分钟的时间，只有五分钟！”

我转过头，望向窗户。阳光照进了礼堂，仿佛一帘白色的窗纱。岩波绿坐在钢琴前面，团员则按照各声部整队排列。她不停地点着头。在冰冷的空气、凝重的沉默中，微微的振动共鸣传了开来——《希伯来奴隶合唱曲》的歌声响起。

男人们拖着脚镣，一个个都凑到窗边，就如蝴蝶被花吸引、小溪流向大海一般。沉重却不悲伤，悲伤却不绝望，绝望却仍充满力量的歌声传了出来，音乐就如冰凉、发光、亮丽的金色绸缎般起起伏伏。五分钟很快就过去了，虽然短，但也是长长的永恒。钢琴伴奏的余韵渐渐缥缈，男人们脸上带着孩童般纯真的笑窝，追寻着逐渐消失的钢琴声。

这时，护送兵丢出一个冷硬如石的口令。

“向右转！齐步走！”

男人们这才如梦初醒，开始移动脚步。在一群面无表情的灰败脸孔中，我看见了东柱。一看到他，我就知道自己在笑，因为他就是我的镜子。我们安安静静地面对面，开心地笑了起来。直到铁链拖拉声远去好一阵子后，我才大步穿过礼堂，正确地说，应该是走向钢琴边的岩波绿。

“弹得真好，连护送兵都沉醉在音乐里了。”

“真是太好了！一点点地在进步呢！”

“如果要说哪里有瑕疵的话，就是意大利文的歌词连一句都听不懂。明明很感动，却不知道歌词在唱什么，真是可惜！我知道，为了记住这些连听都没听过的意大利文歌词，囚犯花了几天几夜的时间……如果翻译成日文来唱，如何？”

或许，她并不希望朝鲜人连唱歌都得用日文吧。搞不好，她还希望把那首歌翻译成朝鲜语，让他们唱也说不定。只是，朝鲜语是被禁用的语言。

“真诚会超越语言，不管是意大利语还是日语，真诚的渴望让彼此沟通。”

她的手指滑过琴键，《希伯来奴隶合唱曲》的伴奏旋律便流淌而出。她配上伴奏，慢慢地背诵出日文歌词。

希伯来奴隶合唱曲

让思想安上金色的翅膀，展翅飞翔，
飞向那丘陵，飞向小山坡，
那里有柔软温和的香气，
如祖国土地上甜蜜芬芳的气息。
向着故乡约旦河的青青河岸问候，
向着邦国被毁的以色列人民致意。

啊，我如此深爱被夺去的祖国，
啊，多么令人珍惜又悲痛的回忆。

预言者的金色竖琴，

为什么在江岸柳树下踌躇沉默？

让我们充满回忆的胸膛里，再度燃起热情。

为我们歌唱过去的美好时光吧。

让我们牢记耶路撒冷的灭亡，

为我们弹奏沉浸在悲叹里的哀痛歌曲。

让我们能忍受这般的痛苦，

为我们唱起耶和华坚强的歌曲吧。

有种出乎意料的感觉，不是因为受到奴隶强韧生命力的鼓舞，而是因为歌词本身就是一种反动。我当下虽觉得不安，但仍装出若无其事的样子说：“粗犷有力的歌声让人联想到勇士的英雄事迹，没想到原意竟是如此。”

她没有回答，而是轻轻地笑了起来，那微笑似乎在掩饰些什么。难道说她在策划什么阴谋吗？就算如此，也没什么，在这座监狱里，没有一个人不策划些什么阴谋的。我也应该计划一些自己的阴谋才对：马上去申请成为护送医疗诊治对象的护送看守。一旦成为护送看守，虽然不会多出什么特权，至少可以做到两件事情——可以保护到医疗室的东柱，以及每次经过礼堂时可以让他听听合唱曲。

《希伯来奴隶合唱曲》紧紧地抓住了我的衣领，一点也不肯松手。歌词明显包含着高度的象征，但很难找出明确的反动字眼。我知道的只是这首曲子是威尔第的作品，以及简短的歌词罢了。

我能依靠的只有书。书是我相信的唯一，也是我唯一可相信的；是教导我所不知的老师，是抚慰我悲伤的巫师，也是治愈我痛苦的医师。每当我穷途末路之际，总能在书里找到一条路。但在宛如闭锁迷宫的监狱里，该如何找到能解开谜题的书呢?

我走进了审查室的黑暗中，集中精神飞快地浏览着没收品清册。我想找的是“音乐”“歌剧”“威尔第”之类的关键词。第一本清册里一无所获，直到第四本清册，我才看到自己想找的那几个字——《古典音乐大师集》。

箱子编号是六四五号，《古典音乐大师集》放在箱子的最底层，内容介绍从古典派的巴赫、亨德尔，到贝多芬、舒伯特、肖邦、舒曼等作曲家的生平与作品。目录里的第六章，我找到了“威尔第”的名字——《瓦格纳与威尔第，欧洲歌剧的两大巨擘》。

翻开的书页里，流水似的介绍了威尔第的生平和音乐，并且对他的代表作有六页之多的详细说明：《茶花女》《弄臣》《游吟诗人》以及《纳布科》。在这里，有我想找的内容。

《希伯来奴隶合唱曲》是在《纳布科》的第三幕第二场登场的合唱曲。纳布科是《旧约圣经》里，在《列王纪》下篇、《耶利米书》和《但以理书》中登场的巴比伦王国尼布甲尼撒王。他以强大的王权击败了叙利亚和埃及，成为凌驾汉穆拉比王的绝对君主，受到众人的推崇。所罗门王死后，以色列分裂成南方的犹太王国和北方的以色列王国。尼布甲尼撒王消灭了这两个王国后，将俘虏来的希伯来人带回巴比伦。希伯来人在建筑巴比伦河堤防的工地里，被迫从事繁重的劳动，过着奴隶般的生活。在江岸边他们思念故乡耶路撒冷，也就是锡安山，于是唱起了歌。这段希伯来人的故事出现在《旧约圣经》的《诗篇》第一百三十七章。

另一方面，经历了妻儿的接连离世，深陷绝望中的威尔第连音乐都放弃了，日日过着醉生梦死的生活。斯卡拉歌剧院的老板梅雷里便给了失意丧志的威尔第《纳布科》的剧本。威尔第看到成为巴比伦奴隶而受尽千辛万苦仍未放弃返回祖国以色列、苟且偷生的希伯来人的故事后，大受感动，于是开始着手作曲。

《纳布科》为陷于绝望与失意的威尔第带来空前的成功。一八四二年三月九日，当这部歌剧在斯卡拉歌剧院首次公演之际，米兰市民都流着眼泪，深受感动，它唤起了所有意大利人热烈的爱国之情。在奥地利王国的压迫下呻吟的意大利人，对成为巴比伦奴隶的犹太人的痛苦感同身受，因此全国都开始唱起了这首歌。《希伯来奴隶合唱曲》使陷入绝望的意大利老百姓重新燃起对自由的向往。

意大利人推崇威尔第为国民作曲家，《纳布科》则成为推动统一运动的意大利第二国歌，深受意大利人的喜爱。距离《纳布科》在米兰首次公演三十年后，意大利在加里波第将军的带领下，统一了意大利。而《希伯来奴隶合唱曲》也成为送葬曲，在威尔第的葬礼上演唱。

我合上书，回想着《希伯来奴隶合唱曲》的歌词。

让思想安上金色的翅膀，展翅飞翔，
飞向那丘陵，飞向小山坡，
那里有柔软温和的香气，
如祖国土地上甜蜜芬芳的气息。

突然，我又想起了另一首歌。

送我回故乡，
那里有五谷百果繁盛，
云雀在高空婉转啼鸣，
是我这老黑人的故乡。

旋律慢慢地重叠成一幅画：失去国家、被俘虏到巴比伦的希伯来人，离开非洲、被抓到美国的黑人奴隶。他们都一样失去生长的祖国，被抓到遥远的异国他乡，思念着自己的故乡。而这幅画面又重叠了失去祖国、被抓到监狱辛苦劳动的朝鲜囚犯。习惯用口哨吹奏《送我回故乡》的尹东柱、演奏《希伯来奴隶合唱曲》的岩波绿、为岩波绿的钢琴调音的杉山；万般推崇众人所轻蔑的暴力看守的岩波绿、陶醉在尹东柱诗里的杉山……

如坠五里雾中的景象，好像现出了真面目。东柱与岩波绿和杉山，彼此被名为音乐的锁链连接了起来。虽然不知道是以何种方式，到何种程度，但东柱绝对介入了《希伯来奴隶合唱曲》，线索就在《古典音乐大师集》里的一句话——《诗篇》第一百三十七章。

我知道在这座监狱里，唯一拥有这本书的人是谁。

东柱如干枯的落叶一般，在椅子上瘫坐了下来。一解开他的手铐，就看到金属勒过的手腕上一片红肿。他把带来的《圣经》放下来，并把爪子般细瘦的双手放在书皮上。我如觊觎鱼肉的猫一般，贪婪地看着《圣经》。

东柱的眼神不安地晃动着，因为传他带着《圣经》来应讯，让他感到疑惧。为什么要带着《圣经》来呢？是要审查送入的书籍吗？还是颁发了宗教书籍的禁止令？不会是销毁令吧？各种疑问，如马蜂般群起攻击他。我该做的事情，首先便是让他安心。

“《圣经》一点问题也没有，不用审查，也不用销毁。”

他仍然半信半疑地望着我，我尽量做出温和的表情。

“我想找一个句子，而监狱里只有你才有《圣经》。可以借我看吗？一下就好。”

他静静地用双手将《圣经》推到我这边来，我慢慢翻过书页。《创世记》《出埃及记》《利未记》……当我翻到《诗篇》时，心脏开始剧烈跳动起来。只听到书页哗哗翻过的声音，和我吞口水的声音。一百三十七这个数字，扭来扭去的字符跳进了我的视线中。

我们曾在巴比伦的河边坐下，一追想锡安就哭了。
我们把琴挂在那里的柳树上，
因为在那里，掳掠我们的要我们唱歌；
抢夺我们的要我们作乐，说：“给我们唱一首锡安歌吧！”
我们怎能在外邦唱耶和华的歌呢？

短短几行的句子下面，用铅笔画了底线。隐约可见的底线，连接起巴比伦帝国和希伯来奴隶、威尔第和《纳布科》、《送我回故乡》和《希伯来奴隶合唱曲》。我把目光从《圣经》挪到东柱身上。他察觉到，自己隐藏的秘密已经被我摸到门槛了。

“你读过《古典音乐大师集》了啊！”

我点了点头，他也点了点头。然后，他把我用眼神询问的《诗篇》一句句地解释给我听。

“被俘虏到巴比伦江岸的希伯来奴隶，唱着老歌，流着眼泪怀念锡安山。巴比伦监督官竟然嘲弄地要这些愁肠满腹的人唱希伯来歌。希伯来人等于处在进退维谷的两难中。违抗命令，难逃一死；服从命令，辱及祖国。威尔第从这诗句中得到灵感，创作了《希伯来奴隶合唱曲》。他给了曲中进退维谷的希伯来人一个安上金色翅膀、飞返锡安的希望。”

他的回答教导了我，他的话让模糊不清的真相逐渐清晰显现。《希伯来奴隶合唱曲》是江岸的希伯来奴隶、受到奥地利王国压迫的意大利人的一种反抗。相同地，这首歌曲也将会是被关在日本帝国监狱里的朝鲜人的反抗曲。

我如猛兽露出利齿，凶狠地问：“选择《希伯来奴隶合唱曲》作为合唱曲目的人，不是岩波绿，对吧？”

“不是岩波绿又会是谁呢？”

我没有回答，而是注视着他的眼睛。我的眼睛说，就是你。

他淡淡地说：“或许吧。谁选了那首歌并不重要，重要的是，这首歌有多么诚挚。唱的人发自内心唱出来的歌，能让听的人有多么感动，这才重要。”

“你爱怎么想就怎么想吧。但团员还是会照着歌词意义，抱着收复失去的祖国、返回遥远故乡的想法来演唱这首歌。这首歌可是要唱给政府高层人士、军方有权势者以及外国公使听的。如果朝鲜囚犯唱着怀念祖国的歌曲，会发生什么事，你想过吗？”

他摇了摇头。

“我没想那么多，我只想到一个完美的舞台而已。”

他看似是这座监狱里比任何一个囚犯都单纯的人，其实或许是比任何一个看守都狡诈的人。他现在正策划并进行着一桩瞒天过海、只属于自己的复仇行动。他的复仇不是挖地道，也不是以凶神恶煞的眼光来杀害看守，更不是试图要逃出监狱。他只是想用一架普通的钢琴和囚犯的歌声，如冰块般敲击在冷硬的战争狂的胸膛上。

“你是太天真，还是太聪明？你以为他们不知道这首歌的含义吗？《希伯来奴隶合唱曲》很明显就是梦想朝鲜独立的独立分子的反抗曲。这是一首希伯来人反抗巴比伦帝国、意大利人反抗奥地利王国、朝鲜人反抗日本的反抗曲。”

“这首歌最能表达出被关在他国监狱里的朝鲜人的心声，不管是朝鲜人、希伯来人，还是意大利人，都能将歌曲里蕴含的真情传达给听者。”

“这是利用音乐与艺术，放开喉咙呐喊朝鲜独立的骗局。你想把全日本的高官都聚集到一处，导演一出既露骨又隐晦的反抗剧。如果真相被揭穿了，不只是团员，所有与音乐会有关的人都将受到牵连。典狱长和看守长会被免职，脱下那身制服。这就是你想要的结果吗？扳倒典狱长和看守长，让我和岩波绿陷入困境中？”

“我想要的歌，不是想伤害谁，或让谁陷入困境中。只是想在这场战争中，让一首真心的歌曲被人听到罢了。”

他仿如结束告解的人，又如完成最后供述的被告一样，眼神无力地望着我。他的梦想很天真，还是很狡猾？不，这些都无所谓。他的梦想真的能实现吗？世上如此险恶，世界如此残酷，真的有能安慰众人的音乐、能祝福众人的歌曲吗？

“你不该那么做。”

“为什么？”

“因为那种反动歌曲，不该在福冈监狱的贵宾前演唱。”

我想起了帝国交付给我的身份和职务，我是福冈监狱的审查官，这座监狱的所有作品都不得脱离我的审查尺度。不只是信件和书籍，连歌曲和公演内容也一样。我必须有所选择，加以判决。是该销毁，还是发送；该除去，还是该留下；该死亡，还是该存活。他所处心积虑准备至今的合唱演出，也一样。

“你会阻止音乐会吗？”他问。

那是问我，会不会将这一切阴谋向典狱长报告。我仿佛被蜘蛛网覆盖住整张脸，无法呼吸。身为审查官，理应阻止音乐会。但对于他的质问，我无法回答。或许，这场公演会因为那首反动歌曲而变得更美好。不知该如何回答的我，挠了挠短短的平头。被选为合唱团员的囚犯，似乎赌上了一切，专心于歌曲的练习。起初，他们不敢相信自己竟然能发出如此美妙的声音，如今，音乐成了他们的信仰，岩波绿也竟夜地练习伴奏。只有在练习的时候，他们才能感受到幸福，享受到自由。连没被选为合唱团员的囚犯，也会在劳役场里、在牢房里、在大院里，倾听通过医疗大楼走道依稀传来的歌声。音乐，已经成为死亡监狱里唯一的安慰。

他的眼神似乎又在问我：“即使如此，你也要阻止音乐会吗？”必须择其一，让我感到痛苦，造成我如此痛苦的他，更令人痛恨。

他说：“三十八号牢房的金老头儿说过，既然只能押在一边，那就选择有希望的那一边。做生意，就要选择会赚钱的那一边，才能有更多的利润。”

他开心地笑了起来，声音柔柔的。在他温顺的眼神里，何处藏着那样的轻率呢？我想责备他的轻率，又想跟随他的纯真。没有人知道，结果究竟是否如他所言，有奇迹发生，有利润可赚。或许，当音乐会结束后，所有相关的人都会遭到侮辱。但，运气好的话，说不定听众会热烈鼓掌，深受感动，音乐会圆满成功。或许，我们可以亲眼看见音乐的伟大，把演唱者的真心切切实实地传达给听众。但是，我是个军人，无法把希望赌在那么虚妄的事情上。我不想被牵连到会让他和岩波绿都落入险境的危险赌博中。然而，我仍旧想瞧见，朝鲜囚犯的合唱歌声打动了日本观众。即使战争让我们屈膝受辱，世界让我们变成肮脏的禽兽，也无法伤害到我们的灵魂。

这一瞬间，我对自己是审查官的事实感到害怕。这是杉山死前拥有的身份。不仅如此，我也如杉山一般，是合唱团的护送看守，也知道地下图书室的存在，也正做着他曾经做过或想做的一切事情。那么，我是不是也会被某个人杀害呢？恐惧，让我直冒冷汗。

最终，我还是无法从东柱的轻率阴谋中脱身。对于他梦想的合唱，比起身为一名审查官，我更想成为一个站在角落里的听众。

23

不断沉沦的普罗米修斯

东柱脸上流着夹杂了污垢的汗水，从一大清早就拖着板车，现在简直是筋疲力尽。审讯室微弱的灯光，让他的眼睛看起来更加深陷，细瘦肩骨上的囚服显得更加宽大。

“你看起来很累的样子。”

“别把我当老头儿看，我才二十七岁，身体也能动。明天还有医疗诊治，打上一针就没事了。”

露出一口白牙笑着的他，眼神闪烁着期待与好奇。这是一双无论何时都是死气沉沉的眼睛。在劳役场里，汗流浃背拖着板车的他；独自站在空无一人的白杨树小丘上发呆的他；蹲坐在阳光照耀的高墙下的他，以及现在坐在审讯室里的他，都是完全不一样的人。在谈论诗的时候，他仿佛从墓穴里走出来的患麻风病的乞丐拉撒路，声音充满活力，双眼闪闪发亮。他如平时一般用清晰的嗓音背诵起一首诗。

肝

海边涂满阳光的岩石上，
摊开潮湿的肝叶曝晒。

如从高加索山中逃出的兔子，
绕着圆周转个不停，守护这片肝。

我长久饲养的瘦弱飞鹰啊！
过来撕扯吞吃吧，无须犹豫。

你日渐肥胖，
我则日渐瘦弱。然而，
乌龟啊！
我将不再落入龙宫的诱惑里。

普罗米修斯啊，可怜的普罗米修斯，
以盗火贼之罪，受石磨套颈，
不断沉沦的普罗米修斯。

这首诗与他过去的诗风截然不同，让人感到惊慌。每一行，每一句，不再是温柔的思索，而是充满了激烈的情感；不再是内敛的情绪，而是萌动着一股浓郁的愤怒。愤怒，化为自我疗伤的意志，向更广大的人类扩散。

他按捺住激动的情绪，冷静地说：“一九四○年，在我即将从延熙专校毕业之前，本来打算出版一本诗集。我整理出十九篇诗，连书名都定好了，但因为是用朝鲜文写的，没法儿通过日本当局的审查。我的老师认为这威胁到的不是诗集，而是我的性命，因此极力阻止。”

他的愤怒，来自第一本诗集的出版遭遇挫折的积郁。现实让他连一本诗集都无法出版，现在他竟然连憎恨这种现实的意念都失去了。

“《天、星星、风与诗》虽然是一本未能诞生的诗集，书名却留了下来。”

他淡淡地笑着，同时也吐出一声无力的叹息。他的话，就像一根刺，刺进了我的耳朵。

“你是说《天、星星、风与诗》吗？”

他点了点头，我又反问：“不是《天、风、星星与诗》吗？而且你从延熙专门学校毕业，不是一九四一年，而是一九四○年。”

“这有什么问题吗？”

他的表情，仿佛我在无理取闹。当然，如果他是别人，这就不成问题。不管是《天、星星、风与诗》也好，《天、风、星星与诗》也罢；从延熙专门学校毕业是一九四一年也可以，是一九四○年也无妨。但，就因为是他，问题就不同了。因为那个书名，是他第一本想出版的诗集；而出版年份，则是他从延熙专门学校毕业的那年。仔细如他，绝对不会搞错这种重要的事实。

“人的记忆是不足取信的。”

他毫不在意地笑了起来，然而我笑不出来。近来，他的记忆力已经很严重地退化了。是因为营养不良的关系吗？还是因为过重的强制劳动？不然，是因为被殴打得太厉害？但愿这只是暂时性的症状，但我没来由地感到不安。似乎有什么邪恶的东西正在逐渐侵蚀他。他原本就瘦削的脸，变得更瘦削；原本憔悴的面容，变得更憔悴；小小的伤口，也很难复原。呆愣愣凝望着半空的时间也愈来愈长。还会把西泽和奥古斯都搞混，弄不清司汤达和雨果。

他用一只手挡住剧烈的咳嗽，袖子上一片血红。把他的袖子卷起来一看，手臂上一道长长的剐伤，还留着斑斑的血迹。

他毫不在意地说："这没什么，劳动快结束的时候，板车歪了一下，就被弹药桶给剐了一道。不知道是不是没好好吃饭的关系，血老是止不住。"

"都已经过了两小时，你到底在做什么？"

我一面解开绑脚布，缠在他的手臂上，一面对他吼。但我的怒吼如同毫无意义的噪声，一点用处也没有。在监狱里，生了病，受了伤，都不值得向他人夸耀。在高墙里，没有人身上不病不痛的。所有的囚犯都很虚弱，生着病苟延残喘。连一次小小的感冒，在这里都有可能恶化为肺炎，最后因此死亡。在这里，死亡不是代表一个人的生命完了，而是代表无数的疾病、暴力与虐待的结束。他用混浊如脏水的眼睛望着我。

"大概是因为冷的关系吧。春天马上就来了，天气变暖的话，大概就会好多了。幸好我是可以接受治疗、注射的医疗诊治对象。"

"说的也是，希望讨厌的冬天能快点过去。"

"只有撑过严酷的寒冬和强势的风雪，春天才会来。就如同不下雨就看不到彩虹一般，痛苦之后才能迎来真正的美好。没有经过痛苦所得到的美，什么都不是。"

当他说这番话时，眼神变得十分清明。但仅凭如此，仍旧无法掩藏他的虚弱。

"去试药室的时候，记得要仔细说明你的症状，这样他们才会对症开药或打针。”

在我说话之际，他仍不时地咳嗽。

“腿脚无力，老是摔跤，视力变得模糊，记忆力减退，这些症状又不只是我一人而已。医师说，这是强效营养剂与体质不合产生的暂时性过敏反应，继续治疗下去，就会好转的。”

他的解释并未让我安心。就算他说的是真的，虚弱的囚犯是否能承受那么强的药性呢？一天才一顿的饭团，加上十二小时的辛苦劳动，还有看守动不动就棍棒加身，毁掉了他原本端正的脸。他的脸上长着白癣，眼睛如沾了层灰似的混浊。

“别担心！我会活下来的，按照我自己所说的，活着走出这个地方。”

我黑着一张脸，他像要安慰我似的，对我欣然一笑。真的该受到安慰的人，不是我，是他才对。我想起了唯一能帮助我的人，医疗大楼那位美丽的白衣天使。我扶起了东柱。

我们停在通往医疗大楼走道的铁门前，听到我说正在护送急诊病患，看守便打开了铁门。锒铛锒铛的脚镣声将我们不断拖向黑暗里，漆黑的走道吞没了我们粗重的呼吸声。我们一走到礼堂前面，便听到钢琴的声音。听到脚镣声，岩波绿停下了手指，转头往后看。我的额头渗满了汗珠，呼吸都喷到下巴上了。她一脸惊讶地来回看着我和东柱。

“抱歉打扰你练习，这是急诊病患，一直血流不止。”

她打开放在钢琴旁边的急救箱，以熟练的手法用酒精清理伤口。

“这种还未深到必须缝合的擦伤，怎么会血流不止，真的有点奇怪。”

她在伤口处贴上纱布，再用绷带包起来，血才不再从纱布上渗出来。转身往后坐的东柱，把一根手指静静地放在琴键上，模糊的乐音如一根细线般接连不断。他闭上了眼睛，用全身去感受那份鸣动。我拉着岩波绿走出礼堂。

“幸好这次血止住了，可是我很担心以后。劳役场里，总免不了会受伤。再说，血流不止，或许只是某种病的小症状。”

“还有其他症状吗？”

“他确实和以前很不一样，审讯的时候，老是忍不住打瞌睡。劳动的时候，也总是精神不集中。不时出现咳嗽和感冒的症状，而且记忆力也大幅减退。”

“酷寒季节，加上牢房里暖气不足，感冒患者多了起来。不久前也曾有过伤口流血不止的病患，大部分都是第三监舍的犯人。”

我猛然追着她的话尾问道：“第三监舍的话，就是朝鲜囚犯。他们不仅被安排了繁重的劳务，饭食配给还特别少，而且牢房里根本没有暖气，自然身体的抵抗力会变差，也没法儿抵抗疾病。”

“我不是指那个，我是说朝鲜囚犯有些特别的地方。”

岩波绿语气犹豫。我追问道：“有什么特别？”

“医疗诊治对象大部分都是从第三监舍挑出来的。”

我当场愣在那里。

“医疗诊治不是为了让健康异常者恢复健康吗？所以才会以身体较虚弱的朝鲜人为主，挑出医疗诊治对象。不过，为什么医疗诊治对象的健康反而日渐恶化呢？”

她摇了摇头。

“可能是注射的针剂有问题。对身体虚弱的人来说，如果注射了强效营养剂，可能会产生意料之外的副作用。”

“我必须知道，那里正发生着什么事情。”

“他们都是出身于帝国最优秀的福冈医大的医师，如果确定有任何副作用出现，应该会优先采取处理措施。”

“如果真想采取什么措施，应该早就有所行动才对。”

我知道自己在生气，如果没能照顾好他，我一辈子都会为此感到内疚，我不想如此度过一生。

岩波绿说：“四天后，院里会举行检讨一个星期诊疗计划和研究课题的研究会议，我会报告副作用的案例和建议措施，你帮我调查医疗诊治对象在接受治疗后出现的副作用情况。”

她闪亮的眼睛让我多少感到安心。然而另一方面，又涌起莫名的不安。我们是不是正向更危险的深渊迈进呢？

森冈院长的研究室充斥着刺鼻的味道。数十种药物混合的味道，给人一种凉丝丝的感觉。一边墙上的书架上，放着数不清的医学书。院长一脸喜悦地向我伸出手来。我就像个木头人一样，木讷地伸出了手，从他的手上传来温暖的体温。

“由一君，听说你自愿担任医疗诊治对象的护送看守，真是太好了！你能成为护送看守，我就更安心了。”

院长又用温和的声音接着说：“不过呢，听说小绿护士的研究会议报告资料是由你搜集制作的，我想这中间可能有点误会。”

这不知道是在恭维我呢，还是在责怪我。我提供给岩波绿的调查报告，按照囚犯编号和副作用症状分类。头痛、疲劳、身体无力、消化不良等症状几乎出现在所有患者身上，呕吐和腹泻也不少。记忆力衰退、眩晕，以及伤口血流不止的症状，轻微撞击也会出现青肿的皮下瘀血现象，则频繁出现。几乎所有病患都出现了一种以上的症状。

“病患纷纷抱怨有副作用，我才将调查结果报告给医疗小组的。”

“我不是要责备你什么，研究小组已经缜密地检讨了这份报告，决定采取适当的处理措施。真是一份了不起的报告啊，只不过有一个致命的缺点。”

“您是说缺点吗？”

“你的报告太过偏重对象的陈述，报告里出现的大部分副作用都是从囚犯嘴里说出来的。但是，比起片面之词，医疗副作用更需要通过精密调查后的判断，才能根据结果采取相应的措施。”

他如流水潺潺的嗓音、泰然的表情，让我产生了愧疚感。知性的印象、通过经验所积累的医术、绅士品位的风范、推动监狱音乐会的艺术取向，以及断然表达自我意见的同时也不失礼仪的尊重，还有在战争中也不忘照顾朝鲜囚犯的人道精神……有一天，当我到了他这个年纪，我也想拥有那种嗓音。但是，我能有幸活到他这个年纪吗？就算可以，我也不可能成为像他这样的人。在他睿智地跨越生命中重重关卡，来到中年之前的一切，都是我未曾经历过的事情。

“那不是片面之词，接受注射的人一一诉说着他们的痛苦。我认为，病患亲身感受到的症状，才是最正确的数据。”

结结巴巴的声音，听起来像辩驳。含着一抹温和的微笑、沉浸在思考中的他，下定了决心似的说：“明天，我让你看看试药室和诊疗室的现场。虽然属于保安区域，但你只要看过医疗诊治是如何科学化、卫生化地进行的，应该就能消除误会了。”

远远地从礼堂里传来团员正在练习的合唱声。歌声变得愈来愈有力，愈来愈成熟。

第二天下午两点，我护送了三十名囚犯过去。在医疗大楼走道上聆听合唱的东柱，瘦弱的脸颊上显出了生气。当歌声的余韵消失后，囚犯才如江水东流般在走道上迈步。铁链拖动的声音、刺鼻的消毒药水味、虚弱的咳嗽声音，我们就在这些声音与味道里走着。真不知道是否该庆幸东柱能从沉重的劳役里脱身，到底是打针弄坏了他的身体，还是劳役使他的身体每况愈下。当我们走到诊疗室时，戴着银边眼镜的医师使了个眼色，要我随他去。他打开挂着“试药室”牌子的咖啡色木门，走了进去。纯白色的房间里，可以看到中间过道两侧共有六张白色布帘围起的简易病床。医师在木桌前坐下，随即有两名护士勤快地动起来。她们叫出号码，六名囚犯进来各据一张病床，护士如机器般用正确的动作找到血管，将注射器插进去。清澈的药液流入身体里。接受注射的人还需要经过一个恢复的过程，因为注射完就马上起身会引起眩晕或肌肉痉挛之类的副作用。药剂均匀分布到身体里，大约需要二十分钟的时间。医师缓缓地走在患者之间，开口说：“那些药剂会让他们的身体更有活力，生命力更旺盛。对在战场上战斗的士兵来说，会生出强壮的力气，是帝国胜利的决定性基础。”

医师又打开了诊疗室一边墙壁的门，我就像透过兔子洞窥视的爱丽丝一样往门里瞧。墙壁上涂着石灰的房间内部，和试药室大同小异。从桌上放着的病患名册和个别病患的诊疗记录来看，似乎对健康状态与身体机能进行了多样化的检查。翻阅着记录的医师，朝着门外大声叫：“五三一号！进来！”

坐在角落的椅子上，一动也不动的一个年轻患者，用朝鲜语重复了医师的话。一个眼珠凹陷的男人走了进来。医师眼睛盯着记录。

“有哪里特别不舒服吗？”

医师甩出一句刀锋似的话。病患睁着呆滞的眼睛，口译者把医师的话用朝鲜语传达过去。

“没有哪里特别不舒服，因为全身都很不舒服。总觉得脑子不清楚，明明很累，晚上又睡不着。也没吃什么东西，没怎么消化，就全部从下面泻出去了。”

医师漠然地在诊疗记录上写下症状。当他放下笔，便从抽屉里拿出秒表和一张像随机数表一样抄着密密麻麻数字的纸。医师解释说，这不是随机数表，而是能即刻发现大脑活动损伤程度的心算测试题。这种要求具备瞬间记忆力、强大集中力以及正确运算力等大脑活动整体能力的心算，是对神经系统最有效的测试。医师把纸换个方向放下，然后按下秒表。

“开始！”

病患似乎已经做过好几次测试，因此熟练地开始解题。大部分是两位数的加减，简单的运算。嘀嗒的秒针移动打破了寂静。一分钟后，医师发出停止的信号，病患一脸疲倦地放下了笔。检查着答案纸的医师，记录下答题数目、答对题数和答错题数。接着又进入下一阶段的测试，关于故乡、父母姓名、生日等基本个人资料的问题。

“现在是哪年哪月？”

“一九四五年一月。”

“这里是哪里？”

“福冈监狱。”

病患结结巴巴地回答了。医师歪着头在诊疗记录上写下来。问题继续。

“故乡在哪里？”

“朝鲜半岛义州。”

“你何时出狱？”

他迟疑了一下。

“是一九四六年吗？”

医师在诊疗记录上写着“未能清楚记得出狱日”。单调简短的问题一直持续着，病患在几个问题上出现迟疑，有一两个问题则完全无法回答。医师把结果与诊疗记录上上一次的测试回答相比较。病患张着干裂的嘴巴抱怨着。

“怎么样，医师？变好了还是变坏了？”

“良药苦口啊，这是特别的注射药剂，身体要适应的话，还需要一点时间。会一点点地好转的，就多等等吧。”

表情一下子变得开朗的患者，好几次低头致意，才走出门外。医师为难地望着他佝偻的背影说：“一分钟时间里做了十二题，答对的有九题。比上星期少答了一题，多答错一题。记忆力诊疗上，无法回答问题和迟疑的次数各多了两次。结果不是太好，似乎如你所说，是药剂的副作用。”

“那么，是不是该马上停止注射呢？”

医师一脸郁闷地摇摇头。

“我告诉你，看守兵！你不懂这是什么研究，就别说什么停不停止的。你知道有多少人寄望于这次的研究能够成功吗？了不起的大人物都在关注着这项研究！研究课题由研究小组自行决定，你就做好你护送官的工作吧！”

也就是说，他们的课题不是一个小小的看守兵可以说停就停的。他们是救人的医生，救的不是一两个人，而是数十万人。他们的研究结果，可以拯救战场上的军人，以及躺在余烬上的空袭受害者。所有的研究必然会伴随副作用，他们正在努力消除种种的副作用。医师又说，如果是一种没有副作用、不会失败的新技术，那还需要研究吗？

下一名患者走进了房间，深陷的眼睛、突出的颧骨、干瘪的脸颊、头盖骨轮廓分明的额头、脸孔消瘦以至看起来变长的鼻梁……仿佛要融入白墙里去的苍白脸孔，几乎让人认不出来。医师翻开诊疗记录，机械性地问："囚犯编号？"

"不记得了。"

"姓名？"

"尹东柱。"

医师惊慌地抬头看着他，极力压抑住情绪，装出温和的样子。

"创氏名！"

"不记得了。"

医师在诊疗记录上写下"不记得创氏名"，又把心算问题推过去。握着铅笔的病患开始解题，三分钟后，医师按下秒表的停止钮，继续下一阶段的问答。

"故乡？"

"满洲和龙的明东村。"他脸上浮起微微的笑容，又解释说，"那是一个群山环绕的幽静村庄，一到春天，杜鹃花、樱桃花、芍药花、老姑草、铃兰花争奇斗艳。小河边还有棉花状的柳絮，随处飘飞。"①

"够了！现在不是让你心情愉快地回忆故乡的时候。"

医师斩钉截铁地打断他的话，继续提出问题。

"何时出狱？"

"一九四五年十一月三十日。"

---

① 原注：参考尹东柱的表兄弟，也是诗人的金桢宇先生的证言录。

“大日本帝国天皇陛下是哪位？”

“不记得了。”

医师嘴角轻轻地痉挛起来。

“还记得的词语？”

东柱闭上了眼睛，从他的嘴里，词语如口哨般流泻而出。

“天空、风、星星、诗。”

医师写下这些词语后说：“很好！现在背背九九乘法表里九的倍数。”

东柱表情淡漠地开始慢慢背诵数字。

“九、十八、二十七、三十六、四十五、五十四、六十三、七十二、八十一、九十、九十九……”

“够了，可以了！出去吧！”

他慢慢地转过身去，瘦弱的背脊，看起来就像一块废弃的荒地般令人不忍目睹。原本挺直的背脊，如今肩骨突出，瘦骨嶙峋；原本端正的步伐，现在也变得步履蹒跚。他的情况确实愈来愈糟糕，医师声如干柴般僵硬地说：“他的记忆力和运算力都很完美，解题也比一般人多，没有答错的题目。对于药剂也适应得很好，不用担心副作用。”

我用怀疑的口吻反驳。

“他的记忆力正逐渐衰退，连创氏名和囚犯编号都不记得了。”

“在问诊过程中，常要懂得分辨一紧张就谎答的情况。”

“什么叫谎答？”

“不是正确也不是错误的第三种答案。病患故意说出错误的答案，或与问题无关的回答。他说不出创氏名，不是因为他不记得，而是因为他不去记。囚犯编号也一样。”

“他既然记得，为什么要故意掩饰呢？”

“因为他不想承认自己有罪，故意把囚犯编号从记忆里抹掉，来排除自己的罪行。同样，用忘记创氏名的说法来否定改名的事实，果然像个聪明的人会做的事情。”

“你是说，他故意骗人？”

“他看出来医疗诊治对象都有一两种副作用，因此反过来，利用记忆力减退这个普遍性的副作用，故意否定存在的记忆。如果他真的不记得囚犯编号，就会低下头来看看胸口，因为那里就清楚标示着六四五这个数字，但他并没有那么做。再说，他正确地说出了自己出狱的日子，连九九表都完美地背了出来。你也看到他说出正确的答案了！”

“他并没有使用一般性的九九乘法背诵法，没有‘一九得九、二九十八、三九二十七’的习惯规律，而是按照九、十八、二十七的顺序把数字说出来。”

“不管怎样，都是很完美的正确答案。”

“他不是在背诵九九表，而是在计算。不是用一般性的 9×2=18，9×3=27 的乘法方式的记忆，而是用 9+9=18，18+9=27 这种加法方式计算。”

“你怎么知道？”

“他已经超过乘法表里九倍数最后的数字八十一，一直说到了九十、九十九。如果没有阻止他，我相信他会继续说下去。一百零八、一百一十七、一百二十六……”

“那也没关系，能做出如此完美的加法运算，就视为大脑活动良好。那个部分放到下次医疗诊治时检查，你可以护送囚犯们离开了。”

我还想再说些什么，但僵硬的嘴唇不听使唤。我用标准的制式动作向后转，走出了房间。男人们分成两列，站在黑漆漆的走道角落里。当我一个个地点到囚号时，便会听到如风扫落叶般喘息的声音。一个个地确认过长相和脚镣后，我把心中的郁闷如吐痰般吐了出来——

“向前走！”

当锒铛锒铛的铁链声响起，我很想看看他是否走得好好的，但还是没有回头看。因为，我不想让他看到我眼中噙着的悲伤。

24

我的星星，是否也有春天……

空袭的次数逐渐增多，且时间拉长。日本成了一个巨大的军营，福冈监狱则成了美国空军的前院，不时就过来轰炸一番。阴森森的警戒警报和紧急的空袭警报，是死亡与破坏的前兆。B29 机群仿佛是被警报声所吸引而来，瞬间就将都市化为灰烬。随后才响起的警笛声，则像是为已成灰烬的城市以及被压在灰烬下的灵魂唱起的安魂曲。提着水桶的女人、高举灭火扫帚的孩子，替代去了前线的男人，奔跑在已成灰烬的街道上。在刺耳的警笛声、蜂群似的飞机声、爆炸声和哀号里，人们想起了在那街道上曾经有过的各种声音——即使只是滚着的一个铁罐的当啷啷响声，咯咯不停的孩子笑声，叭叭响个不停的汽车喇叭声，唱片行里传出的爵士乐，女人银铃般的轻笑声。然而，战争让街道风景化作了灰烬，只剩下沉重的军靴声、关了门的商店，以及以惊人速度奔驰的军用卡车，卡车后面蹲挤着的一脸惊慌的年轻人，他们大部分分明无法活着回来。死亡已变得如日常生活般让人麻木，人们都背负着死亡的负担生活着。现在，已经成了一个只要能活下来就好的时代。

随着战争的持续，劳动也持续着。许多的军服，更多的军服，愈来愈多的军服。囚犯必须清洗沾染鲜血或修补被炮弹碎片撕裂的军服，然后重新染色。东柱卖力地拉着手推车，里面装满了沾染血汗的军服。每当户外活动铃声响起，他才能伸伸腰，眺望劳役场外面的灰色天空，然后低低地吹起口哨，随风传送。

似刺耳也似愁苦的口哨声充满了诱惑，让经过的人愣愣地连脚步也停了下来。我一走近他身旁，就从他身上闻到一股汗臭味。真令人高兴，会流汗，就证明他的身体还很健康。口哨声突然停止，声音消失后，面对突然空旷下来的空间，他呆愣地望着。是否想起来放风筝时的快乐时光呢？我跟随着他的眼光，望向天空。天空如一块褪色的灰色布料般低低地延伸出去。他张开干裂发白的嘴唇说："第四天了，每天这个时候会升起的风筝，已经第四天没见到了。"

风筝，不只是对他，也是对于监狱里所有人的一份回忆。如翩翩起舞、如激烈拳击的斗风筝，如今也看不到了。

"有人因为好奇才来斗风筝。用沾了玻璃粉末的风筝线来割断脆弱的风筝线，只是把这当成好玩的游戏吧。监狱里禁止放风筝后，对方也不再来了。"

"那个孩子不是仅仅为了割断风筝线，才随随便便斗上来的。那孩子放风筝的手法，该怎么说呢，很细致，还是该说很老练？"

他说，和那孩子斗风筝，就如同跳华尔兹一样。孩子就像第一次参加舞会的女孩，羞涩地伸出手，悄悄地钩上风筝线。他则像搂住了女孩纤腰的青年，慢慢拉紧风筝线，引导孩子的风筝。孩子小心而细致地摆弄风筝线，仿佛希望他的线不要断掉，能久久地支撑下去。当他卷起风筝线，孩子就放松自己的线；当他放松风筝线，孩子也一起放松，双双高飞。尽管囚犯全都认为他们在进行激烈的斗风筝，其实不然。他们不是在争斗，而是在天空里翩然起舞。他可以通过风筝线，明显地感受到孩子的细心体贴。

“那孩子为何如此呢？”

“大概是因为寂寞吧！那孩子就像只在主人膝盖上撒娇的小狗一样，把自己风筝的重量全都放到我的风筝线上了。突然升高，翻跟斗，转圈圈，都是在耍宝而已。那孩子不是在夸耀自己的手法，只是想找人玩。”

他的话令人难以置信，隔着高高的围墙，在斗风筝之际，还能交换双方的情绪。不只是他的话，他通过风筝线所感受到的那孩子的寂寞，也很难让人相信。

“放风筝被禁止了。”

我冷硬地提醒他监狱的方针，他默默地将视线投向高墙外的蓝色天空。他的眼神仿佛在寻找蓝色风筝一般，徘徊在空荡荡的天空里。在无法放风筝的此时，他为何如此执着于那踪影全无的风筝呢？说不定，他的执着对象不在于蓝色风筝，而是放风筝的孩子。

“那孩子只不过是对放风筝失去兴趣罢了。”

我的话似乎没能安慰他，反而使他有了更深的挫折感。他仿佛希望正如我所说的，那孩子只是失去了兴趣，却又无法忘却四天前所发生的可怕事情。那天夜里，这个城市发生了狂人烟火秀。是的，如果那也算得上是放烟火的话，由一群战争狂热分子上演的死亡烟火秀。运载着破坏与死亡的飞机，在静谧的深夜里飞了过来。远处发出轰轰的爆炸声，传来阵阵火药的味道。港口方向的天空被染得一片通红，刺耳的警笛声一阵阵地响起。墙壁倒塌、屋顶崩垮的声音，火舌意欲吞噬掉整个城市的声音……他愣愣地站在牢房中间，倾听黑暗里的爆炸声越过监狱的高墙传了进来。朝鲜囚犯很享受这种瞬间便能吞噬掉自己的致命烟火秀。“再投再投！全都炸光！”他们兴奋得就算自己被炸成碎片也不在乎，双眼充血，大喊大叫，恳切地希望 B29 轰炸机能将这个都市炸成废墟。东柱缩着肩膀结结巴巴地说：“我只想确定那孩子还活着，如果能出来放风筝，那就没事了……只要风筝在飞，那孩子就一定会过来斗风筝……”

他的声音仿佛快窒息似的，喘个不停。我很想安抚他的绝望，不管什么话都该说出几句来。

“放风筝被禁止了，一定还有别的方法可以确定那孩子安然无事的。”

不管是什么方法，但愿他别问，因为我无法回答。屋顶上的喇叭发出劳动开始的铃声。他似受鞭挞般，惊吓之余，拉起手推车回转。

第二天，合唱练习结束，我小心翼翼地拜托岩波绿，可否帮忙打听在监狱外面放风筝的那个孩子，虽然不知道名字，也不知道长相，但还是想找到看到过那孩子的人。岩波绿避而不答，把手放到琴键上。不知道她是否感受到威胁，说不定还想从中抽身而出。我就如同脚踩绳索的杂耍艺人一样岌岌可危。这世间暗无天日，我的大脑也是一团混乱。

两天后，当我再次见到她时，黑暗的天地似乎亮了起来。我们并肩走在结冻的雪地上，脚一踩在水分蒸发的雪上面，便发出嘎吱嘎吱的声音。我小心地偷看她的侧脸，她的脸孔如雕像般轮廓分明，似乎在思考着该如何开口。我如意欲冲向赛马场的马匹一样焦躁起来，最后，她终于开口了。

“对不起，我没能见到那孩子。”

我的内心深处传来炸弹爆炸的怪响，难道真被他说中了？那天夜里的炮击，是今年以来最猛烈的一次。港口和市区街道都成了废墟，伤亡惨重。睡梦中的放风筝少女难道也是死伤中的一员吗？岩波绿接着又说：“我知道那孩子的家，就在博德港口向市区方向延伸的郊区。”

“你怎么知道？”

“杉山看守曾经拜托我去找过那孩子的家，那里是一个老旧的木结构房屋村庄，二十多户密密麻麻地挤成一堆。”

“福冈地方新闻报道说，那天空袭的主要目标便是连接港口和福冈市区的干线道路。那孩子的家怎么样了？”

“那孩子的家就在港口和市区之间的道路上。沿着道路投下的炸弹，像扫地一样扫过村庄，猛烈的程度即使过了好几天，火药的味道也久久不散。那里并没有类似军队或港口的主要设施，就是穷人聚居的偏僻地区，连普通的防空洞都没有。”

我全身的血都冻结了，这件事情，是不是不知道比知道更好？

岩波绿哑声说：“我好不容易才在福冈市立医院临时医疗大楼找到了少女的母亲。那位母亲因为被压在倒塌的屋梁下，脚骨碎裂了。那天是连紧急警报都没响起的深夜偷袭。”

“孩子呢？”我艰难地吼道。

“那孩子在空袭前就离开福冈了。政府下了疏散命令，为了躲避空袭，大城市的幼儿、儿童都得避难到外围地方，因此被送到乡下祖母家里去了。那是个离福冈一小时车程的农村，不会遭到空袭。”

仿佛开启暖炉一般，我全身又变得温暖起来。不管那里是哪里，只要孩子还活着就行。岩波绿把手上拿着的白色包袱递给我，点头示意我打开来看。那是撕开病床的旧床单做成的包袱布。

里面包着意料之外的东西，一只发黄褪色的纸风筝，弯成圆弧状的竖梁从中间断裂，因此本该维持张力的风筝看起来破破烂烂的，长长的尾巴看得到水渍的痕迹。

“睡梦中被爆炸声音吵醒，孩子的母亲慌乱地跑下老旧的楼梯，只顾着收拾女儿最珍爱的风筝。她说，把孩子送去乡下祖母家的那天，女儿把斗风筝时斗下来的风筝全都收了起来带走，唯独留下这只风筝挂在墙上没带。女儿说，想她的时候，就看看这只风筝。孩子的母亲就在收拾那只风筝要离开家的瞬间，爆炸声响起，自己也昏了过去。但在昏迷状态下，仍旧将女儿的风筝紧紧抱在胸口。”

简陋的风筝是粗糙的白纸做的，那是我看都看烦的监狱公文用纸，质地不佳的再生纸。那只风筝是谁做的，放风筝的人是谁，再明显不过了。那孩子的母亲对岩波绿说，脊梁断了的那只风筝，是孩子第一次斗风筝斗下来的。又说，放风筝对这个孤独的孩子来说，是唯一的幸福。我想象着一个白天独自留在家里的孩子，专心做着风筝，还把玻璃碎片磨成粉，沾在风筝线上，忙得小脸通红。

在别的孩子都聚集到海风吹拂的海边小山丘上时，这孩子却去了监狱附近的空地上。在那里，没有可以在一起玩的孩子，也没有在风筝上绑着韧线的乖僻孩子，少女在空旷的田野上放风筝。

有一天，突然从阴暗的监狱高墙里升起了一只风筝。风筝升起的同时，高墙里也传出了一阵欢呼声。少女靠近白色的风筝，钩住了风筝线。高墙内传出的欢呼声，似乎在为少女加油。少女和白色风筝久久纠缠，一起在空中旋转，反复起起落落。最后，脆弱的木棉线断掉，白色风筝打着旋落了下来。这是少女第一次得到的战利品，因此她珍惜地挂在墙壁上。少女的母亲知道，等到她回来时，一定会先看看这个令她骄傲的战利品。因此，即使在炸弹如雨的空袭中，也先去收拾风筝，没想到因此遭祸。

风筝上还留有灰尘和灰烬的痕迹，散发着淡淡烟熏和火药的味道。竖梁断裂，满身疮痍，纸张的下端也破了。破裂的风筝背面，透出黑色的墨水印，显出一笔一画用心写出来的字迹。那是我所熟悉、看了很多次的字体，也是已不在世的人写的字。抹了抹烟熏处，脏污的字迹就浮现出来。

给福冈最厉害的斗风筝高手，

恭喜！你今天赢了！

如果你读到这些字，那表示我们的风筝已经被你斗下来了。我们已经尽力而为，但还是没法儿抵挡你风筝的力量和敏捷的动作，以及你控制风筝的惊人技巧。

既然在斗风筝中赢了，这只风筝就归你。但我们还会做出新的风筝，好在明天继续和你的蓝色风筝一决胜负。搞不好，明天我们就会拿走你的蓝色风筝噢！明天我们会赢，说不定之后，再之后也都会赢。

等到冬天过去，斗风筝结束以后，也许你的房间里就挂满了我们的风筝。要好好珍惜我们的风筝啊！因为那些风筝代表你是福冈最厉害的斗风筝高手。

短短几行句子里，不仅挑起了少女的好胜心，还蕴含了好好珍惜风筝的嘱咐。在杉山放声大吼的冷硬声音里，竟然也有如此多情的时候？我静静地想象着，那粗俗的男人是否也曾爱过什么人？是否也曾为自己心爱的女人调着钢琴的琴音，听她笨拙地弹奏爵士音乐？是否曾经一起品尝热热的咖啡，梦想着一个甜美如桃的胖娃娃？我也会想着，他一定会成为一个好丈夫、好父亲。然而如今，他已不在世上，是谁把这个男人推进了死亡的深渊？

我抬起头问她："杉山是怎么把少女拉进来的？"

"诗人放弃写诗的时候，杉山来找过我，拿调音当借口。"

她把故事继续说下去。

*

杉山打开了形状如医师出诊皮箱的黑色提包，里面装满大大小小的钳子、扳手、琴弦和橡皮槌。

“C！”

像劈柴斧头似的声音。岩波绿端坐着按下琴键，杉山的耳朵追寻着她弹奏出来的声音。偶尔可听到杉山转紧扳手时用力的声音，扭得紧紧的弦发出哔轧声，听起来仿佛是老钢琴的呻吟声。

“E！”

钢琴逐渐活了过来，琴键找回了原来的声音，音量愈来愈充沛，共鸣也愈来愈稳重。黑得发亮的表面染上了金黄色的霞彩。岩波绿看着杉山粗大而坚定的手，上面有着刀割的伤痕，也有断后随意接合的弯曲指节。那是他在世上挣扎存活下来的唯一武器。击打在某个人鼻梁上的拳头，刺向某个人眼珠子的手指，对准某个人的刀枪，以及握紧棍棒的虎口。这手现在拿着扳手和橡皮槌，驯养着世上最细致的小兽。曾经招来死亡的手，现在正救活死去的声音。那手，是否还记得被自己送往死地的牺牲者呢？必定不然。如果留有那残酷的回忆，怎可能调出如此美丽的声音。

岩波绿开始演奏。“送我回故乡，那里有五谷百果繁盛……”

杉山闭着眼睛，眉头紧锁，嘴角微微上扬，用心欣赏每一个音的色彩、力量、共鸣、振动与余韵，仿佛不是沉浸在声音里，而是在音乐中。直到最后一个音的余韵都消失后，他才睁开了眼睛。粗糙的手掌相触下，发出沙沙干响的掌声响了起来。

“好多了，真令人感动。”

岩波绿的脸庞爬上红霞。

“声音吗？”

“不，不是声音，你的演奏很精彩，自然好多了。”

他脖子上的粗大青筋发红，似乎在生气，也似乎很冲动，其实他是难为情。他对情感一无所知，不知道自己感受到的是何种情感，也不知道该如何表达出那种情感。他所知道的情感，只有愤怒与憎恶。那是他在险恶世上保护自己的唯一方法，脆弱的情感是无法抵挡拳头与刀刃的。世界从未温柔地对待过他，他也不愿如此。他只想用愤怒和憎恶的铁甲，来包裹自己，保护自己。生气就憎恶谁；讨厌谁就发脾气。在被憎恨之前，先去憎恨，在被打之前，先打人。难为情，也发脾气；爱着什么人，也发脾气。用大吼来表达同情，用冷硬来表示好意。沉默，则是他最舒适的语言，至少比生气或憎恨要好。他把手放在闪闪发亮的钢琴上，吞了口口水。

“有件事想拜托你，可否帮我在监狱外面找个人……”

杉山没有把话说完。他是军人，必须在监狱里过着军营生活。隶属医疗大楼的护士，则可以自由进出监狱。岩波绿睁大杏眼，看了看周围，才问：“找什么人？”

杉山说不出话来，过了好一会儿才吞吞吐吐地说：“我也不知道是男的还是女的，年纪多大，住在哪里，长得什么样，只能确定是住在监狱附近的某个地方。虽然不是很明确，但每个星期二会在监狱外面的原野上放风筝。不知道是不是小孩子，不过听说是十三四岁，个性比较孤僻。”

他的声音里一点自信也没有，岩波绿问起省略掉的第三人称。

“是听谁说的？”

“平沼东柱，不，是尹东柱。你知道他吧？”

锐利的声音，听起来像在追究着什么。岩波绿受惊的眼神颤抖着。何止知道！她不仅知道东柱这个人，还知道他的诗和他喜欢吹的口哨旋律。而且不仅仅是单纯地知道他的诗，甚至还爱慕他。不仅是知道这个人，私底下两人还共谋着一个计划。音乐会的合唱曲目不正是东柱的提议吗？让所有计划得以实现的根源，在于杉山。正是杉山，让岩波绿和东柱得以相识。在杉山的棍棒下，东柱额头和肩胛骨破裂，如果不是因为必须接受治疗，他不会来到医疗大楼，也不会认识岩波绿。

她迟疑地问："他……做错了什么事吗？"

杉山摇了摇头。做错事的不是东柱，而是日本人。是跟踪他、逮捕他、收押他的特高课警察；是求刑三年的检察官、判决两年的法官。把他送进禁闭室，烧毁他诗集的杉山，垂下头望着自己指节粗大、长满硬茧的手。那双手做出来的事情，让他感到无地自容。

"从禁闭室回来后，他连一行诗都不肯写了。禁闭室是个不只监禁人的身体，连灵魂也一并摧毁破坏的怪物。而且，那家伙关在禁闭室的时候，连风筝和那孩子也不见了。"

"找到那孩子，然后呢？"

"请告诉他继续来放风筝，只要来监狱外面放风筝，就能一起斗风筝。"

他转头望向窗外的高墙另一端。只有斜射到肩膀的金黄色晚霞，偷听到了他们隐秘的对话。

*

"几天后，少女的风筝就升了起来。这只风筝，八成就是那时少女斗下的风筝吧。"

岩波绿手抚着破损的风筝。此刻，虽然已无法再飞上天空，但在断裂的风筝脊梁和碎损的尾巴上，留下了美丽的回忆，那是一段曾经迎风飞向苍空的蓝色记忆。

"如今看不到隔着监狱高墙的斗风筝了！"

“等到战争结束，少女返家后，一定会再来放风筝的。”

她苍白的额头和脸颊上，闪过凄凉的追思。

我说：“杉山把少女拉过来斗风筝，十分聪明。不仅提供了很好的围观氛围，也很有效地管理了囚犯。”

“杉山把少女拉过来，不是为了提供围观氛围，也不是为了管理囚犯。”

她的话像是辩驳，也像是想得到一个保证。瘦小的野猫悄悄地靠近窗户外面，积雪传来喳喳的声音。

她继续说：“杉山往高墙外飞送出去的，不是风筝，是诗。”

“什么意思？”

她说，一切都是杉山策划的。让东柱写诗，放风筝，还把少女拉来斗风筝，这一切都是杉山想把东柱的诗送到监狱外面的巧妙算计。

“杉山允许东柱用朝鲜文写诗，不过条件是，新写的诗必须翻译成日语读给他听。于是，东柱又开始写诗了。杉山不再是审查官，而是喜爱东柱诗的第一个读者。每当东柱用日语朗诵诗的时候，他就会把诗抄在熬夜做出来的风筝背面。东柱不知道这件事，只开心地放着风筝，和少女一起斗风筝，当然每斗必输。这虽是为了争斗，但还具有另外一个价值——只要风筝掉在监狱外面，东柱的诗就能脱离监狱。”

*

某个秋风吹过的夜晚，某个下雪的夜里，审查室里进行着只属于他们的安静审讯和自白。东柱读着自己的诗，杉山仿佛在做笔录一般，在审讯调查纸上听写下他的诗。怀着一颗走过黑沉沉雪径的旅人漂泊之心，饱尝暴风之苦的男人的独白，深受时代之痛的青年的叹息……他低低朗诵的诗，如在歌咏黑暗，却灿烂无比；虽然歌咏悲伤，却喜悦无穷。一句诗，如火柴般短暂地照亮了他们面前的黑暗。每当此时，杉山会用力在笔端写下他的诗，点上最后一个句号。在那个寒冷的、黑乎乎的、飘着腥味的审讯室里，一首诗就完成了。这首无人知晓的诗，杉山是第一个读者，他把这首诗人花了好几天甚或好几个月，在脑中一再构思润色的诗，转写到纸上，成为最初的读者。他不是在默写东柱失去的诗，而是写着新作的诗。

“这是关在没纸没笔的铁窗中创作出来的诗啊！”

听了杉山的话，东柱抬手搔了搔自己剃得短短的头发，回答说：“我不是被关在这里，只不过是生活在这里。”

诗人虽然没有翅膀，但乘着杉山的风筝，如鸽子般飞起。这是一种飞越坚固的高墙、尖锐的铁丝网，寻回自由的言语。从没在任何地方发表过的处女诗，乘风越过了高墙。风筝和高墙外少女的风筝相伴，翩翩飞舞在蓝色的天空上，起落旋转。这只脆弱的风筝，被少女沾了玻璃粉末的风筝线切断，随风摇摆，飘落地面。少女便会在野地上奔跑，追逐着摇摇欲坠的风筝。风筝从少女的视野里消失，在没人照看的地方打滚儿。时而落在荆棘丛里，偶尔也会掉落在泥潭中，或是挂在狭窄肮脏的小巷角落。少女为了找回失落的风筝，在荆棘丛、泥潭和窄巷角落里寻寻觅觅。一直到很晚很晚，少女才在港口的电线杆或海边的沙滩上，找到破损的风筝。少女寻找的，其实不是风筝，而是诗。发皱的风筝脊背上，写着笔迹潦草的日文。回到家里的少女，会把简陋的风筝珍藏在自己房间的壁橱深处。

诗，找到了自由。那么找到了自由的诗，又在何方？

25

我们的爱，说不出口

走进审讯室的东柱，脸上灰沉沉的；当审讯开始后，马上又像变了个人似的，显得生气勃勃。他侃侃谈论着不存在但可意识到的、看不见但可推想的、已消失但仍留在记忆里的事物，还有一些无法拥有只能期待、无法抵达只能盼望的事物。我们对坐在断裂的骨头和掉落的牙齿乱滚的审讯室里，凝视着对方的眼睛。当我与他相视，我已不再是监视他的看守，他也不再是一名囚犯。我们是梦想着文学的共谋者，追逐着消失的作者与他们的故事。无数的诗人、小说家、哲学家与画家，还有作品里的主角，都一起与我们叽里咕噜地交谈。

然而，这里是让人不寒而栗的审讯室，实在不适合所谓的浪漫。我对这糟糕透顶的现实，忍不住带着自嘲愤怒地说："诗？希望？可笑透了！这个监狱就是个荒漠，别说诗了，不吐脏话就谢天谢地了。"

"我们在等待春天的时候，说不定春天早已来到我们身边。唯有等到春天过去了，大家才察觉到春天来过了。冰冷的铁窗里，也有幸福的。"

"才不是呢，在发神经的铁窗里，什么都没有。美好、高雅、知性之类的东西，洗干净了眼睛都看不到。”

“没有的话，找出来不就有了。”

“再怎么找也白费力气。”

“再怎么找也找不到的话，我们就去创造。创造希望、幸福、梦想，和美妙的诗。我们想要的诗，不是写在纸上，而是充满各处，哪怕是在狭窄的牢房里，在粗大的铁窗中。幸亏有这铁窗困住了我，我才能写出更迫切的诗。”

或许吧！他太高洁了，本不该被关在这龌龊的监狱里。因此，他也只是暂时的过客，就如同鸟儿停留在高枝上一般。铁窗关不住他，手铐脚镣也无法束缚住他。监狱就是他的家、他的职场、他的学校、他的教会。在这里，他工作、休息、探究真实、虔诚祈祷。他是在牢房里吐丝的蚕，用断裂的骨头和毁损的肉身，吐出闪亮的语言；从劳役的泥潭里，捞取单字；从看守的秽言殴打中，汲取文句。他不是用笔在纸张上写诗，而是将诗镌刻在灵魂上。

“来到这里以后，有一阵子我放弃了写诗，就如同断线的风筝般，忘了诗。”

“你又是如何重拾写诗之笔的呢？”

他一脸痛心疾首地回答：“因为杉山……曾经存在过的杉山。”

听到这句话，让人更真切地感受到杉山已不存在的事实。

“如果没有他，我无法再写诗。”

突然一下子变老的他，让人如初识般陌生，然而他蒙尘的人生里曾经也有过灿烂的时节。不是那些打架、受伤、必须被关进监狱里的战争时期，而是与某个人一同欢笑、唱歌、相爱的时节。但是，在他的诗里，很难找到与爱有关的诗，他就仿佛一个从未爱过谁的人。他为什么不写所有诗人都爱写的情诗呢？我从他写的诗句里，挑出一个玩笑性的问题。

“你在《起风》这首诗里，有一句写着‘从未爱过一个女人’，是表示你自己从没爱过人吗？”

“任何人都有想隐藏的秘密。”

而我就是想知道他企图隐藏的事情。他宽阔的额头上皱起了细纹，害羞地笑着，朗诵起一首诗。

爱的殿堂

顺伊，你何时进了我的殿堂？
我又何时入了你的心房？

我们的殿堂，
是座古色古香的爱之殿堂。

顺伊，闭上你如母鹿般的水晶之眼，
我想梳理如狮鬃般的一头乱发。

我们的爱，说不出口。

青春！
在圣洁的烛火熄灭之前，
顺伊，你快往前门跑吧！

在黑暗与狂风袭向我们的窗户之前，
我怀着永恒之爱，
从后门远远消失。

如今，
你处在山林中宁静的湖水边，
我则在险峻的山脉里。

激烈如火山般的爱情与压抑情爱的意志，在他的内心拔河。结果，他的爱说不出口，只能深埋心底成为化石。或许，这是所有青春都必须经历的痛苦。

我放下听写诗句的铅笔说："无法说出口的话，或许根本不是爱。"

这是在谴责我自己。所谓的爱，就要有说出口的勇气。爱，却不敢说出口，实则与不爱无异。岩波绿，在她面前，我就像个哑巴。她不知道我内心深处滚烫的热情，说不定，她知道，却佯装不知。

"说不出口的爱也是爱啊，或许比说出口的爱更加深刻。"

他的话让我如滚水浇脸，红潮满面，我赶紧转移话题。

"顺伊这个女人……知道她现在在哪里吗？"

他苦笑着摇摇头。我担心，是不是让他想起了不好的回忆。也或许，从一开始就没什么不好的回忆，因为随着时间的流逝变成熟，一切的回忆都变得珍贵。单相思，也是拼凑出他整个人生的珍贵部分。相同地，不管日后我成为什么样的人，我都不会忘记现在监狱里发生的事情。这狠毒又残忍的时间，或许也会成为我记忆中的一部分。随着岁月流逝，我也会回想起岩波绿吧？连一句告白都说不出的爱情，真能称为美好吗？

他又接连背诵了两首诗，《少年》与《飘雪的地图》。《少年》描写在某个冬天，一个爱上“美丽顺伊”的少年心中的渴望。《飘雪的地图》则刻画了在某个下雪的冬晨，少年与“心爱的顺伊”道别时的心痛。这其实是两篇前后连续的作品，描述了认识一个少女，爱上她却不得不与她分离的过程。他真的爱过顺伊这个女孩吗？顺伊是真实存在的吗？我问不出口，因为怕他根本想不起来有这么一个女孩。我不想确认他的记忆正逐渐生锈、破损、消失。他看起来很疲惫，也仿佛有些饿了。这饥饿感不是来自肉体，而是来自灵魂。

“可以读一次《马尔泰手记》吗？”

他的声音如合不起的门扉般嘶哑。我似乎能理解他的饥饿，对一个灵魂饱受饥渴的人来说，一本书比一顿饭更珍贵。如同口渴的人想喝水，蛋白质不足的人疯狂地想吃肉一样。不管什么书，都能治愈特定的某些人的疾病，提供生活的能量。对于在狭窄书店的书架间隙里找到了生命希望的我来说，就是如此。《马尔泰手记》是否能让衰弱的他变得强健，重新找回逐渐模糊的记忆呢？

我跑向审查室，在六四五号箱子里，翻出了《马尔泰手记》。发黄的书页边角，干燥地沙沙作响。我回到审讯室，把这本老旧的书放在书桌上。他颤抖着手，抚摸着黄旧的书的封面。那些文字如同曾经爱过、现在却想不起来的面孔一般，逐渐变得模糊。缓慢地一页页翻过书页的手，突然停住了。我偷眼望向他翻开的页面。

在学会了看的此刻，我想，我必须开始做些什么。我已经二十八岁了，却一事无成。回首至今所做的一切，虽然写了一篇有关卡拉瓦乔的小品，却是篇蹩脚的文章。也写了一部名为《婚姻生活》的戏剧，试图用歧义手法来证明某种谬误。还写了诗。啊！然而如果一个人年纪轻轻就开始写诗，是无法写出出色的诗的。为了写诗，我们必须等待时机的到来。一辈子，如果可能的话，长时间地搜集深意与甘味。那么，到了最后一刻，就能写成十行好诗。因为诗并非常人所以为的那样，不是情感（事实上我们早就拥有了情感），而是经验。为了写出一行诗，必须看过无数的都市、人群与事物，认识动物，感受鸟儿的飞翔，还得明了小花绽放在清晨里的姿颜。我们还必须能够回想起陌生之地的路途、不期然的相逢，以及眼看着逐渐接近的离别。回想起童年，在我们还蒙昧无知的岁月里，曾经伤害过的双亲，他们想带给我们欢乐的苦心，我们却不理解（如果是别人一定很快乐）。还有因为一些严重而巨大的变化，而神奇地在记忆里留了下来的童年疾病。回想起安静而闲适地在斗室里度过的每一天、海边的清晨，还有大海、各地的海洋。对着高高的天空大喊，和所有的星星一起飞翔的旅途之夜。还必须回忆起产妇分娩时的尖叫，以及生产后，穿着轻便白衣沉睡、子宫逐渐收缩痊愈的样子。还必须耽留在垂死者的身边，在窗户洞开、噪声间歇传入的房间里，坐在尸体旁边。然而，仅仅拥有回忆是不够的。回忆再多，也可能会忘记。因此，必须拥有莫大的耐心，等待回忆再度浮现。因为，光靠回忆本身，是无法成诗的。唯有当回忆成了我们体内的血、我们的目光、我们的神情，无以名状地与我们本身不再有所区别之际，才可能在异常难得的时刻里，一行诗的第一个字，从回忆中出现，在回忆里迸发。

里尔克的文章，是一种暗号，沸腾着如诗般的热情。他的太阳穴处，鼓动不已的血管里，也有着与年轻时的里尔克同样滚烫的热情。正因为他与写出《马尔泰手记》时的里尔克年纪相仿，才能更真切地理解文字的深意。而当我也到二十六岁的时候，是否也会有如里尔克和东柱的相同梦想呢？

他抚摸着书页，如同抚摸着可爱妹妹的脸颊一般。那一瞬间，陈旧发黄的书页边角进入了我的视线。那本书或许不认识我，但我似乎认识那本书。我饥渴地从他手中抢过书来，慌乱地翻着书页。找到我想要的那页，翻开一看，脑子里立刻传出魂不附体的声音。依稀可见的底线，画在很久以前我曾读过的一句话下面。

他起初并不相信，为了写出第一句毫无意义的简短虚伪的句子，必须花费一辈子的时间。

这句话让过去的我慢慢走向了现在的我。而那底线，则是我的灵魂走过的足迹。在连记忆都变得缥缈的秋日里，我蹲坐在灰尘满天飞的书店一角，在里尔克的文字下方画上底线，我深深地被文学吸引，既小心，又强烈，一辈子都无法摆脱。那天晚上，回家的路上，母亲告诉我，有一个朝鲜年轻人拜托她，如果进了《马尔泰手记》这本书的话，请留起来，不要卖给别人。我想起了藏在书架深处的《马尔泰手记》，心里感到稍微内疚的同时，多少也有点安心。

征兵者入营时，规定一本书都不许带，我连一张纸也没带上，就进了军营。我想起了留下来的那些书，以及藏在角落书架末端的《马尔泰手记》。里尔克是否还夹在蒙尘的书架上呢？如果已经不在那里，又是何时、如何、到了谁手上了呢？此刻，我终于可以确定这个令人难以置信的偶然。一本老书，跨越了混乱的时代，将贫穷的诗人与我联系在一起。我们同时爱上了一本书，也同时爱上了一个诗人，如同爱上同一个女人的两个年轻人一样。我轻轻地拍抚书脊，猜想着这本《马尔泰手记》的旅程。

在我离开后的某一天，母亲在书架角落里发现了里尔克，便想起了那个朝鲜留学生。然后，将沾有儿子手垢的书递给了年轻人。因为在书店里，不再有人想看这本书。或许母亲还会说："我儿子也很喜欢里尔克。"

或许母亲还和对方约定好，这本书只借不卖。儿子虽然因为征兵走了，但只要战争结束，就一定会回来，这本书到时一定要还。虽然他也承诺，到时一定还书，但拥有梦寐之书的那份喜悦是短暂的，书后来终究成了沉重的负担。《马尔泰手记》随着他被日本警察逮捕，一同被监禁在冰冷的监狱里。他把书推送到我面前。

"这本书给你。"

然而，这本书是没收品，不是他能随便给人的。曾经，这本书属于我，但如今，不是他的，也不是我的，成了一本被夺走的书。如果说被夺走的不是书，而是里尔克的灵魂呢？我又一页页地翻过书页，这本书曾经由某个人拥有，再变成我的，又流到一个年轻诗人的手上，再度回到我手中。里尔克也如此居无定所，四处流浪，抚慰并治愈那些受伤的心灵。那天晚上，我感觉世间似乎变得美丽了些，也觉得自己似乎长大了些。

东柱的记忆，如风中的孢子般飘来飘去。前往审讯室途中，他一直自言自语些什么，似乎用尽了全力，想用嘴唇掌握住意欲离开的词句。一些比哀号更尖锐、比哀求更恳切的独白。

——天、风、星星、诗、只爱着一个女人、如果我的星星也有春天、欢快的云雀、高加索兔子、来去海边。

窗外，雪无声地落下，语词在冰冷的空气中回旋，句子在黑暗里沉潜。

"休息一下再走行吗？"他问。

在我们对话之际，他的嘴唇不停地吐出破碎的词语和断续的句子。

“好啊！”我说。

——青铜锈，满二十四年又一个月。

黑暗的另一端，白色的鹅毛大雪毫不留情地扑打窗户。他愣愣地望着自己映照在窗户玻璃上的脸孔。

——皑皑白雪飘覆，电线杆嗡嗡地鸣叫，传来上帝的话语。

东柱喃喃说着我听不懂的朝鲜话，他歪歪扭扭地移动脚步，沉重的铁链被拖动的声音缠住了我的灵魂。他还走错了通往审讯室的走道。连自己熟悉的路也忘了吗？他直直走过了审讯室，我连忙抓住他的肩膀，止住了他。

审讯室里冰凉如冷冻库一般，但他像连寒冷是什么都忘了似的。一坐在椅子上，他就张开了嘴，仿佛担心脑子里的语词会瞬间消失无踪。

另一个太初之晨

皑皑白雪飘覆，
电线杆嗡嗡地鸣叫，
传来上帝的话语。

是何种启示呢？

快点，
一旦春天到来，
犯了戒律，

眼睛便会
明亮起来。

当夏娃饱尝分娩之苦后，
必得用无花果叶片遮住耻处，

汗水在我额头上流淌。

这首诗，用基督教的原罪意识反映了惨淡的现实与贞洁的自我意识；还呈现出在冷漠的现实中，想要掌握真实、创造时代的意志，让人深深感受到一股强烈的生命力，这也是他的所有诗作给人的感觉。他纯洁，所以强大。他的诗，因为低声朗诵，反而带来更大的共鸣。我放下笔，开始询问他，就如我每天晚上抛出鸟食般反反复复地提问。

“叫什么名字？”“故乡在哪里？”“今天是哪年哪月？”“哪天出狱？”“现在想起的单字是什么？”

我没有问他的囚犯编号和创氏名，也没要他背诵九九乘法表。那些都是不好的记忆，污染并毁坏了他整体的记忆。他应该更常想起一些幸福美好的回忆才对，他值得如此。每次一问到故乡，他的眼睛就闪闪发亮。

“每到冬天，白雪就会覆盖整个村庄。出来觅食的小鹿和山猪，像客人一样来到村里。孩子在天空上放满风筝，大人则出外放鹰狩猎。我们家是在学校大门前的一间大瓦房，院子里种了李树，后面还有杏树园。东门外面，有一棵大大的桑树和一口深深的水井。桑树上结的桑葚，甜得可口。如果往水井里瞧，大声喊一下，再抬起头来，就能看到阳光反射在教堂钟楼顶黑黑的十字架上。我喜欢在村庄小径上散步。还可以跨过小溪，往树林里去。也可以翻过小山丘，往附近的村子里去。蒲公英花开，喜鹊四处飞，姑娘款步走，风儿轻轻吹的那条路……”[①]

他的话没说完，仿佛记忆再也不属于他了。他的眼里正做着梦，似乎不想从美梦中醒来。我相信，回忆就如同强韧的肌肉一样，愈用愈鲜明。美好的回忆，会将人从死亡里拯救出来。

他艰难地抬起凹陷的眼睛，名为遗忘的黑色虫子在他一团混乱的脑子里飞来飞去，一点点地啃食大脑皮质、下视丘、前脑部、海马回……虫子啃掉了他的教堂，啃掉了他的故乡老家，啃掉了他的波德莱尔，啃掉了他的巴尔扎克。还有在故乡老家里鸣唱的蟋蟀声，陈旧的托尔斯泰书里散发的霉味，卡秋莎与朱利安，里尔克与凡·高……啃食记忆的虫子，逐渐成长，他的脑子也将逐渐被黑暗所占据。

“由一……渡边由一！”

他像是突然忆起般喊着我的名字，我赶紧回答。

“是！”

干瘪多皱的嘴巴扬起了欢快的笑容，他似乎在与自己进行激烈的角力。他并非想听到答案，只是想喊喊我的名字，在忘掉我的名字之前，在某一天不再认得我之前。他与啃食记忆的虫子无时无刻不在战斗，就算结局注定他会输，他还是用尽了全力。为了不使词汇离开他的左右，他开始练习在一小时内记起二十个新词，背诵莎士比亚的台词，回想托尔斯泰的文句，嘴上时时记诵着里尔克和雅姆的诗文，好让句子尽量留在他身边。

不知从何时起，他突然变得很多话，不停地说着故乡、学生时代、

① 原注：参考尹东柱的表兄弟、同上一所小学的诗人金桢宇先生的证言录。散步小径的描写则来自尹东柱的诗《新路》。

读过的书、作家，还有文学、音乐和画家。曾经是我问他答的对话方式，改变为他先说我倾听。他说话、询问、抱怨、强调、感叹，并请托。他的多言，让我心痛。他变得如此多话的原因，只是想留住记忆一角的殊死努力。他脑中承载记忆的抽屉已经坏了，有了破洞，不停地往外漏。他想把自己抽屉里的记忆，移转到我的抽屉里来。他就如高射炮一般，射出一连串问题。

“看过凡·高的画册吗？《星空》这幅画呢？还有《夜晚露天咖啡座》呢？”

我还记得那些画，放在京都旧书店角落里的凡·高彩色画册，是我最爱的书。价钱是其他书的四五倍高，因此乏人问津，很长一段时间都由我独占性地管理。有一天，一个中年男子打开书店的门走了进来。“有凡·高画册吗？”我很高兴，卖一本高价的凡·高画册，抵得过好几天赚的钱，可以在少得可怜的配给品之外从黑市买些昂贵的食材。但我还是摇了摇头。他递给我一张名片。

“如果进了凡·高画册的话，请和我联络。”

我没有把这件事告诉母亲。因此每当我在黑暗的书架之间偷偷翻开凡·高画册时，内疚总会从书页里喷涌而出。收到征兵通知那天，我才把那张边角已经卷起的名片交给母亲。那天晚上，我对着摆了一桌黑市食材做成的丰盛晚餐，哭了起来，为我所遗失的灵魂一角感到悲伤。我吃不下这顿丰盛的晚饭，也对不起一直往我碗里夹菜的母亲。

“凡·高是星星的画家，他深爱着星星，也喜欢画星星。他在给弟弟提奥的信中，也写了有关星星的话题。听着！”

他几次深呼吸后，开始背诵凡·高写给弟弟的信中的片段内容。

当我看着地图的时候，只要看到标示着都市或村庄的黑点，就像在做梦一样。而繁星闪烁的夜空，也总给了我无限幻想。每当那时，我总自问，为什么不能如同去法国地图上黑点所标示的城市和乡村一般，去到在天空上闪烁的星星那里呢？就如同我想去塔拉斯孔或鲁昂必须搭火车一般，为了到星星那儿，我必须迎接死亡。就像死了就不能搭火车一样，活着，也没法儿到星星那儿去。老了之后，平静地死去，其实是到星星那里去了。

他的头发剃得太短，显得更加单薄。深爱着星星的凡·高最终死了，去到星星那儿了。不，或许他把自己变成了一颗星。我想，爱着星星的东柱，死了后也会到星星那里去的；然后，变成一颗明亮的星。夜已深沉，他却忘了睡觉。不安，让他难以成眠；失眠，让他更加不安。

“我曾经希望，你不要发现地下图书室的秘密。那太危险了，不是你所能承担的。”

“但我还是发现了，我不知道该如何是好。如果被人知道监狱里有这种不法空间，所有人都不可能没事。”

因为焦躁，我的声音显得十分嘶哑。不管以何种方式，对不法空间的包庇必定得付出代价。从发现地下室的那天起，我不知道有多后悔。发现地下室的那一瞬间，就应该跑去向看守长报告才对。如果做不到，就不应该发现那个阴暗的空间。现在还不迟，只要我赶紧告发这个不法空间，必然能脱身而出。然而，我只能选择和不安共存。只要有人咳嗽两声或皱皱眉头，我就会吓得心惊胆战。好几次，我都在梦里看着自己被五花大绑着拖走。我会在那样的夜里惊醒，发现自己流着眼泪，我只能用双手紧紧地抱住自己的肩膀。

“这里迟早会被人知道，但你绝对要坚持说不仅不知道，而且和这里没有任何关联。”

“你是为了我，才缄口不说的吗？”

“没那个必要，就算我想说，也想不起来了。很快，连此刻你来到这里的一切，我也会忘得一干二净。”

他苦笑着，环视了一圈书架，似乎想把一本本书都刻在脑海里。当他的指尖扫过书脊时，书就会发出低低的呻吟。他读着字迹模糊的书名：《复活》《堂吉诃德》《基度山伯爵》……

“不久之后，这些书名也会烟消云散吧，好像从不曾存在过一般。到了那时，你就会告诉我，说我曾经读过如此美丽的文字。”

他在笑，但我很难过。白色的哈气包围着他，使他看起来更加苍白。似乎在他每次呼吸之间，冰冷的灵魂就会从他体内流出来。远方传来汽笛的声音，港口的船上，低沉的雾笛响起。他低低地背诵起自己的诗，在词句从他脑中消失之前。

医院

杏树阴影遮脸，年轻的女人躺在医院后院晒太阳，两条白腿从白衣下露了出来。都过去老半天了，没人来找过这个心痛的女人，连只蝴蝶也没飞过来。毫不悲伤的杏树枝丫间，一丝风也没吹过。

我长久忍受着不知名的痛苦，首次找到了这里。然而，老医生诊不出我这年轻人的病，只对我说没病没痛！虽然经历了太多的考验，也感受到过度的疲倦，但我绝不能发怒。

女人从位子上站起身，整理好衣襟，从花坛摘了朵金盏花，别在胸口上，消失在病房里。我一面盼望那女人的健康——不，还有我的健康——能尽快恢复，一面在她曾躺过的位子上躺了下来。

我不是对着他，而是对我自己说：“你会好的，医师也说，副作用很快便会消失。到了十一月三十日，你就能离开这个地方，尽情地写诗，出版诗集。等到战争结束，世界更美好的时候，就会有无数的人读你的诗。”

“但愿如此！”

他眼神闪烁，微微地笑着说，仿佛希望自己的故事能有个快乐的结局。然而，我害怕知道故事的结局。

26

穷苦邻人之名与雅姆、里尔克……

新年来了，日子却一成不变。冬的感觉日渐深沉，春天却没有到来的迹象。即使不说，谁都知道，战争的重心已经倾斜，日本正逐渐下沉。市民陷入了无力的泥沼中，不安以惊人的速度快速蔓延，从口到口，从沉默到沉默，日本列岛变成了一座巨大的监狱。收音机里传出充满决断性的声音，鼓励决战本土。到处贴满了布告，宣示着即使战到只剩最后一个日本人，也要死守本土。我想着，从灰烬中得到的胜利，又能带给我们什么？只有破碎的良心和成为灰烬的人性罢了。

黑漆漆的夜里，巨大的黑影笼罩了整个城市。那些东西在城市上空悄悄地落下一个圆圆的、沉重的、闪烁的致命性物体后，就消失无踪了，就如同静静地下蛋后，又离开鸡笼的母鸡一般。闪着银光的蛋形物，给城市带来的不是生命，而是破灭。爆炸声掩盖了哀号、惨叫与沉默。街道上一片火海，之后迅速化为灰烬。所有一切都被烧光了，爱、信任、希望、梦想……原以为一忍再忍，痛苦终将结束的信任。或许，这份信任也算成真了。在爆炸与火球里死去的人们，再也感觉不到任何痛苦了。

监狱也不再是个安全地带，一月里，因为不断地轰炸，监狱北边的高墙坍塌了二十多米。连续不断的空袭，在大院里炸出了个大洞，两棵白杨树也被烧得焦黑。每当刺耳的警报响起，惊吓的看守便会奔向防空洞躲避。敌机来得比警报还快，防空设备的好坏关乎性命。因此，监狱里马上进行防空设备地盘点。新盖的四号、五号、六号监舍和医疗大楼都没有问题，走道处就有楼梯，连接到深而坚实的防空洞。老旧的本馆才是问题所在。虽然在偷袭珍珠港之后，曾经试图加强脆弱的防空设备，但因为有崩塌的危险，没法儿挖掘建筑物的地底。迫不得已，只好在离建筑物三十米的空地上挖了防空洞。但在紧急的空袭下，冒着生命危险奔跑，三十米还是一段很长的距离。因此必须在更近处挖掘一个更深、更安全的防空洞。看守长开始仔细审查本馆的设计图。

一个星期过去了，黎明时才结束工作的我，精神恍惚地从审查室里蹒跚走出来。走道角落，一群看守正议论纷纷。审查大楼一般很少有人过来，总是阴森寂静的走道上究竟发生了什么事情？我突然直冒冷汗。看守忙碌奔走的地方，是资料室，有楼梯通到地下密室的房间。最终，该来的还是要来吗？不安的秘密终究纸包不住火了吗？我心里惶恐不已。在狭窄走道上奔跑的脚步声，如鞭子般抽打在我的背脊上。洞开的资料室门里，有六七名看守闹哄哄的，他们用奇怪的眼光看着我，让开了路。走进资料室，我用力撑住颤抖的双腿，望着面前所发生的事情。

墙边的书桌和书架已经不见了，取而代之的是被拆卸掀开的地板和底下露出来的一个洞，正张大了嘴，黑漆漆地看不到尽头，仿佛想吞噬掉恐惧颤抖的我一般。黑暗中，有火光透了出来，我慢慢地朝着黑暗走去，走下狭窄的楼梯。壁架都被破坏掉了，书本全都散落在地上。

在明暗不定的火光中，看守长的脸如蜡像般沉重，如冰块般冰冷。

他从壁架下层抽出一本黑色的书来看。是朝鲜文。

“朝鲜人竟然把地道挖到监狱的心脏地带，把这里当成游乐场了。”

看守长咬牙切齿地说着充满恶意的话。我双眼空洞地确认了这处废墟。看守长尖声大吼：“把这个老鼠洞里所有的东西都拿出去，堆到操场前面。我要在那些家伙面前烧个一干二净。还有，把和这件事情有关联的家伙全都揪出来！”

我全身僵硬如一根冰柱，看守长用指挥棒敲着大腿，走上了楼梯。壁架一片狼藉，书册全都被甩在地上，纸页也被撕破了。这里不再是一间图书室。小小的密室，是否还会记得自己拥有的那些纯洁的书。是否还记得，曾经有谁在这隐秘的地方藏匿了人们梦想的文字？

一群看守将散落一地的书本成堆地往楼梯上搬。我拾起丢弃在地上的书籍，《格列佛游记》《远大前程》《莎士比亚十四行诗》《郑芝溶诗集》……这些故事都将成为一缕轻烟，升上天空，只剩下灰烬逐渐熄灭。一名老看守边走上楼梯边抱怨说：“龌龊的美国佬一番猛炸，反而成了我们的幸运。要不是轰炸，我们永远也不可能发现这个鼠辈的巢穴。”

我装作毫不在意，等着他接下来的话。他开始宣扬看守长神鬼莫测的能力，竟然能够发现这处阴谋大本营。

“看守长最大的贡献，就是打算在本馆地下兴建防空洞。看守长把本馆兴建时的数十张设计图都一一看过，掌握了非承重墙和柱子的位置，打算在外廓地下挖掘防空洞，这才在审查大楼角落里发现了很早以前废弃的地下空间。既然已经有了地下空间，扩建一定会比重新开挖要节省很多时间。”

不用再听也猜得出接下来他要讲什么。等待着兴奋而来的看守长的，不是废弃的仓库，而是一间满是书籍的隐秘地下图书室——静静呼吸的书籍、蒙尘的黑色手写书、逐渐模糊的文字、白灰写的字词和标点符号。我的心如长途跋涉的车毂一般，鼓噪不已。明知道这个禁忌场所的存在，却不愿说出来，这是明明白白的犯罪行为。看守长如果知道了，该怎么办？我想起了母亲，眼前马上变得一片模糊。会让人流泪的，不是只有悲伤，还有无法承受的恐惧。背后响起了老看守的声音。

“从日文的笔迹来看，是杉山干的好事。那家伙在地底下勾结了朝鲜人。明明知道朝鲜人都是些什么货色，竟然还干出这种要不得的事情，才会死于非命。”

我放下心来，我已经从参与阴谋的关联里脱身了。我安全了！没必要抗议，也不用再为自己辩驳。我赶紧抹掉眼泪。

“如果杉山帮过朝鲜人，为什么他们还要杀死他？”

老看守恨铁不成钢似的唠叨：“朝鲜人就是那样的人啊，以怨报德！一定是对杉山有了不满，不然，杉山早就揭露那些家伙的秘密了。”

老看守根本什么都不知道，以怨报德的，不是朝鲜人。只有坏人才会以怨报德，无论哪个民族都必然有坏人存在。不管是朝鲜人、日本人，还是美国人……

混乱的脑袋里传来刺耳的警笛声，是第三监舍紧急集合信号。

在操场上列队的囚犯个个发着抖，寒冷与恐惧钻进了他们的身体里。肿胀的嘴唇中间，呼出丝缕白色的热气。看守抽出木棒拿在手里，走了过来，囚犯全都躲着看守凶狠的眼神，心里想着：昨晚发生了什么事情？难道是哪个想越狱的人又白白丧命了吗？还是哪个人跟看守顶嘴被打得半死？喇叭里传来哔哔的电子噪音，同时传出看守长的声音。

“福冈监狱一直以来都给了你们这群顽劣的囚犯太多恩典。如今，竟然有轻贱的人反过来利用这份恩典策划阴谋。今天上午，很遗憾我们又发现了一桩狡诈的阴谋。现在，你们就将看到那恶劣阴谋的下场。”

看守长动了动头，一名看守拉着手推车来到看台前，把车子里运载的东西一股脑儿全倒了出来。黑色的书哗啦啦掉落在地。一辆又一辆手推车被拉了过来，书本也愈堆愈高。最后一辆手推车上放着用来当书架的木板和木块，连这些东西也全被倾倒了出来。老看守打开白铁罐的盖子，将里面的液体浇在书堆上，传来刺鼻的汽油味。

“渡边君，把这些书全部烧掉！”

看守长的声音锋利如刃。我心里七上八下，只希望他不要看出我的焦躁不安。看守长用眼神揪着我的衣领，拖到书堆前，甩到地上。抬起头来，我看见了一堆等着死亡降临的书本即将被埋葬到巨大的坟墓里。苦恼的哈姆雷特，漂泊的兰波，历险的汤姆，断了一条腿的亚哈船长，还有里尔克、克尔恺郭尔……那是生活在文句里、隐居在书页中的人物。我的手里拿着火种，在所有人的观望下，我必须证明我有多么憎恨这些肮脏的禁书，唯有如此，我才能从牵涉的危险阴谋中安然脱身。

当打火机点燃，冰蓝色的火焰冒了出来。看守长的眼神比火焰更炽热。我颤抖着手，捡起一本书来。书本散发着汽油味，浸了油的文字和标点符号，变成半透明状。

拉斯科尼科夫边往前走边想：“我是在哪儿看到过，一个被判处死刑的人，在临刑前一小时说过，或者是想过，如果他必须在高高的悬崖峭壁上生活，而且是在仅能立足的一小块狭窄地方站着，四周是万丈深渊，一片汪洋，永久的黑暗，永久的孤独，以及永不停息的狂风暴雨，而且要终生，千年之间，不，是永远都站在这块只有一尺见方的地方，他也宁愿这样活着，而不愿马上去死！只要能活着，活着，活着！不管怎样活着，只要能活着就好！……如此的真理何处寻！没错，这确实是了不起的真理！人是卑鄙的！……而如果有谁认为这么想的人卑鄙，其实他自己本身也很卑鄙。”

《罪与罚》中的一页，不像是陀思妥耶夫斯基，而像是我写的文句。当然，就算我死而复生，也写不出如此充满热情又饱含对真实生命深刻省察的文字。但，在我读到此页文字的当下，我的灵魂也有和陀思妥耶夫斯基相同的想法。不，我可以确定，我的灵魂和陀思妥耶夫斯基的灵魂相通，虽然我们生活在不同的时代、不同的场合，有着不同的外表、不同的姓名。在必须烧毁他著作的瞬间，我看到了他最鲜明的灵魂。

囚犯在寒冷和恐惧中，僵硬地颤抖，望着我手中的火焰。众多茫然的眼睛之间，有一双深邃如井的纯净眼睛。我一回望，他的脸变亮起来。那是仅仅能表达自我内心程度的光亮。他的眼睛如此说：“由一，点火，那些书不会死的。”

或许，他的眼睛什么也没说，纯粹只是我自己的想象。虎口处突然失力，打火机从我手中滑了下来，火焰如熟透的水果般自由掉落。浸油的纸张瞬间吸收了火焰，转化成一团巨大的火柱。随着木板发出啪啪的燃烧声，风呼呼卷着火焰，一股黑烟袅袅升起，热气向四面扩散开来。

“都给我看好！违抗帝国的行为，会招来何种下场！”

看守长的声音也卷入了火焰声中。书本在结冻的操场上散发出热气来。围拢到熊熊火焰周围的男人纷纷抬起湿淋淋的鞋子，让热气温暖冷冰冰的脚。站在前排的人，都转头避开灼热的火焰，后排的人却想往前靠近点。在骚乱与吼声中，东柱默默地望着上蹿的火舌，他的眼神空洞，似乎连感觉悲哀或愤怒的力气都没有了。

早已厌倦寒冷的男人们，汲取着书本熊熊燃烧的最后一点暖气。这是在他们生命里再也享受不到的温暖。这样也好，书籍焚烧殆尽的时间里，至少大家可以感受到温暖……但是，当所有的书都成了灰烬，火苗也熄灭了后，灰烬会被风吹散。等到一切平静下来，微风再度吹拂在熏黑的大地上时，单薄的灵魂又能从哪里得到安慰呢？

透过半透明窗帘看着窗外的典狱长，走回办公桌旁。

“操场真吵！”

好整以暇的声音里夹杂着厌烦。看守长本能地抓到了问题的核心所在，并知道该封住哪个地方才能防堵漏水。世间的事就是这么奇妙，迫在眉睫的危机总能化为转机，他常如是认为。意料之外的地下密室事件，虽然算是危机，但也足以成为另一个展现他危机处理能力的机会。他在脑中思考着整个事件的经过，以及收拾残局的方法。囚犯在地下筑巢阅读禁书的事件，是看守部门无可推卸的疏失。幸运的是，这个事件是由看守部主管发现的。主犯和共犯反正都在第三监舍，到底是谁反而不重要了。只要对几个家伙用用刑，相信今天之内就能牵出十个家伙来。问题是，在事件处理与结果报告中，该如何突显自己的能力：第一，揭发这个秘密阴谋本身就是大功一件；第二，马上销毁禁书，找出主犯和共犯；第三，着手改建地下密室，确保防空洞够用。从这三个步骤中，便能很清晰地看到整个事件的发生、处理和结束。

于是看守长说：“那群朝鲜鼠辈不知天高地厚，造成了小小的骚动，但我已经找到了那处巢穴，整个扫荡一空。同时对于您一向考虑的本馆防空洞兴建工程，也能一并着手。”

接下来就轮到我报告了。因为事件发生在我管辖的审查大楼区域，也和我所负责的业务相关。因此我补充报告了手写本的目录和数量，以及回收和烧毁的过程。典狱长喷吐着烟圈的同时，简短地说了句话。

“辛苦了！希望能在最短的时间里找出关联者，杀一儆百，也尽快完成防空洞的兴建。”

典狱长果然完全按照看守长的意图行动，看守长也早已指示老看守，找出事件的主犯和共犯来。只要是识字的家伙，全部都抓起来，严刑伺候。防空洞兴建工程也已经开始进行。剩下来要做的，不是让事件成为一大问题，而是要论功行赏。

“在本馆地下挖密室，简直就是在监狱的心脏上钻洞。我一定会仔细找出是哪些家伙，把他们都送上绞首台。”

两人的对话如同说着夸张台词的舞台剧一般，给人一种仿佛按照剧本演戏的虚假感觉。明确地划分好各自的领域和角色，呈现出彼此互不侵犯、互不相让的紧张感。典狱长从嘴里拿下烟斗，在烟灰缸上磕烟丝，尖锐的金属音刺激着耳膜，使这个动作看起来很刻意。突然舞台换了一幕。

“那是在浪费时间罢了，朝鲜人都是一个样子，没有更坏的，也没有更好的。全都是主犯，也全都是共犯。猪就是猪，没有长相好看的猪，也没有难看的猪！”

看守长咂了咂嘴，典狱长的话没错，找出犯人根本就是费时费力罢了。但对于典狱长否定自己主张的态度，他心里很不是滋味。想要制作一份十多名涉案关联者的名单，就必须夸大看守长在最短时间内找出关联者的功劳，并且加以严惩，达到杀一儆百的效果，同时让旁观者感受到监狱里齿轮紧密运作的行政体系。看守长掂量着自己被典狱长一口否定的计划。

“反正事情已经发生了，总要抓几个人出来，把事情了结。典狱长，您说得没错，那些家伙就是猪，只要抓几个平常比较爱闹事的家伙，送上绞首台，就能解决这个麻烦。”

看守长睁着一双屠夫般嗜杀的眼睛，就等着典狱长点头。典狱长出声地用力吸着烟斗，浓重的烟味扩散开来。

“不需要送他们上绞首台，问题很快就会解决的。反正防空洞只提供给看守和职员使用，面对美国佬不分昼夜一股脑儿的空袭，我看第三监舍能撑到什么时候？”

典狱长的话如魔音穿脑，原来他想兴建的防空洞，只是为了某些人。当然必须是日本人，还必须是看守或职员。那么，朝鲜囚犯怎么办？面对如冰雹般密集落下的炸弹，他们还能幸存吗？只能把性命交给老天爷了。一旦空袭结束，牢房就变成了一座巨大的公墓。我想尖叫，但声音只能在我洞穴般的身体里哭泣，无法向外发散。我只能用沉默来呼应他们的犯罪行为。

我该受到惩罚吗？那是必然的吧。只要战争一结束，世界恢复原来的样子，在这个监狱里发生的野蛮罪行必然要受到审判。在那群犯罪的人中，也包括我。那么，我到底该不该期盼战争快点结束，美好的世界快点到来呢？

那天晚上，审查大楼里空无一人。我们隔着审讯桌对坐，直愣愣地望着对方。白天的时候，发生了许多事情。地下图书室被查了出来，书架被拆毁，书掉了一地，最后全被烧毁，他和杉山的图书室就此消失了。而我也参与了他们的这个秘密。我们虽然想安慰彼此，但完全没有心情。过了好一会儿，东柱才开口。

“可以带我到地下图书室去吗？”

“那里不再是图书室了，书都被烧毁了，一本也没留下来。”

我猛然从椅子上站起来大声吼，不是对他发火，而是对挑起战争的人，对烧毁书籍的人。而我自己也是其中之一。他随后慢慢站了起来。

“没关系，书没有了，书的灵魂还在。书的味道和书的声音，也还留在那里。”

“都结束了！就是这双手，把那些书全给烧掉了！”

我抬起手晃了晃。这双手，虐杀了书，烧毁了灵魂，犯下了大罪。手指尖颤抖着，肩膀也跟着抖动，连心都抖个不停。我忍不住哭了出来，后悔、内疚、无力感，还有失去一切的空虚感一拥而上。他用力地抱住我的双肩。

“这不是你的错，由一！”

温柔的声音，只不过是想安慰我的谎言罢了。那明明就是我的错，因为烧书的不是别人，就是我。他轻拍着我的背，慢慢地说：“由一，不要再自责了，那只会毁掉你的生活！我们一定要活下去，活着，才能看到战争结束，才能对这龌龊的时代吐口水。”

“可是，如果不变成恶魔，就无法在龌龊的世上活下来。”

“是啊！如果战争把我们变成了魔鬼，那也好！我们就成为恶魔吧！不过，要做一个有心的恶魔，就像杉山那样。”

“我不敢再去那里，我把那些书都烧光了，把那个地方毁掉了。”

“你虽然烧了纸张和文字，但并没有毁掉什么。书比以前更鲜明地存在着。”

我一边认为他在说谎，一边用看守服的袖子擦干眼泪。他用温和的目光带领着我，我随着他当啷作响的脚镣声，开始移动脚步。

一推开地下室的门，马上闻到刺鼻的霉味。我举起风灯，空荡荡的地方便露出凄凉的面孔。断裂的木板、破碎的砖块、纸张和灰烬的味道。拖着铁链走来走去的他，突然在破裂的木板中间捡起了什么。是看守们穿着皮鞋踩破的书页。他举起被踩皱的书页，仿佛抱着被撕裂的羽翼。即使只剩下半页内容，他还是一眼就看出了是哪本书。

“是《少年维特的烦恼》。”

一听到维特这个名字，我的心剧烈地跳动起来。我记得的维特手记，是从一七七一年五月四日开始的。

一下子离开，我真不知道有多么高兴啊！我亲爱的朋友！

手记以次年十二月二十二日写给夏绿蒂的信作为结束。

枪已装上了子弹，时钟敲响了十二点。我说了声阿门。夏绿蒂！夏绿蒂！永别了，永别了！

他和我的眼睛抢着往散落的书页望去，一张皱裂的纸张碎片上有着几行句子。

对夏绿蒂来说，她有自己的曲子。她用钢琴，将歌曲以天使般神秘的力量，淳朴却如此才华洋溢地演奏出来！那是她喜爱的歌，只要她弹起第一个音符，我所有的痛苦、所有的混乱、难以压抑的烦恼，就全一扫而空。

过去对于音乐具有魔力的说法，我觉得句句是真。夏绿蒂这首简单的歌，正如此感动了我的心！有时，当我想对着自己脑袋开一枪的时候，她就凑巧为我唱起这首歌。一瞬间，我灵魂中的彷徨与内心的阴暗便神奇地随之烟消云散。我又能重新自由地呼吸了！

这是过去我在读的时候，丝毫不觉得有任何意义的句子。然而此刻，我才终于能够理解维特的心。当维特想起心爱的夏绿蒂弹奏的钢琴声，就和我听着岩波绿的钢琴声时是同样的感受。这些句子跨越了百年以上的岁月，将我和维特如风筝线般连接了起来。东柱咀嚼了几次句子后，才小心翼翼地折起这张纸，放入囚服口袋内，像个把好吃的零食小心收起来的孩子一般。

“想读的书太多……读书的速度却跟不上，这才令人烦恼。明明读过去好几页了，前面的内容却想不起来，前后无法连接。也有些搞不清楚意思的词语，也有无法理解前后关系的长句子。词语和句子变得乱七八糟，故事的脉络也都缠成一团。还以为《三剑客》里的达达尼昂和《基度山伯爵》的爱德蒙·邓蒂斯是同一个故事里的人物。”

“这是常有的事情，我有时也会把托尔斯泰写的《卡拉马佐夫兄弟》，搞成纪德写的《红与黑》。人的记忆是不完全的。我们虽然拥有记忆的能力，但遗忘也是我们拥有的一种能力。忘掉不好的事情，才能安稳地生存。”

东柱来回看着这个沉默的书墓，死去的语言残骸。他想着自己消失在火焰中的诗，连一本诗集都没能成书；还有那些灵魂碎片，还没飞入某个人的心中，就死去了。他问：“书以何种方式存在，又是如何死去的呢？”

一本书，在某个人心里生根，借此存在下去。集合了单字、助词和标点符号的句子，在某个人阅读的瞬间，便开始有了生命。书由一个人的手传到另一个人的手，又流向旧书店和图书馆，开始了长途旅行。当这本书落在某个人的心上，生根、发芽的时候，书页破了，封面发黄老旧，文字也变得模糊。或许某个时候，这本书就会在灰尘与黑暗里咽下最后一口气，但书的灵魂存在于我们心中。书，永远不死。

“杉山曾经问过我，朝鲜人为什么那么多话？辛苦劳动中难得的休息时间，有什么话好说的。”

感到好奇的不只是杉山，连我也一样。朝鲜囚犯只要一有空闲，就会聚在一起，不知道说还是听些什么，那么专心。他仿佛在回答我的疑问似的说：“他们在讨论《悲惨世界》的男主角冉阿让、诗人雅姆和莎士比亚。”

等等，是我听错了，还是他说错了？粗暴的朝鲜囚犯在千金难得的休息时间里，不是感叹自己的身世或发牢骚，而是在讨论雅姆和莎士比亚？我忍不住又问了一次：“他们既不是诗人，也不是作家，更不是文学系学生。连字都没学过的这些人，怎么可能？”

他用力吸了一口深深沾染在这个空荡地方的书味。

“所有人都有自己的故事，有的人有希腊神话大力神赫拉克勒斯的故事，有的人则有斩妖除怪的宙斯之子珀尔修斯的故事。就算不识字的人，至少也有一个故事。那是亲身经历的只属于自己的故事。在他们的体内，有背井离乡的老家故事，有令人心酸的母姊故事，也有相爱却无法相守的爱情故事。那些难以忘怀的美好事物被牢牢地铭记在他们的脑中，虽然这座监狱里的书都被焚烧一空，其实一切都没有消失，因为被火烧毁的那些书的故事，已经深深刻在无数囚犯的心版上了。”

“你在说什么？那怎么可能？”

“被关在禁闭室里的人，不单是为了自己看书。他们在一个星期内，会尽可能地背下书里的内容，等到从禁闭室放出来，回到牢房后，就把自己背下来的内容说出来给牢友听。听了书里内容的人，就会把那些内容记在脑子里。一个人记不住全部的话，就分为两个人、三个人来记。一个人记一个章节，或者分页数来记。有的年轻人能一次背下好几篇，最后独力完成了一整本诗集。”

“你的意思是说，小小的牢房，其实是个故事工厂？每一间牢房其实都放进了一本书？”

他慢慢地点了点头。

“譬如说，一一三号牢房是《雅姆诗选集》，一一五号牢房是《悲惨世界》，一一九号牢房是《基度山伯爵》。一间牢房里的囚犯分别记住不同的故事情节和场面，只要他们全部凑在一起，就是一整本故事书。”

真是令人难以置信，一间牢房，竟然成了一本书。一名囚犯，竟然成了一个故事、一个场面……

他又继续说下去：“自由休息时间的监狱，就成了一个庞大的故事交换市场。同一间牢房的所有囚犯，轮流将自己记得的故事说给其他牢房的囚犯听。听过了故事的囚犯，又会把自己听来的故事再说给别人听。他们不再抱怨残酷的监狱生活和受虐，而是通过一个又一个故事，彼此分享，传递希望。”

我这才知道，为什么朝鲜人只要凑在一起，就有那么多话好讲。他们不是在讲话，而是在交换故事，分享希望。东柱说的话，并不是想安抚我的谎言，也不是温柔的安慰，他只是在讲述一个事实。我明显觉得，书虽然被一把火烧光了，但书的灵魂仍旧存在。书，仍然在呼吸，在行走，在生活。就在这狠毒、残酷的监狱高墙里，与我，与他，与我们所有人同在。

十余名囚犯被遴选出来，组成防空洞劳务组。在尽量不使土块掉落的情况下，他们立起承重柱，在墙壁上贴上厚木板，从不影响整栋建筑承重的外墙往外挖。才三天时间，地下空间就已经扩大了四倍，变身为一个完美的防空洞，又宽又大，不仅足够容纳四十多名本馆看守，还多出很大的空间。

看到这个又深又大的防空洞，看守们都很欢喜。然而，参与防空洞工程的囚犯无法进入这里。对于这些人，没有任何避难设施，也没有任何行动方针。因此他们都相信，一旦空袭警报响起，必然有人会试图越狱。

“会是谁呢？”

“一定是崔致洙。”

他们揉揉睁不开的眼睛，暗暗希望他能越狱成功。在警报声中，还混进了惨叫声与机关枪的声音。

一名囚犯说：“那是螺旋桨的声音！ B29轰炸机啊！你们可能不知道，但我很清楚那东西。长三十米、宽四十三米的空中堡垒。可以装九吨的炸弹，黑压压地飞过来，偷偷扔下炸弹，然后又若无其事地飞走。B29就干得出这种事情。”

他在黑暗里嘎嘎地笑得喘不过气来。

有谁在黑暗中问道：“如果那东西就是B29，日本鬼子会有什么下场？”

“当场就成了烤全猪啦！这辈子没法儿杀光的日本鬼子，一个晚上全都一扫而空。”

他的嘴里如泥浆般不断溢出笑声，旁边的男人也一个个跟着笑了起来。黑暗里，只看到白牙闪闪发亮。这时，有个人插了一句话进来。

“那我们不也跟着一起被烤焦了？炸弹炸开来，哪里还会分日本人、朝鲜人？”

这次，谁也笑不出来了。

于是又有人说：“睡吧睡吧！反正该死的就会死，该活的还会活下去。只要明天早上起来，那些该死的日本看守都死光光就行了。”

又有一个人用饱含睡意的声音喃喃地说：“看守都死光光，谁来开牢门啊？”

空袭仍旧每日必来，死亡也成了日常生活。每当空袭警报响起，看守们便如训练有素的猎犬一样，快速地跑到防空洞里。

我蹲在贴了木板的防空洞土墙角落里，想象着地面上的事情。在密如蜂窝的牢房里，挤来挤去的囚犯，他们全都听见了如死亡前奏曲般不断接近的螺旋桨的声音、刺耳的警报声、破坏一切的爆炸声。他们只能无奈地听着这些破灭的声响，却找不到可躲避的地方。

只能祈祷那该死的炸弹能避开牢房，掉到别处去。防空洞虽然又深又坚固，但无法让我免于羞耻。我在这里是不公平的，我的命宝贵，他们的命也一样宝贵。为什么我能受到保护，他们却被弃如敝屣？就因为他们是囚犯吗？那么，难道我就无罪吗？

远方传来炸弹爆炸的巨响，日光灯明明灭灭，低矮的天花板上小土块纷纷掉落，传来泥土的腥味。我还活着，那么，我是不是该认为自己很幸运呢？我摇了摇头，想到那些被弃置在炮弹下的囚犯。我可以想象他们的命运，却无法对他们的痛苦感同身受。我不想感受他们的恐惧，甚至不想同情他们的命运。解除警报响起，看守们打打闹闹，庆幸自己还活着，陆续走出了防空洞，就像一群结束了短暂的捉迷藏游戏，各自回家的孩子一般。我快步跑上倾斜的楼梯，回到地面上，赶紧去找东柱。

剃短的头发上，一头一脸的尘土，他还活着。他还在呼吸，还望着我，嘴唇颤抖。

命运决定于你身处的地方，也决定于你是否拥有权力。有些人在地面上，有些人在地面下，有些人在铁窗里，有些人在铁窗外。他和我在不同的地方，我在地下防空洞内，他在地上牢房里。我在活着的领域内，他在死亡的范围中。十米都不到的距离，我们的命运却朝着相反的方向，远远地隔了开来。然而，命运不是个简单的方程式，炸弹每次轰炸都避开了牢房。命运猛扑过来，看似想横扫一切，怎知却又若无其事地走过去。于是，不管是躲避死亡跑进了深深的防空洞的人也好，留在牢房里等着死亡来袭的人也罢，都一样活了下来。

应该为此表达感激吗？我不想如此。因为在感激之前，已经付出了太多的代价。我为自己还活着感到羞耻。

27

过度的考验，过度的疲劳

东柱拖着蹒跚的脚步，走到椅子旁边坐了下来。旧得脱线的裤管下，露出白色的踝骨。每当有所动作，他的身体就如废弃房屋的气窗一般，发出嘎吱嘎吱的声音。他十指交握，把手放在桌子上，大拇指因为天寒地冻，裂了开来。他深不可测的眼睛，照见了我的羞耻。我真想知道，那双眼睛还记得多少杉山的事情。然而，他的记忆力正快速衰退中，趁着他还留有一点印象时，我得赶紧问他，趁着空袭怪兽露出獠牙撕扯这座城市之前。

"你知道是谁杀了他吧？"

"杀了他的，是这个没人性、残酷的时代。所有人都疯了，所有人都快死了。"

这话仿佛不是从他的嘴里，而是从别人的嘴里说出来的。像是愤怒，也像是绝望的声音，让人想起了杉山都灿徒劳的死亡，还有他谜一样的人生。他的人生充满了矛盾，谁也无法像他一样，完美地拥有两种截然不同的面孔。他一方面是个满口污言秽语的暴力看守，焚毁无数书籍的审查官；另一方面又是个求知若渴，不眠地读书、写诗，还建造了秘密图书室的文字上瘾者。究竟哪一个才是他的真面目？长着野兽脸孔的天使？戴着天使面具的野兽？或许，全部加起来才是他真正的模样。因为真实，有时候拥有无数的面孔。我们随着时间，随着场合，随着利害关系，有时是个恶人，有时又是天使；有时也扮演狡猾的骗子，有时也成为被骗的对象；有时是邪恶的告密者，有时也成为被告发的牺牲者。不是吗？

这一切的面貌就是我们无法抗拒的真实。如同我自己，一方面装作理解并同情东柱的处境，但只要空袭警报响起，我就能将他弃置在死亡的牢房内，独自躲在防空洞里。终究，我也只不过是自己最鄙视的那类人罢了。

东柱像要安慰我的内疚似的说：“最美的事情就是活着，也就是在这龌龊、残酷、地狱般的世上活下去。比起如天使般纯洁，如英雄般勇敢地死去，就算如恶魔般狠毒，如野兽般卑劣，也要活下去。如恶魔般邪恶地活下去，将来才能如天使般善良地死去。唯有活着，才能亲眼看见残酷的战争结束，看着一切的罪恶消失，看着受伤的人们得到抚慰。”

他的回答，简直是为我的羞耻辩解。

我问：“杉山也是为了生存才戴上野兽的面具吗？爱诗、珍惜文句的他，也因此才会按照规则和工作手册成为恶魔吗？”

他摇了摇头。

“不，正好相反。他是个恶魔。但他是个知耻的恶魔，所以才会成为更残暴的恶魔。”

“你说什么，我听不懂。”

“他不是从诺门坎活着回来的战斗英雄，而只是从污秽的战场上、罪恶的渊薮里，千辛万苦活着回来的幸存者。”

东柱垂下了眼睛，犹豫着是否要继续说下去。我又问：“高压管理、严格审查、殴打与拷问……难道他天生就是个坏人吗？”

“我不确定，他死都死了。就算他还活着，大概也没法儿回答。不过有一点很明确，他极端讨厌活着回来的自己。”

“自我厌恶和残忍之间，有什么关系吗？”

“残忍的行为，不仅是自虐，也是对自己的一种惩罚。他用残害别人的灵魂来残害自己的灵魂。不把自尊当一回事，麻痹理性，蓄养愤怒与憎恨，抹杀人性。仿佛只有成为残酷的恶魔，才是处罚自己唯一的一条路……”

他凝视着肮脏的灰墙。然而我认为，用虐待他人来惩罚自己，只不过是对非人道恶行的牵强辩驳罢了。惯于严刑拷问的人，根本不知道自己究竟做了些什么事情。承受痛苦的人，不是拷问者，而是被拷问者。我看过很多无视对方的痛苦反而以此自娱的人，杉山也是其中之一。无法饶恕的人，也就是该死的人。

因此我争辩说：“严刑拷问不是惩罚自我，而是犯罪。如果说是自杀或自残，或许还比较有说服力。”

他听着我沙哑的话音，一句句咀嚼思考后，点了点头。

“他的灵魂，就如同包在硬厚外壳里的蜗牛。他是个很容易受伤、很容易被毁的脆弱男人。”

我无法理解，他为何要包庇一个恶贯满盈的人？

“面对数十辆装甲车为前导的苏军机械化旅团，即使在重重包围的情况下，他也敢在夜里进行偷袭。而且才花了两个星期的时间，就在枪林弹雨下冲破包围圈，回到司令部，成了战斗英雄。”

“那是骗人的，是陆军省捏造出来的谎言。他们急于把他塑造成英雄，好掩饰自己的惨败。他才不是靠一把刀就斩断战车士兵脖子的英雄呢！

他和我们一样，都是普通人，面对恐惧一心只想躲避的人。”

“你是说，他从来不曾被苏军包围过？”

他摇了摇头。

*

杉山确实被包围过。苏军的攻击始于他的搜索队离开大队，开辟退路的时候。九名搜索队员中，四名当场死亡，活下来的他成了苏军的俘虏。接下来十天的残酷拷问，他已经记不得了。烧红的烙铁、尖锐的夹子和沉重的木棒，以及称得上凶器的器械，都在摧残忍耐的限度，捣毁人的自尊，让他的良心被抹杀得一干二净。就在恶魔撕扯吞食他的灵魂之际，他也慢慢变成了恶魔。对抗恶魔的唯一方法，就是自己也成为恶魔，除此之外，别无他法。骨关节被折断，皮肤被剥下的痛苦，眼珠子像要被挖出来似的不得闭眼睡觉，全身皮肤都快干裂般的口渴。尽管承受着这一切痛苦，但还是想活下去。

他好几次昏了过去，都希望自己要再醒过来。他的求生意志，已经强烈到无法想象的程度。比起死了上天堂，他还是宁愿活着留在地狱里。没有经历过痛苦的人，很轻易就会选择死亡。但对于从一出生就在痛苦中成长的他来说，活下去是唯一的意义。因为活着本身，就代表胜利。死亡所代表的，是失败，是放弃，是羞耻。

苏军的怀柔手段十分执拗，他们会把一杯浮着冰块的水，当着他的面倒在地上，以此引诱说出小队的位置。忍耐甜蜜，比忍耐痛苦更让人难受。然而，杉山不愿成为出卖者，四天没睡的情况下，身体先崩溃。就这样不知道究竟过了几天，最后连自己是谁都记不得了。他深深地希望自己最好把小队的位置、移动路线和集合信号，全都忘光。

只要能忘掉，就不会从自己的嘴里泄露出来。他昏了又醒，醒了又昏。每次醒来，毫无例外都会闻到自己身上的血腥味，意识如同老旧的土墙，摇摇欲坠。他连自己说什么都不知道，吐出些歪七扭八的话来。他怀疑，自己是否在不知不觉中，把所有的情报都说了出来。如果真说了，又说了多少。

之后有一天，当他睁开眼睛，突然发现眼前的景致变了。浓浓的血腥味被清凉的味道所取代。他以为自己死了，但他若死了，该去的地方也应是地狱才对。奇怪的是，眼前的景致明明就是天堂。其实，那里不是地狱，也不是天堂，而是苏联的野战医院。旁边放着水和装着白粥的碗。大口地吃光碗里的稀饭后，他才稍微看清楚四周。先看看自己的身体，看到一身撕裂的痕迹、咬伤的痕迹、挖掉的痕迹、断裂的痕迹、破了化脓的伤口。身体包着绷带，他确定自己还活着。他不知道该为自己还活着感到高兴还是难过。那些家伙会救活他，就表示他把一切秘密都说了出来。虽然他不记得自己说出了同伴的藏身处，但那些家伙一定知道了。想必是自己在无意识中，说出了所有的情报，就在他敌不过潮涌而来的睡意，放松心神之际，舌头出卖了他自己的意志。

他的记忆断断续续的，似乎在哪个梦里，听到上司要他复述移动路线和位置的命令。又好像听到团长催促他，想救出小队队员，就必须知道位置。他整个人都吓到了，原来他把不该说的话全都说出来了。如果不是这样，那些家伙没道理会中断拷问，还为他治疗伤口，提供饮食。

他摸了摸自己的腿，膝盖破皮，还有几处烧伤和撕裂伤，但没有断裂的地方。他从张开的帐篷缝隙往外看，有四名卫兵正守卫着野战病房的四顶大型帐篷。他很明确地知道自己该怎么做。还有希望，就算苏军知道小队的位置，小队或许也已经转移。只要循着小队留下的记号，就能找到他们。

他用力抽出帐篷的支柱，这是唯一可以拿来当武器的东西。他想把铁柱刺进卫兵的脖子里，再抢夺他的枪。虽然这样就得杀死一名年轻的苏军卫兵，但也只不过是在他所杀的无数苏军中再多加一个而已。但他的目的是逃走，而不是夺枪或杀人。于是他在抖个不停的腿上用力，观察着四周。离帐篷一百米左右的地方，有一片茂密的白桦林。树林的界线，就是生与死的界线。被烙铁烙过的大腿，火辣辣的。对他来说，需要十二点五秒的时间。只要能让卫兵的眼睛转往别处看十二点五秒，他就能如一缕青烟消失在树林里。他咬紧牙关，把一切押在这十二点五秒上。

在心里默数到三，他闭上眼睛开始奔跑。在一只脚触地之前，另一只脚已经踏出。他得努力这么做，因为不知道什么时候子弹便会飞过来，击碎他的背脊。受伤的脚踝，让他猛然向前扑，风迎面而来，快速地从耳边掠过。不知何时，四面变得十分安静，落叶的味道传了过来。

他睁开眼睛，茂密的白桦树正挡在眼前。他扒开枝叶，走入黑漆漆的树林。树林如同母亲的怀抱，但怀抱并不温柔，因为树林是一个巨大的陷阱。渺茫一片的树枝，让他分不清方向。枝丫间，时时透出尖细如针的光芒，十分刺眼。树枝扫过脸庞，树墩绊住脚踝，藤蔓置人于死地。疲惫的双腿不停地颤抖，喉咙里也涌出焦煳味。每当他快昏倒的时候，他就会想起满怀恐惧、一身污泥的小队队员，于是便反射性地又向前走。他觉得不是自己在走，而是路往后移，推送着他向前。白天过去，黑夜来临；黑夜过去，又迎来了另一个白天。他终于找到了小队的藏身处。他累得双腿跪下，全身都快陷到地底下去了。然而在极度的疲倦中，他大笑起来，因为这里根本没有留下一点小队的痕迹。小队已经转移到预定位置去了。确认了小队留下的标示后，他再度抬起如橡皮般失去感觉的双腿。岩石使他扭伤了脚，江水阻挡他无法前行。两天后，他几乎已经赶上了转移中的小队。他心想，只要能活着回归到小队里，自己在无知觉时泄露位置的罪过便能得到宽恕。如果是非死不可的命运，他也想和他们死在一起。根据小队留下的转移方向，只要再翻过一个山头，便能追上他们。

他迈着筋疲力尽的双腿，攀上倾斜的山壁。这时，他听到了死亡恶灵的呼啸声。那是炸弹掉落的声音。爆炸声响起的同时，还传来密集的枪声和惨叫声。森林里响起了一片起火的毕剥音。他疯了似的紧紧抓住岩石和树藤，攀上了山巅，全身布满了汗水和尘土。刚爬上山顶的他，放眼望去，看到的却是一片地狱场景。苏军比他早一步袭击了小队，树木成了一根根巨大的火柱，火焰蹿升到半空去。他从山上滚了下来，苏军撤走后的树林，被大火烧得焦黑一片。尚未冷却的火药热气，熨烫着脚底板。他在呛人的烟气里寻找方向，大声呼唤他所知的队员名字。没有听到回答。他突然望着远处山顶，觉得似乎有双闪亮的眼睛正盯着自己，就听到枪声打破了寂静。同时，他感到有种遭受粗棒击打似的重击正扫过他的肩胛骨，滚烫的液体黏乎乎地浸湿了他的军服衣襟，使尽全力支撑住的膝盖也忍不住弯了下来。还没冷却的温暖大地拥抱住他，他终于将自己的脸颊贴上了温暖的地面。大大小小的树木毕毕剥剥燃烧的声音传了过来，仿佛音乐似的。他想起曾经爱过的那个女人，那修长白皙的手指。这样死了似乎也不坏，他想。

当他再度醒来时，森林大火已经熄灭，变得一片冰冷。他用力抬起沉重的眼皮，跳入眼中的是日本军服的绑脚布。这是为救出独立小队出动的关东军搜索中队。但他们来迟了，他们救出的，只有一名半死不活的士兵。

他放松了眼皮上的力气，听不清楚的耳朵旁边，有人在大吼着。

“有一个活着的，快护送回去！”

快步的军靴声传来，他的身体被抬了起来。他的任务完成了，活着回来，就是他唯一的任务。然而，在那之后活着的时间里，他一直自问，那时是不是应该死了算了。他久久难以忘怀，遗忘在大火烧焦的森林里的自己的灵魂。因为现在这个没了灵魂的躯体里，恶灵住了进来。

*

“这么说，他的暴力个性，其实是因为在战场上出卖同伴，而自己独活的内疚感吗？”

我深深叹了一口气，说。

东柱摸了摸剃短的头发回答：“我不知道他是否愿意如此，但从结果来看，确实变成了那样。”

“怎么可以那样呢？”

“他认为是苏军的残酷拷问，把自己弄成了那个样子。如果没有那些拷问，他也不至于会出卖同伴。”

“这和他拷问囚犯、残酷对待囚犯，有什么关联？”

“或许，他受损的灵魂要生存下去的唯一方法，就是成为恶魔。出卖耶稣的犹大最后被吊死，但杉山活了下来。”

他没有再多解释什么，就此不再说了。我想，活了下来的杉山，每当受出卖同伴的内疚所苦之际，必然想起自己被严刑拷问的场景。不然，或许每当他想起残酷拷问的痛苦时，就连带想起那些被他出卖的同伴。不管是哪一种，地狱般的记忆使他变成了一个恶魔。每当如此，他就会举起木棒，殴打囚犯，把自己当年所受过的痛苦，照样施加在别人身上。

邪恶的记忆如同致命的传染病般，又生出另一种邪恶来。为了活下来，他的身体已经成为恶魔产卵孵化的宿主。

我问："你是说，受过痛苦的人，为了摆脱内疚，就对他人施加另一种恶行吗？"

"他时时刻刻都必须亲眼见证，站在痛苦面前的人有多么无力。面对残酷的拷问，没有人能忍耐到最后。"

这意思是说，看着面对木棒、嘴唇颤抖、倒下去的人们，他就能确定，自己不是卑鄙的告密者，并因此感到安心？只要他能确定，面对殴打，没有人能忍耐到最后的事实，便能摆脱自责？然而，或许这只是杉山想将自己羞耻的过去正当化的辩白罢了。也或许，这是想将自己推向邪恶的极端，借此摆脱痛苦记忆的极端恶行也说不定。我终究无法理解，但也对此无可奈何。世上无法理解的事情多的是，就算能够理解，也不一定会有同感。

因此我问："那么，杉山真的把小队的藏身处泄露给苏军了吗？"

"谁也不知道，连他自己也不知道。不管怎样，他是如此自责的。"

他摇了摇头。

我说："杉山应该是到最后都没有泄露机密。如果他有错的话，错不在他有没有泄露秘密，而是错在他没能看穿苏军的骗术。因为他始终不肯说出秘密，苏军才故意放他逃走，然后跟踪他。当他快要归队之际，把他的小队全杀光。"

"你怎能如此确定？"

"如果是他泄露了秘密，他的队员早就遭到攻击了。那么，他就不会看到地狱般的场景，也不会感到深深的内疚了。是他的良心毁掉了他的灵魂。"

虽然我无法理解，但我能接受。所有的存在，都拥有深渊似的伤口。为恶，也只不过是为了守护被压抑的“善”；因此，为恶，是拥有善意者才做得出来的行为。恶人，也只不过是把善行包装成恶行的模样罢了。那么，杉山是个善良的人吗？他也拥有善良吗？如果有的话，是哪种善良呢？

28

《希伯来奴隶合唱曲》

二月了，东柱离开这里的日子愈来愈近，但他忘了自己出狱的日期，连书和诗的名字，还有喜爱的诗句，也都逐渐忘记了。哲学家和书中主角的名字，也一一离他而去。我看到他的灵魂之线，正一丝丝松动。

杉山死了，东柱也中断了代笔，明信片数量明显减少。只有看守们的邮件偶尔发送，朝鲜人几乎都不写明信片了。我问过一名朝鲜人原因何在，他从厚厚的嘴唇里喷吐出冰冷的气息说：“有好消息才值得写信，不是吗？如果都是坏消息，不如不知道的好。”

那么，为什么有那么多朝鲜人要请东柱代笔呢？

那名朝鲜人唠唠叨叨地说：“那个人啊，不管是多坏的消息，都能写得美美的。就算冷得要死，也会说多亏了寒冷，身体才变得更结实。明明是在狭小的牢房里挤来挤去，也会写成幸亏牢房很狭窄，才能忍得住寒冷……真要计较，也不算骗人，温暖的话能让读的人安心。当他把写好的明信片内容读给我听的时候，我也有这样的感觉。不抱怨寒冷，不抱怨日子难过，把一切都往好的方面想，对出狱满怀着希望。或许，追着要他写明信片的朝鲜人都觉得，与其说是赚点小钱，或给家人报平安，还不如说是想从他那里听到一些满怀希望的话。他不写明信片，朝鲜人监舍里的希望也就消失了。啊！他什么时候才能再为我们写明信片呢？”

我无法回答他的疑问，只是想读一读他写的明信片，就如杉山曾经有过的心情。

战争在苟延残喘中继续进行着，更多的年轻人被拖到战场上，更多的年轻人死了才得以魂归故土。然而一定有更多的年轻人，死了也无法回家。吃的和穿的都所剩无几，人们饥寒交迫，被恐惧压迫得几乎快窒息。但福冈监狱里，涌动着一股无名的激流。离音乐会只剩下一个星期的时间，这是让所有人心情飞扬的最大盛事。典狱长忙碌地奔走在礼堂、操场和行政大楼之间，看守长则忙于准备接待由东京远道而来的高官。合唱团员忙于进入最后的练习阶段。岩波绿还是如往常一样，领着团员调整音色。然而，不是没有令人焦心的事情，接连不断的空袭使若干高官对福冈之行犹豫不决。低沉的气氛因为内务大臣与陆军总长决定前来而大为振奋。高级阁僚和将军的到访，还能对外宣示死守本土南方的安全之意。

东柱虽然全身无力，但因为音乐会的逐渐接近而振作起精神来。所有人关注的焦点，都集中在《希伯来奴隶合唱曲》上。囚犯只要能远远地听到那首歌，不管做什么都愿意。但从监舍这里是不可能听到合唱的。不仅因为和举行音乐会的医疗大楼之间有一段距离，牢房也以双重、三重的厚墙隔绝开来。劳役场里嘈杂的机械声，也妨碍了音乐的传送。东柱虽然为即将举行的音乐会深感激动，但也变得十分焦躁。好不容易，终于到了音乐会的前两天，他才眼睛闪亮地说：“由一，我有办法可以听到音乐。”

他的声音听起来就像找到了果实累累的山莓果藤蔓的小孩一般。

"什么办法？"

"举行音乐会那天是星期一，只要在那天接受医疗诊治就行了。"

他说这话的意思很明显，就是在音乐会举行的时间，到试药室去接受注射。试药室和礼堂虽然不那么近，但都是在医疗大楼里，还是同一层。就算没法儿亲眼看到音乐会现场，只要竖起耳朵注意听，还是能清楚地听到合唱的声音。然而，他的话也隐藏了致命的危险，宛如盘踞在山莓果藤蔓阴影处，准备咬住孩子脚踝的毒蛇一般。一言以蔽之，那是一种疯狂的行径。我坚决地摇了摇头。

"你的医疗诊治日是每个星期二和星期五，不能随便更改。"

"由一，拜托！"

记忆如指缝间的沙子般，正从他的脑子里流失。在渐渐变得空洞的脑子里，即使只有一小部分能以音乐来填满，不管是什么事情他也都愿意做。他再次要求我：这是他冒着危险策划出来的音乐会，我不该让他去听吗？为了听那首合唱曲，让他接受危险的注射吧！我无法拒绝他的请求。

第二天，结束了团员护送工作后，我找到了试药室。走过长长走道的时候，我好几次都犹豫着，该就此转身而去，还是继续走下去。结果，我还是打开了试药室的门，向莫名其妙的主治医师报告，有名医疗诊治对象希望能够追加试药。面对询问理由的医师，我说："药物的效果好像显现出来的样子。恢复元气的患者在劳动时不容易疲劳，而且效果也愈来愈好。"

医师带着半信半疑的表情，过了一会儿才面露喜色，询问对象的囚号。三个数字在我嘴里绕了好久，半晌后，我才终于吐出了三个数字：

六四五号。医师兴奋地叫道："很好！星期一下午两点，把他送到试药室来！我要好好观察这个不寻常的医疗诊治成果。"

我没有回答，从椅子上站了起来。我是不是成了杀人者？

音乐会当天早上，天气晴朗。夜里无声地下了一场雪，监狱大操场被雪覆盖，如一张白纸。清晨太阳升起之际，我把合唱团员护送到礼堂去。囚犯在白雪上留下一个个脚印，嘎吱嘎吱地朝着礼堂走去。

在看守长的指示下，礼堂里数十名看守忙碌着。舞台铺上了红色的地毯，观众席也放了约三百把椅子。我让团员到舞台后方列队站好，点完名后，就朝岩波绿使了个眼色。简单的个人发声和三个声部轮番练习，进行最后的排练。坐在舞台上钢琴前的岩波绿，一个个地调整他们的发声。

过了中午，监狱大门前停着一辆黑色的汽车。穿着黑色燕尾服的丸井先生从车里下来。一天前就抵达福冈的丸井先生，马上察看音乐会的举办场地。一直到舞台察看结束后，他才进入化装间。大门口开始陆续有黑色的汽车驶来，穿着燕尾服和军服的男人，以及华丽装扮的女人，一一从车里下来。他们对于所谓监狱音乐会如此独特的活动，一方面感到担心，一方面又显露出微妙的期待。典狱长满脸笑容，迎接来到这个流放之地的贵族。穿着笔挺制服的老看守和护士，引领着贵宾走向音乐会即将开始的礼堂。空座位慢慢地被填满，在齐唱《君之代》国歌后，舞台上的灯光熄灭，幕布缓缓地升起。聚光灯下，穿着燕尾服的男人走了出来，是丸井安二郎。

护送兵确认了东柱脚踝上的脚镣，从牢房里出来的东柱，脚步迟缓地朝着医疗大楼走去。冻僵的脚踝，蹒跚地牵引着他的肉体和灵魂。夜里堆积的雪，在风中飞舞。踩在脚底下的雪，发怒似的发出磨牙般的声音。当积雪覆盖锒铛作响的脚镣声时，东柱有了自己成了自由之身的错觉。当他走近医疗大楼后门时，他感觉到了音乐的热潮。期待与激动在干燥的空气中如荧光般闪烁着。他继续向前走，脚步变得轻快多了。试药室前面，主治医师站在那里，笑着迎接他。这是试用药剂不断失败后的第一个成功案例。东柱面无表情地走进了诊疗室。

远方传来一个男人清越而凄然的声音。

井旁边大门前面有一棵菩提树……

东柱闭上眼睛，只为了能稍微集中一点精力倾听。医师的质问从中插入。

“囚犯编号！”

“六四五号。”

我曾在树荫底下做过甜梦无数……

“名字？”

“平沼东柱。”

依稀听到那树枝，对我簌簌作声……

“何时出狱？”

“一九四五年十一月三十日，还剩下二百九十八天。”

"……"

掌声打破了短暂的沉默，在礼堂里热烈地响起。穿着黑色燕尾服的丸井先生擦了擦额头上的汗。掌声仍旧持续着。他深深地弯下腰，接着消失在舞台后。掌声再度将他召唤到舞台上，似乎永远不会停息似的。我在舞台后方，闭上双眼，沉浸在音乐里。

护士用熟练的手法，连上了细管。冰冷的注射针尖刺进他的手臂里。透明的药物通过细管，流入他的体内。东柱突然感到害怕，他知道，就是那药物，使自己变得愈来愈衰弱。然而，药物还是无法停下他跳动的心脏。歌声与掌声如潮汐涌来，又缓缓退去。几次掌声之后，接下来是一阵长长的静默。

舞台上浮现出幽灵似的面孔，囚犯一个个拖着沉重的脚镣，按照各自的声部，列队站好。锒铛响着的脚镣声，让观众的心情也变得沉重起来。一身白色护士装的岩波绿登上了舞台后，才听到断断续续的拍手声。她踏着端正的步伐走到钢琴前坐下，不带任何表情的众多眼睛全都注视着她。她做了两三次深呼吸，点了点头。她的手指扫过琴键。

东柱闭上双眼，平静地呼吸，意识慵懒，仿佛沉入深渊中。远远传来钢琴的声音，透明的液体透过血管，钢琴声透过耳朵，缓缓推进到他的身体里。还有那庄严而悲伤的声音。

让思想安上金色的翅膀，展翅飞翔，

飞向那丘陵，飞向小山坡，
那里有柔软温和的香气，
如祖国土地上甜蜜芬芳的气息。
向着故乡约旦河的青青河岸问候，
向着邦国被毁的以色列人民致意。

我站在黑漆漆的舞台后面，雄壮的声音里饱含着悲伤。声音推挤我的肩膀，扑了上来，那已不再是单纯用耳朵听的声音，而是用香气、用动作、用颤抖，朝着眼睛、耳朵、鼻子和所有感觉器官飞奔而来。如果说那是花，我早已窒息在香气中；如果说那是酒，我早已醉得不省人事；如果说那是毒品，就算因而毁灭，我也在所不惜。音乐，如此美好却又满含悲伤，让我怀疑自己是否有资格聆听，也让所有的善意都失去光彩，连强烈的爱意也冷却下来。此时，我才发现身为人类的美好与所谓生命的喜悦。我是人类的事实，我的生命仍旧存在的事实，让我的心脏如风箱般喘息不止。我该好好地安抚自己。

啊，我如此深爱被夺去的祖国，
啊，多么令人珍惜又悲痛的回忆。

歌曲如男女的爱情一般，反复着紧张与缓和、快板与慢板。每个声部都以不同的音调，每个人都用不同的音色，彼此交融。悲伤如禽兽哀鸣，庄严如骤雨急下。岩波绿用钢琴琴键催促、掌控、挑拨所有的声音。歌声与琴声融合，爆发出极乐至喜。所有的一切都是为了一个目的，一个目的为了所有的一切。所有的一切安慰了所有的人，所有的一切抚慰了所有人的伤口。所有的人都感到幸福：唱歌的人，因为可以唱而感到幸福；听歌的人，因为能聆赏而感到幸福。

那是我在尘世所见到的天国。

预言者的金色竖琴，
为什么在江岸柳树下踌躇沉默？
让我们充满回忆的胸膛里，再度燃起热情。
为我们歌唱过去的美好时光吧。
让我们牢记耶路撒冷的灭亡，
为我们弹奏沉浸在悲叹里的哀痛歌曲。
让我们能忍受这般的痛苦，
为我们唱起耶和华坚强的歌曲吧。

歌曲终于结束，雄壮的共鸣声流淌在冰冷的空气中。东柱的眼睫毛颤抖着，似乎在品味每一个音符的鸣动。最后一个音符的轻微痕迹消失后，弥漫着短暂的静默。东柱的眼睛仍然闭着，他还在静默里寻找着消失的余音。掌声与欢呼声如瓦罐破裂般响起，打破了静默。东柱睁开眼睛，冷酷的现实再度压在他的身上，但他的眼里还残留着旋律的痕迹。眼睫湿润的他，如同从美梦中醒来的少年。护士从他的手臂上拔出粗大的针头，医师说：“很好，今天看起来确实比较有活力。”

崔致洙死了，我是在行刑后的第三天才知道的。典狱长突如其来的召唤，让我紧张得像块木头一般。难道是没有向上级报告地下图书室的事情被人告发了吗？还是发现了放风筝的少女？如果是，我将面临什么处置？当我走进典狱长办公室时，各式各样的想法加深了我的恐惧。僵硬如冰的我，好不容易才在典狱长让我坐的椅子上坐下来。与其说是坐，不如说是把臀部贴在椅子边缘上。典狱长晃了晃手中的报纸，露出一口牙齿咧嘴笑着。大大的字体争先恐后地进入我的眼里："福冈监狱""音乐会""感动""美好的歌声"……

典狱长眼带担忧地沉浸在报纸的铅字中。

"音乐会获得了巨大成功，不只是福冈地区的报纸，全国性的报纸也刊载了音乐会的消息。你身为囚犯护送官和练习场监视官，功劳不小。"

话虽如此，我的恐惧依旧。什么叫功劳，我在这座监狱有什么功劳可言？我既不是有能力的看守，也不是眼利如刀的审查官，更不是铁石心肠的拷问官。我只是个对那所有一切感到幻灭，却无法逃避的看守兵而已。过了好一会儿，放下手中报纸的典狱长用手捻着往上卷的小胡子末端说：

"三三一号囚犯已经受刑了，两天前执行了绞刑。"

我的脑子里一片黑暗，崔致洙怎么就死了。

典狱长高声说："你的事件调查也完全结束了，杉山被杀事件干净利落地了结了。"

真是令人难以置信，真正杀死杉山的人都还没找出来，崔致洙竟然就死了。不行，他不能死！

我好不容易压下难忍的无力感，开口问："亲属呢？"

"受刑记录簿里完全没有记录可联络的家属或亲友。没办法，我只好亲自确认行刑和埋葬在无亲属者墓地的手续。"

我魂不守舍地点了点头。典狱长拍拍我下垂的肩膀，说了一句"干得好"！等春天一到，就让我放荣誉假。但我的耳朵里，什么话也听不进去。我连自己是如何走出来的都不知道，走过行政大楼长长的走道，走过雪还未融化的操场，脚下有一种大地塌陷、整个人浮在半空中的感觉。其实，这个监狱每天都有好几个人死了被抬出去啊！崔致洙的死也没什么特别的。只是，他的确是个不该死的人。他尽了一切努力想逃出监狱，为了活下去，都顾不上死了。无止境的越狱和因此而来的禁闭刑罚，成了支撑他生命的两大支柱。他的人生虽然一直与死亡为伍，但依然活了下来。看起来像是永远不会死的他，竟然到死都没能逃出这座监狱。

无亲属墓地里，多了一个写着“三三一”数字的木牌。那曾经是崔致洙的囚号。他的死，不只是对他自己，对我而言，也是无法挽回的大事。因为，在他的颈项套上绳圈的人，就是我。在我迷失于真相的迷宫之际，他却必须在没有旁观者，也没法儿最后申诉的情况下死去。我该恳切地希望，他就是杀死杉山的凶手，这样至少可以摆脱自责的心情。但是，那只是一种邪恶的自私心态。我已经无能为力了。不！或许还有一件事是我该做的。

找出杀死杉山的真正凶手！

29

到底发生了什么事

冰冻的大地上，一片灰蒙蒙的。隐约的钢琴声，传到了医疗大楼窗外来。红砖墙上的爬山虎在风中飘荡，干净的玻璃边缘结着白色的霜花，温暖的灯光在黑暗中微微地散发着光芒。坐在钢琴前面的岩波绿，专注地看着乐谱。那是只有高贵的人才看得懂的密码。那是满载音符和音乐的最纯粹语言。岩波绿缓缓地读过一个个音符，那包含了高低、长短、休止的密码，如同随机数表一样复杂，成了低低的鼻音被哼了出来。

结束低声哼唱的她，望着我的眼睛。她知道我有话要说，于是我便说："我想看看在医疗大楼里接受治疗者的诊疗记录。我知道你负责诊治第三监舍的患者，而且管理那些记录。"

岩波绿回答："诊疗记录需要有看守长的申请书以及诊疗部长的许可才能看。"

"我知道。但如果想查明杉山的死因，就必须有那些记录。"

她微微地皱起眉头，这算是拜托吗，还是算强迫呢？她会不会因此而陷入困境？

“诊疗记录和杀人事件有什么关联吗？”

“从观察他死前所做的事情，或许能找到些线索。有哪些人受伤，什么时候，什么部位，怎么打的，这些我都要知道。”

“那个记录只是简单地记载了受伤部位和受伤经过，还有诊治内容而已。这对杀人事件能说明些什么吗？”

“记录是有生命的，如同你那什么都不是的乐谱能让美丽的音乐重生，你的诊疗记录，或许也能说明杉山过着怎样的生活。”

她转头凝望着窗外，过了好一会儿，才像是下了决心一般转过头来。

“请你在伴奏练习时间到这里来。”

她转身用端正的姿态面对钢琴坐好。她的手指开始在琴键上飞舞，美丽的歌声再次响起。

她从乐谱中间抽出诊疗记录递给我，是一本有着黑色硬皮封面的档案夹。她在金黄色的夕阳余晖中默默地开始弹奏钢琴，我则翻开记录簿来看。第三监舍囚犯的医疗诊治算是很少见，这点从医疗记录簿上可以看得出来。从一月到八月为止，朝鲜人的诊疗记录几乎是零，间或较显眼的朝鲜人相关记录，只有死亡诊断而已。

第三监舍死亡事件特别多，虽然有些差别，但一个月里面总会有三四起死亡事件发生。一月份，一个在劳役场工作的囚犯掉入染色槽窒息而死，修理监舍天花板的囚犯不慎坠落死亡，六十四岁囚犯夜里心脏麻痹而死。二月也连续有死亡事件，坠落死亡、心脏麻痹死亡、窒息死亡、摔死等。夏天里，脑出血、心脏麻痹死亡事件增加。从七月底开始，受伤者诊疗记录开始出现一两起。十月份过了之后，受伤者数量增加。第三监舍的受伤者由值班护士代替医师进行紧急治疗。

诊疗记录里出现的伤者大多数是头部裂伤。受伤的原因，不是在工作中摔伤，就是从楼梯上滚下去造成头部撕裂伤。救治结果，仅仅是止血、消毒、用绷带包扎伤口而已。接受诊疗的个人信息项目里，出现了几个熟悉的名字：崔致洙、金宏毕、平沼东柱。尹东柱？

我仿佛被尖锐物品刺到身体一般，睁大了眼睛。崔致洙和尹东柱几乎每半个月一次，反复地接受治疗。从头部撕裂伤，到小腿、肩膀、上臂、下臂等，几乎全身都有被割破或撕裂的伤口。奇怪的一点是，我认识的这些人，受伤的经过和记录不同。岩波绿正在弹奏歌曲的最后一小节。我拿着翻开的记录簿走到她身边。当我停下脚步时，钢琴声也正好停止。

“我真不知道，这本记录簿有多少是可以相信的。第三监舍的囚犯中，没有不被杉山的木棒打得头破血流的人，我就护送了至少五六个人。但这本记录里，被看守的木棒殴打受伤的内容，连一个字都没有。”

她逃避着我的目光，脸上明显就是谎话被揭穿的表情。

“记录，只是记录情况，与真相不一定相同。”

“你的意思是说，记录簿记载的是假的？”

“第三监舍的受伤患者，只要送到医疗大楼来，都是由我来进行紧急治疗的。紧急治疗结束后，需要报告伤口的种类和受伤程度，这便由主治医师负责在诊疗记录里记载受伤经过和治疗内容。大部分都记载为劳动中摔伤或被掉落物品砸伤。”

“医师为什么要记载根本不存在的虚假事实呢？”

“因为典狱长不希望暴露监狱发生的可怕暴力事件。因此，也不希望在算是监狱正式文件的医疗记录簿上留下难看的记载。”

“就算典狱长如此，但医疗大楼的医师可是救助生命的人啊！对于自己的患者为什么受伤、受伤的情况如何，有义务正确记录下来。”

“对他们来说，几个朝鲜囚犯的受伤经过，根本不算什么事情。”

我狠狠地盯着她的双眼，虽然不想责备她，但我的声音变了调。

“我不要诊疗记录上的虚假记录，把你知道的真相告诉我吧。到底发生了什么事？”

岩波绿转头望着琴键，仿佛琴键就要发出响成一团的音律一般。她说：“以前，一个月也不会有一两个朝鲜人的撕裂伤员，从八月起，突然一窝蜂地开始出现。每次问起受伤经过，大部分都会提起杉山的名字，然后就是一阵咒骂，说他几乎是目不识丁的人，打起人来毫不留情。朝鲜人几乎全都被他的木棒打得死去活来。受伤的部分也跟他们说的一样，是被坚硬的钝器殴打导致撕裂伤。然而，有一点很奇怪。”

“什么地方很奇怪？”

“大部分伤口都是二到三厘米长度的裂伤。简直就像练习过似的，都是精确地撕裂浅薄的表皮层而已。至于厚实的大腿等部位，则是使用锋利的鞭状铁片割裂的。”

“这与尽可能不产生伤口，只集中攻击身体脆弱部位的拷问方式正好相反！一般来说，都会尽量避免撕裂皮肤的。”

“在治疗伤口的时候发现，有些受伤者的左手小指稍微歪掉了。那是因为断了的骨头没有好好治疗才歪掉的。询问原因，说是被杉山挥舞的木棒打到，手指头才断掉的。”

“真奇怪，如果是额头撕裂，因为血流满面，看来会觉得伤得不轻，其实没多久就会收口。手指头断掉伤势更严重，反而不会送医治疗。”

“其他伤员也差不多，重伤者全都不送医治疗，却突然送来一堆被他打得撕裂伤的伤员。”

重点简单明了，杉山的暴力行为，从很久以前就已经开始了，但不送医治疗。直到八月的时候，才以故意致伤的撕裂伤送医。以八月为分隔点，前后有两点不同的地方：第一是受伤的类别不同，第二是开始送医治疗。由此又衍生出对杉山的几点疑问。八月开始，是什么造成了如此的变化？杉山难道对新的酷刑产生兴趣了吗？还是对送医治疗产生了兴趣？

“崔致洙和平沼东柱平均一个月接受一次治疗。十月后，平沼可以说每半个月左右就接受一次治疗。原因何在？”这一点让我很好奇。

岩波绿的眼珠晃动得几乎让人看不清楚。她是否隐瞒了什么？如果她确实隐瞒了什么，我想知道到底是什么。如果她没有任何隐瞒，我也很想确认这点。

她开口说：“我记得那阵子，崔致洙因为地道事件在接受调查的过程中，常常被暴力殴打。平沼呢……”

她迟疑地停了下来。

我的眼睛仍旧盯着她，问道：“杉山那阵子和尹东柱因为诗而有了交集。虽然他还是一个暴力看守，但对尹东柱，他反倒变成了一个保护者吧？他可能会胡闹，但还不至于到拷问的地步。那么，究竟为了什么，他要在尹东柱的头上弄出伤口来呢？”

金黄色的夕阳慢慢转为红色，又渐渐加深为暗红色，黑暗从窗外向我们张望着。我想了想尹东柱的数据开始出现的时间。

“一九四四年八月，发生过什么事情吗？”

各种想法纷至沓来，挤满了我的脑袋。岩波绿把我还过去的医疗记录夹在乐谱里，然后就穿过礼堂，消失在黑暗的夜色中。

我拖着疲惫的双腿回到看守室，正在值班的看守一见到我就喜出望外。这个牙齿白到不正常的看守是神户人。我说，我有拖欠的报告要写，愿意帮他代班。他笑得露出洁白的牙齿，把看守室的整串钥匙递给我，就逃也似的消失了。

我在钥匙串里找到了看守室数据柜钥匙，这是保管监狱所有文件的数据柜。“第三监舍囚犯审讯记录”“消毒与卫生记录”“空袭避难训练报告书”“劳役人员安排与工作查验日志”……第三层有我想找的文件夹，八月前后的“医疗大楼诊疗委托书原件”与“验尸申请书”。

诊疗委托书是负责管理的看守认为囚犯有必要送医治疗时提出的委托书，还需要看守长签核。一般都会在中间夹一张复写纸，填写两份，复写件提交给医疗大楼，原件则存档。“验尸申请书”则是在有死亡者的情况时，用与诊疗委托书一样的方式填写后存档。诊疗委托书与我在礼堂里看过的诊疗记录簿大同小异。唯一有差别的地方，就是医疗大楼的记录簿将医疗与验尸记录夹杂在一起，而这里的验尸申请书与诊疗委托书则分开归档。八月以前，几乎就没提出过什么诊疗委托书，受了伤的囚犯没法儿得到救治，只能自己忍着。只有成了尸体因为得验尸的缘故，才会被送去医疗大楼。诊疗委托书从八月起，数量显著增加。提交者大部分都是杉山都灿。委托书上也适当地写着受伤经过，全都起因于他的木棒。

这时，“验尸申请书”旁边的活页夹，如鱼钩似的引起了我的注意。“医疗检验经过报告书”，又是一个与医疗大楼有关的活页夹。打开活页夹的第一页，我的眼睛愈睁愈大。第一页的日期不是一月，而是八月二十四日，也表示医疗检验制度的实施实际上开始于八月。

我又看了一下杉山的诊疗委托书，提交日期是一九四四年八月二十二日。八月二十二日和八月二十四日，这两个日期有什么关系吗？我翻开“医疗检验经过报告书”的下一页，上面写着第一批医疗诊治对象十二个人的姓名、各自的症状与疑似病名，大部分都是营养失调与气力衰弱，而几乎所有囚犯都带有视力恶化、失眠、痔疮、情绪不安等症状。

长久的监禁生活造成的思乡症与失眠，恶劣的受刑设施造成的痔疮或视力恶化，这都很常见。对九州岛帝国大学医疗小组来说，都是些大材小用的症状。日本最优秀的医疗团队应该优先选择比这些更严重的日本病患来治疗才对。实际上，患有糖尿病、白内障、肝病和关节炎的日本囚犯不计其数。然而，医疗诊治对象大部分是十六七岁到三十四五岁的朝鲜人。

真是令人费解，帝国最优秀的医疗团队就算想拍马屁，也不用拍到这里来。他们选择的医疗诊治对象似乎都不是病患，反而是健康的人。我满怀疑问，依序打开三个活页夹，按照日期一一清查。三份活页夹在同一点上有了交集。我最先看的是"医疗检验经过报告书"，八月二十四日的第一批医疗检验对象金山藤吉郎（朝鲜名：金明戍），年龄二十九岁，病名为营养失调和失眠。

营养失调和失眠？这两种症状，不只是囚犯，连看守也会出现。只要是生活在这该死的战争世道里，有哪个人不营养失调、不失眠的？动不动就中断配给、断粮，大半夜里空袭警报也会响彻天空。金山藤吉郎算得上是这座监狱里少数没有特别疾病的健康青年。拥有卓越医学常识的帝国大医师，除了营养失调和失眠之外，根本就别想从他身上找出其他异常症状。

他的名字再次出现，是在十一月十七日的"验尸申请书"夹子里，这让我大吃一惊。到底发生了什么事情，让一个才二十九岁的健康青年还不到三个月就死掉了？我翻找最后剩下来的"诊疗委托书原件"。从第一页到最后一页，我仔细地翻了两遍，但都找不到他的名字。他没有受到过包括杉山在内的任何看守的暴行，也没有就医记录。真的很奇怪！从前面两本记录里找到的明显关联性，却在最后一本记录中如坠五里雾中。“诊疗委托书原件”和其他两本记录完全没有共同点，也就是说，曾经在医疗大楼接受过治疗的囚犯，不会被选为医疗诊治对象；而没有被选为医疗诊治对象的人，也没有被验过尸。换句话说，被杉山打破头的人，会被排除在医疗诊治对象之外，也避免了死亡；相反，死的人都是医疗诊治对象。

我再次比对“验尸申请书”和“医疗检验经过报告书”，尽管希望我的假设是错觉，但仍证实这是个无可辩驳的事实。十月后，七名验尸对象中，有五名都是医疗诊治对象。他们的死因都写着如脑出血、心脏功能异常、代谢障碍等难解的病名。最后的两名，一个是患有肺病的老人，另一个是在修补隔墙劳动中被垮塌的石堆压死的囚犯。

从背后传来嘈杂的声音与令人直打冷战的寒气，我突然转过头去看。是强风吹得老旧门框晃动，风也从无法合拢的窗架缝隙里灌了进来。我愣愣地望向窗外带着寒意的夜晚，全身起了鸡皮疙瘩。医疗诊治不是挑选染病的患者加以治疗，而是正好相反。他们要的是正常的年轻人、健康的男人。那么，年轻男子为什么会死呢？医疗大楼里究竟发生了什么事情？

第二天清早，我走进了院长室。高品位的褐色地毯吞噬了我的脚步声。因岁月更添光华的原木办公桌旁边，挺立着一个令人毛骨悚然的骸骨模型。挂着解剖图、肌肉模型图和人体组织结构图的墙壁后面，看得到窗外博德湾的海岸线向远处延伸。我无法确定，面见院长是否是一件好事，只不过知道，这是我必须做的事情。

“如何？由一君，参观医疗诊治过程，对你有帮助吗？”

院长的微笑，灿烂得令人睁不开眼睛。在他身上，散发出一种我无法理解的味道。那是财富的味道，是风格的味道，也是本能地吸引他人的魅力味道。惶恐的我连声音都变了。

“是的。”

“太好了！一切现象都存在着两面，不要只听那些粗鲁的囚犯随便说，既然你已经直接看过具有科学性和环境清洁的治疗过程，误解就应该消除了吧。马上就会奖赏给你荣誉假，你就放松心情回家探亲吧。”

他微笑着安抚我，体贴关怀的同时，也在责怪我。我真心想接受他的好意，从这恶心的高墙、铁丝网和铁窗中逃脱而出，奔回京都。然后在狭窄、昏暗的书架缝隙里，沉睡在旧书的味道和尘埃之间。但是，在那之前，我还有事要做。

“虽然很感谢您，但遗憾的是，医疗诊治对象的副作用仍在持续。”

他藏起笑容，紧紧地皱起眉头。面对一个微不足道的看守兵的持续纠缠，他的耐心已经到了底线。他短短地虚咳两声，清了清嗓子。

“我知道，那不是副作用，而是研究团队已充分预料到的症状。”

他的话成了一把钝器，在我身上切割。

“就算已经预料到记忆力会减退，伤口会血流不止，也要继续注射药物吗？”

院长的表情渐渐僵硬，利刃般闪烁的眼睛狠狠地盯着我。这是与稍早前截然不同的眼神，冷静，不容置疑，充满危险与致命性的眼神。他用阴恻恻的语气说：“你是日本人吧？”

“是的。”

“那么，我们所进行的战争是多么伟大的战争在日本历史上有多么重要，你也该知道吧？”

“是，我知道！”

我反射性地回答。这场战争有多么伟大，对日本有多么重要，我已经听过无数次了。从我一出生，日本就处在战争中。苏联、中国、蒙古、朝鲜、美国……日本有着数不尽的敌人，打不完的战争。不仅和正规军作战，也和共产党的军队作战，甚至连游击队都打。击退了一个敌人之后，接着又面对另一个敌人。一个战场消失后，又马上形成另一个战场。在好战国家出生的孩子，只能成为军人，只能梦想胜利，连为何必须如此都不知道。院长点了点头。

“这里的研究团队，也以不亚于你的忠诚埋头研究中。就像你身为看守兵管理着囚犯一般，研究人员身为医师也管理着病患。就像你夜里睁大眼睛四处巡查、进行审查工作一样，我们也为了这场战争的胜利不眠不休地研究。”

他凝视着我的表情，十分温和。如同吞了蛆虫一样恶心的感觉，在我心口不断地涌上来。

“第三监舍病患的症状，是为了帝国的胜利吗？”

“我们研究团队从很早以前开始，就为了在战场上冲刺的战士们用尽心力开发新的治疗法。总有一天，我们会开发出前所未有的伟大医术。”

“是什么样的治疗法？”

“那是属于专门医学知识范畴的问题，不是可以用一两句话就能说清楚的。就算说了，你也不会懂！”

断然的言辞如手术刀一样锋利，一下子就截断了我的话。

“那是当然，微不足道的看守兵，怎么可能懂得伟大的研究。然而，我清楚地知道一个事实，医疗诊治出现了新的副作用。”

“如果你又要说什么呕吐、眩晕，或记忆力衰退、血流不止之类的话，那就不必了！”

“为了活下去才接受注射的人，正不断地死去。到底在医疗大楼里发生了什么事？”

我连自己都不知道在说些什么，便出声吼叫。院长的眼神变得益发锐利，闪着光芒。我提高了声调。

“一份记录可以作假，但一个事件两份以上的相关记录，暴露出了彼此作伪，揭示出真相。就像‘医疗检验经过报告书’‘医疗大楼诊疗委托书原件’‘验尸申请书’之类的。”

院长脸上的血色一下子消失了，他缓缓地又恢复到温和的微笑，开口说：“你这个人！以为你只是固执而已，原来还很聪明。好！既然都知道那么多了，也应该能理解在这个地方进行的伟大研究。你想知道什么，我都会告诉你，你就别再像条饥饿的野狗一样，到处嗅来嗅去的。”

恐惧与好奇紧握着我的心脏，院长就如安抚生气的孩子般，低声说：“我们研究团队正在开发有关维持人类生命的革命性医疗技术，也就是能拯救在战争和病魔下呻吟的人类的一种医术。一旦成功，不仅能划时代地减少战斗死伤者，还能拯救无数病患的生命，开创希波克拉底之后全新的医学新天地。”

“那是什么？”

“寻找一种新物质，能替代输血用的血液。战争愈来愈激烈，战场上负伤的士兵最需要的便是血液。不计其数的人因为失血过多而失去生命，就算还活着送医治疗，也因为输血用血液大量不足，没法儿动手术，最后大多数都死了。只要能得到足以替代输血用血液的物质，不只是无数士兵，就连在爆炸中受伤的老百姓也能被救活。”

“您说有可以替代人血的物质？”

“血液的成分，大致可以区分为血球和血浆。除了由白血球、红血球、血小板等组成的血球成分之外，剩下的成分便是血浆。血浆大部分是液体，由好几种蛋白质和凝血因子组成。凝血因子是流血不止的血友病患者必不可缺的成分。”

“也是防止负伤的士兵失血过多所必要的成分吧。”

“如今的战争时期，一滴输血用的血液就可以救活一条生命。但现在输血用血液明显不足，想要保有充足的血量，几乎是不可能的事情。如果能制造出最重要成分的血浆，必然能完全改变战争的形态。”

他的声音非常激动，满脸梦幻的表情。如果说别的医生汲汲于想要治疗病患，他则是急于更新人类生命的框架。他的话在我心中点起了一把火。

“所以您的意思是说，已经造出血来了吗？”

“我们研究团队开发的物质，是名为血液代用生理盐水。生理盐水拥有和体液近似的钠浓度，是由与血液类似的成分组成的。事实上，已经采用点滴的方式，补充因患病或负伤造成体液减少的患者。借由调节生理盐水的浓度，中间经过几个生物学步骤，开发出血浆的替代物质，这是研究团队的最大课题。”

“所谓盐水，就是加了盐的水。您是说，在人的身体里注入盐水来代替血液？”

我深深地皱着眉头。院长似乎已经预料到我的反应，淡淡地说：“像你这样缺乏医学知识的人，必然会误以为这不是在救人，而是在杀人。所以我们的研究和实验都尽可能不让外界知道，彻底保守秘密。但你不用担心，我们已经针对依生理盐水浓度的不同引起的人体适应度实验、对钠浓度的抗药性实验，以及异物质造成的炎症实验等所有副作用，进行检讨。”

“但副作用仍旧持续发生啊！”

“没错，代表性的症状是因动物性浮游生物引起的脑中膜出血，这和脑出血症状类似。我们每两天会为他们进行精密诊断，以确定异常症状并及时处理。心算测验就是代表性的例子。心算是一种全盘性判断神经生理学能力的方法，能即刻明确地判断出异物质对神经系统造成的影响。”

血管里的血液仿佛都停止了流动，我似乎在无意中获知了一件进行多时的邪恶犯罪行为。那是人体实验，而我则成了把朝鲜人驱赶向死亡实验室的帮凶。实验所动员的囚犯，连自己都不明所以就死了。不用看，我也知道自己的脸涨得通红。我好不容易才把声音挤出喉咙。

“原来大九州岛帝国医学院研究团队竟然恣意妄行，进行着将健康的人推往死亡深渊的人体实验。我终于知道，那了不起的帝国大学医学院为什么会进驻这座监狱，当然是因为需要实验的对象，也就是代替豚鼠和小白鼠的活生生的人。”

院长的脸上还是挂着一成不变的笑容。稍早前，我还认为是仁慈、温和的笑容，如今看来如此邪恶而冷酷。他仍旧一脸耐心地安抚我说：“我可以理解你说的话，你年纪还小，还没被世道所污染。我这话虽然不是针对还不到二十岁的你所说的，但以你这聪明的头脑应该能够理解。世界可不是那么单纯，不是凡事都像刀切萝卜一样可以一分为二。虽然强硬坚韧、复杂难解、肮脏龌龊，但世界就是这个样子。如果像你所说，我们从事的事情是不知羞耻的人体实验，那么是否该中断呢？其实不然！

因为实验可以在战场上拯救更多快死的士兵，还有在空袭中受了重伤的孩童和女人的生命。”

院长还在口若悬河之际，我的眼中溢出了泪水。为什么我要哭呢？原因我也不知道。羞耻、愤怒、敌视、自责、抱歉、无法得到宽恕的绝望感……所有的情绪如肮脏的废水般，咕嘟咕嘟流了出来。就算是为了某个崇高的目的，身为一个人，也不应该如此。就算是为了众多的生命，也没有权利拿别人的生命开玩笑。我狠狠地闭上了潮湿的眼睛。我没有自信能用自己的眼睛正视龌龊的世界。院长一脸慈祥地拍了拍我的肩膀，这是置人于死地的冷酷之手，散发出死亡味道的冰冷之手。

“听好，由一！我们该救活的，不是随便的‘某一个人’，实验的对象也不能是随便的‘某一个人’。我们要救活的，是帝国军人和在美国无区别空袭下快死的老百姓。反过来，我们的实验对象是犯下重罪的朝鲜人。就是那些朝着天皇陛下丢炸弹，在黑暗中割开日本人的脖子，放火烧了警察局的家伙。你懂我在说什么吗？”

我不懂，我什么都不懂。该死的战争究竟会把我们变成多么邪恶的禽兽？到底是哪个疯狂的家伙挑起了这场战争？到底还要死多少人？到底还要用多少寡妇和孤儿的哭泣声、多少负伤军人的呻吟声，来填满整个世界，这场战争才会结束？为什么有那么多深信自己是按照常理生活的平凡日本人，却无法阻止这场战争呢？挑起战争的人，不是老百姓，而是握有权力的少数疯狂者。没有人会想抓住在街道上横行霸道的一群疯狗，也没人想要打死它们。结果，那群疯狗把世界搞成这副模样。或许，我们会说，我们在这场战争中是无辜的。没错，我们并没有直接挑起这场战争，但是无法摆脱对这场战争该负起的责任。我们不是无法阻止战争，而是不去阻止。那些人想把世界搞成一团火球的阴谋，我们无从知道，也不想知道，或许就算知道了，也装作不知道。对此，我也是一样的。

院长接着又说："那些家伙就像是在我们社会里成长的罪恶，在我们的身体里悄悄长大，最后夺去我们生命的癌。当我们发现癌硬块时，唯一的治疗法是什么，你知道吗？"

时间如嗒嗒的马蹄声，嘀嗒嘀嗒，流向旷远的空间。每当挂钟的金属轴转动之际，就会出现利如刀刃的光芒。光线时时刺着我的心脏，我连呻吟都发不出来。

院长又继续说："剜掉啊！也就是动手术。即使如此，癌细胞还是不停地扩散。扩散到连健康的组织都生病，最后整个身体都被毁掉。现在，是一个好好的人随时会死的战时情况，我们该救的人是谁？难道说，我们该救那些像癌一样的人，却让无数日本人死去？"

"如果说有些人该活，这些人就必须活着。而谁又该死，谁又该活呢？"

"反正对那些朝鲜人来说，这个地方就是墓地。刑期未满就死掉的人，可以说不计其数。"

这话是事实，他们不是被打死，就是被饿死，再不然被冻死。有些人还因为寂寞厌世而死。这些人就被埋在监狱北边山坡底下的无亲属者墓地里。

院长又说："如果死了以后能成为有用的存在，活着时候的恶行多少还可以得到饶恕，不是吗？"

"原来死了的囚犯，尸体没有被埋在墓地里！"

"在以活人为对象使用之前，死去的囚犯尸体必须经过充分的实验和研究。"

"不是只有死掉的人，还有因疾病或事故而由牢房移监到医疗大楼的人吧？他们没有一个回来。他们全都变成尸体了吧！”

院长笑了起来，那是邪恶的笑容。

“快死的人和死了的人，没什么差别。反正囚犯全都在等死，最后都会成为尸体。”

院长的声音如银铃般清亮。难道世界正如他所言，并非如此单纯？

30

可怕的时间

服装生产劳役场里，各种声音混杂成一片。洗濯槽的刺耳机械声、缝纫机转动的声音、看守的高喊声、囚犯的呻吟声……

男人们摊开破破烂烂、被子弹打穿的军服，开始缝缝补补，忍不住想起穿过这些军服的小伙子，大概已经不在世上了。

东柱被编到染色组，为了让他从可怕的医疗诊治对象里被剔除出来，我寻找各种方法，却不知道自己到底该怎么做。

他落入了死亡的陷阱却无力挣扎，我所能做的也只不过是将他从寒冷的室外劳役场，转移到热气蒸腾比较暖和的染色组来。拖着载满了褪色军服的手推车，他看起来摇摇欲坠，仿佛随时会倒下来。

在气喘吁吁的呼吸声、蒸汽声与大吼声中，刺耳的警笛响了起来，十分钟装备清点时间到了。

东柱拖着脚步缓慢地走到染色槽前，蹲了下来。筋疲力尽的囚犯都分散到对面的窗边去。看守们则在劳役场外轮番抽着一根烟，嘻嘻哈哈闹成一团。东柱把手指伸进了放在染色槽下方的铁罐里，手指尖随即被染成深深的军绿色。

他在被各种颜色的染料以及汗渍喷溅的肮脏墙壁上，写了些什么后，就把指尖上残留的染料在囚服衣摆上抹干净。回头看着我的他，眼里满是心安。他用单薄的背部遮住墙上的字，半蹲着腰窝着。

对面窗户旁边的看守一脸怀疑地望着我们。我拔出木棒，挥向他的大腿。他的脸扭曲，随即失去重心。看守这才露出放心的表情，转过身去又开始他们的嬉闹。

东柱用背部遮掩的灰墙露了出来，肮脏的墙面上隐藏着军绿色字迹。那是一切都焚毁之后，他之所以存在的最后火种——天、星星、风、诗。

东柱的脸上带着满足的笑容，我点了点头，许下无言的承诺。虽然不知道何时能够实现，如果他真的失去了记忆，只要把他带到这里，我会把那些字一个个读给他听。就算他不记得，我也会告诉他，他是个诗人，一日为诗人，永远是诗人；而且，我会记得他遗忘的那些诗。

那么，他会知道自己是谁，记得自己是个爱天、爱星星、爱风、爱诗的纯洁诗人吗？

每当他笑起来，唇边便开出一朵花。虽然饱受残酷时代的折磨，但笑容一点也不受影响，没被玷污。我用背遮住他，让看守们无法看到他的笑容。我能传递给他的善意，也仅这个程度而已。

东柱的情况逐渐恶化，不，是急剧恶化。气力如干枯的稻田露出龟裂的地面一般。他既不生气，也不觉得烦躁，没什么快乐或喜悦的感觉，只是像座蜡像，在一脸凝固的表情上反映出笑容而已。

他在笑吗？

东柱在审讯室里说的也愈来愈简短，沉默的时间愈来愈长。偶尔吐出来的话，不是零零碎碎的，就是这里那里纠缠不清。如同莫尔斯密码般的对话，一直持续着。长长的沉默，简短的对话，更长的沉默，更短的对话。

他不再说话，如同临死前士兵最后的呼吸。然后，某个瞬间，我们的对话便完全停止了。

沉默，长长的沉默，更长的沉默，无尽的沉默。

连在只属于我们的唯一安息处——那个密室里，他也不再开口。或许，不是不开口，而是无法开口。

他的记忆如落叶飘零，剩下的，只有萧飒冬天里光秃秃的树枝。曾经茂密的树叶，用力汲取水分的树枝，渲染得一片火红的丹枫……而今，他的记忆再也无法浮现自己光彩的过往，他只是在忍耐一片空白的时间。

在审讯室的最后一天，我们用沉默持续着对话。他什么话都不说，只是用失去焦点的双眼凝望着虚空。记忆的碎片如黑暗深渊中闪烁的水母，但碎片太小、太渺茫了，终究无法照亮黑暗。他的疲劳，他的苦痛，我感同身受。

突然，从他的双唇间，声音跌了出来。仿佛老旧木屋发出的柔软的木头香气，成双成对的树木，彼此摩擦树干，嘎吱作响。

可怕的时间

那里，是谁在呼唤我？

片片的枯叶飘落成茵，
而我还在这里继续呼吸。

一次也不曾举手回应的我，
没有天空可举手表达的我，

哪里有我可栖身的天空，
是谁在呼唤我呢？

当事情终了，我死去的那天早上，
不觉委屈的枯叶，也将落地……

不要呼唤我！

这是否是他苍白的灵魂如划破黑暗的闪电，发出的最后光芒呢？

在长长的沉默里，空白的灵魂街巷一隅，他用尽全力，想起了一首诗。我赶紧如往常一样摊开审讯调查用纸，一个字一个字抄下他吞吐而出的言语。笔尖滑过粗糙的纸面，沙沙作响，字迹在逐渐模糊的眼前变得破碎。

那时，他为何突然想起这首诗呢？

战争的利爪挠破了所有人的生活，我想知道，这到底该怪谁？

挑起战争的人，他们又是为了谁，做出如此惨烈的恶行？当他们挑起战争时，自认能承担得起这一切悲剧吗？如果不是，他们就只是一群鲁莽之夫、一群疯子。

然而，挑起战争的人，不是疯子，也不是莽夫，是一群狗娘养的畜生。疯子还算是人，狗娘养的根本不是人。

费力背完诗的他，嘴唇干裂，不动如石膏像。他想起了自己最爱的诗人——弗朗西斯·雅姆。

我曾经在没收品箱子里的老旧诗集中，读过那位法国诗人的诗。

那是可怕的事情

那是可怕的事情，可怜的小牛犊，
方才一边被拖到屠宰场，还一阵死命地挣扎。

只想舔舐从这孤立小村庄的墙壁上，
落下的雨滴。

啊，上帝！山茶树茂盛生长的小径，曾是同路人的小牛犊，
仍旧一脸多情，如此善良的表情。

啊，上帝！慈爱无可比拟的你，
请开口告诉我们，我们都必须获得宽恕。

于是，当有一天来到金光灿烂的天国之际，
那里不再有可爱的小牛犊被屠宰之事。

而我们，也变得更善良，
会在它们小小的牛角上以花为饰，一同嬉闹。

啊，上帝！请在小牛犊头上挨刀的时候，
不要让它有太多的痛苦。

我避开他的目光，没有直视他的自信。挑起这场龌龊战争的，是日本人。逮捕他、监禁他的，也是日本人。让他沦落至此境地者，还是日本人。看着他逐渐死去的我，同样是日本人。不管我们愿不愿意有战争，我们全都同意了这场以日本人名义展开的残酷战争。

我们都必须得到宽恕吗？我们还有资格得到宽恕吗？

我无法回答自己的问题。

东柱孱弱如鹿，承受着辛苦的劳役。他如迎风之帆，在时间上滑溜而过。他要到哪里去，我不知道。或许，连他自己都不知道。

被服工厂蒸腾如巨大烘炉，呛鼻的灰尘、喧嚣的缝纫机声音、有毒的染料味道和看守锋利如刃的眼神之间，混杂了囚犯沾染汗水、灰尘、染料的黑色脸孔。看守挥舞着木棒，督促囚犯工作。东柱拖着手推车，如屎壳郎般，来来回回。手推车上载满了堆积如山的待染色被服，堆得比他的个子还高。那是他所背负的生命之重，也是将毫不相干的他置于此地步的时代之重。他用全身支撑着吃力的重量，短短的囚裤下摆，脚踝露了出来，连支撑自身重量都嫌不足的、苍白又细瘦的脚踝。

刺耳的警笛声在劳役场响起，男人们如被割下的草，一点气力也没有。放下手推车的他，突然快倒下去的身体向前扑。我分开多如水母的人群，向他靠了过去，他却没法儿认出接近的我，看起来连动动筋疲力尽的身体的力量都没有了。额头上结满汗水，脸上也有汗渍，繁重的劳动使囚服的胸口部分一片潮湿。我尽量稳住声音，小心地开口问："你还好吗？"

我的声音在他耳畔回响。他一脸茫然地望着我，然后，发出简短的一声"啊"，显出愉快的表情。他还记得我的容貌，却想不起我是谁了。

他的记忆就如被虫子啃食的树叶。他虽然知道自己是囚犯，但不记得自己为什么来到这里。虽然知道自己是个诗人，但不记得写了些什么诗。虽然读过许多书，但不记得那些主角的名字。我很好奇，在他的头脑里是否还留有我们所共享的时间。审讯室里沉默的对话、无数的书籍与作家、隐秘的地下图书室、在那里呼吸的黑色书籍、他写的明信片、从他的双唇间如藤蔓般生长的诗语，还有在医疗大楼里颤抖着身体听过的合唱歌声……我只愿这些回忆能留在他的脑海里。虽然无法挖掘出，只要能留在那里就好。如此，就算长久的岁月过去，仍有一天能够回想起来。再者，我也想找回他所失去的，告诉世人他是谁，留下了什么样的诗。我握住他的手腕，刺骨寒风下皲裂的手背和被粗大钉子钉着的手掌，细瘦的手腕和嶙峋的骨节。他无力地任凭我拉着手腕，跟在后面走。我们避开众多劳役者，加快了脚步。当他蹒跚难行时，我便在握住他手腕的虎口上用力。直到走到染色场的角落里，才放开他的手腕。阴暗的墙壁一角，浓重的军绿色字迹，如镌刻一般鲜明地呈现出来——天、星星、风、诗。

他的嘴角露出明显的笑容，那是我第一次看到他时曾经见过的笑容。在痛苦中，仍无法磨灭的笑容。而今，只剩下一个被剥夺了一切的空洞灵魂。

我认识拥有如此灵魂的男人，一个在风中出生的孩子；一生下来，就失去了祖国的孩子；在李树围墙和深井之家生活的少年；摘桑葚时往井里看了一眼的少年；爱着映在井水里的湛蓝天空的少年；望着黑色钟楼尖顶上十字架的孩子；为失去祖国而难过的少年；深爱托尔斯泰、歌德、里尔克与雅姆的少年；怀里抱着从旧书店买到的书，高兴得像得到全世界的书蠹虫；回到冰冷的寄宿房，熬夜读完那本书的学生；悄悄点亮黑暗的斗室，写着诗作的诗人；沿着长长的小路，喜欢散步的少年；喜欢默然如哑少女的少年；想将自己写的诗集结成册，却不得许可的诗人；在黑暗的时代与冰冷的现实黑暗中，如玻璃碎片般粉碎的殖民地诗人；燃烧自己破碎的身体，喷吐火花的青年；被剥夺姓名的殖民地青年；乘着陌生港口的船只，离开祖国的旅行者；只身沉潜于他国六席房间的留学生；等待时代黎明的年轻人；以母语写诗而罹罪、戴上手铐的囚犯；思念遥远北间岛的母亲，等待冰冷牢房的清晨喇叭声响起的男人；起风的日子，迎风放风筝的囚犯；嘴角流露着笑容的美男子；而如今，连那笑容也失去的男子……

他的眼睛怀念般地望着端正的军绿色字迹、如镌刻在岩石上的誓言，这些告诉了他，他是个什么样的人。他拥有多么清澈的灵魂，他是个写出那么美丽诗句的诗人。他颤抖着手，抚摸着那些字迹。

我低声吟诵起他的诗。

数星星的夜晚

季节轮转的天空里，
秋意盎然。

我无忧无虑，
仿佛能数清秋季所有的星星。

然而，曾经一颗两颗镌刻在心上的星星，
如今却数也数不完，
是因为清晨太快破晓，
是因为明天还有夜晚到来，

是因为我的青春尚未到尽头。

一颗星星，是回忆，
一颗星星，是爱情，
一颗星星，是孤单，
一颗星星，是憧憬，
一颗星星，是诗，
一颗星星，是母亲，母亲。

母亲啊，数一颗星，我呼唤一句美丽的话语。
有小学同桌孩子的名字，有佩、镜、玉这类异国少女的名字，
有早为人母的小丫头的名字，有贫穷邻居的名字，
有鸽子、小狗、兔子、骡子、獐子，
还有雅姆、里尔克这些诗人的名字。

他们都离得太远，
如星星般遥不可及。

而您，母亲，
也在遥远的北间岛上。

我无端地思念起来，
在这繁星光芒四射的小山丘上，
写下我的名字，

再用土掩盖起来。

竟夜鸣唱的小虫，
为这羞耻的名字而悲伤。

然而，当冬日到头，星星也迎来了春天时，
如墓上芳草满地，
掩埋我名的那片山丘上，
也会有嫩草傲然而起。

诗，唤回了远离他的记忆碎片。在散步小径上，在教室里，在寄宿房的矮书桌旁，思量再三写下的那些诗语。天空、星星、回忆、爱情、憧憬与母亲……他的脸庞如灯开启般，整个亮了起来。搞不好，还想起了与杉山一同仰望的夜空。哗啦啦如急雨而下的星群，透过朦胧星光，看到永远。星光下，歌咏星星的歌声。没错，或许他能找回散落的记忆。能再次提笔写诗，再次说起托尔斯泰、陀思妥耶夫斯基和里尔克。然而，他最终还是没能知道，那些闪亮的诗语，让谁夜不能寐，让谁脑中混乱，又是谁写了那些诗。

我对必须失去他感到愤怒。必须失去他的人，不是只有我一个，而是我们所有的人。我虽然必须失去一个朋友，但朝鲜囚犯必须失去一名狱友，看守长失去祈求宽恕的对象，看守们则失去一名温和的模范犯人。未及出生的朝鲜人则失去一名伟大的导师，未及出生的日本人则失去一名可证明他们耻辱过去的知识分子。我们所有的人都必须失去前所未有、后无可代的崇高诗人。

听到告知工作开始的警笛声，如水母般扩散开来的男人们一一缓缓起身。此起彼伏地发出“哎哟，哎哟”的呻吟声，那是只有了解什么是痛苦的人才能发出的声音。他支撑起骨节突出的双腿，颤巍巍地加快脚步。我像在催促似的，把木棒夹在他的腋下，支撑起他的身体。他孱弱的身体难以想象地轻，就如他清澈的灵魂一般。他从干裂的双唇间，呢喃着我背诵过的诗句。

“母亲……我无端地思念起来，在这繁星光芒四射的小山丘上，写下我的名字，再用土掩盖起来……当冬日到头，星星也迎来了春天……”

他的话音如被斩断的树木般戛然而止，苍白的脚踝也随之一折。

“六四五号！平沼东柱！尹东柱！”

我用尽了所有我能喊出的名字来呼唤他。然而，跌倒在地的他，已经处于失去意识的状态。或者，是先失去了意识，才跌倒的也说不定。他即使跌倒，脸上仍带着微笑。一大群红色的囚服哗哗地拥来，仿佛要吞噬倒地的他和我似的，把我们团团围住。囚犯愤怒地望着我，负责的看守连忙跑了过来。

“发生了什么事情？”

“囚犯昏过去了，赶紧送到医疗大楼去！”

我扔掉木棒，将东柱背在背上，慌忙往前跑，一边气喘如牛，一边经过灰色的高墙、铁窗、铁丝网。红色的白炽灯、白色的墙壁与高高的天花板，无止境地延展开来。

31

当冬天过去，是否春天也会来到我的星星

死亡，如陌生来客般找上了他。这位陌生来客的手中还带来一份小小的礼物——免除劳役。东柱在医疗大楼病房里，得到了最后的安息。这份安息却如同一个毫无来由、断断续续、不知何时会被切断的梦一般，令人不安。医生分时段确认他的身体情况，测量血压、体温与脉搏，对着他说话，以确认他的意识。这一切努力并非为了救活他，他们只是在观察他的死亡过程。对于这个由他们一手造成的死亡，年轻人也只不过是他们的实验对象而已。

我在主治医师的特别许可下，得以见到东柱。沿着狭窄的通道，白色的布帘如死亡的阴影般晃动着。布帘后，满满都是将死的病人。医师在一幅布帘前停下了脚步。揭开薄薄的布帘，狭小的空间里，整齐排列着几个濒死的人。东柱时而失去意识，时而清醒。我嗔怒地望着插在东柱手臂上的针头，通过细长的管子，透明的液体流入体内。主治医师只说那是营养剂。但这话一点也不可信，我不知道自己是否该马上拔掉那根注射针，还是置之不理。每当东柱恢复意识，医师就会急忙询问：

“你叫什么名字？”“今天是哪年，几月几日？”“这里是哪里？”……连他逐渐幻灭的最后意识也要残忍拷问，他们想确认，濒死前的病患记得些什么、不记得些什么。东柱歪了歪头，好不容易才开口。

“不记得了！现在是一九四三年七月十四日。这里是京都下鸭警察局吗？”

一九四三年七月十四日，是他被特高课警察逮捕的日子，他的记忆正逐渐被毁坏如废墟。曾经稳固的支柱倾倒，屋顶崩塌，破碎的玻璃窗结满了蜘蛛网，玄关栏杆锈蚀断裂。

医师一脸厌烦地问：“根本就是乱说！你究竟记得些什么？不管什么，你说吧！看得到的，听得到的，想得起来的，什么都可以。”

僵硬如木偶的他，只能动动嘴唇，吐出细细的声音。

“天、风、星星、诗……回忆、爱情、憧憬、诗、母亲……一颗星，一句美丽的话语。穷邻居的名字、小狗、兔子、骡子、獐子、里尔克……”

词语成了星星，文句成了风。医师左右摇着头，突然起身，使个眼色要我随他出去。东柱一如既往，用看着另一个世界的眼神，望着我。

这就是我最后见到的他。

几天后，从医疗大楼送来一封协助要求信，发信人是东柱的主治医师。确认了协助要求信内容的瞬间，眼前突然变得一片漆黑。我无力地跌坐在地，茫然地看着墙壁。

六四五号，请发送死亡通知书。

发送死亡通知书的电报，是我身为书信审查官的另一项业务。从医疗大楼接收到死亡者名单后，便向死者的住处发送电报。我拉过审查室桌上的电话机，转过听筒把手，呼叫电话交换看守，好一阵子，我什么话都说不出来。听筒另一端的看守发出不耐烦的声音，这时我才回过神来。尖利如玻璃碎片的悲壮文句，从我嘴里不停地涌了出来。

“二月十六日东柱死亡，速来领尸。”

我握着听筒的手，不断地颤抖。除了手之外，我的全身也在颤抖。放下听筒，我张开手掌，一根一根手指扳过去，数着他未能活着过完的剩余日子。

一九四五年二月十七日、二月十八日、二月十九日……

我如困兽般徘徊在冰冻的监狱操场上，忍耐着时间的流逝。十天后，接到电报赶来的东柱父亲和叔父才终于到达。他们扛起在遥远异国咽气的儿子尸首，在寒风里离去。我走近出了监狱的他们，点了点头，心里想着该说些什么，却什么话也说不出来。我很想告诉他们，他最后的模样，即使是一部分；或者是最后说过的一句话，好让他的父亲记得，他的儿子是一个多么好的年轻人。过了好一会儿，我抬起头来。

“嗯……东柱死了，那么好的一个人……虽然最后那一刻，我听不懂他说了什么，但他喊了一句话。”[①]

我转身走开，怕自己的眼泪在面对他们时成为一种罪。

① 原注：尹东柱死亡相关的情况，请参考与他父亲同赴福冈监狱领回尸体的堂叔尹永春先生以及亲弟弟尹日柱先生的回忆。

32

哀恸的人有福了

从此之后，我的时间便停滞了。那天之后，我不知道时间是如何过去的。下雪了，雪厚厚地堆积着。接着，雪融了，在融雪之处，长出了新芽。曾经冰冻的树枝上，开出了春花，春花又谢了。不管是冬去春来，春去夏来，我都没感觉。我如同一叶扁舟，独自漂泊在茫茫大海上。帆已破，桨已断，从底部开始渗水。不管我人在哪里，都会碰上我失去的那些人。在劳役场，在操场，在审查室，在审讯室，在地下防空洞里，杉山的脸与东柱的声音都会突如其来地冒出来。吊死在中央走道栏杆上的死尸，在典狱长室里听过的舒伯特的《冬之旅》，曾经推开审讯室门扉的又细又白的手，杉山在粗糙再生纸上书写的潦草字迹，东柱在星空下朗诵诗句的眼睛。黑色书籍曾经安静呼吸过的地下图书室，狭长的地道。她在琴键上飞翔如灵巧的小鸟的手指。“他是个诗人”，死刑宣告的判决文句，成为一缕轻烟的诗作，残留一把灰烬的书籍，审讯室里分享过的对话，“深植于某个人心中的书，绝对不会死去”。没错，或许他没死，又会随时随地笑着出现在我面前吧?

我见过很多无辜死去的人，那是战争加在我灵魂上的暴力。连还活着的人也离我而去。岩波绿在东柱离世后也离开了这个地方。突如其来的一纸电报调令，将她降职调往陆军医院。说不定，这也如她所愿。如果她知道了此地发生的噩梦，或许连一瞬间都不愿意忍耐，只想赶紧离开这个地狱。岩波绿连一个浅浅的微笑都没有留下，就离开了这里，走进干冷的寒风。虽然只有她一个人离开，我却感觉整个监狱都变得空荡荡的。我虽然希望自己变得凄惨再凄惨，但似乎也不是那么容易的一件事情。偶尔，有时是常常，不，只要我醒着的每一刻，我总会想起岩波绿。每当如此，我就会疯狂地挥舞着木棒，殴打囚犯，如同想借着更加凶暴的姿态缓解痛苦的杉山一般。这时，我才似乎能理解，只能成为怪物的疯狂暴力看守一辈子拖着脚走路的疼痛。他为了掩饰跛行，掩饰疼痛，便故意叉开双腿，形成看似傲慢的姿态走路；为了隐藏自责，必须装出残暴。

囚犯全都悄悄地避开我，这也是我想要的。让自己成为怪物，让她疏远我，这是喜欢她的我唯一能安全送走她的方法。她是像我这种怪物根本配不上的纯洁天使。再者，不成为更凶暴的怪物，又如何能对抗得了战争这个魔鬼。成了怪物的我，即使和她分离，也不再感到哀伤。

我想像个幽灵变得透明。就算真的变成了幽灵，我也想离开这地狱似的监狱。唯一能安慰我灵魂的方法，只能是去阅读些什么。审查室是我能逃匿的唯一之地，至少在我读着书籍和明信片的时候可以知道，因残酷时代的暴力而受伤的人，不是只有我一个。我以审查为借口，三餐不定，也不参加看守兵的集合。

每当我想起东柱，我就会走到书架旁边。曾经放着六四五号箱子的位置上，却什么也没有。当我强烈地怀念他的微笑时，我就会从抽屉最深处拿出黑皮封面的《圣经》。在他的没收品箱子里的书，全都成了一缕轻烟，不复再见，只有这本《圣经》还在。幸好这是在他入狱后才送进来的，因此不包含在没收品清单里，也就成了“销毁文书目录”的漏网之鱼。有了这本书的存在，才得以证明这个年轻人曾经来世上走过一遭。我慢慢地翻动着还残留着他体味的熟悉书页。读的次数太多，诗句不自觉地从唇隙中泄出。

虚心的人有福了，因为天国是他们的。
哀恸的人有福了，因为他们必得安慰。
温柔的人有福了，因为他们必承受地土。
饥渴慕义的人有福了，因为他们必得饱足。
怜恤人的人有福了，因为他们必蒙怜恤。
清心的人有福了，因为他们必得见上帝。
使人和睦的人有福了，因为他们必称为上帝的儿子。
为义受逼迫的人有福了，因为天国是他们的。
——《马太福音》第五章第三节—第十节

他的生命如飘摇于飓风中的遇难船只，《圣经》诗句便是支撑他的一切，使他能完全地接受残酷的命运与难以对抗的绝望，甚至连那残忍而野蛮的死亡也是。直白的句子，如今也减轻了我对曾经逼迫他所带来的内疚，让我能振作起来。翻到封底的瞬间，一张小纸片如羽毛般轻飘飘地落了下来，上面写着笔画端正的熟悉字迹。我用阅读与《圣经》诗句同样的节奏，开始阅读他的诗。

八福

哀恸的人有福了！
哀恸的人有福了！
哀恸的人有福了！
哀恸的人有福了！
哀恸的人有福了！
哀恸的人有福了！
哀恸的人有福了！
哀恸的人有福了！
我们却永远地哀恸。

与画了底线的《马太福音》第五章第三节相似如孪生子，但是完全相异的诗。“哀恸的人有福了”重复了八次之多，似乎表示他已经接受了这个残酷的现实。同样的一行字不断反复，让人对痛苦终将过去、祝福总会到来的期待达到高潮。然而，最后一行字将达到高潮的期待瞬间颠覆。期望愈大，失望愈大；满涨的希望，成为更大的绝望。这是他对无奈的现实感到疲倦的体认吗？

难道东柱就这样认命了吗？我摇摇头，他是不会那样的。残酷的考验不会在某一天早上突然消失，他以正视冷酷的现实，来代替对哀恸者的虚幻安慰。就算考验永远存续，现实益发残酷，也要能接受一切，克服一切。

他用一首诗责备我，鼓舞我，推着我坚强起来。因此，我绝对不能向这污秽、充满恶意的现实屈服。我必须站起来，正面迎战，就如同他曾经做过的那样。

盖着蓝色邮戳的明信片，如穿堂燕般飞来飞去。那些明信片，即使没有翅膀，也能飞过监狱的高墙和高山，越过大海。我每天都会习惯性地走到邮件收发室，在邮袋里装上几张明信片，再回到审查室来。偶尔，也会出现厚重的包裹。审查业务十分枯燥乏味，明信片本身不是寄给我的，我只不过算是在偷窥他人隐私罢了。虽然算是得到许可的小偷行径，但心里还是很不舒坦。

那封邮件，是在五月即将结束的初夏之际送来的。收信人明确地写着：长谷川东典狱长。除了偶尔来自警察局或内务省等政府机关发送的公文外，很少有私人信件寄来给典狱长。为了参考过去杉山如何处理类似信件的先例，我翻阅着文书收发清册。果然，从来没有一封私人信件是寄给典狱长的。

对着灯光看了一下，灰乎乎的信封上端，陌生的邮票上盖着粗糙邮戳，让我眼睛为之一亮。在寄给出生于满洲的囚犯的信件上，常可见到这样的邮票和邮戳。但是，典狱长从未在满洲工作过。如果在关东军里有朋友，也会选择使用比普通邮件快的军方邮件才对。这封信究竟是谁寄给典狱长的？信封上并未写明发信人的地址。而发信人的姓名则写着泊光寿太郎。はくあきじゅたろう还是はくてるじゅたろう？不管是哪一个，都不是常见的姓氏，甚至连怎么读才对也不知道。说不定，这个姓氏根本就不存在。突然，这些字在我脑子里扭曲地动了起来。就像拼图一样，把小色块拼成一张大图，文字也在某个瞬间，以自己的方式拼凑了起来。“泊”这个字，分解为“三”“白”两个字，或许就意味着三百这个数字。那么，接下来的“光”字，是不是也可用数字来读？虽然あき或てる都读成“光”，但“光”也可以读成“みつ”，那就表示数字“三”。两个字合起来便成了はくみつ。而读作“じゅ”的“寿”字，则可替换为数字“十”。那么，带有“白色”意思的“白”字，就能替换成相同发音的“百”字。数字再度在我眼前露出真容——三百三十！三百三十？

我的眼睛愈睁愈大，看着还未解开的最后暗号。我想起了崔致洙曾经说过的话，当我第一次把他叫到审讯室来的时候，问起他的创氏名，他顶撞似的回答我，“如果你非要日本名字……那就叫一郎算了。”因为他的囚犯编号个位数是“一”，在囚犯里也算老大的关系。而“太郎”和“一郎”一样，在一般的家庭中都是给长子取的名字。文字终于明确露出了字面下的意思：三百三十一。我还记得这个数字，福冈监狱三三一号囚犯，就是死刑犯崔致洙。他的死刑已经执行完毕，难道这是死人寄来的信吗？还是说，他其实没死？

在我的内心里，不该看的秘密封印被撕破，不安感与想看清楚的欲望互相角力。然而，根本不容我有思考余地，我的手已经撕开了信封。或许，典狱长不会饶恕随意撕开私人信件的无礼看守兵。但我也有我的防御对策，我是审查官，有责任与义务检查所有越过监狱高墙的信件。

信封开口的中间，露出一张粗糙的纸，那是我每天摊开、书写、阅读、焚毁的审讯调查用纸的再生纸。这庭院深深的监狱审讯调查用纸，怎么会进入从满洲寄来的信封里呢？恐惧开始向我徐徐袭来，我似乎发现了我不该知道的事情。然而，想知道内情的欲望战胜了恐惧。或许，我不该撕开封套？如果可以，我真愿意什么也没发生过，再度封回去。但一切都太迟了！我整理了一下心情，告诉自己，我不是在偷看典狱长的信，而是在审查送来的邮件而已。我小心翼翼地摊开再生纸。

长谷川典狱长：

该早点和你联络，却迟迟没有，至今才提笔，真是抱歉。太久没回间岛，该解决的事情堆积如山，请你务必见谅。每当我想到你正望眼欲穿地等待我的消息时，就觉得自己应该早点写信给你才对，但还是得先把手头的事情处理完才行。想想，自己能在这里写信给你，也算是托了你的福，自然该对你道声谢。如果不是你赌上了一切帮助我的话，我也不可能离开福冈监狱！

我在这里指挥着有四百六十名成员的独立军连队，七天前才消灭掉关东军的三个连队。因为掐断了主力部队的咽喉，驻屯间岛的关东军也因此使不上力气。这一切都多亏了你的照顾，不跟你问候一下，实在说不过去。

首先，有一个你等待多时的消息！我想对你派来的那三位之死，表达一下哀悼之意。那几个人，一点也不是你所想象的那么机灵、那么聪明、那么强大。经由海参崴到间岛的那段路程，自然将我看得很紧。但你也知道，间岛是我的地盘。一辈子被关在狭窄高墙里生活的人，如果你以为他们在这艰苦的间岛上还能成为我的敌人，你就大错特错了。考虑到和你之间的长久交情，我把他们的尸体埋了，免得被狼和秃鹰给啃食掉。

我还有个你苦苦等待的消息，要告诉你！真糟糕啊，你如此渴望的金块，这下没希望了！你为了金块，把我偷偷送出来，还派了三名密探跟着我，监视我。然而，你的一切辛苦都白费了！并不是说金块在我手上，因为金块从一开始就根本不存在！就算如此，你也别觉得我骗了你。只有我知道，在间岛的某个地方，埋藏着一笔数量庞大的财宝，这话可是一点都不假。能离开那恶心的监狱，重新获得自由，是再贵重的财宝也无法交换的。然而，贪婪的人总是喜欢自行想象。因此，当我说有一批数量庞大的财宝，是独立军从关东军手上抢来的金块时，你的表现也一样。你为了寻找埋藏在听都没听过的地方的金块，故意让我逃了出来。结果，我找到了珍贵的宝藏，你却落得两头空。还记得平沼东柱，也叫作尹东柱的那个诗人吧？他说，这叫作隐喻。在一个句子里，隐藏着截然不同的真相。

我想拜托你一下，我对看守兵由一没能做到的约定，你帮我做吧。我答应要告诉那家伙，有关杉山都灿生与死的真相，话还没能说完呢！我想，那家伙八成已经猜到，在那座监狱里有什么事情正在发生，但一定不知道你和我之间所纠缠的故事。你就把我的事情告诉他，就算你不说，以那家伙的执着，也一定会自己找出一切真相的。

还有一件事情要拜托你，说是警告也无妨。你把我送走的同时，抓在手上当作人质的监狱里的所有朝鲜人，我希望他们最好不要发生什么事情，如果有什么事情发生在他们身上，我就会把这封信寄到内务省去。我这里可是有很多这种再生纸的！我相信，你一定不想看到一大群特高课警察拥入监狱吧？

过去有劳你给我吃、给我穿、给我睡，多谢啦！

三三一号

发信人姓名已经明确地暗示了是三三一号崔致洙，而信封里放的那张信纸，是我在审讯室里撕给他的那张调查审讯用纸的背面。当我审讯被关在禁闭室里的崔致洙时，已经被判死刑的他说，想要几张纸拿来写遗书。连从调查报告本的系绳上扯下来的痕迹，也还清楚地留着。信的内容中，有几处证据暗示了写信人是崔致洙。间岛、独立军这类的话，很有他的味道。逃离监狱的他，去的地方只有间岛；能做的也只有带领独立军。最后一段提到了我，更明确说明他就是崔致洙。他答应过要告诉我有关杉山都灿的真相地这是只有他和我之间才知道的秘密。如果不是他，绝不会知道这件事。

这到底是怎么回事？他不是被执行绞刑死了吗？但这封信证明了他还活着。而且他也知道，我一定会读到这封他写的信。发信人姓名，写的是自己的囚号；把调查审讯用纸的背面当成信纸来写；还有最后一段提到我，这些都是证据。

明明是寄来给典狱长的，他却在信里处处埋下向我昭示的证据。他用一封信就做到了与我之间的两个约定——偿还一张纸的代价，与告诉我杉山死亡的真相。

我一定要知道真相，而必须把真相告诉我的人，则是典狱长——处于这狭小监狱食物链最上层的强者。要与他敌对，或许我是太嫩、太蠢、太不知世事了吧。一切都让我害怕，如果可以的话，我真想到此为止就好。在这龌龊的监狱中，真实又有什么用；一名看守的死亡又能代表什么？我真想当作什么事都没发生过一般，把一切埋葬掉。

方法很简单，只要把我读过的信烧掉，一切就结束了。反正战争之际，从满洲寄来的邮件，遗失的情况比比皆是。而且，典狱长自己也想不到，崔致洙会用这种形式寄来一封信。

信纸在我指尖颤抖，等待着最后的命运。烧掉吗？还是送去给典狱长？最后，我用力盖下桌上的审查图章：审查通过。

信将被送去给典狱长，他也将知道，我已经读过信了。接着会发生什么事情，我就无法预测了。或许，我读了不该读的东西，做了不该做的事情。就算如此，一切也无可转圜了。

33

疯狗的日日夜夜

即使在我走进典狱长室好一阵子了，典狱长仍旧盯着日报不放。

越过典狱长的肩膀，几个粗黑大字映入眼中：“从国民小学到大学，全面改制预备军校。

“陆军省提早征兵的相关兵役法修正。”

逐渐降低的入伍年龄，已经低到十五岁了。到处都可听到所谓“本土抗战”的话，战争明显已经陷入困境。典狱长紧盯着各地的捷报和胜利即将到来的煽动性报道，那些粗体大字抚慰了他的空虚与不安。典狱长一个字一个字地慢慢咀嚼，好久之后，才折起报纸，放在桌上。

“我收到了你审查过的发自满洲的信。”

他就像是在逗弄面前猎物的狮子一样，一副很威严的样子。我就像只羸弱的羚羊，惴惴不安。

“基于监狱里所有邮件必须经过审查的规定，我只好如此。”

我的声音颤抖，听起来像在强辩。不管是什么原则，总有例外的情况。寄来给典狱长的信件，便应该属于例外。而且，这里是福冈监狱。典狱长的信纸上，盖着的“审查通过”图章，意味着没有一点觉悟就做不出来的行为，这也等于是向典狱长宣战。

典狱长勉强保持平静地说：“我不是想责备你，好歹你不放过任何例外情况，忠实地执行了审查规定。”

以为会听到一阵咆哮的我，反而有点不安。他想对我使用怀柔手段吗？典狱长在烟斗里填满烟丝，似乎在思考该怎么继续说下去。他一面用大拇指用力压紧烟斗里填装好的烟丝，一面说：“我叫你来，是因为和信件相关的内容里，有一些你必须知道的事情。”

我心跳如鼓，他似乎并没有要掩饰或忌讳些什么。他的眼睛里充满了辩解、说服和怀柔的意志。我该接受他的辩解吗？我该被他说服、被他的怀柔所安抚吗？否则，想想也知道，会有何种结果。如果可以，我很想接受怀柔。不管怎样，我希望他能说服我。

“我也想知道一些事情。”

典狱长在压实了的烟斗里点上火。吸了几次后，烟丝终于点着了。

“你想知道什么？”

“想知道什么？我连知道了多少、有什么不知道，自己都不晓得。我只是确定，在这座监狱里，发生了些不该发生的事情罢了。”

典狱长的脸整个僵住了，冰冷的寒气直线上升。

“没有什么不该发生的事情，只不过发生了有可能发生的事情罢了，特别是在战争期间。你所谓不该发生的事情，又是指什么？”

“医疗大楼用好好的朝鲜人为对象，进行人体实验。他们……”

“所以呢，你到底想知道什么！”

典狱长用利如刀斧的声音截断了我的话。这样也好，医疗大楼的事情我已经从院长那里听过了。于是，我丢出了一个典狱长必须回答的问题。

“崔致洙还活着吧？”

典狱长的眉毛皱了起来，他深深吸了一口手上的烟斗。喷出白色烟气的同时，他点了点头。数十个疑问在我脑子里翻腾。

“他为什么还活着呢？”

这个问题，就代替了其他所有的问题。典狱长出神地望着袅袅升起的轻烟，最后，他用力地在烟灰缸里咔咔地敲出快熄灭的烟灰，仿佛他想腾空自己复杂的内心一般。又吸了一两口清空的烟斗后，他才终于开口。

“是为了整个帝国。为了帝国，我没法儿杀死他。”

他接着说下去。

*

有关向天皇投掷炸弹的人的传闻，在监狱里飘散如雾。然而，崔致洙一直隐藏着真面目，像个失语者似的闭紧嘴，他是个影子般的人物。崔致洙就如笼里困兽般，在监狱操场上不断徘徊。典狱长从上任第一天起，就在办公室的白色窗帘后面注视着崔致洙。典狱长察觉到，即使崔致洙的身体被监禁在又高又坚固的监狱保护墙内，以及比那更坚固的铁窗里，他脑子里危险的热焰依旧翻腾不休。就算他什么话都不说，光是在那里晒太阳，全身也仍旧散发着阴谋的味道。典狱长想知道，那阴谋是什么。他把在囚犯中卧底的密探叫来，这个人是个掌管犯人交易的掮客，也是传递消息的信差，并且定期将利润的一半上缴，作为对他的买卖睁一只眼闭一只眼的代价。他是金万桥。典狱长给他交代了新的任务，要他监视崔致洙，并报告他的一举一动。

第二天，崔致洙便被转移到金万桥的牢房去。金万桥以一个买卖人特有的厚脸皮和善于交际，特意接近他。惊人的手段，很快便让崔致洙把他纳入自己手下。金万桥不仅会向崔致洙献纳物品，还会把从看守那里听来的消息提供给他，不久就得到了崔致洙的信任；占据了所谓囚犯老大崔致洙亲信的位置，也等于在他的买卖上添加了翅膀。

不知道从什么时候开始，囚犯之间开始流传着隐秘的传闻：崔致洙在间岛的某个山谷里埋藏了数量庞大的金块。崔致洙来到日本之前，带领着一支颇具规模的独立军部队。他曾经袭击一支关东军连队，那是在间岛地区负责关东军军事费用与物资的补给部队。崔致洙用奇袭消灭了那支补给队，夺取了大量金块。他把金块藏在只有自己知道的秘密处所，才偷渡到日本躲了起来。在他举事失败被关进监狱之后，金块也失去了主人，被遗留在地底不为人知。这个传闻除了衬托崔致洙这号人物之外，也传得像煞有介事。金万桥两眼放光地讲述这个故事的时候，典狱长哄然大笑。关东军补给队被一支不起眼的土匪打败，这根本不可信；崔致洙这个人藏了无数金块，却干出该死的事情，这一样令人不敢相信。

典狱长第一次和崔致洙面对面，是在他首度试图越狱失败后。被关了几次禁闭后，崔致洙推开看守，没命地朝高墙跑，半路被抓住。典狱长亲自到审讯室，崔致洙此时已经被拷打成一摊烂泥，典狱长看着他被打裂的眼睛说：“该称呼你崔将军吗？为什么要试图越狱呢？”

“越狱，是成为俘虏的军人的第一要务。”

典狱长拿着手上的指挥棒，狠狠抽了崔致洙的脸颊。

“你不是军人，也不是俘虏，只是个不要脸的暴徒。你这不是越狱，而是在自找死路。”

“无所谓！如果死了就能离开这个地方，我会那么做的。”

“胆子可真大啊！你到底是为了什么，才做出那么鲁莽的事情来？”

“我有必须离开这里的理由。”

崔致洙的话让典狱长大吃一惊，他突然想起了之前自己不在意而忽略过去的那个传闻，或许那个荒诞的传闻不是骗人的。搞不好，崔致洙藏起来金块是确有其事？那可是帝国被抢走的军费，那么当然要找回来，那可是能让他获得勋章的大功一件。典狱长的额角突突地跳，绝对不能太过心急，要耐心等待，徐徐图之，反正这家伙就在自己的手掌心里。

典狱长捻着小胡子，慢慢地说："越狱未遂，应该当场格杀勿论，但这次就关你半个月禁闭，不多计较了。如果你敢再做出如此冒失的事情，你就要小心自己身体被打成蜂窝。当然，这还是你能活着从禁闭室里出来以后的事。"

每到室外活动时间，典狱长就会在窗帘后注视着从禁闭室里出来的崔致洙在做什么。半个月后，崔致洙再度企图越狱，趴在沿着高墙挖的排水道里想伺机而动，被巡查的看守给逮个正着。典狱长再度亲自审讯崔致洙。脱逃计划和实行过程虽有不同，目的却是相同的。有必须离开这个地方的理由。典狱长没有问那是什么，就算问了，也不见得会得到回答。典狱长没有枪毙他，而是又将他关了禁闭。活着出来的崔致洙又试图翻越高墙。这次，等待他的仍旧是关禁闭。典狱长与崔致洙不断地捉迷藏，散漫的越狱行动、审讯、关禁闭，再次越狱未遂，没完没了地捉迷藏。

第四次越狱行动又开始了，崔致洙藏身在运送劳役场制造的墙砖的卡车里，试图趁机逃出去。典狱长让卡车停下来，把所有的墙砖都搬开，躲在砖堆里灰头土脸的崔致洙滚了下来。他很快地站起来，朝着大门方向跑。岗哨的机关枪对准了他的后背，射手注视着典狱长的指尖，只要握着指挥棒的手落下，就代表射击命令。然而，典狱长自始至终都没有挥下手中的指挥棒，而是向看守使了个眼色。于是看守全都拔出木棒，拿在手里向着崔致洙追赶过去。木棒、木棒，还是木棒，全都落在了崔致洙身上，他在木棒交织成的大海里翻滚。

被拖到审讯室去的崔致洙已呈半死不活的状态。典狱长看着烂得像块破布的他，无法理解这个人为何明知会死，却还三番五次试图如此冒失的越狱。这家伙疯了吗？不！笨吗？当然不是！那么，这家伙究竟在算计什么？典狱长问，崔致洙不回答。典狱长看了看四周，确定没有任何人在，才接着说：“你既然不想回答，我来说好了。你拼命地想要逃出去的原因，不是什么俘虏的义务，也不是为了你那已经灭亡的祖国的独立。”

“那我是为了什么？”

“为了钱！就是你在间岛某个地方藏着的大量金块。”

崔致洙蹙紧浮肿的双眼，好不容易才说：“你在说些什么没根据的话啊？”

“我查过陆军省的资料，有关于二十世纪三十年代中期出没于间岛地区反日余党的记录，也提到了一九三六年朝鲜独立分子和俄罗斯革命分子攻击关东军补给队的事情。关东军最后虽然击退了敌人，但蒙受了不少人力、物力上的损失。”

“那么，有关于金块被抢的记录吗？”

审讯变成了崔致洙在主控，而不是典狱长。典狱长摇了摇头。

“战争中的军队无法照实记录下受损规模。如果庞大的军费被抢，不只是部队长官，连带十多名军官都会被枪毙。受损规模最好尽可能地缩小，只有战胜的情况才大肆宣扬，这就是宣传战的基本原则。”

“你为什么认为是金块被抢呢？”

“那年，陆军省向关东军所在地增派了八千兵力，其中包括连队级的补给兵、七百名警戒兵，以及三百多名侦察兵。并且下达把间岛地区的朝鲜独立分子与俄罗斯革命分子一网打尽的命令多达十六次，这算得上空前绝后。这表示，在那段时间，关东军蒙受了重大损失。在重建、加强遭受袭击的补给队，强化警戒之后，就展开了搜索反日分子的作战。”

“结果如何？”

“成功了一半，关东军在间岛各地击破了小规模的武装反日分子，抓了两千多人。”

“另一半的失败又是什么？”

典狱长脸上带着意味深长的笑容回答：“没有记录显示找到了被抢的军费，如果找到金块的话，一定会有获得反日分子庞大军费的记录。我说过，胜利的记录总是愈多愈好。”

“那么，金块在哪里呢？”

“我怎么知道，你才知道吧。”

典狱长的唇边流泻出笑声，那是提出交易者的笑声。他确认了崔致洙用力抿了抿唇之后，继续说：“囚犯之间流传的传闻，可不是假的。你拼命地要离开这个地方，为的是去找回你藏起来的金块。因为袭击关东军补给队的，就是你这家伙。”

崔致洙的眼中明显放松了力气。典狱长解开军服最上端的纽扣，现在要进行的，不是审讯，而是交易。交易很简单，想要找到被藏的金块，先决条件是必要的。首先，唯一知道埋藏金块地点的人，是崔致洙。因此，崔致洙必须从监狱里出去，那么就必须对他越狱的事情睁一只眼闭一只眼。典狱长已下定决心，不要当崔致洙的监视者，而要做他的共谋者。就算必须如此，也要找回丢失的帝国军费。典狱长提出的交易很简单，以纵容他逃出监狱为条件，分享一半的间岛金块。只要在崔致洙的后面派几个武装看守尾随跟踪，这家伙就无法逃出自己的手掌心。找到金块的同时，把这家伙干掉，帝国的军费就能原封不动地拿回来。

那么就需要一个很像回事的越狱计划。审讯室里紧挨着头的两个人，终于想出了最像那么回事的方式——从禁闭室里挖掘地道。崔致洙和他的手下朝高墙外挖地道，典狱长则对此视若无睹，两人之间的交易就此达成。典狱长打算，当地道完成，崔致洙逃出去的那天，便派遣武装看守护送他到间岛，取回金块。这只是时间问题而已，可能不止几个月，甚至要花几年的时间。不管花多长时间，也要圆满地处理这件事情。

于是，崔致洙开始不断地进出禁闭室，帮忙挖地道的手下也愈来愈多。禁闭室几乎没有空下来的时候，地道也随之一点点地向外延伸。最后，离监狱高墙只剩下十五米的距离，却在此时发生了问题。一直注视着崔致洙一举一动的杉山，凭着其野兽般的嗅觉闻到了味道。杉山跑到典狱长办公室，报告崔致洙的越狱计划与地道，眼中喷射着愤怒。典狱长生怕自己会被那怒火烫伤，深感不安。不管怎样，得先安抚好什么都不知情、独自气愤不已的看守才行。

“杉山，你报告的事情，我也知道。你虽然很辛苦，但这不是随便胡闹的事情，是经过精密策划的战略。所以，你就当作不知道这件事情，别管了！”

杉山不是可以理解高度策略的人，他无法理解典狱长想以崔致洙为诱饵的大计划。他只是单纯地认为，必须阻止自己所监视的囚犯越狱罢了。他如同一只固执的猎犬，会撕咬捡拾猎物的主人。从典狱长办公室出来后，杉山把崔致洙抓到审讯室逼供，同时警告他，最好放弃越狱的打算。方法很简单，只要填上地道，恢复原状，他就当作什么事都没发生过。

这也算是对典狱长要他对地道三缄其口的命令与必须阻止崔致洙越狱的责任之间，采取的折中方法；也是对胆敢在自己眼皮底下企图越狱者的一种惩罚。崔致洙无法忽视他的警告，因为他每天都去观察那条地道。最郁闷的人大概就是典狱长了。典狱长的大好蓝图，因为一个目中无人的看守而遭到破坏。如此一来，崔致洙的决死越狱企图也将成为泡影。

杉山的死，大约就是在那个时候发生的。

*

“是谁杀死了杉山？”

我哑着嗓子问。

“如你所调查的结果，是崔致洙干的。不过，就算不是那家伙，也无所谓。杉山一死，让陷入胶着状态的策略打开了一条活路。”

典狱长毫无情感地吐出这句话。我摇了摇头。

“您竟然将部下之死利用在计划上？”

“因为是那么重要的策略。反正死的人都死了，如果死能对帝国的胜利做点贡献，杉山也应该高兴才对。”

“您怎么能这么说呢？”

“地道再不继续进行，就太迟了。战况已经呈现一边倒的局势，没时间再迟疑下去。我们改变了计划，想到利用杉山的死。从这座监狱里出去，最稳当的方法便是死。只要执行崔致洙的死刑，让家属领回他的尸体，就能简单地离开监狱。想这么做，就得让崔致洙成为杀害杉山的凶手。”

典狱长笑了起来，我的下巴则因为愤怒而发抖。

“这么说，交代我调查杉山的杀人案，因破案功劳特别晋升一级，都是为了让崔致洙成为杀人犯的计划之一吗？”

典狱长一脸难为情地捻着小胡子说：“对你来说，虽然很不好，但你确实是调查这个案件最适当的人选，适当的天真，适当的盲目，适当的纯情。进行中的策略全貌，没法儿告诉下层的士兵。不管怎样，你已经在你的位置上尽了全力，找出了杀人凶手，也算是对整个策略有所贡献。”

这时我才明白，当初崔致洙为何在第一次审讯时，就那么顺从地把一切都吐露出来。因为他也是一名同谋者，必须成为杀人凶手，才能离开这座监狱。而我只是他们阴险计划中的傀儡罢了。我用尽了一切方法挖掘出来的真相，根本就是早已设计好的一块拼图。为了寻找真相，多少个不眠之夜与饱受良心谴责的时间，都只不过是毫无意义的傀儡戏。这是一个只有我被蒙在鼓里的计划。崔致洙的死刑执行，只不过是文件记录上的死亡；装了他尸体的棺木，由伪装成家属的三名特级武装看守送出了监狱。所有的事情我都不知道。即使他们已经抵达间岛很久，我仍因为造成一个无辜之人的死亡而内疚难过不已。

“我再说一次，你已经圆满地完成了你的任务。你的任务，就是要完全受骗。”

典狱长柔声安抚我，我却大声咆哮：“这不是执行任务，只是受摆布的傀儡而已。”

“你说得也没错！但傀儡也是不可缺少的，如此才能将崔致洙完好地送出去，找回帝国的金块。”

典狱长强辩。愤怒涌上喉头，我忍不住脱口而出：“计划失败了，完完全全地惨败。跟在后面的三名看守全都死了，金块根本就不存在。”

“不可能，我早就确定过所有数据。不管是那家伙袭击补给队的事，还是补给队被抢走了一批数量庞大的金块，都是绝对错不了的事情。在我们不注意的时候，这家伙独吞了所有的金块。特高课警察出身的看守被他干掉了，我得再派遣特别武装看守去追踪他。我一定要把金块找回来！不然，我亲自去追！”

典狱长的脸涨得通红。

“算了吧，典狱长，您被骗了。知道为什么吗？您不是想找回军费，而是对金块起了贪念罢了。如果真想找回遗失的军费，应该向陆军省或特高课警察报告才对。典狱长您却借计划之名，把所有事情都放在私底下进行。如果不是因为对金块的贪欲，您一定能察觉出崔致洙的欺骗手段。”

“怎么察觉？”

“崔致洙第一次乱七八糟的越狱企图，目的就是想接受典狱长的直接审讯。先将在满洲藏有金块的传闻散播开来，之后再拼命地企图越狱。反正是绝无可能成功的脱逃，但没有被枪杀，反而是关禁闭处分，他就确定了一切。也就是说，自己散播出去的虚假传闻，已经让典狱长上钩了。知道金块位置的人，只有他，因此他确信，典狱长绝对不会杀掉他。确定了自己不会被枪杀之后，他就开始不断试图越狱。借着自己拼命地不断试图越狱，来证明有重要的事情必须逃出去做。慢慢地，让典狱长您深信不疑。”

“那是不可能的！”

“您觉得自己绝对不会受骗，但心里已经做好了受骗的准备。因为对金块的野心，让您相信他的话，期盼间岛的某个荒野真的埋藏了庞大数量的金块，也希望崔致洙知道那个位置。”

“什么野心？如果我有野心的话，也只是想收回帝国军费的忠心而已。”

典狱长瞪大双眼，拿着指挥棒用力敲击桌面。我仿佛受鞭打的骆驼，孤单地立在那里，全身一片冰凉。我说了太多话了，我所逼迫的人物，是福冈监狱的典狱长。至少在这座监狱高墙里，他是最上层的捕食者，我只是微不足道的猎物罢了。我必须抉择。接受典狱长的说法，装作什么都不知道。时间还是一样平静地流淌，就如到目前为止，在这座监狱里曾经发生却不为人知的事情一般。只要我将杉山的死，医疗大楼的实验，朝鲜人的死亡，所有的事情都深埋心中，我就能活下去。不然，杉山就是我的前车之鉴。我稳定了一下呼吸后，问："杀死杉山，也是典狱长您计划的一环吗？您不是需要一个让崔致洙成为杀人凶手的牺牲者吗？"

典狱长摇了摇头。

"杉山不是实现计划的牺牲者，而是破坏计划的妨碍者。如果他没有发现崔致洙的地道，就什么事都没有。就算发现，如果能按照我的指示去做，也会没事的。但那家伙没那样做。"

"他做了什么？"

"杉山具有野兽般的直觉，崔致洙完全无法摆脱他的监视。听到他揭发越狱的地道的报告，我对他解释了全盘计划。为了更大的目标，要他暂时对崔致洙的越狱睁一只眼闭一只眼。我告诉他，必须跟踪崔致洙，才能获取更大的成果。但是那家伙只想着阻止一级罪犯越狱，妨碍了计划的进行。那家伙一意孤行地要崔致洙把地道填回去，我几次警告他，要他别再插手管地道的事，那家伙却根本不当一回事。再这样下去，我们的计划就要流产。为了实现计划，也是无可奈何的。因为那家伙的妨碍，地道挖掘迟迟无法进行，我们需要另一个突破口，比地道更简单、更像回事的越狱计划。"

"原来是让崔致洙成为杀人凶手，执行死刑后，放在棺木里，运到监狱外面去。再者，也能除去不服从命令，还妨碍整个计划进行的杉山。"

"杉山不只是不服从命令，还叛国。他把地道连接到本馆地下，弄出一堆危险书籍，放在那里保管。当然，设计这件事情的人，都被归为医疗诊治对象，付出了代价。除此之外，还有别的。那家伙借口审讯，故意造成医疗诊治对象受到出血性伤害，比如说平沼东柱。杉山一死，平沼也马上成了医疗诊治对象。”

我的猜测是正确的，杉山打破囚犯额头，其实是为了保护他们。一直以来，他用囚犯恐惧的残酷暴行，来保护他们的生命。尹东柱和崔致洙身上的伤口，是为了保护他们，才故意让他们受伤的。这时我才理解了当初岩波绿说杉山都灿“不是暴力看守”的意思。

“所以才杀了杉山吗？”

典狱长摇了摇头。

“我确实利用了杉山之死，但没有杀他。虽然他不服从军令，也是叛国者，但还是有很多地方用得上的战斗英雄。”

“那是谁杀了他？”

典狱长没有回答，而是满眼怒火，要把我熔化似的瞪着我。他怒焰般的眼神，转移到我脑中定格。四散的真相碎片，开始寻找自己原来的位置——戴着闪亮的金边眼镜，脸上挂着和蔼的笑容，带着微笑看着我，用温和的语气安抚我的那个人。

我大叫一声，跑出了典狱长办公室。

打开院长办公室的门，走进去的时候，院长正静静地放下电话听筒。他一如既往地用温和的表情迎接我。

“由一君，刚才接到典狱长的电话，说你有些疑点想问我。”

院长的声音很柔和，我睁着一双通红的眼睛，狠狠瞪着他。

“‘请协助调查杉山都灿被杀事件。’”

“你怎么还对那件事念念不忘啊？据我所知，那件事已经找到犯人，结案了……除了这件杀人案之外，你要做的事情应该还有很多吧？”

院长满眼责怪地望着纯真的看守兵，然而我不再纯真。我已经知道了，研究小组的研究不是真的研究，而是杀人行为。不是单纯的杀人，而是残忍的人体实验。而且，院长才是杀害杉山的凶手。我把喉咙里不断涌上来的愤怒，全都呕了出来。

“犯人虽然抓到了，但没有结案，因为犯人不是真正的杀人凶手。杀害杉山的，另有其人。”

“那么是谁，为什么杀害杉山？他又在哪里？”

院长不是用“那个人”或是“那家伙”来称呼杀人凶手，而是用“他”。我必须镇定下来，于是长长地吸了一口气，先稳住自己，才开口继续说：“那人在医疗大楼里。”

“你为什么莫名其妙地这么想呢，由一君？”

他像在安抚一个哭闹的孩子似的，改用温柔的口气问，似乎想用充满温情的声音来解除我的武装。我该做的事情，便是戳破院长想保持沉着的内心。

“缝合杉山嘴部的线，是手术用缝合线。从现在这种战争时期还能使用手术针和线来看，狗娘养的杀人凶手明显就是个医生，但似乎不是一位有实力的医生。”

“你说这话有什么证据吗？”

“从尸体上看，缝合的针脚歪歪扭扭，乱七八糟的，像老鼠似的，胆小怕事，不知道是不是手抖得厉害，拿着针胡乱戳，还戳出一堆伤口。连个结也没打，就夹着尾巴跑掉了。”

没打结是真的，但其余的是我乱说的。其实针脚正确，没有乱七八糟的针刺痕迹。但不管用什么方法，我都要瓦解他的注意力。

院长虽尽力想保持镇定，但他的眼角轻微地跳动着，我知道其实他的全身都在颤抖。院长勉强平复自己的情绪，笑着对我说："你对医术什么都不知道，就不要随便批评。九州岛帝国大学的医生到底有什么理由要杀死一名痞子似的看守呢？"

他笑容不减，一脸慈祥地望着我。他温暖的微笑让我更加恐惧。我一口气吞下嘴里的口水，开口说："因为杉山察觉到医疗大楼里发生了什么事情，他用自己唯一的武器与杀人者对决。他用木棒殴打囚犯，造成出血性伤害，妨碍了实验的进行。他的罪，就是在一群禽兽里拥有一颗人类的心。"

院长的笑容变得很难看，他抬手推了推眼镜。

"你说的话，小部分是对的，但大部分都是错的。我不是在杀人，只是在处置叛国者而已。他的那张嘴，不是该治疗的患部，而是该封闭的灾殃。"

"您说，叛国者？"

"为了帝国，杉山应该做一名克己奉公的看守，但他却任性妄为，忘记自己的本分，做出叛国行为。好几次，我把他叫来，想说服他，但他根本不听。他虽然曾经是帝国一名了不起的军人，最后却成了一个堕落的变节者，也是必须除掉的癌。"

即使在口吐冷漠如冰的话语之际，院长脸上仍旧挂着笑容。就算在承认自己杀人的时候，他也显得如此知性，如此仁慈。如此的绅士风采，曾经是我从远处偷偷看着、渴望将来也能拥有的面貌。他是个艺术人士，批准了岩波绿的钢琴演奏，也向典狱长提议在监狱举行合唱音乐会；他本身也是十分有修养的人。不仅如此，他还是个具有博爱精神的医生，在战争期间，在监狱里成立医疗大楼，致力于新技术的开发。然而，所有的一切只是他的伪装罢了。他其实是个深入骨髓的战争狂，以囚犯为对象进行人体实验。他还是个杀人凶手，杀害了拥有纯洁灵魂的看守。让岩波绿弹奏钢琴，以及举办音乐会，其实都是他意欲掩饰丑恶真面目的面具罢了。

真令人难以置信，也不想去相信。我宁愿他是个眼神凶恶、脸上带着狰狞表情的恶人；他的声音不要那么温和多情，而是阴沉难听……那么，我一定毫不犹豫地便能憎恨他。他仍旧保持着慈祥的眼神，接着说："由一，你知道为什么癌细胞那么厉害吗？为什么非要切除不可呢？因为一个癌细胞会造成其他完好的细胞也转变成癌细胞。希望杉山没污染到你，你太年轻、太纯洁，不该染上叛国思想的色彩。"

"癌细胞不是杉山，而是我们。"

我大吼一声。杉山虽然只是个目不识丁的打手，但他拥有倾听良心之音的耳朵。接受文字的洗礼，懂得读诗之后，他也终于能睁眼认清真相。院长是个站在杉山对立面的人。虽然是一个生活在有教养与知性世界里的知识分子，本质也不过是名杀人凶手罢了。他将自己所学的医学、教养与知识，用在残忍的犯罪行为上，是个没血没泪的人。

院长望着哭喊的我说："小小年纪的你可能很难接受，但日本正处于战争时期，只要是军人，就应该认清这一点。"

"这龌龊的战争又不是我挑起的。炸弹落在城市中央，也不是因为被炸死的人都该死。挑起战争的人，只考虑自己的权力，恣意造成无数人死亡，无数人残废，无数人生活在痛苦中。他们必然会为此付出代价的，一定会付出惨烈、痛苦的代价！"

即使我知道，从我口中吐出的诅咒，也有可能成为勒紧我咽喉的套索，但我无法让自己停下来。院长勉强压住愤怒，用最慈祥的表情，默默地听着我谩骂。

“你是个聪明、前途无量的年轻人哪！和杉山那种愚蠢、盲目的人不同。我是这么认为的！”

我能做的，只有大口大口地喘气。我虽然没有卑鄙到怕死的程度，但也没有勇敢到不怕死。我想活下去，如崔致洙的话一般，如尹东柱的托付一般，活下去。活着，能做些什么，我不知道。但我还是想活下去，我已经是一条夹着尾巴认输的狗。院长如大理石般冰冷的脸上，露出浅浅的微笑。

“杉山死了，那已是无可挽回的事实。我们现在该做的事情，就是不要让他的死变得毫无意义。让我们祈祷他能到极乐之地，虽然他生前是个坏人，但希望他能死得有价值。”

院长仍保持着笑容，我却看到了一张恶魔的脸，一个微笑的恶魔。我忍不住想呕吐，连忙用手遮着嘴，往墙边跑去。院长轻轻地用手拍抚我的背脊说：“你这小子，还以为你胆子很大，原来小得很。这就是你要活下去的世界，污秽、令人作呕，对吧？但你很聪明，总能找到活下去的方法的。所以，你就必须把在这里听到的话，全都和肚子里的东西一起呕吐出来。知道吗？”

我逃也似的奔出院长办公室。他为什么要告诉我医疗大楼里最深层的秘密呢？一定是希望我不要再到处打探了。如果真是那样，他将如愿以偿。被那重大秘密压制住的我，什么都做不出来。我想说出秘密，却无人可讲。就算我讲了，也没有人会相信。就算有人相信，也绝对不会有人因此而感到愤怒。即使有人愤怒，也无济于事。

到最后，我们只不过是些什么都做不了的弱小的人罢了。

34

又一行忏悔录

一到七月，潮湿的海洋空气就翻过监狱的高墙，飘了进来。审查室的灰墙上，长了一层深青色的霉。空袭更加频繁，防空洞就如同黑漆漆的墓穴，连灯都不开，只能凝视着黑暗。好多张脸孔在黑暗里浮现，死去的和活着的。而我，是活着的人。

我耻于自己还活着。

到了八月，更潮湿的空气在监狱里如幽灵般飘荡着。审查室墙上的青霉，变成了深深的灰色，延伸到梁柱上。从收音机里传来的播报员声音，变得愈发激昂。更猛烈的空袭，更尖锐的惨叫，更多的死亡，更凄惨的城市……即使到了这个时候，我也仍旧活着。活着，让我有如犯了罪似的痛苦。我对真相佯装不知，屈服于谎言，同步于罪恶。深埋在我心里的真相，没能向外宣泄，只能在我如洞穴般空虚的身体里徘徊。

战争仍旧继续着，仿佛永无止境。

八月七日和九日，广岛和长崎遭受了攻击。一切都起火燃烧，一切都倾毁倒塌，一切都消失了。八月十五日，战争结束。我扳着手指，数着没有他的日子过了多少——八月十四日、十三日、十二日……倒数扳下的手指头，一直数到二月十六日。正确来说，还差一天就满六个月。战争结束，不，离独立只不过六个月的时间，他就先死了。而我，活了下来。

我该为战争结束而欢欣，还是为能活下来而高兴？或许该为活下来而高兴吧。但，我太累了，连高兴的气力都没有。

我就如此，从那龌龊的时代里逃了出来。

（全文完）

尾声

福冈战犯收容所嫌犯审讯记录

调查日期：一九四六年十月二十九日

调查地点：福冈战犯收容所审讯室

调查员：太平洋司令部联军法务局战犯调查官马克·哈里上尉

受审者：战犯 D29745 号　渡边由一

翻译员：长岛京太郎

调查员：上个星期已经检视了你在关押一年间写的庞大记录。你想说的，全部都在这里了吗？

受审者：是的，那就是我想说的全部。

调查员：在这份记录里，同时包括对你有利和不利的供述。如果按照记录内容，你将不可避免地以战犯身份判刑。对此，你清楚吗？

受审者：我清楚！这份记录并不是为我辩护才写的，而是一份我亲眼所见、亲耳所听、亲口所说的相关记录。或许，很多人希望这些都不曾发生过，也想将这些事情当作从未发生过。但这是不可能的。

调查员： 你的记录是一份记载事实的报告，还是虚构的小说？

受审者： 两者都有。我的记录可以说是事实，也可以说是虚构。如果说是虚构，那也并非毫无根据的谎言，而是为了说明真相。

调查员： 九州岛帝国大学医学院进行的人体实验，有事实根据吗？

受审者： 是的！当时，对于死亡或垂危囚犯的家属，发送领回尸体电报的同时，也会寄出一份通知书，告知家属，如果未能及时领回尸体或无法领回，尸体将提供给九州岛帝国大学医学院做解剖之用。

调查员： 在你记录里的森冈院长，是实际存在的人吗？

受审者： 是的！名字虽然不同，但是实际存在的人。

调查员： 你在一九四五年五月，可曾听说有美军轰炸机 B29 迫降在九州岛地区？

受审者： 没听说过。

调查员： 你是否曾听说过，有关那架飞机上所搭载的十一名机组人员？

受审者： 没有。

调查员： 管辖九州岛地区的西部军司令部没有经过审判程序，就把威廉·佛莱德里少校等十一名机组成员中的八名判处死刑，你知道吗？

受审者： 不知道。

调查员： 根据我们调查的结果，九州岛大学研究团队把被判处死刑的俘虏，从西部军司令部接收到福冈监狱的医疗大楼。你知道吗？

受审者： 虽然不知道那些人是谁，但我听说过，有某个看守护送八名美军到试药室。看守同事还说，那些人也是医疗诊治对象，如同许多朝鲜人一样，还在试药诊治时说“Thank you（谢谢）”。

调查员：医疗诊治的相关记录，在福冈监狱里连一张纸也找不到，你是唯一的证人。关于这点，你知道些什么？

受审者：战争结束前，上级曾经下令烧毁所有记录。而文件销毁的相关工作，则由曾经担任审查官的我负责。我必须把看守室、审查室、典狱长办公室的所有记录都拿到焚化炉烧毁。

调查员：为何你要写下没有人愿意说、愿意暴露出来的事情？

受审者：因为该有人知道那些事情，我所见闻的事情，绝对不该因人的遗忘而消失。没能记录下来的历史，就等于不存在，甚至可能成为谎言。翻出过去的错误，不是为了再度咀嚼，而是为了朝向未来重新出发。不忘记，才能回顾；回顾，才能找出错误；找到了错误，才能承认错误；承认错误，才能祈求宽恕；有了宽恕，才能得到原谅，之后重新出发。

调查员：为什么不直接记录事实，而要采用小说的形式记录？

受审者：人都害怕说出真相，也不敢接受事实。我的记录虽然是虚构的，但有些时候，虚构会说出比事实更多的真相。我虽然想说出真相，但无法如实记录下来，因为真相太骇人听闻，也太惨痛，连我自己都无法承受。

调查员：你觉得虚构能成为真实吗？

受审者：真实，不是记录下来的，而是该记住的。不是用来讲述的，而是该解释的。就算记录被烧毁、被隐藏，真相还是在那里。就算我的记录成了小说，我的供述消失无踪，我看到的事实也绝不会消失。

调查员：对日本人来说，你的记录或许会成为耻辱的历史。你知道吗？

受审者：耻辱的真相也是历史，比起让很多日本人骄傲的谎言，我宁愿选择耻辱的真相。承认不光彩的真相，才能得到真正的自由。

调查员：你觉得自己无罪吗？

受审者：不，我有罪！我犯了无所作为之罪。

调查员：犯罪，必须在自我意识的情况下做出某种行为，才算成立。无所作为，如何称得上是犯罪？

受审者：我对群魔的疯狂保持沉默，对无辜者的哀号掩住耳朵。我无法阻止恶魔挑起战争，也无法终止龌龊的战争。无辜的、只犯了微不足道的罪的人们不断死去，我却无法拯救他们。我无法减轻他们的痛苦，对身陷死亡恐怖中的他们，我冷眼旁观。

调查员：即使如此，你身为战争期间的一名军人，只不过是服从上级命令罢了，没有记录显示你直接杀过人。

受审者：我没有杀人，但无法改变很多人死去的事实。对他们的死，我不能说自己一点责任都没有。在这残忍的时代，能存活下来，就表示我有罪。

调查员：真令人费解，为什么要说自己有罪呢？

受审者：你问我无所作为为什么会是罪？ To be, or not to be. That is the question! 我们一直在思考生或死，然而问题不在生，也不在死，而在于做与不做。知道了，就该去做。不做，就成了不道德，进一步说，便是犯罪。

调查员：这真是对莎士比亚很独到的解释！

受审者：这不是我说的，是一位诗人的解释。

调查员：你想离开这里吗？

受审者：是的！

调查员：你如果离开这里，想做什么？

受审者：我也不知道自己想做什么。战争让我变成一个只会遵从命令的人。然而，如果某个下雨天，在陌生的街道上，看到一个没打伞走在雨中的苍白男人的背影，我就会想起那位诗人。那时，我不需要任何人的命令，就一定会跑向他，为他打起伞骨折断、伞面破损的雨伞。我的一边肩膀会被雨打湿，但我也会爱上那种湿润的感觉。

调查员： 还有什么事情是你想做的吗？

受审者： 我想找到珍藏着写诗风筝的少女。那风筝，是在冰冷牢房里写诗的诗人的灵魂，也是想留下那些诗的一位看守的灵魂。那少女，是我们遗失的良心，守护着纯洁诗人被我们损毁的诗作。

调查员： 你相信她还活着吗？

受审者： 我相信她还活着！她是唯一拥有我们连标题都不知道的诗人处女作的证人，我到死都会一直寻找那名少女。只要能找到她，也就可以找到诗人消失的诗。那么，我们所有人遗失的纯洁灵魂，就能如她的风筝一般，翱翔在蓝天上。

调查员： 最后，你有什么话要说？

受审者： 可以打开窗户吗？

调查员： 真是个晴朗的夜晚，满天都是星星。

受审者： 那些星光，早在我们来到世上之前，就从星星那里发射出来了。其中，也有数万年前便已消失的星星，还有数千万年前绝种的恐龙凝望过的星星。数百万年前便消失的星星所照射过来的星光，如今才进入我们眼中。虽然他成了星星，不再存在于人间，但他的诗仍像星星一般，长久地散发着光芒。我敢说，他的灵魂不会死，他的灵魂会比我活得更久。说不定，永远都不会死。

美空军 B29 飞行员人体实验之
日本战犯处理秘密文件重点

从最近解禁的秘密文件中，出现了有关一九四五年五月五日迫降在福冈地区的一架 B29 轰炸机机组成员的冲击性事件。根据文件记载，当时最高司令部法务局检察官与调查小组报告，他们迫降后马上被日军逮捕，成为实验对象，并遭到活体解剖。管辖九州岛地区的西部军司令部，对于被捕的十一名机组成员，未经审判即直接宣判死刑。其中威廉·佛莱德里少校、戴尔·法兰贝克中尉、泰迪·朋兹卡下士、约翰·科哈维一等兵、莱昂·查内斯金一等兵、罗伯特·威廉斯一等兵等六人，被九州岛帝国大学医学院接收。他们以为自己被收容在医院里，十分安心。但等待他们的是残忍的活体实验。

受害者证言，由九州岛帝国大学医学院运作的研究团队，当时正在进行一项实验，用福冈监狱的朝鲜囚犯为对象，将海水注射进人体血管中，试图用海水来代替血液。调查结果指出，研究团队也将代替血浆使用的生理盐水注入美军战俘体内，或者活生生地切下肺、肝、心脏、胃肠等身体器官，恣意进行活体实验。在实验结束后，还将死者的肌肉与皮肤组织切成薄片，做成生肉片；切下来的心脏和肝脏等内脏器官，则在调味烹饪后，成为军官宴会上的菜肴。

调查结束后，法务局起诉包括研究团队主要人员在内的研究员、护士、军人等二十九人，其中包括对战俘不经审判、直接宣判死刑的西部军司令官，以及分食人肉的几名将校。一九四六年七月，带领研究团队的院长留下了一封“军部命令，责任却由我承担”的遗书，在被监禁的福冈监狱里上吊自杀。

一九四八年八月二十七日，横滨占领军第八军军事法庭最后判决，对美军战俘恣意进行活体解剖实验的九州岛帝国大学医学院相关人员、军部相关人员共十四人，其中五人被判处绞刑，四人被判处无期徒刑。分食人肉的陆军将校五人被无罪释放。一九五〇年二审，判处绞刑的死刑犯予以减刑，改判无期徒刑。

图书在版编目（CIP）数据

编号645 /（韩）李正明著；游芯歆译．— 长沙：湖南文艺出版社，2015.2
ISBN 978-7-5404-7021-0

Ⅰ. ①编… Ⅱ. ①李… ②游… Ⅲ. ①长篇小说－韩国－现代 Ⅳ. ① I312.645

中国版本图书馆 CIP 数据核字（2014）第 270766 号

著作权合同登记号：图字 18-2014-197

上架建议：外国文学

First published in Korea by EunHaeng NaMu Publishing Co.
This simplified Chinese language edition is published by arrangement with KL Management，Seoul and Barbara J. Zitwer Agency，New York

编号 645

作　　者：［韩］李正明
译　　者：游芯歆
出 版 人：刘清华
责任编辑：薛　健　刘诗哲
监　　制：蔡明非　潘　良
策划编辑：马冬冬
特约编辑：苗方琴
版权支持：辛　艳
版式设计：崔振江
封面设计：捷计室 SARTORI Workshop
出版发行：湖南文艺出版社
（长沙市雨花区东二环一段 508 号　邮编：410014）
网　　址：www.hnwy.net
印　　刷：北京京都六环印刷厂
经　　销：新华书店
开　　本：880mm × 1230mm　1/32
字　　数：320 千字
印　　张：13
版　　次：2015 年 2 月第 1 版
印　　次：2020 年 1 月第 2 次印刷
书　　号：ISBN 978-7-5404-7021-0
定　　价：36.00 元
（若有质量问题，请致电质量监督电话：010-84409925）